Nelle Lamarr, qui écrit également sous le nom de Nelle L'Amour, est une autrice américaine de thrillers psychologiques et de romances.

Elle vit à Los Angeles. *Une invitée* [illegible] est son premier livre traduit en français.

Une invitée particulière

NELLE LAMARR

Une invitée particulière

Traduit de l'anglais (États-Unis)
par Karine Forestier

J'AI LU

TITRE ORIGINAL
The Family Guest

ÉDITEUR ORIGINAL
Storyfire Ltd, une marque de Bookouture, Grande-Bretagne

Pour ma famille

Prologue

Je ne voulais pas qu'ils meurent.

C'étaient des accidents.

Du moins, c'est ce que j'ai dit à la police.

Et c'est ce que je me suis dit, à moi.

Mais n'en croyez rien.

J'ai été piégée dans un réseau de secrets et de mensonges.

Et je ne peux plus vivre avec ça.

Il faut que ça cesse.

Aujourd'hui, je vais enfin me confesser.

De tous.

Les péchés.

Jusqu'au.

Dernier.

Ensuite, je me mets à genoux et j'implore le pardon.

1

Paige

— La voilà !

À l'extérieur du terminal international de l'aéroport de Los Angeles, ma mère désigna une fille splendide portant une casquette de base-ball rose. Dans sa tenue ultra-stylée toute blanche – corsaire en lin, pull oversize et mules de créateur –, ma mère sauta de voiture, emportant une grande pancarte faite à la main avec de nombreux cœurs au marqueur rouge et qui disait : « Bienvenue à Los Angeles, Tanya ! » Tellement ringard que j'aurais pu vomir.

La pancarte levée à bout de bras, ma mère criait le nom de Tanya à tue-tête pour attirer son attention, tandis que mon père coupait le moteur de la voiture pour la rejoindre. Beaucoup moins enthousiaste, j'ouvris la portière arrière et je rejoignis mes parents sur le trottoir. L'aéroport était bondé de véhicules et de voyageurs, mais nous avions réussi à trouver une place de parking près du terminal. Pour ce que j'en avais à faire, ça aurait pu être à un kilomètre. Ou même dix, tiens. Je n'avais pas hâte de rencontrer notre étudiante étrangère venue pour un échange.

Mon regard resta fixé sur la fille lorsqu'elle nous aperçut. Avec un signe de la main et un sourire éclatant, elle se fraya un chemin à travers la foule jusqu'à notre voiture, que nous ne pouvions pas laisser sans surveillance. Sur la photo que ma mère m'avait montrée, ses cheveux étaient plus courts, plutôt blond sale, et elle était un peu plus dodue. Cette fille-là était mince comme une liane, elle avait de longs cheveux blond platine et elle était vêtue à la dernière mode, d'un jean moulant, d'un sweat à capuche et de baskets d'un blanc éclatant. Bien que chargée d'un sac à dos et d'un énorme bagage à roulettes, elle avait la démarche d'un top-modèle, le pas long et sautillant. De loin, je lui trouvais une petite ressemblance avec ma sœur Anabel, en plus grande, plus maigre et plus blonde. Cela dit, à mes yeux, toutes les blondes se ressemblaient, surtout ici, en Californie du Sud : c'était limite flippant.

Peut-être que, inconsciemment, ma mère avait cherché une remplaçante lorsqu'elle avait choisi d'accueillir cette étudiante. Selon notre thérapeute familial, les traumatismes pouvaient avoir des effets étranges et durables sur nous. Nous, c'était moi, ma mère, mon père et mon petit frère, Will, parti à une conférence inter-États sur la robotique qu'il ne pouvait pas manquer. Will, douze ans, était un geek. L'équipe geek de notre famille, composée d'un seul membre.

Moi aussi, j'avais des choses urgentes à faire, comme voir ma meilleure amie, Jordan, qui partait pour Berkeley le lendemain, et retrouver mon petit ami, Lance, qui avait été absent tout l'été, mais ma mère avait insisté pour que je vienne à l'aéroport. Elle était tout excitée que je rencontre l'étudiante étrangère. Si elle savait… Je n'avais aucune envie d'accueillir un nouveau membre dans la famille, même temporaire.

De quinze mois mon aînée, ma sœur Anabel était morte il y avait plus de deux ans, et être la seule fille de la famille me convenait bien. Ma sœur et moi n'avions jamais été proches. Elle était la préférée de ma mère et je ne lui arrivais pas à la cheville. Tant s'en fallait. « Voici ma fille, Anabel, disait ma mère. Et voici mon autre fille, Paige. » J'avais toujours été l'autre fille, et je l'étais encore.

Au moins, pour mon frère, j'avais toujours été la numéro un. J'adorais Will et je ne voulais pas le perdre. Si quelque chose de terrible lui arrivait, je serais complètement fichue.

Se faufilant à travers la mêlée de voyageurs à l'air fatigués qui rentraient à Los Angeles ou venaient visiter notre Cité des Anges – un surnom que je trouvais ridicule pour cet endroit rongé par la criminalité –, Tanya accéléra le pas, son bagage à roulettes à côté d'elle. Une de ces valises élégantes à coque dure. Bordeaux et brillante.

Tanya était enfin à portée de main. Posant la pancarte à ses pieds, mon exubérante de mère lui ouvrit grand les bras. Notre invitée familiale lâcha la poignée de sa valise et se jeta dedans. Et elles s'étreignirent comme deux amies proches qui ne se seraient pas vues depuis des années. Enfin, elle se libéra.

— Je suis ravie d'être ici, madame Merritt.

— Tu attends depuis longtemps ? Je suis désolée pour notre retard.

— Ne vous inquiétez pas. Ce n'est pas votre faute. Notre avion a atterri avec une demi-heure d'avance. Et j'ai passé la douane sans problème. Il a suffi d'un grand sourire et d'un joyeux « Hello ! », et l'agent m'a laissée passer.

Elle avait un charmant accent britannique qui ressemblait beaucoup à celui d'Emma Watson et un sourire éblouissant de star de cinéma. Jusqu'aux oreilles, avec des dents parfaites d'un blanc nacré. Enfin, à l'exception d'un petit espace entre les deux incisives de devant.

Son sourire s'étendit à ses yeux. M'attendant à ce qu'ils soient d'un bleu verdâtre comme ceux de ma sœur, je fus surprise de les découvrir aussi marron que ceux de mon père. Vu ses épais sourcils noirs comme de la réglisse, qui ressemblaient aussi à ceux de mon père, il y avait de quoi se demander si elle était naturellement blonde. Quoi qu'il en soit, avec son corps élancé et son allure exotique, elle était, en un mot, magnifique.

— Comment s'est passé ton vol, ma chérie ? demanda ma mère, les yeux toujours rivés sur elle. Et s'il te plaît, appelle-moi Natalie.

Au moins, elle n'avait pas dit « maman ». Ni « Nat », réservé à mon père, qui n'avait pas encore dit un mot, d'ailleurs.

— Ça a été, mais c'est très long, madame Merritt. (Elle se reprit en gloussant.) Je veux dire Natalie. Et si je peux me permettre, vous êtes très jolie ! Encore plus jolie en vrai !

La lèche-bottes !

— Oh, je t'en prie. Tu es trop mignonne !

Ma mère, taille trente-six, blonde aux yeux bleus, ancienne mannequin, avait rougi. Et à cette seconde, Tanya et elle venaient en quelque sorte de se lier pour la vie.

Je me forçai à dire bonjour, histoire de détourner l'attention que ma mère lui prodiguait.

L'étudiante me regarda et sourit.

— Tu dois être Paige. Ta mère m'a énormément parlé de toi.

Intérieurement, je grimaçai. Pour lui tenir quel genre de propos ? *Elle préfère les marchés aux puces aux créateurs et porte des Birkenstock avec des chaussettes. Elle mange des choses bizarres et a cinq kilos à perdre. Oh, et je crois qu'elle est toujours vierge.*

— C'est gentil.

Je parvins à esquisser un sourire poli. Faux, disons plutôt.

J'étais sûre que ma mère lui avait envoyé des photos de moi, pourtant Tanya s'abstint de me dire, à moi aussi, que j'étais beaucoup plus jolie en vrai. Probablement parce que je ne l'étais pas. Je n'avais pas hérité d'une once de la beauté svelte de ma mère. Enfin, à l'exception de ses yeux bleu saphir très écartés. Avec mes cheveux auburn en pétard, ma mâchoire carrée et mon ossature, je ressemblais beaucoup plus à mon père. Hélas, si lui était incroyablement beau, le transfert de ses traits classiques ne s'était pas très bien fait sur moi. *Lost in translation*. Certaines filles avaient la chance d'être nées belles. Je ressentis une pointe d'envie lorsque la voix pétillante de Tanya interrompit mes pensées.

— J'ai hâte de passer du temps avec toi. Peut-être qu'on pourrait faire du shopping ensemble.

Dernière phrase qui était plus une déclaration qu'une question.

M'évitant d'avoir à répondre, ma mère enchaîna sur les présentations avec mon père, Matt. Et oui, voici mes parents : Matt et Nat. Je me suis souvent dit qu'ils devraient ouvrir une épicerie fine : Chez Matt et Nat. Ou un pressing, ça marcherait aussi.

Mon père, en homme d'affaires prospère qu'il était, tendit une large main aux longs doigts. (Au moins, j'avais hérité de ses mains, ainsi que de ses qualités athlétiques, qui m'avaient permis de devenir joueuse vedette dans l'équipe de basket-ball féminine de mon lycée.) Miss Lèche-bottes la prit gracieusement en le gratifiant d'un autre de ses sourires mielleux.

— Enchantée de vous rencontrer, monsieur Merritt.

— Bienvenue à Los Angeles, Tanya.

Il garda son regard posé sur elle plus longtemps que nécessaire. Sans doute que lui aussi avait remarqué de vagues similitudes entre Anabel et cette mijaurée. Ainsi que la taille de ses nibards. Impossible de les rater.

— Nous sommes ravis que tu passes ton année de terminale avec nous.

Parle pour toi, Papa. Tanya, ça n'était pas mon idée. Les choses revenaient tout juste à la normale (quelle que soit cette normalité) et voilà qu'un nouvel élément venait bouleverser l'équation de notre famille. Une variable inconnue.

Tanya remercia mon père et ajouta :

— C'est la première fois que je viens à Los Angeles.

Fille de diplomate, elle devait avoir beaucoup voyagé. Pourtant, curieusement, il n'y avait pas une seule égratignure à sa valise. Pas même une éraflure. Peut-être que son bagage était neuf et qu'elle l'avait emballé sous plastique à Heathrow, mais je ne voyais pas non plus d'étiquette de bagage. Elle devait l'avoir retirée, ce que je faisais toujours.

Bref.

— Je suis sûr que ma femme et Paige seront ravies de te faire visiter les environs, répondit mon père.

— J'ai trop hâte d'aller chez Urban Outfitters !

Mentalement, je levai les yeux au ciel. Étant donné la richesse des attractions que L.A. avait à offrir, des musées de renommée mondiale aux souvenirs de Hollywood, sans parler de Disneyland tout proche et du littoral à couper le souffle, un magasin dont on pouvait acheter les produits en ligne et dont on trouvait aussi probablement des boutiques à Londres ne figurerait pas en tête de ma liste de priorités. Les centres d'intérêt de Tanya étaient manifestement différents des miens.

Mon père se pencha pour vérifier qu'il n'y avait pas de soucis avec notre voiture. Elle était toujours garée là où nous l'avions laissée. Mais non loin derrière arrivait un véhicule de patrouille de la police de l'aéroport.

— On ferait mieux d'y aller avant que je me prenne une contravention. La police de l'aéroport est très stricte sur la durée de stationnement sur le trottoir.

Il proposa de prendre la valise de Tanya, mais elle assura qu'elle pouvait se débrouiller. Ensemble, nous nous hâtâmes de retourner à la voiture, où nous arrivâmes juste avant d'être verbalisés. Je regardai mon père enfoncer la poignée de la valise, puis la charger dans le coffre de sa BMW 750i noire et rutilante.

Je fus surprise de l'aisance avec laquelle il souleva la grosse valise rouge. Mon père, un mètre quatre-vingt-six, courait, nageait et soulevait régulièrement des poids, mais quand même, on aurait dit un bagage en apesanteur. Ensuite, il aida Tanya à se débarrasser de son sac à dos et gémit comme s'il s'était froissé un muscle.

— Punaise. Qu'est-ce qu'il y a dans ce sac ? Il pèse une tonne.

— Oh, juste mon ordinateur portable, un peu de maquillage et mes affaires personnelles.

Sur cette déclaration souriante, Tanya me suivit dans la voiture. Alors que mon père démarrait, je m'interrogeai : pourquoi cette fille m'inspirait-elle un mauvais pressentiment ?

2

Natalie

— Oh, là, là ! Votre maison est teeeellement belle ! Elle ressemble à ces manoirs qu'on voit dans les magazines de design.

Je souris aux éloges de Tanya lorsque nous empruntâmes l'allée. Oui, nous avions une belle maison. De style italien, près de cinq cents mètres carrés bâtis en 1926 et situés dans l'une des meilleures rues de Hancock Park. Certes, ça n'était pas l'un de ces immenses manoirs de Beverly Hills affectionnés par l'élite et les nouveaux riches hollywoodiens, mais tout de même la maison à cinq chambres de mes rêves, avec ses plafonds vertigineux, son entrée grandiose et son escalier de marbre majestueux. De nombreuses installations à l'intérieur étaient d'origine et je l'avais soigneusement meublée avec des objets Art déco chinés, quelques reproductions aussi, mais tous fidèles à l'époque. Après m'être remise de ma dépression, j'avais repeint l'extérieur en rose méditerranéen et planté des rangées de rosiers anglais dans la vaste cour de devant pour lui donner un air majestueux comme jamais. Notre petit palais de Los Angeles.

Pendant que Matt garait la voiture, je jetai un coup d'œil dans le rétroviseur à l'étudiante qui passerait son année chez nous. Maintenant qu'elle portait sa casquette de base-ball à l'envers, je voyais mieux son visage. Ses yeux foncés aux longs cils, ses lèvres pleines légèrement entrouvertes, ses pommettes hautes et son menton à la fossette prononcée. Son expression, les yeux écarquillés, me rappelait Anabel, dont la *joie de vivre*[1] contrastait tellement avec sa mort violente. D'un clignement des paupières, je refoulai l'horrible souvenir au fond de mon esprit.

La belle et fougueuse Tanya allait insuffler à cette maison la bouffée de vie dont elle avait tant besoin. J'en étais persuadée.

À l'unisson, tout le monde détacha sa ceinture de sécurité. Enfin, sauf Paige, qui resta assise, les jambes croisées, à lire un gros livre sur les sculpteurs de la Renaissance. Tandis que, sur le chemin du retour, Tanya et moi avions parlé avec enthousiasme de toutes les choses à voir et à faire à Los Angeles ainsi que des meilleurs endroits pour faire du shopping, Paige avait gardé le nez dans son livre toute la durée du trajet. Elle avait toujours été renfermée, mais elle l'était encore plus depuis la mort de sa sœur, dont elle ne parlait d'ailleurs jamais. Du moins, pas avec moi. En toute honnêteté, je ne lui en avais peut-être jamais donné l'occasion aux moments où elle en avait le plus besoin.

Je tordis le cou et regardai ma fille sur la banquette arrière.

— Paige, on est arrivés. S'il te plaît, range ton livre et détache ta ceinture.

Sans même me jeter un regard, elle me répondit qu'elle préférait finir son livre et aller chercher Will avec son père.

— Bien.

---

1. En français dans le texte.

Je ne répliquai rien, ne voulant pas occasionner une scène devant Tanya, surtout le premier jour. Et puis, cela me donnerait un peu de temps en tête à tête avec notre invitée, pour mieux la connaître.

Matt descendit le premier de voiture et, avec Tanya et moi dans son sillage, il porta ses deux bagages jusqu'à la porte d'entrée. Je suivis des yeux mon mari et son physique athlétique. Même de dos, il était magnifique dans son jean de marque et sa chemise cintrée. Grand, bien bâti, les épaules larges, un torse sculpté et de longues jambes musclées... Son corps était son temple et il l'entretenait religieusement. Il avait la beauté d'une star de cinéma, avec des traits puissants et ciselés, d'épais sourcils qu'on lui jalousait et des cheveux brun-roux ondulés qui commençaient à peine à grisonner, ce qui ne faisait qu'ajouter à son charme.

Et il était riche. Pas milliardaire, mais suffisamment riche pour acheter cette maison à cinq millions de dollars, s'offrir des voitures de luxe, des vêtements de marque et des voyages en première classe. Il envoyait nos enfants dans des écoles privées d'élite et m'offrait la vie d'une femme au foyer à Beverly Hills : un quotidien de Soul Cycle ou de pilates, de shopping sur Rodeo, de déjeuners avec telle ou telle amie, une retouche ici et là, et n'importe quelle activité philanthropique qui tombait le jour de mon choix. Mes copines me taquinaient en disant qu'elles tueraient pour être mariées à un homme comme Matt. Le mari parfait.

Pas vraiment. Je n'étais pas non plus l'épouse parfaite. J'étais sûre que, s'il connaissait mes secrets, je le perdrais.

Au lieu de quoi, j'avais perdu Anabel.

Une fois de plus, je chassai ces sombres pensées, car nous entrions dans la maison.

Tanya s'exclama, enthousiaste :

— C'est aussi joli à l'intérieur qu'à l'extérieur. J'adore ! J'ai l'impression que je pourrais vivre ici pour toujours !

Moi aussi, pensai-je, tandis que Matt retournait à la berline noire et reculait jusque dans la rue. En fermant la porte d'entrée, j'aperçus Paige assise sur la banquette arrière, le nez toujours plongé dans son livre. Pas un instant elle ne leva les yeux vers moi.

Parfois, je pensais qu'elle me détestait.

Mais pas autant que je me détestais, moi, parfois aussi.

Un aboiement sonore suivi d'un cliquetis de griffes sur le parquet interrompit le fil de mes pensées.

Un énorme animal à fourrure nous fonçait dessus. Il visa d'abord Tanya, se dressa sur ses pattes arrière et lui planta celles de devant sur la poitrine en jappant comme un fou, manquant de la faire tomber.

Peinant à garder son équilibre, Tanya poussa un cri, les yeux écarquillés par la panique.

Même si je savais que ses aboiements étaient inoffensifs, qu'ils n'étaient que sa façon excitée de saluer tout visiteur, j'aurais sans doute paniqué aussi à sa place. Notre gros chien brun avait bel et bien l'air menaçant.

Devenue blême, Tanya s'affolait de plus en plus.

— Faites-le descendre ! J'ai peur des chiens.

— Ne t'inquiète pas. Il est très gentil !

— S'il vous plaît !

La supplique était désespérée, sa voix montrait qu'elle était au bord des larmes.

J'attrapai immédiatement le chien par son collier de cuir rouge et j'essayai de le tirer en arrière. Mais avec ses plus de cinquante kilos et sa tête à hauteur des épaules de Tanya, c'était une force avec laquelle il fallait compter, même s'il avait neuf ans.

— Bear, couché ! ordonnai-je, avant de le féliciter quand il obéit : Bon chien !

— M… merci, balbutia Tanya, visiblement encore ébranlée.

Je me sentais très mal. Premières minutes de notre étudiante dans la maison, et voilà ce qui arrivait. J'avais demandé aux enfants de le mettre dans le jardin, mais peut-être avaient-ils oublié. Ou peut-être que notre femme de ménage de longue date, Blanca, l'avait laissé entrer. Elle avait un faible pour notre adorable toutou et avait déjà fait ça auparavant.

Pliée en deux et agrippée à son collier, je m'excusai et présentai Bear à Tanya.

— N'aie pas peur, ma chérie. Il est vraiment inoffensif. C'est un gros nounours.

Les enfants, à l'exception d'Anabel – qui ne voulait pas avoir à promener un animal ou à nettoyer derrière lui –, nous avaient suppliés d'avoir un chien. Matt n'était pas très chaud à l'idée non plus mais, après une série de cambriolages dans notre quartier, il avait changé d'avis et accepté que nous en prenions un, à condition qu'il s'agisse d'un chien de garde. Nous étions donc tous allés au refuge animalier et avions cherché le plus gros chien possible. Il se trouve que c'était aussi le plus mignon. Un regard avait suffi, avec ses grands yeux bruns qui nous imploraient de le choisir, et il était à nous. C'était Will, âgé de quatre ans à l'époque, qui était tombé raide dingue de lui et l'avait baptisé.

— Maman, il ressemble à un gros ours.

D'où son nom… Bear. Je n'oublierais jamais mon petit garçon enlaçant notre nouveau chien, et Bear assis qui lui couvrait le visage de baisers mouillés et baveux.

Matt avait détourné les yeux, ne voulant pas contrarier notre fils. Plus tard dans la journée, à ma grande horreur, il avait acheté une arme de poing. « Une véritable protection. » Il gardait le pistolet enfermé à double tour dans notre coffre-fort. Chargé, s'il vous plaît. Pourvu que nous n'ayons jamais à l'utiliser…

Mes paroles, cependant, ne semblaient pas rassurer Tanya, qui avait toujours l'air aussi effrayée.

— Natalie, pouvez-vous l'éloigner de moi, s'il vous plaît ?

— Bien sûr. Je vais le mettre dehors.

Par chance, notre chien aimait s'ébattre dans notre grand jardin et il faisait beau. Il disposait d'une niche pour se protéger des intempéries.

Quand je revins à l'intérieur, Tanya avait disparu.

Je supposai qu'elle était allée à la cuisine, peut-être pour se faire du thé.

Faux. Je la trouvai dans le salon, qui se servait à une bouteille de cabernet hors de prix de notre bar.

— Chérie, que fais-tu ? lui demandai-je alors qu'elle versait une généreuse rasade du liquide rouge sang dans un verre en cristal, qu'elle remplit à ras bord.

— J'espère que ça ne vous dérange pas. J'avais besoin de me détendre après… Bear. (Elle porta le verre à ses lèvres et but une longue gorgée.) Je peux vous en servir aussi ?

J'étouffai une forte envie de la réprimander. Et celle de dire oui.

— Ton père te laisse boire ?

Et si tôt dans l'après-midi ? Il n'était même pas 15 heures.

Nouvelle gorgée.

— Au Royaume-Uni, il est permis de boire avec un parent quand on a dix-sept ans.

— Hmm. Je ne le savais pas.

Un frisson de culpabilité me traversa. Parfois, je partageais un peu de vin avec Anabel. Avec le recul, je le regrettais. Peut-être qu'elle serait encore là avec nous, si je m'en étais abstenue.

— Tanya, j'aimerais quand même que tu reposes le verre et que tu ranges la bouteille. (Avec un léger froncement de sourcils, elle s'exécuta.) Maintenant, laisse-moi te montrer ta chambre.

Le visage de Tanya s'illumina de nouveau.

— J'ai trop hâte de la voir !

Mon ventre se serra. Maintenant, je regrettais vraiment de ne pas avoir bu de vin. Je n'avais pas mis les pieds dans *cette* chambre depuis plus de deux ans. Du moins, pas en journée. Je me préparai en inspirant un bon coup, puis je précédai notre étudiante jusqu'à la volée de marches en marbre.

— Fais attention.

J'entendis le tremblement dans ma voix tandis que, par-dessus mon épaule, je lui jetai un coup d'œil. Ma nouvelle pupille portait son lourd sac à dos et avait insisté pour monter aussi elle-même sa grosse valise. À voir la façon dont elle gravissait sans effort l'escalier en courbe, elle semblait en forme, mais ça me rendait tout de même anxieuse.

— Tiens-toi à la rampe. Je ne veux pas que tu tombes dès ton premier jour ici.

À cette idée, un frisson glacial me parcourut.

— Ne vous inquiétez pas, madame Merritt. Oups ! Je veux dire Natalie. Il n'y a pas de risque.

À mon grand soulagement, elle agrippa tout de même, de sa main libre, la ferronnerie complexe de la rambarde, également d'origine. Je relâchai un soupir tendu lorsque nous atteignîmes toutes les deux le palier.

Les yeux de Tanya allaient de gauche à droite.

— Par où est ma chambre ?

— À droite.

Je la suivis tandis qu'elle faisait rouler sa valise dans le long couloir. Elle glissait en douceur le long des portes en chêne foncé et je ne pus m'empêcher de remarquer la grâce avec laquelle se déplaçait cette jeune femme svelte aux longues jambes. Une gazelle.

— Dites-moi quand je dois m'arrêter, dit-elle.

Nous dépassâmes la chambre de Will, sa salle de bains, la chambre de Paige et une autre salle de bains. Quand nous arrivâmes à la dernière porte, je lançai :

— Stop !

Je passai devant elle pour tourner la poignée en laiton. Poussant la porte, je fus aussitôt frappée par une explosion de rose et de soleil. Au point d'en avoir le vertige. Une légère nausée.

— Tout va bien ? s'enquit Tanya, sentant ma détresse.

— Ou... oui. Je suis juste un peu essoufflée d'avoir monté l'escalier, mentis-je.

Grâce au pilates et au Soul Cycling, je n'avais jamais été aussi en forme de ma vie.

Reprenant mon souffle, je laissai Tanya entrer en premier.

Les yeux écarquillés, elle poussa un petit cri.

— Oh, mon Dieu, je l'adore ! On dirait une chambre de princesse.

En effet, c'était le cas. Rien n'avait changé depuis la dernière fois que j'y étais entrée. J'avais demandé à Blanca d'entretenir la chambre exactement comme elle l'avait fait du vivant d'Anabel. Je balayai la pièce des yeux : le lit à baldaquin et ses froufrous, avec tous ses précieux animaux en peluche, les meubles blancs assortis, les posters de Justin Bieber, ses trophées de pom-pom girl et toutes les photos encadrées relatant sa courte vie. Rien ne manquait. Comme si Anabel pouvait entrer à tout moment.

Abandonnant ses bagages sur la moquette rose, Tanya se dirigea directement vers le lit et s'étala sur la couette, façon étoile de mer. Les yeux levés vers le baldaquin, elle poussa un long soupir de satisfaction.

— Je pourrais dormir dans ce lit pour toujours. C'est si délicieux !

Elle câlina au hasard l'un des animaux en peluche de ma fille. Un instant, mon esprit me joua un tour. Je voyais Anabel au lieu de Tanya. Un battement de cils et la mélodie de son accent étranger firent disparaître le mirage.

— Je n'arrive pas à croire que vous ayez conçu cette pièce spécialement pour moi. Avec tout ce que je peux désirer.

Ma poitrine se contracta et je me mordillai la lèvre inférieure.

— En fait, elle appartenait à mon autre fille. (Une pause douloureuse.) Anabel.

Notre invitée se redressa, fit pendre ses longues jambes sur le côté du lit. Serrant dans ses bras une peluche, un adorable koala, elle me regarda, surprise.

— Je ne savais pas que vous aviez une autre fille.

— J'en avais une autre, nuançai-je, des larmes perlant au fond de mes yeux. Elle est morte il y a deux ans.

— Oh, je suis désolée !

— J'aurais dû te le dire…

— Quel âge avait-elle ?

— Seize ans.

Seize ans, le bel âge.

Tanya se plaqua une main sur la bouche.

— Oh, mon Dieu ! C'est si jeune. Je peux vous demander comment elle est morte ?

Mon cœur bégaya dans ma poitrine.

— Je préfère ne pas en parler.

— Je comprends. Ce doit être encore très dur pour vous.

Appréciant sa sensibilité, je chassai cet affreux souvenir et me concentrai sur notre nouvelle pensionnaire.

— Chérie, je veux que tu te sentes chez toi ici.

Jetant le koala sur le matelas, Tanya sauta au bas du lit et passa la pièce en revue.

— Je peux changer un peu l'agencement des choses ? Genre ajouter quelques trucs à moi, par exemple ?

Avec le recul, je songeai que j'aurais dû ranger les objets personnels d'Anabel. Ses photos et ses posters, ainsi que ses peluches chéries. Celles-ci faisaient remonter des souvenirs doux-amers : chaque année, je lui en offrais une pour son anniversaire. Malheureusement, le koala avait été la dernière.

— Oui, concédai-je, à condition de ne pas déplacer les meubles. Tu peux mettre une partie de tes vêtements dans sa commode, les tiroirs sont vides. Et le reste dans son armoire. J'espère que ça ne te dérange pas que ses habits y soient encore rangés pour une bonne part, il devrait quand même y avoir de la place pour les tiens.

— Pas de souci. Je n'ai pas apporté grand-chose. Je pourrai emprunter certaines tenues ?

J'hésitai, avant d'accepter. Je ne voulais pas que notre étudiante en échange pense que j'étais une folle obsédée. *La vérité : je l'étais*.

— Tu dois faire la même taille qu'elle. Prends-en bien soin, par contre.

— Bien sûr. (Elle se débarrassa de sa casquette de base-ball et passa ses doigts fins dans ses longues mèches platine.) Natalie, vous pourriez peut-être m'emmener faire du shopping dans la semaine ? J'aurais vraiment besoin d'une garde-robe pour Los Angeles.

Je souris.

— Très volontiers. Pourquoi pas demain après l'école ?

— Cool ! Je vous remercie. Oh, et Natalie, encore une chose... J'ai vraiment besoin d'aller aux chiottes. (Elle gloussa.) Je veux dire, aux toilettes. Vous pouvez m'indiquer où c'est ?

Je lui montrai une autre porte.

— C'est juste là. La salle de bains est reliée à la chambre de Paige.

Elle grimaça, fronça ses sourcils noir de jais.

— Quoi ! Sérieusement ? Je dois partager la salle de bains avec elle ?

Le ton de sa voix était légèrement désarmant, mais peut-être était-elle simplement fatiguée et avait-elle besoin d'être rassurée.

— Oui, ma chérie. Mais ne t'inquiète pas. Il y a une double vasque. Et Paige est très soigneuse. Je suis sûre que vous vous arrangerez très bien toutes les deux.

— Sans doute.

Son visage se détendit, mais sans sourire.

Anabel n'avait jamais bien supporté de partager la salle de bains avec Paige. La plupart du temps, elle la monopolisait. J'espérais que les choses seraient différentes avec Tanya.

— Bon, je vais te laisser t'installer. Prends une douche et fais une sieste si tu en as besoin, mais descends nous rejoindre pour le dîner dans la salle à manger à 18 h 30.

— Parfait ! (Le sourire était revenu.) J'ai hâte.

Sur ce, elle s'approcha de moi et me prit dans ses bras.

— Merci encore, Natalie, de m'offrir cette incroyable chance. Je veux être... (Elle s'interrompit au milieu de sa phrase.)... comme un membre de votre famille pendant que je suis ici. L'invitée modèle.

Ses mots me touchèrent. Et la chaleur de ses bras autour de moi me réconforta. Je ressentis une pointe d'optimisme. Ça allait me faire du bien d'avoir une autre adolescente à la maison.

Quand elle resserra son étreinte, ma poitrine se contracta et je frissonnai.

Le fantôme d'Anabel reviendrait-il me hanter ?

3

Paige

Pendant le trajet en voiture pour aller chercher mon frère, j'avais décidé de donner une chance à Tanya. Elle semblait certes un peu superficielle, mais plutôt gentille au fond. Pas aussi coincée que ma sœur. Ni aussi vaniteuse. Le moins que je puisse faire, c'était d'essayer.

Mais… ça ?

— Qu'est-ce que tu fais dans ma chambre ? demandai-je en m'efforçant de garder une voix aussi neutre que possible.

— Oh, salut ! répondit-elle, toute guillerette, sans me regarder.

Notre nouvelle étudiante en échange était recroquevillée sur mon lit, en train de se faire les ongles des pieds. D'accord, je devais partager la salle de bains avec elle, mais ça, non, je ne l'acceptais pas. Surtout qu'elle ne m'avait rien demandé. Je tâchai de conserver mon calme, mais ce n'était pas facile.

Elle avait sa propre chambre – celle de ma sœur – de l'autre côté de la salle de bains. On appelait ça une suite « Jack and Jill », quand deux chambres étaient reliées par une salle de bains commune, et c'était l'une des caractéristiques prétendument charmantes qui avaient convaincu ma mère d'acheter cette maison. Elle pensait que ça nous aiderait à nous rapprocher, ma sœur et moi. Lorsque nous avions emménagé ici, Anabel, treize ans, était déjà grande et mince avec un teint de pêche et de crème ; moi, j'avais douze ans, encore mon ventre de petite fille, un appareil dentaire et des boutons. Nos hormones se déchaînaient, je la détestais et elle me détestait. Ma mère s'était trompée. Tellement trompée.

La dernière chose que je voulais, c'était partager une salle de bains avec ma sœur, qui passait plus de temps devant un miroir que n'importe quelle autre fille de ma connaissance. Et prenait de longs bains ou des douches qui semblaient se prolonger jusqu'au lendemain. J'avais l'impression de devoir prendre rendez-vous pour aller aux toilettes ou me doucher tranquille.

Parfois, j'avais envie de l'étrangler et je le lui avais dit en face. Même si je n'avais jamais vraiment souhaité la mort de ma sœur, je devais admettre qu'il était agréable d'avoir la salle de bains pour moi toute seule, maintenant qu'elle n'était plus là. J'avais insisté auprès de ma mère pour qu'elle alloue à Tanya la chambre d'amis qu'elle utilisait comme bureau, ce qu'elle avait refusé catégoriquement, au motif qu'elle avait besoin de son espace personnel, d'une « pièce à elle », avec la saison des galas qui approchait. Ma mère siégeait au conseil d'administration de nombreuses institutions culturelles et fondations philanthropiques, et était toujours à la tête de tel ou tel comité qui organisait des collectes de fonds. Contrairement à moi, qui étais plutôt solitaire, c'était un animal sociable. Un peu comme ma sœur.

Les bras croisés, j'attendais une réponse.

— Alors ? insistai-je en haussant le ton.

Concentrée sur ses orteils, Tanya mâchait son chewing-gum et ne me regardait toujours pas.

— À ton avis ? Je me fais les ongles des pieds. Tu aimes la couleur ? J'ai trouvé le flacon dans ma chambre.

Ma chambre. L'utilisation de cet adjectif possessif me fit l'effet d'une fléchette plantée en plein cœur. Ce n'était pas sa chambre. Elle appartenait à ma sœur. En fait, rien dans cette maison n'était à elle. Je n'avais pas passé plus d'une heure avec cette fille, et les chances que je l'apprécie diminuaient de seconde en seconde.

— Descends de mon lit tout de suite.

— Waouh ! Il faut te calmer, hein ! s'offusqua-t-elle, avant de faire une grosse bulle qui éclata bruyamment. J'ai pensé que ce serait sympa de chiller ensemble. D'apprendre à se connaître. Mais t'inquiète, j'ai presque fini.

Bouillonnante (honnêtement, oui, fallait que je me calme), je la regardai passer d'un orteil à l'autre. Je ne pus m'empêcher de remarquer la finesse et la cambrure de ses pieds, la délicatesse de ses orteils. Le vernis rouge métallisé faisait ressembler ses ongles à de petites pierres précieuses et me rappelait ceux de ma sœur et de ma mère. Comme pour le reste, j'avais hérité des pieds plats de mon père et mes orteils étaient courts et trapus. Et à cause du basket et des entraînements, mes ongles étaient en mauvais état. En dents de scie et cassés. Quelques-uns incarnés. Ma mère me répétait toujours de mieux prendre soin de mes pieds, de venir avec elle chez la manucure-pédicure, ce qu'elle faisait chaque semaine avec Anabel.

Non, merci.

Plus Tanya prenait son temps, appliquant soigneusement le vernis à ongles, plus la rage montait en moi. Brûlant d'envie de tirer d'un coup sec ma couette sous elle, je serrai les poings le long de mes flancs pour m'en empêcher. La gestion de la colère n'était vraiment pas mon fort. Encore un trait que j'avais hérité de mon caractériel de père. Du moins, je le pensais.

Toujours occupée à passer le pinceau sur ses ongles, Tanya écarta de sa main libre une mèche de ses cheveux au blond suspect.

— J'ai passé un moment bien agréable avec ta mère. Avant qu'elle me montre ma chambre, j'ai bu du vin avec elle. Un délicieux cabernet calif...

— Ma mère t'a laissée boire de l'alcool ? la coupai-je. Tu n'as pas vingt et un ans, si ?

Elle fit éclater une autre bulle.

— J'ai dix-sept ans, mais au Royaume-Uni, on a le droit de boire à la maison avec un adulte. Papa et moi, on adore prendre un verre ensemble chaque fois qu'il est en ville.

Mes parents me priveraient de sortie à vie s'ils me surprenaient en train de boire – avec ou sans eux. Ou à toucher au placard à alcools, comme l'une des filles trop gâtées de *Gossip Girls*. Je m'étais toujours demandé s'ils savaient qu'Anabel, à l'âge tendre de treize ans, piquait en cachette du Stoli et du Jack Daniel's dans le bar de mon père. Et si c'était le cas, pourquoi ils ne l'avaient pas punie...

Tanya coupa court à mes pensées.

— Bref, ta mère m'a beaucoup parlé de vous.

Je ne voulais pas rien savoir. La famille parfaite. Les mensonges parfaits. Le vin avait cet effet-là sur ma mère. Il l'aidait à s'évader. Comme son Xanax et toutes les activités soigneusement planifiées qui occupaient chaque minute de sa vie insipide.

— Qu'est-ce qu'il fait, ton père, exactement ? demanda-t-elle.

— Il est gestionnaire de fortunes.

En fait, je ne comprenais pas vraiment ce que fabriquait mon père. Il disait qu'il investissait l'argent des autres, que sa liste de clients était remplie de célébrités et de magnats. Que c'était gagnant-gagnant. Ils gagnaient de l'argent, il gagnait de l'argent. Et nous pouvions vivre dans cette grande maison, partir pour des vacances de luxe et faire toutes sortes d'autres choses que seuls les riches pouvaient s'offrir. Cependant, tout l'argent du monde ne pouvait ramener ma sœur. L'avenir, je l'avais appris, n'était garanti à personne.

— Et ton père ? demandai-je à Tanya, comme si je ne le savais pas déjà.

— Ta mère ne te l'a pas dit ?

— Non, mentis-je. Honnêtement, je ne sais pas grand-chose sur toi.

Ça, au moins, c'était vrai.

— Papa est diplomate, répondit-elle sans lever les yeux de ses pieds. Il voyage dans le monde entier. C'est pour ça qu'il m'a mise en pension.

— Et ta mère ?

Elle haussa les épaules.

— Oh, elle est morte. En couches, en me donnant naissance.

— Je suis désolée.

Les premiers mots qui m'étaient venus à l'esprit. Le minimum syndical.

— Pas de quoi. Je ne l'ai jamais connue. (Un temps.) Ce n'est pas comme toi qui as perdu ta sœur. Ça a dû être affreux.

— Comment tu sais ça ?

— Ta mère me l'a dit.

Mon sang ne fit qu'un tour. Quel paquet de mensonges était-elle allée lui raconter ? Même moi, je ne connaissais pas la vérité sur la mort de ma sœur.

— Qu'est-ce qu'elle t'a dit ?

Tanya examinait ses orteils : elle avait fini un pied.

— Qu'elle ne voulait pas en parler.

Tant mieux, car je ne voulais pas en parler non plus. Si ma sœur avait survécu, elle aurait probablement été tétraplégique, paralysée à partir du cou. Clouée sur un fauteuil roulant et dépendante des autres. Pour l'animal libre et sociable qu'elle était, ce sort aurait été pire que la mort. C'était donc peut-être une chance qu'elle soit morte. Une bénédiction déguisée.

Heureusement, Tanya m'évita de revenir à ce jour tragique en changeant de sujet.

— J'ai hâte de rencontrer ton frère, Will.

— Il est pénible, lui assurai-je.

Pas question de le partager avec elle. Pas une once de lui.

Avec un geste théâtral, elle termina par un point de vernis sur son petit doigt de pied gauche.

— Ça va être tellement agréable de faire partie d'une famille. Et d'avoir une mère pour la première fois de ma vie.

Ce n'est pas ta mère, brûlais-je lui dire, mais je me tus, trop heureuse qu'elle ait fini.

— Tu veux que je te fasse les ongles ? proposa-t-elle gentiment.

— Merci, mais non merci.

— Pas de souci. Peut-être une autre fois.

Posant le vernis à ongles sur ma table de nuit, elle descendit du lit avec précaution et se mit en équilibre sur les talons, ses orteils peints pointés vers le plafond.

— Eh, est-ce que tu as des tongs que je pourrais t'emprunter ? Je ne veux pas abîmer mes ongles.

J'étais sûre d'en avoir quelque part, mais je ne voulais rien partager de plus avec cette fille. Alors je répondis par la négative.

— Pas grave. J'en ajouterai une paire à ma liste de courses.

Je la suivis des yeux, qui se dirigeait vers la porte de la salle de bains reliant nos chambres, jambes raides et pieds flexes.

— Je vais faire une sieste. Je ne veux pas que le décalage horaire vienne me gâcher le dîner. Mon premier repas en famille depuis des lustres ! Byyye ! fit-elle en agitant les doigts. À plus tard.

Dès qu'elle eut disparu, je courus vers la porte de la salle de bains et la verrouillai. *Clic*. Pas question qu'elle revienne traîner dans ma chambre. Je me précipitai ensuite vers l'autre porte, celle du couloir, et tentai de la verrouiller également. Mais cette fichue serrure, qui était probablement aussi vieille que la maison, était bloquée. Mon frère, Will, pourrait me la réparer. Il vous réparait n'importe quoi. J'étais même prête à parier qu'il saurait m'installer une nouvelle poignée de porte susceptible d'être verrouillée de l'extérieur. Une virée à la quincaillerie de Larchmont Village, tout proche, s'imposait.

Et je ne me contenterais pas d'acheter une nouvelle poignée de porte.

Un sourire mauvais s'esquissa sur mes lèvres.

4

Natalie

Pour la première fois depuis la mort d'Anabel, je savourai notre repas du soir. Si la plupart des familles d'aujourd'hui dînaient à la cuisine, je préférais nous installer à la salle à manger. Nous en avions une, autant l'utiliser. En raison des emplois du temps chargés et pas forcément en phase de chacun, c'était le seul repas que nous prenions en famille, même si Paige et Will auraient de beaucoup préféré dîner dans leur chambre. Pas question. Je ne voulais entendre ni « si » ni « mais », et j'avais le soutien de mon mari.

Je préparai le dîner religieusement. Mes repas étaient planifiés et j'étais toujours à la maison à 17 heures pour m'y atteler. C'était une forme de relaxation, pour moi, et j'aimais expérimenter de nouvelles recettes en buvant un verre de vin. J'avais lu un jour qu'un repas préparé maison était un moyen de montrer à votre famille que vous l'aimiez. Ma mère, qui se fichait complètement de moi, n'ayant jamais cuisiné de sa vie, je devais croire que c'était vrai.

Ce dont je n'étais pas sûre, en revanche, c'était de savoir si les sentiments des membres de ma famille étaient réciproques. Ils ne me complimentaient jamais sur mes créations, quels que soient mes efforts. Paige et Will ne parlaient que lorsqu'on leur adressait la parole, répondant aux questions avec le moins de mots possible, souvent un seul.

Comment s'est passée ta journée ?

Ça va.

Qu'est-ce que tu as fait ?

Des trucs.

Quelque chose de spécial ?

Pfff...

Du vivant d'Anabel, j'attendais le dîner avec impatience car, même si Paige était agressive et Will mutique, une énergie positive circulait tout le temps à table. Anabel, toujours sociable, aimait raconter sa journée et m'entendre parler de la mienne. Elle était même capable de faire participer mon mari, cet accro au travail, et laissait les remarques sarcastiques de sa sœur lui couler dessus comme l'eau sur les plumes d'un canard. Depuis sa mort, la conversation autour de la table s'était éteinte aussi.

Mais ce soir, c'était différent. Un peu comme au bon vieux temps. Tanya était enthousiaste et animée. Et elle dévorait mes côtelettes d'agneau grillées au romarin et à l'ail comme si elle n'avait pas mangé un repas digne de ce nom depuis des lustres. Peut-être était-ce le cas. Elle était bien mince. La nourriture n'était peut-être pas très bonne, dans son internat.

— Madame Merritt, je veux dire Natalie, c'est délicieux !

Avec un large sourire, elle piqua dans un autre morceau de viande, tendre et cuite à point.

— Merci. Je suis ravie que tu apprécies. Je les ai achetées chez mon boucher de l'Original Farmers Market. C'est un lieu emblématique de Los Angeles, pas loin d'ici, qui existe depuis les années 1930, à côté de The Grove, l'un de mes centres commerciaux préférés. On y trouve un Nordstrom et un Sephora. Et des tas d'autres magasins et restaurants merveilleux. J'ai hâte de t'y emmener.

Les yeux de Tanya pétillèrent d'excitation.

— Et j'ai hâte d'y aller ! Tout ça a l'air extraordinaire.

Ravie, je sirotai une autre gorgée de mon pinot noir et remarquai que Paige n'avait pas touché aux côtelettes. Pinailleuse, elle ne mangeait que la salade de concombre, les haricots verts almondine et le riz pilaf. Je tournai mon attention vers elle.

— Paige, qu'est-ce qui ne va pas ? Tu n'aimes pas les côtelettes d'agneau ?

Elle répondit à ma question par une autre question.

— Ces haricots et ce riz sont cuisinés avec du beurre ?

— Bien sûr. Ça les rend plus savoureux.

Avec une grimace horrifiée, elle cracha une bouchée de riz.

— Beurk ! Je te l'ai dit cent fois, je suis végane ! Je ne mange plus de produits d'origine animale.

— Waouh ! C'est très noble de ta part, commenta Tanya en coupant une de ses côtelettes. Moi, j'aurais vraiment beaucoup de mal.

Paige la toisa d'un regard mauvais avant de nous regarder tous.

— Vous n'êtes qu'une bande de cannibales. Vous vous mangeriez probablement les uns les autres, si vous pouviez.

Je lui lançai un regard sévère.

— Ça suffit, Paige. Mange ce que tu veux mais, s'il te plaît, ne porte pas de jugement sur autrui. Et ne viens pas te plaindre que tu as faim plus tard.

Sans rien ajouter, elle se remit à piquer distraitement ses légumes. Pourvu qu'elle ne soit pas en train de développer un trouble alimentaire.

À mon grand soulagement, Tanya changea de sujet.

— Monsieur Merritt…

— Matt, la corrigea-t-il.

Elle sourit en rougissant. Quelles jolies pommettes ! Un peu moins hautes toutefois que celles d'Anabel ou les miennes.

— Matt… (Son nom était doux sur ses lèvres.) Paige m'a dit que vous étiez gestionnaire de fortunes. Ça a l'air fascinant.

Heureux d'être au centre de l'attention, mon mari s'illumina. Pendant les vingt minutes suivantes, Tanya et lui enchaînèrent les questions et les réponses, et j'appris même des choses que j'ignorais sur le travail de mon mari. Je passai à mon deuxième verre de vin pendant qu'ils continuaient à échanger. Les yeux écarquillés, Tanya semblait suspendue à ses lèvres. Comme si chaque mot était parole d'évangile.

— Où êtes-vous allé à l'université ? demanda-t-elle.

— Stanford pour le premier cycle, puis l'école de commerce.

— Sérieusement ? C'est là que je veux aller !

Paige dressa l'oreille, tandis que mon mari s'essuyait la bouche avec sa serviette.

— C'est une école merveilleuse. L'une des meilleures du pays. Nous souhaitons que Paige postule dans le cadre d'une décision anticipée.

Ma fille fusilla son père du regard.

— Tu sais que je ne veux pas aller à Stanford. Je veux aller à la RISD.

Ris-diii. Rhode Island School of Design, autrement dit, l'école de design de Rhode Island. Celle que j'avais jadis rêvé d'intégrer pour devenir illustratrice. Ça ne s'était pas fait.

En fronçant ses sourcils denses, Matt évita les coups de fusil.

— C'est hors de question. Aucune de mes filles – ou de mes fils – n'ira dans une prétendue école d'art prétentieuse. On a besoin d'une véritable éducation pour avancer dans ce monde. Tanya, au moins, a l'air de le comprendre.

À la mention de son nom, notre invitée s'illumina comme une lanterne. Et regarda mon mari comme s'il était Dieu.

Les fentes sombres et froides des yeux de Matt restaient fixées sur notre fille, qui osait le défier. Il posa ses couverts avec fracas, mais au moins il n'avait pas planté sa fourchette ou son couteau dans notre table en bois de citronnier rare. Son mauvais caractère avait empiré avec le temps.

— Paige, vu que tu postuleras à Stanford, tu ferais mieux de t'atteler à tes dissertations, celles que tu dois leur envoyer bientôt. Fin de la discussion.

— Matt, en quoi consiste la décision anticipée ? demanda Tanya, tête inclinée, tandis que Paige boudait. Je ne connais pas très bien le processus de candidature dans les universités américaines.

Matt se tourna vers elle.

— Tu postules dans une seule école et, si elle t'accepte tout de suite, tu dois t'engager à y aller. (Il prit une nouvelle bouchée de ses côtelettes.) Si tu veux vraiment aller à Stanford, tu devrais le faire, Tanya. Paige peut t'aider à télécharger un dossier de candidature, sinon, je serais ravi de t'aider. Tu peux aussi demander à mon fils, Will. C'est un as de l'informatique.

Will passa une main dans sa touffe de boucles auburn et leva au ciel ses yeux vert noisette.

— Pffff. Ce n'est pas difficile. Même une bécasse peut y arriver.

C'était la phrase la plus longue qu'il ait prononcée à table depuis des lustres. Je surpris le rictus de Paige. Tanya eut l'air vexée, ce que je ne pouvais pas lui reprocher. Heureusement, elle ne releva pas. Je n'étais pas d'humeur à une dispute autour de la table.

— En parlant d'école, qui est tout excité à l'idée de faire sa rentrée demain ?

Will et Paige ne m'auraient pas regardée autrement si je leur avais demandé de nettoyer les toilettes ou de ramasser les crottes du chien. Comme par hasard, des aboiements retentirent.

Will leva les yeux de son assiette, l'air perplexe.

— Qu'est-ce que Bear fait encore dans le jardin ?

— Chéri, Tanya a peur de lui. Nous allons devoir le garder dehors chaque fois qu'elle n'est pas dans sa chambre.

Mon fils fronça les sourcils.

— Ce n'est pas juste !

— Tout à fait ! renchérit Paige, qui défendait toujours son frère, quoi qu'il arrive. Il fait partie de la famille et devrait être à l'intérieur avec nous. Pourquoi Will ne le garderait-il pas dans sa chambre quand elle est là ?

— Oui, ça pourrait marcher. Ça te conviendrait, ma chérie ? ajoutai-je à l'attention de Tanya.

— D'accord.

Je décelai du ressentiment dans sa voix, néanmoins. Par chance, personne ne fit d'autre commentaire. Le problème étant résolu, je tapai dans mes mains.

— Maintenant, quelqu'un peut-il répondre à ma question ? Qui est tout excité à l'idée de commencer l'école demain ?

Paige et Will retournèrent à leur repas et à leur silence habituel autour de la table. Parfois, j'avais envie de les secouer.

— Moi ! s'exclama Tanya. La Coldwater Academy a l'air géniale.

Avec un signe de tête approbateur, Matt lui adressa un pouce levé.

— C'est la meilleure école privée de tout Los Angeles. Peut-être même de toute la Californie. On pourrait croire mes deux enfants reconnaissants de recevoir une éducation aussi brillante, et pourtant non. Parfois, je me dis qu'on devrait les en retirer et les mettre dans une école publique. Qu'ils puissent goûter au monde réel.

— Matt, arrête ! le suppliai-je. Je suis sûre qu'ils apprécient tout ce que nous leur donnons.

— Je peux me lever de table, s'il vous plaît ? intervint Paige.

— Moi aussi ? ajouta Will. Je monte Bear dans ma chambre.

Sans attendre la permission, ils se levèrent tous les deux de leur chaise et sortirent en trombe de la salle à manger. Ils étaient comme une armée… de deux membres. Parfois, je me disais que s'ils possédaient une arme, ils l'utiliseraient contre leur père et moi. J'avais lu le compte rendu de faits divers affreux qui racontait comment des parents avaient été abattus par leurs enfants, ce qui ne faisait qu'alimenter la bataille que je menais contre Matt pour qu'il se débarrasse de l'arme qu'il avait achetée. Une bataille que je ne gagnerais jamais, je le savais.

— Natalie, dit Tanya, me tirant de mes pensées, c'est le meilleur repas que j'aie jamais mangé. Je peux vous aider à débarrasser la table ?

Alors là, j'étais sidérée, dans le bon sens du terme. Ni Paige ni son frère ne l'avaient jamais proposé. Pas plus que mon bourreau de travail de mari, qui filait toujours directement à son bureau après le dîner, pour s'y enfermer une heure ou deux. Je lui adressai un sourire chaleureux.

— Chérie, c'est très gentil de ta part de proposer, mais ce n'est vraiment pas la peine.

— Vous en êtes sûre ?

— Certaine. Pourquoi ne monterais-tu pas à l'étage passer du temps avec les enfants ? Ou te détendre dans ta chambre. Une grosse journée t'attend demain.

Elle me rendit mon sourire et nous souhaita poliment bonne nuit, à Matt et à moi, non sans se répandre en remerciements pour notre hospitalité avant de partir.

— Quelle gentille fille ! commenta mon mari. Avec un peu de chance, sa gratitude et son bon sens déteindront peut-être sur Paige.

Je gloussai. En me levant pour débarrasser la table, je pensai à Tanya.

Je commençais déjà à l'aimer comme ma propre enfant.

5

Paige

L'alarme de mon téléphone portable retentit dans mes oreilles. Mes yeux s'ouvrirent et la conscience me revint. C'était la rentrée scolaire. Ma dernière année au lycée. Dieu merci. J'étais prête à passer à autre chose. À trouver mes semblables et à laisser tous les *haters* derrière moi. Groggy, je m'assis sur le lit et gagnai la salle de bains à pas hésitants.

Je déverrouillai la porte et l'ouvris. Aussitôt assaillie par une vague de chaleur, j'écarquillai les yeux à travers les dernières brumes du sommeil. Non contente d'être embuée, la salle de bains était un véritable capharnaüm. Une flaque d'eau s'étalait sur le carrelage blanc à côté d'un tas de serviettes humides et froissées. Les toilettes étaient bouchées par Dieu sait quoi et mon sèche-cheveux, encore chaud au toucher, pendait dangereusement au-dessus. Tous mes produits d'hygiène et de soins sans exception avaient été utilisés, du dentifrice au déodorant en passant par la crème hydratante et le masque pour les cheveux. Et bien sûr, rien n'avait été rangé ensuite. Elle avait même utilisé mon lavabo, que je trouvai tout salopé et parsemé de longs cheveux dorés. Dégueu ! Et comme si ça ne suffisait pas à me donner envie de hurler et de lui arracher la tête, chaque centimètre carré du rebord, taché de bain de bouche à la menthe, était en plus encombré par ses produits de beauté et son maquillage. Mascara. Eye-liner. Gloss à lèvres et bien d'autres. Beaucoup d'autres. La pièce ressemblait à l'intérieur d'une pharmacie après un tremblement de terre d'une magnitude de 6 sur l'échelle de Richter. Un véritable désastre.

Tanya, je te déteste !

La fureur m'envahit et je poussai un juron. Dans ma rage, j'ouvris la porte de sa chambre avec tant de force que je faillis tomber à l'intérieur. *Que Jack et Jill aillent se faire voir.* Les frères et sœurs qui dégringolaient de la colline ou je ne sais quoi dans la célèbre comptine pouvaient pourrir en enfer pour ce que j'en avais à faire. Et je ne comprenais toujours pas pourquoi on avait appelé ces chambres adjacentes reliées par la même salle de bains en l'honneur d'une fichue comptine.

— Bonjour ! gazouilla Tanya alors que je reprenais mon équilibre.

Sa voix était aussi gaie qu'un rayon de soleil, la mienne quand je lui répondis, aussi sombre qu'un nuage d'orage.

— Comment oses-tu laisser la salle de bains dans cet état ?!

Je n'étais pas du tout une maniaque du ménage, mais j'aimais les choses propres et bien rangées. Tout comme feu ma sœur narcissique. Ce matin, la salle de bains était méconnaissable. Pire encore, je me sentais comme violée par le fait qu'elle ait utilisé tous mes produits. Elle portait même mon peignoir en velours marine ! Et elle coiffait ses cheveux, préalablement séchés avec mon séchoir, à l'aide de ma brosse démêlante. Pour moi, désormais, cette brosse était infestée de parasites.

— Paige, je suis désolée. Je voulais nettoyer, mais tu ne m'en as pas laissé le temps. Je ne pensais pas que tu te réveillerais aussi tôt que moi.

— Nettoie ça tout de suite ! lui ordonnai-je, regrettant de ne pas avoir pris une photo du bazar avec mon téléphone. Et pose cette brosse à cheveux, elle est à moi !

En réalité, ça n'avait pas d'importance, car j'allais devoir m'en acheter une autre.

— Pas de problème.

Elle se dirigea vers la salle de bains en tortillant du popotin et je la suivis pour gagner ma chambre, non sans claquer la porte derrière moi. Ce qui ne m'empêcha pas de l'entendre chanter une des chansons préférées de ma sœur : *Oops !... I Did It Again* de Britney Spears. Complètement faux, soit dit en passant. Puis je l'entendis tirer la chasse d'eau. Je détestais l'idée de devoir partager le siège des toilettes avec elle. Si ça se trouve, elle avait une MST, cette nana.

J'aurais aimé pouvoir lui bourrer la bouche de papier toilette et la faire disparaître d'un coup de chasse d'eau.

Une demi-heure plus tard, j'étais prête pour mon premier jour de retour à l'école. Sans atteindre la perfection, Tanya avait plutôt fait du bon boulot dans la salle de bains, et une douche bien chaude m'avait débarrassée d'une importante partie de ma colère. Je me regardai une dernière fois dans le miroir de ma coiffeuse, satisfaite de ce que je voyais. J'étais maquillée juste ce qu'il fallait, mes cheveux n'étaient pas trop touffus et la coupe de mon jean ainsi que mon tee-shirt tie-dye (tous deux dénichés chez Goodwill) mettaient en valeur ma silhouette athlétique. J'attrapai mon sac à dos et me dirigeai vers la porte de ma chambre. Au moment où je posai le pied dans le couloir, j'eus mon deuxième choc de la matinée. Cette fois, mon cœur s'arrêta.

— Qu'est-ce que tu fais dans les vêtements de ma sœur ? crachai-je une fois que mon cœur se remit à battre.

Tanya portait la minijupe froissée d'Anabel, la blanche qui mettait en valeur ses longues jambes bronzées, et un dos nu corail qui laissait voir ses bras musclés et son généreux décolleté. Elle portait même le bracelet à breloques en argent de ma sœur, celui que ma mère lui avait offert à Noël. Même si je n'étais plus entrée dans la chambre de ma sœur depuis sa mort, je savais que ma mère n'y avait apporté aucune modification et qu'elle n'avait pas donné un seul de ses vêtements. Elle gardait la chambre rose princesse et son lit à baldaquin intacts, comme un sanctuaire. Parfois, tard dans la nuit, je l'entendais y entrer et pleurer. Prier qu'on lui pardonne.

Ajustant son sac à dos, Tanya me lança un regard perplexe.

— On dirait que tu viens de voir un fantôme.

C'était presque pareil. Pendant une fraction de seconde, j'avais cru revoir ma sœur. Comme si elle était revenue d'entre les morts. Sans doute à cause de ses longs cheveux blonds et de son corps mince. Même si ce n'était qu'une ressemblance superficielle, j'étais plus que jamais convaincue que ma mère, qui ne se remettait pas de sa disparition, avait cherché en Tanya sa remplaçante. La rebelle, l'impertinente aux cheveux crépus que j'étais n'arrivait pas à la cheville de la belle élancée aux cheveux clairs qu'elle avait tant adulée. Et pleurée au point d'en faire une dépression.

Je ne valais rien pour elle.

Je pris une profonde inspiration pour me calmer.

— Je suis juste choquée de te voir dans les vêtements de ma sœur.

Elle m'adressa un sourire suave.

— Ta mère m'a dit que je pouvais les emprunter jusqu'à ce qu'on aille faire des courses.

— Et tous les vêtements que tu as dans ta grosse valise rouge ?

Elle balaya mon hypothèse d'un geste dédaigneux de la main.

— Oh, il n'y a presque rien dedans. J'ai laissé la plupart de mes fringues à la maison. Des uniformes scolaires minables, rien de convenable pour Los Angeles. Juste un tas d'affaires adaptées au froid londonien. Tellement ennuyeux. Une fille de diplomate ne peut pas être vue dans quelque chose de trop osé. Ça ferait la une des tabloïds.

Tandis qu'elle parlait, je revis la facilité avec laquelle mon père avait soulevé sa valise pour la mettre dans le coffre de la voiture. Elle devait dire la vérité.

— Papa, en revanche, m'a dit que je pouvais m'offrir une nouvelle garde-robe à Los Angeles et il m'a acheté une valise à remplir avec tous mes vêtements neufs.

Voilà donc pourquoi elle avait l'air toute neuve. Ne voyant pas l'intérêt d'insister, je lui proposai de descendre.

— Will est probablement déjà en bas. Je ne veux pas être en retard en cours.

C'est alors que j'eus mon troisième choc. Pas de voir le pauvre Bear, déjà dans la cour, en train de gémir et de gratter aux portes-fenêtres. Non. Une autre personne discutait avec mes parents et mon frère dans la cuisine...

Mon petit ami, Lance.

Je m'arrêtai net. Nos yeux se croisèrent.

— Salut ! lança-t-il.

— Salut ! répétai-je comme un perroquet en le dévisageant.

Je ne l'avais pas vu de tout l'été. Il était parti faire des fouilles archéologiques dans les îles Galápagos et n'était rentré que la veille. Il avait changé. Plus grand. Plus bronzé. Plus costaud. Ses cheveux blond cendré étaient plus blonds et plus longs. Il était beau, un homme, et à sa vue je sentis mon corps s'échauffer et mon cœur battre plus vite. Incapable de le quitter des yeux, j'avais tellement envie de l'embrasser que ma mâchoire me faisait mal. Cependant, je ne me livrais jamais à des démonstrations d'affection en public. Surtout pas devant mes parents.

Nous nous étions envoyé des SMS et il avait posté des photos et des vidéos sur Instagram, mais la plupart représentaient les lieux exotiques qu'il avait explorés et la faune qu'il avait découverte. Mon téléphone était rempli d'images de lui en explorateur socialement responsable. Il avait lu que les universités examinaient les réseaux sociaux des candidats et s'était dit que, en postant des clichés montrant son engagement en faveur de l'environnement et contre le réchauffement climatique, il pourrait être admis à l'université de Brown en décision anticipée. Autre raison pour laquelle j'avais jeté mon dévolu sur la RISD : elle se trouvait également à Providence, dans le Rhode Island, à cinq minutes de marche de Brown.

Incapable de parler, des fourmis dans les jambes, je dus me contenter de le couver d'un regard énamouré. Je voulais qu'il me dise : « Tu es superbe » ou « Tu m'as manqué », mais ses yeux n'étaient plus fixés sur moi. Ils étaient sur Tanya.

— Eh, c'est qui ta nouvelle amie ?

Dans ma stupeur enchantée, je l'avais totalement oubliée. Maintenant, je regrettais de ne pouvoir passer la serpillière sur cette beauté en minijupe comme on épongerait une tache d'eau.

— Oh, Lance, gazouilla ma mère, m'évitant les présentations, c'est Tanya Blackstone. Notre étudiante. Elle va rester chez nous toute l'année... enfin, au moins jusqu'à la fin de l'école.

— Salut, dit-il avec un sourire hésitant. (Et je perçus dans ses yeux ambrés une lueur qui n'y était pas, juste avant.) Paige m'a parlé de toi.

En effet. Pour lui dire à quel point j'étais en colère contre ma mère qui l'avait invitée à vivre chez nous.

Tanya sourit. Du même sourire timide que je lui avais vu la veille au dîner.

— Salut. Tu es le petit ami de Paige ?

Lance rougit.

— Plus ou moins.

Quoi ? C'était mon petit ami. OK, je n'avais peut-être pas encore couché avec lui, mais à l'école, ça se savait qu'il y avait un truc entre nous. Je tripotai le collier qu'il m'avait offert avant son voyage. Le petit pendentif en forme de cœur en or était froid entre mes doigts.

Ses yeux restaient rivés sur elle.

— Tu es britannique ?

Le sourire de Tanya dévoila ses dents du bonheur.

— Oui.

— Cool. Bienvenue à L.A. Tu as déjà vu beaucoup de trucs ?

Elle secoua la tête.

— Non. Je suis arrivée hier.

— Alors, je vais devoir te faire visiter.

Euh... il faudra me passer sur le corps avant !

— Génial ! J'en serais ravie.

Elle rejeta la tête en arrière et passa la main dans ses cheveux brillants. On aurait dit qu'elle s'apprêtait à auditionner pour une publicité pour L'Oréal. Ou à auditionner pour lui.

Avant que cette conversation n'aille plus loin, ou que je ne saisisse les ciseaux de cuisine pour lui couper son *wavy*, je coupai court. Sans mauvais jeu de mots.

— On ferait mieux d'y aller. On va être en retard.

Je pris une barre de céréales sur le comptoir de l'îlot. Tanya fit de même.

— Et le déjeuner ? demanda ma mère.

— On ira prendre quelque chose au food-truck.

J'ouvris l'emballage de la barre et, après avoir mordu dedans, je proposai de sortir ma voiture.

En fait, c'était la voiture de ma sœur. Une Jeep Cherokee haut de gamme qu'elle avait à peine eu l'occasion d'utiliser, et pour être honnête, j'étais bien contente qu'elle soit maintenant à moi. Je la gardais, toujours impeccable, dans notre garage conçu pour trois voitures. Je n'étais pas pressée que Tanya la contamine.

— Pas la peine, répondit Lance. Mon père m'a prêté son Escalade. On peut tous y rentrer.

Cinq minutes plus tard, Will et moi étions attachés sur la banquette arrière. Tanya m'avait devancée sur le siège avant et faisait la conversation à Lance. Voilà, mon premier jour d'école commençait mal.

J'avais envie de l'étrangler.

Et je savais que les choses n'allaient faire qu'empirer.

6

Natalie

Les lundis étaient toujours très chargés pour moi. Aujourd'hui, j'avais mon cours particulier de pilates à 9 heures, mon brushing hebdomadaire chez mon coiffeur, suivi d'une réunion du conseil d'administration au Getty Center et d'un déjeuner tardif avec Gloria Zander, PDG de Gloria's Secret, le conglomérat de lingerie, et fondatrice de Girls Like Us, une petite association à but non lucratif qui aidait les jeunes filles victimes d'abus. Elle souhaitait travailler avec moi pour aider à développer GLU.

Notre déjeuner de deux heures s'avéra fantastique. J'admirais Gloria, une femme sublime qui s'était élevée au sommet, après des débuts difficiles dans la vie, un peu semblables aux miens. Elle m'avait proposé un emploi et je lui avais répondu que j'allais y réfléchir. Franchement, je n'étais pas sûre que Matt serait d'accord.

Le déjeuner avait duré plus longtemps que prévu, mais il me restait juste assez de temps pour aller chercher Tanya après l'école et l'emmener faire des courses. J'avais envoyé un texto à Paige pour qu'elle nous rejoigne, mais elle avait déjà une activité prévue après l'école, tout comme Will. En franchissant la Coldwater Canyon Avenue en voiture, je me demandais comment s'était passée la première journée de notre étudiante en échange à la Coldwater Academy. Commencer dans une nouvelle école, qui plus est dans un nouveau pays, ça ne devait pas être facile. Surtout au lycée. Heureusement, elle avait Paige pour lui montrer les ficelles de l'endroit. Et peut-être Lance aussi.

J'étais impatiente de l'entendre parler de sa journée et tout aussi impatiente de l'emmener faire du shopping. Ça faisait si longtemps que j'étais privée de shopping mère-fille : Paige préférait tout acheter en ligne ou fréquenter les friperies et des marchés aux puces qui me répugnaient. Les magasins de seconde main appartenaient à mon passé et je n'avais aucune envie d'y retourner.

Une seule inquiétude vint s'immiscer dans mes pensées alors que je roulais vers l'école : je risquais de tomber sur Alexa Roth, la mère d'une des camarades de classe de Paige. Dire que nous nous étions disputées serait un euphémisme : elle avait bien failli ruiner ma vie.

Ma crainte se dissipa néanmoins lorsque je me garai sur le parking de Coldwater. Aucun signe d'Alexa et de sa Bentley rouge tape-à-l'œil. Un sourire me monta aux lèvres tandis que je cherchais Tanya des yeux. Ce n'était pas ma fille, pourtant j'avais ressenti une connexion instantanée entre nous et j'appréciais déjà de passer du temps en sa compagnie. Elle était une bouffée d'air frais. Malgré le flot de jeunes gens qui se déversait de l'école au son de la cloche de fin de journée, je la repérai tout de suite. Avec sa beauté, sa haute taille et ses cheveux dorés, elle se distinguait parmi la foule. Je klaxonnai et l'appelai. Puis j'agitai la main. En m'apercevant, elle se fendit aussitôt d'un grand sourire et sprinta vers moi.

— Bonjour ! s'exclama-t-elle en ouvrant la portière passager.

Elle s'installa sur son siège et posa son sac à dos et sa sacoche d'ordinateur portable sur le tapis de sol entre ses pieds.

— Oh là là ! J'adore votre voiture. Vous ne m'aviez pas dit que c'était une décapotable. C'est la première fois que je monte dans une décapotable !

Totalement émerveillée, elle examinait les équipements haut de gamme et passa sa main sur l'accoudoir en cuir crème.

— Cette voiture est incroyable ! J'étais persuadée que vous conduisiez une de ces horribles voitures familiales.

Je m'esclaffai.

— J'en avais une avant, mais une fois qu'Anabel a eu son permis de conduire et sa propre voiture, une familiale ne me servait plus à rien.

En fait, je détestais conduire mon Range Rover, même s'il s'agissait de la Rolls-Royce des SUV. Je me sentais vieille et mal fagotée, là-dedans, sans compter que garer cette monstruosité était un cauchemar. Le lendemain des seize ans d'Anabel, je l'avais échangée contre la voiture de mes rêves. Cette sublime Mercedes SL Roadster deux places, dont la peinture bleu foncé métallisée s'accordait à la couleur de mes yeux. Malheureusement, elle était restée en sommeil dans mon garage pendant près d'un an après sa mort, à cause de ma dépression. Finalement, une fois rétablie, j'avais repris le volant. Et maintenant, chaque fois que je la conduisais avec la capote baissée, le vent soufflant sur mon visage, je me sentais transportée. Telle Grace Kelly dans *La Main au collet*, roulant sur les routes sinueuses de la Côte d'Azur.

— Je me sens comme une star de cinéma dans cette voiture, s'enthousiasma Tanya en bouclant sa ceinture. Je suis super excitée de faire un tour dedans.

— Tu vas adorer.

Je lui indiquai qu'il y avait une paire de lunettes de soleil dans la boîte à gants. Ayant ajusté sa ceinture, elle ouvrit le compartiment devant elle et les chaussa. Les Aviator Ralph Lauren lui allaient à ravir, ce que je lui dis.

— Comment s'est passée ta première journée à Coldwater ? demandai-je alors que nous sortions du parking pour reprendre l'avenue en direction de Ventura Boulevard.

— C'était fantastique. Je suis dans presque tous les groupes de Paige. Et parfois avec Lance. Il s'est comporté comme un grand frère : il m'a fait visiter les lieux et m'a présentée à certains de ses copains très mignons. Lui aussi, il est super mignon.

— Il a vraiment beaucoup grandi cet été, commentai-je, repensant à ma surprise en le voyant ce matin.

J'avais bien failli ne pas le reconnaître. Bronzé et plus carré, c'était devenu un beau jeune homme. Je n'aimais pas l'admettre, mais j'avais du mal à comprendre ce qu'il trouvait à Paige. Enfin, il voyait peut-être en elle quelque chose qui m'échappait. Cela me peinait, ce constat que je connaissais à peine ma deuxième fille. Encore une chose dont je n'étais pas fière.

— Depuis combien de temps Paige et lui sont-ils ensemble ?

— Presque deux ans. Ils se sont rencontrés au début de la seconde. Il venait d'être transféré à Coldwater depuis une autre école privée. (Je marquai une pause.) Et elle venait de perdre sa sœur… au mois de mai précédent.

— Ça a dû être terrible. La mort de votre fille, je veux dire.

— Oui, c'est vrai.

Je devais changer de sujet. Avec le vent sur mon visage et en si bonne compagnie, j'étais heureuse. Et je voulais le rester.

— Alors, tu es excitée à l'idée d'aller faire du shopping ?

— Super excitée ! Je n'ai jamais eu de maman avec qui faire du shopping.

À ces mots, mon cœur se serra. Je savais combien il était difficile de grandir sans mère. La mienne aurait tout aussi bien pu être morte.

Un coup de klaxon derrière moi me tira de mes pensées. Le feu rouge auquel nous étions arrêtées venait de passer au vert et je n'avais pas bougé. Le type derrière moi klaxonna de nouveau.

— Va te faire, trou du cul ! criai-je.

— Ouais, va te faire, trouduc ! m'imita Tanya avec son charmant accent britannique.

À l'unisson, nous lui adressâmes un doigt d'honneur au moment où il nous doublait, et ce fut hilares que nous tournâmes sur Ventura. Alors que nous roulions vers Hollywood, j'attirai l'attention de Tanya sur quelques curiosités. Le Hollywood Bowl, que nous dépassâmes, et le célèbre panneau « Hollywood » au loin. À propos duquel Tanya, tout sauf impressionnée, se contenta d'indiquer qu'elle le croyait plus grand.

La boutique Urban Outfitters était située sur la très branchée Melrose Avenue, à cinq minutes de chez nous. Je trouvai facilement une place de parking dans une rue latérale et, bras dessus, bras dessous, nous nous dirigeâmes vers ce magasin si prisé. Je me sentais comme la Dorothy du *Magicien d'Oz*.

Il y avait un Starbucks de l'autre côté de la rue.

— Tu veux prendre un café d'abord ?

— Non, ça va. J'ai vraiment hâte d'aller faire du shopping.

— De quoi tu as besoin ?

— De tout !

Je gloussai. Sans doute avait-elle une carte de crédit et son père, le diplomate, lui avait-il donné de l'argent de poche, mais j'allais quand même lui offrir sa nouvelle garde-robe. Notre budget n'en souffrirait pas trop et ça me ferait un plaisir énorme.

Une heure plus tard, nous ressortions du magasin. Chacune chargée de deux gros sacs pleins de vêtements et d'accessoires. Plus de la lingerie sexy pour moi, que Tanya m'avait poussée à acheter lorsqu'elle m'avait vue regarder les dessous en dentelle. « Je parie que Matt va adorer », m'avait-elle chuchoté à l'oreille.

La relation passionnée que Matt et moi avions connue autrefois était morte le même jour qu'Anabel. Désormais, notre vie sexuelle était inexistante.

Mais cette jeune femme libre d'esprit avait peut-être raison.

Il était temps de rallumer la flamme.

7

Paige

Pour la quatrième fois de la journée, mes yeux sortirent de leurs orbites. Posant mon sac à dos rempli de livres sur le sol de l'entrée, je levai les yeux et vis Tanya qui descendait l'escalier en sautillant. Et vêtue de la salopette kaki, du tee-shirt blanc et des Dr. Martens que j'avais commandés en ligne chez Urban Outfitters. Quelques basiques pour la rentrée. Le colis n'était pas censé m'être livré avant la fin de la semaine. Il avait dû arriver plus tôt. Et elle l'avait ouvert ! Non, mais quel culot !

— Salut ! me lança-t-elle joyeusement en attachant ses cheveux en un chignon désordonné. Comment s'est passée ta réunion du club d'éch...

Je lui coupai la parole.

— Comment tu oses ouvrir un paquet qui m'est adressé !

Elle me jeta un regard étonné.

— Qu'est-ce que tu racontes ?

Je tendis vers elle un doigt accusateur.

— Cette salopette ! C'est la mienne ! Je l'ai achetée en ligne chez Urban Outfitters.

— Eh, calmos. Elle est à moi. C'est ta mère qui me l'a achetée chez Urban. On a fait du shopping ensemble cet après-midi. On s'est super amusées !

On pourrait la porter toutes les deux à l'école, lança-t-elle en passant en flèche près de moi. Comme des jumelles.

Je serrai les dents. Oh non, pas question. Avec cette salopette, elle ressemblait à une couverture du magazine *Seventeen*. Sur moi, ça donnerait plus probablement gros boudin délavé. Mon sang ne fit qu'un tour : je ramassai mon sac à dos et montai les marches deux par deux. Tanya me rappela d'en bas.

— Tu veux voir ce que ta mère m'a acheté d'autre ? Je peux te faire un défilé de mode.

Non, merci ! Je ne serais pas surprise qu'elle se soit faufilée dans ma chambre, ce matin, pendant que j'étais sous la douche, qu'elle ait accédé à mon compte et copié tout ce que j'avais acheté, juste pour m'énerver. En arrivant sur le palier de l'étage, je sortis mon téléphone de mon sac à dos et réussis à annuler la commande avant qu'elle ne soit expédiée.

— Je vais aider ta mère à préparer le dîner, l'entendis-je annoncer alors que je rangeais mon téléphone, que je devrais désormais surveiller attentivement, tout comme mon ordinateur portable. Tu m'aideras à faire mes exercices de maths, après le repas ?

Sans prendre la peine de lui répondre, je me ruai dans ma chambre et fermai la porte derrière moi, ainsi que celle de la salle de bains partagée. Plus que jamais, il me fallait une nouvelle poignée pour la porte du couloir, une poignée qui me permettrait aussi de la verrouiller de l'extérieur. Ça urgeait. Je m'en occuperais peut-être demain. Ou bien je demanderais à Will d'aller à vélo à la quincaillerie pour m'en acheter une. Il saurait exactement quoi choisir.

Au moins, pour l'instant, j'étais à l'abri. Elle ne pouvait pas entrer dans ma chambre. J'aurais dû commencer mes devoirs, mais j'aurais beau essayer, il me serait impossible de me concentrer dessus. Cette fille m'occupait trop l'esprit. Elle envahissait chacune de mes pensées. Je détestais sa façon de lécher les bottes de ma mère, de mon père, sans parler de mon petit copain. Ça avait déjà été assez pénible que Lance lui fasse visiter l'école aujourd'hui, mais quand il avait partagé son sandwich au thon avec elle au déjeuner, j'avais failli gerber.

D'un coup de pied, je me débarrassai de mes Birkenstock et m'installai sur mon lit. Mon père disait toujours que, pour réussir dans les affaires, il fallait connaître ses ennemis. Aussi simple que ça. Tanya avait beau la jouer gentille toute mignonne avec moi, elle n'en était pas moins mon ennemie.

Que savais-je d'elle ?

En vérité… presque rien. Tout ce dont j'étais sûre, c'était qu'elle était britannique. Née à Londres et fille unique. Son père était un diplomate qui voyageait beaucoup. Et sa mère, morte en couches. Oh, et elle avait dix-sept ans et fréquentait un pensionnat prout-prout-ma-chère. Curieusement, je ne l'avais pas trouvée sur les réseaux sociaux lorsque j'avais vérifié pendant une heure de trou. Ni Facebook, ni Instagram, ni Snapchat, ni TikTok. Toutes les adolescentes que je connaissais, même moi, étaient au moins sur Insta. Pourquoi pas elle ? Peut-être son père diplomate le lui interdisait-il.

Je sortis mon ordinateur portable de mon sac à dos, ainsi qu'un cahier à spirales et un crayon à papier. Ma mère avait commandé en ligne tout un tas de fournitures scolaires pour Will et moi, ainsi que pour Tanya, afin que nous n'ayons pas à nous rendre à Staples et à jouer des coudes dans la foule de la rentrée. À l'exception de la période où elle était restée enfermée dans sa chambre, après la mort d'Anabel, elle anticipait toujours beaucoup. Et elle était toujours minutieuse et méthodique. Il était temps que je me mette à lui ressembler un peu plus. Que j'anticipe. Avec méthode et minutie.

Connais ton ennemi.

J'ouvris mon carnet à la première page et jetai quelques notes :

Nom complet du père
Nom de la mère
Nom de l'internat et infos/contacts
Re-vérifier réseaux sociaux
Fouiller effets personnels de TB
Trouver passeport de TB, visa d'étudiant, permis de conduire ?
Trouver billet aller-retour British Airways/carte d'embarquement
Accéder au tel portable de TB
Accéder à l'ordi de TB

Les deux derniers points allaient être les plus difficiles, car ses appareils étaient probablement protégés par un mot de passe. Will pourrait peut-être m'aider. C'était un as de la tech et je le croyais capable de pirater le compte de n'importe qui.

J'envisageai un instant de me faufiler dans sa chambre, mais je ne pensais pas avoir assez de temps. Et je ne voulais surtout pas qu'elle me surprenne en train de fouiner. J'allais devoir trouver un moyen de la faire sortir de la maison pendant quelques heures. Et peut-être que j'enrôlerais Will comme partenaire de crime.

Dans cet esprit, j'entamai mon enquête par une recherche sur Google : « Blackstone diplomate anglais ». Je me retrouvai avec beaucoup d'entrées sur une société de capital-investissement (ne me demandez pas ce que ça veut dire) du nom de Blackstone, mais rien qui corresponde à ma description. Après avoir fait défiler la page une minute, un candidat plausible apparut : Sir Warren Blackstone. Tout excitée, je cliquai dessus. Je lus la brève description de sa carrière diplomatique. Point crucial : il était mort. Il s'était tué dans un accident d'avion privé cinq ans plus tôt. Mais aucune liste de proches ou de survivants n'était citée. Bizarre.

Entendant la voiture de mon père se garer dans l'allée, je regardai l'heure. Réglé comme une horloge, il était à la maison à 18 heures. Il allait se doucher et se détendre en buvant un scotch, ce qui lui prendrait une demi-heure, puis, à 18 h 30 précises, nous passerions à table.

Ça me laissait un peu de temps pour continuer mes recherches. Je décidai de revérifier la présence de Tanya sur les réseaux sociaux. Encore une fois, je ne trouvai rien sur Facebook, Snapchat ou TikTok mais, à ma grande surprise, elle avait maintenant un compte Instagram. Son pseudo : @ TanyaBDreamer. Elle avait posté une dizaine de photos de la chambre de ma sœur avec les hashtags #rêveenrose, #homesweethome et #viedeprincesse et de nombreux selfies d'elle dans ses nouvelles tenues assortis des hashtags #topmodel, #urbangirl et #vismavieàLA... Plusieurs montraient ma mère lors de leur virée shopping avec les hashtags #accrosaushopping, #fashionistas, et #commemèreetfille... et enfin une dernière photo... de Lance agrémentée des hashtags #sexyboy, #petitamiidéal et #ColdwaterAcademy, qui ne manqueraient pas d'attirer l'attention de tous les élèves. Certains postaient déjà des commentaires odieux, genre : « Vas-y ! », « Vous iriez super bien ensemble ! », « Envoie balader la sainte-nitouche mal embouchée ! » Et je n'osais imaginer ce qu'ils me diraient en face demain. L'audace de cette meuf ! Pour couronner le tout, Lance la suivait ! Un membre de plus dans son armée toujours grandissante d'une centaine de followers déjà.

— Le dîner est prêt ! entendis-je ma mère crier.

Furieuse comme je l'étais, je n'avais aucun appétit.

En plus de ça, une question me trottait dans la tête : pourquoi Tanya n'avait-elle jamais rien posté sur Instagram avant aujourd'hui ?

8

Natalie

Je me réjouissais à l'idée d'un nouveau dîner en famille.

Ce soir, j'avais préparé du saumon en croûte d'herbes, en suivant une recette simple de mon livre de cuisine préféré, *La Comtesse aux pieds nus*. J'avais également préparé une délicieuse salade et sa vinaigrette citronnée avec des cœurs de palmier, des fraises et des sucrines, ainsi qu'un gros plat de pâtes aux tomates fraîches, basilic et huile d'olive. Je faisais attention au nouveau régime alimentaire de Paige – j'avais même acheté quelques livres de cuisine végane en ligne – et, si elle allait probablement se pincer le nez devant le saumon (Dieu merci, ce n'était pas un poisson entier avec des yeux et tout), elle pourrait se laisser tenter par la salade et les pâtes. J'avais eu le plaisir d'être assistée en cuisine par Tanya : cette gamine avait le don de rendre tout ce que nous servions joli. Comme mes deux filles et moi-même, elle avait un don artistique.

Matt, pour la première fois depuis des lustres, me fit des compliments sur mon repas, à quoi je répliquai que Tanya m'avait aidée à sa préparation, en omettant de préciser que nous avions vidé une bouteille entière de sauvignon blanc au passage.

Avec un hochement de tête approbateur, Matt demanda à notre invitée comment s'était passé son premier jour à Coldwater. Elle lui en fit le récit avec animation et sans omettre aucun détail. Il se dit content que tout se soit bien passé. Lorsqu'il interrogea Paige et Will sur leur journée, ils répondirent à l'unisson par deux « Ça va » monotones.

Sans lever la tête, Paige picorait sa salade et faisait tourner ses pâtes avec sa fourchette.

— Paige, tout va bien ?

— Je n'ai pas faim.

— Je pense que tu ne manges pas assez.

— Elle rate quelque chose, intervint Tanya, qui se resservit. Quelqu'un peut-il me passer les pâtes, s'il vous plaît ?

Matt s'exécuta et se fendit d'un commentaire sur la jolie tenue de Tanya. À quoi Paige fronça le nez, tandis que notre étudiante en échange rayonnait, les yeux pétillants.

— Merci, monsieur Merritt… je veux dire Matt. Natalie m'a emmenée chez Urban Outfitters après l'école. On s'est bien amusées à faire du shopping. Elle vous a même acheté un cadeau.

Matt haussa les sourcils.

— Ah bon ? Quoi donc ?

Tanya lança un clin d'œil.

— Vous allez devoir le découvrir par vous-même.

Le regard de mon mari croisa le mien et, pour la première fois depuis longtemps, je ressentis une pointe d'excitation. Vêtue de la lingerie sexy en dentelle que j'avais achetée aujourd'hui, je serrai mes cuisses l'une contre l'autre pour apaiser le picotement. Dieu, ce que c'était bon ! Cela me rappelait tous nos bons moments, et notre rencontre.

Comme si Tanya lisait dans mes pensées, elle demanda :

— Comment vous êtes-vous rencontrés, tous les deux ?

Mon souffle se bloqua dans ma gorge. Je bus une longue gorgée de vin et Matt fit de même. Ses yeux brillaient d'un soupçon de désir et il esquissa un sourire en coin : sans doute se remémorait-il notre toute première rencontre.

— Allez ! insista Tanya. Racontez. J'ai vraiment envie de savoir. Je parie que c'était super romantique.

Paige et Will échangèrent un regard blasé.

— Il faut vraiment qu'on réentende cette histoire ? maugréa Paige.

Nous l'avions racontée un nombre incalculable de fois. Lors des vacances. Aux dîners de fête. Pendant les pique-niques en famille. Anabel, la romantique, ne s'en lassait jamais. Paige, la cynique, en avait la nausée. Will, très franchement, s'en moquait éperdument.

Mon mari passa outre les protestations de Paige.

— Ça a été le coup de foudre, commença-t-il en posant son verre de vin.

— Ah oui ? s'exclama Tanya, les yeux pleins d'étoiles.

— Oui, confirmai-je.

Ou plutôt, un désir foudroyant.

— C'était où ?

— Ici, à Los Angeles, répondit Matt. À un... euh... salon du jouet.

Dieu merci, il n'avait pas précisé que c'était un salon de l'érotisme. Rempli d'exposants de sex-toys, donc.

— Vous êtes tous les deux originaires de L.A. ?

— Non, dit Matt. Je suis de San Francisco... De Nob Hill.

Snob Hill, songeai-je alors qu'il continuait.

— Mes parents y vivent toujours. Et Nat est originaire de Palm Springs.

C'était ce que je lui avais raconté. Ainsi qu'aux enfants. Ce n'était pas loin de la vérité.

— Et donc, vous vous êtes rencontrés comment ?

— Lors du salon, Nat assistait l'entreprise dans laquelle j'envisageais d'investir. Elle faisait la démonstration du produit révolutionnaire qu'ils avaient mis au point. J'étais dans le capital-risque à l'époque.

— Le financement d'entreprises innovantes, développa fièrement notre étudiante en échange.

Matt eut l'air impressionné.

— Tu es une fille intelligente, Tanya. Je suis sûr que ni Will ni Paige ne l'auraient su.

Assis côte à côte, Paige et Will échangèrent un regard suggérant qu'ils communiquaient ensemble en silence. Pour ma grande frustration, ils faisaient ça souvent. Tanya, qui ne leur prêtait pas la moindre attention, poursuivait :

— J'ai vu ça sur votre profil LinkedIn, alors j'ai fait des recherches.

Je trouvais un poil gênant que Tanya ait fait des recherches sur nous, mais sans doute n'importe quel étudiant brillant chercherait-il à en savoir plus sur le couple chez qui il allait passer une année à l'étranger. Je pariais qu'elle m'avait googlée aussi. Tout au plus aurait-elle découvert mes activités philanthropiques et vu la myriade de photos de Matt et moi aux nombreuses réceptions à cinq cents dollars le couvert que j'avais organisées. Heureusement, elle ne trouverait jamais quoi que ce soit sur moi datant d'avant notre mariage. J'avais réussi à enterrer mon passé sous plusieurs couches de mensonges. Si Matt en avait su quoi que ce soit, je ne serais jamais parvenue là où j'étais. Qui sait comment ma vie aurait tourné ?

Les fins heureuses ne sont pas promises à ceux qui sont passés par l'école des coups durs, surtout pas aux gens comme moi.

— J'ai été mannequin pour salons professionnels, intervins-je pour revenir à l'histoire.

Parfois, je faisais des trucs « pour adultes », les sommes proposées étant trop importantes pour être refusées, même si j'en détestais chaque minute. L'argent m'avait permis de me transformer. De faire redresser mes dents. D'éclaircir mes cheveux. De m'acheter des vêtements corrects. De prendre un appartement à moi, loin de l'endroit où j'avais grandi.

Matt n'en savait rien.

Les yeux de Tanya s'écarquillèrent.

— Waouh ! Vous étiez mannequin ? Parce que quand je suis allée sur Internet, je ne vous ai vue dans aucun défilé ou magazine de mode.

Je lâchai un rire nerveux.

— Pourquoi mentirais-je ?

L'hypocrisie de mes paroles me rongeait. J'étais un mensonge sur pattes, vingt-quatre heures sur vingt-quatre.

Mais Tanya insistait.

— Vous étiez mannequin sous votre nom de jeune fille ?

— Oui. Natalie Taylor.

Encore un mensonge. Par chance, Natalie Taylor n'était pas présente sur Internet. Enfin, pas cette Natalie Taylor-là. Maintenant, une nouvelle sensation de la chanson partageait mon nom sur TikTok.

Matt reprit le récit de notre rencontre, et je dois dire que l'entendre parler de moi – de nous – rallumait la flamme du désir en moi. En revivant chaque seconde comme si j'y étais, je me tortillais sur mon siège pendant qu'il racontait à Tanya d'autres détails de notre première rencontre, en omettant ceux, plus sexuels, sur la façon dont je lui avais fait la démonstration du « joujou ».

Combien j'étais enthousiaste.

Combien j'étais convaincante.

Combien j'étais séduisante.

J'avais réussi à susciter son intérêt pour l'entreprise, mais aussi pour moi. Il m'avait invitée à dîner et, après, à prendre un dernier verre dans sa chambre d'hôtel. La suite, tout le monde la connaissait. Après un coup de foudre fulgurant, il m'avait épousée. En cachette à Vegas, pour contrarier sa mère, dont il s'était éloigné pour échapper à son contrôle permanent. Neuf mois plus tard, je donnais naissance à Anabel.

Pour la première fois depuis des années, Matt envoya les enfants dans leur chambre avant même qu'ils ne demandent l'autorisation de quitter la table. Paige et Will s'empressèrent d'obéir, mais Tanya insista pour m'aider à faire la vaisselle.

— Pas besoin, Tanya, déclara Matt. C'est mon tour d'aider ma femme, ce soir.

Avec un sourire timide, elle s'éclipsa. Matt et moi restâmes assis, face à face. Après quelques instants d'un silence embarrassé, je me levai et commençai à débarrasser la table.

— Arrête, m'ordonna Matt.

Je ne me rappelais pas la dernière fois que je l'avais entendu employer ce ton. Il venait de redevenir le mâle alpha sûr de lui que j'avais épousé.

— Allons dans mon bureau.

Cinq brèves minutes plus tard, nous étions dans son petit bureau, la porte verrouillée. Les lumières baissées.

— Déshabille-toi.

Sans un mot, j'obtempérai, ne gardant que mes nouveaux sous-vêtements en dentelle noire, qui ne laissaient guère de place à l'imagination. Ma peau se couvrit de chair de poule tandis qu'il m'étudiait.

— Bon sang... Tu es toujours aussi sexy, Nat. La dentelle te magnifie.

Cinq longues minutes torrides plus tard, nous étions pantelants, en pleine redescente de nos sommets d'euphorie. Il m'avait prise sur son bureau. Et fait jouir. Ce qui n'était plus arrivé des lustres. Et je ne m'étais pas sentie comme ça depuis une éternité. Totalement consumée. Totalement sienne.

Pour la première fois depuis la nuit de la mort d'Anabel, notre mariage était à nouveau sur les rails et vivant.

En remontant sa braguette, mon mari m'embrassa. Ses lèvres s'attardèrent sur les miennes.

— Je t'aime, bébé, chuchota-t-il.

— Je t'aime aussi.

Plus tard, nous poursuivîmes ce que nous avions commencé à l'étage et nous nous endormîmes, trempés et épuisés, dans les bras l'un de l'autre. Ce fut la meilleure nuit que je passai avec mon mari depuis des années.

Tanya avait raison. Il m'avait suffi de rallumer la flamme.

9

Paige

Je frappai à la porte de la chambre de Will, le nez contre l'affiche apposée dessus : « RESTEZ DEHORS ! » Et en dessous, un de ces dessins en forme de tête de mort.

Will tenait à son intimité et je le respectais. Il me rendait la pareille.

Je tapotai à nouveau contre le bois dur de la paroi.

— Willster, c'est moi. Je peux entrer ?

— Oui, entre.

Je tournai la poignée et poussai la porte, surprise qu'elle ne soit pas verrouillée.

Will était assis en tailleur sur son lit en mezzanine, ordinateur sur les genoux. En fait, ce n'était pas qu'un lit. Plutôt un énorme meuble en bois blond qui comprenait son coin lit au niveau supérieur et un bureau et des étagères au niveau inférieur, remplies de boîtes de Lego, de sa collection de livres *Harry Potter*, de jouets *Star Wars* et de robots de différentes tailles qu'il avait construits. Une échelle menait au lit. C'était un peu son repaire, quoi. Son trône de geek, comme je l'appelais. Mon génie de petit frère l'avait monté lui-même. Sous le lit, Bear était blotti sur le tapis coloré orné de motifs de l'espace, à côté de la dernière création robotique de mon frère. Dieu merci,

Will avait trouvé un moyen de le garder dans la maison, loin de Tanya. Bear ne semblait pas souffrir d'être enfermé dans la chambre de mon frère, à qui il était très attaché. De toute façon, il dormait fidèlement dans sa chambre tous les soirs. Au moins, ça n'avait pas changé.

Mon frère baissa les yeux.

— Tu veux quoi, Pudge[1] ?

Pudge était le surnom qu'il m'avait donné. C'était ainsi qu'il m'appelait quand il était tout petit et c'était resté. Si quelqu'un d'autre osait m'appeler comme ça, j'ouvrais la boîte à gifles. Venant de Will, ce surnom était mignon. Je croisai son regard.

— Tu as un peu de temps ?

Il ferma aussitôt son ordinateur portable.

— Oui, bien sûr.

Quelques instants plus tard, j'étais assise sur son lit, face à lui, sous l'égide d'un poster de *Star Wars*.

— Tu penses quoi de Tanya ?

Will haussa les épaules.

— J'sais pas. Ça passe.

Il était plus facile de s'extraire une écharde du doigt que de faire énoncer une opinion à Will. Les garçons de douze ans étaient comme ça. Et plus ils étaient geek, plus c'était dur. Mais je devais dire que Will était adorable, avec ses cheveux auburn bouclés, son petit nez et ses taches de rousseur. Nous nous ressemblions beaucoup et j'étais persuadée qu'en grandissant il deviendrait aussi beau que notre père. Un véritable aimant à nanas, même si, pour l'instant, il ne s'intéressait guère aux filles. *Évidemment*.

— Ça ne t'énerve pas qu'elle déteste Bear ?

— Tant qu'il peut rester avec moi, je m'en fiche.

---

1. « Potelé » en anglais. À la prononciation, le mot ressemble à « Paige ».

— Tu ne lui trouves pas quelque chose de bizarre ?
— Toutes les filles sont bizarres.
— Moi, je ne suis pas bizarre, si ?

J'accompagnai ma question d'une grimace rigolote qui fit rire mon frère habituellement si sérieux.

— T'es passable pour une fille.
— Merci.

Je lui ébouriffai les cheveux. Will et moi avions toujours été proches, avec nos codes à nous. Et nous nous étions encore rapprochés après la mort d'Anabel. Je n'oublierais jamais le contact de sa main dans la mienne alors que, stoïques, nous regardions le cercueil de ma sœur s'enfoncer dans la terre. Tous les deux vêtus de noir, moi dans une affreuse robe longue jusqu'aux genoux que ma mère m'avait forcée à porter, et mon frère, dix ans, dans un costume d'au moins deux tailles trop grand pour lui. Alors que ma mère n'avait cessé de sangloter, aucun de nous deux n'avait versé une larme. Il n'avait jamais été proche d'Anabel qui, avec sa vie sociale bien remplie, ne montrait pas le moindre intérêt pour les trucs de petits garçons. Les Lego, les jeux vidéo et la robotique n'avaient pas leur place dans son monde autocentré. Pour elle, Will n'était rien d'autre qu'une gêne.

Moi, en revanche, j'adorais aider mon frère à construire des choses avec ses Lego – des chiens ou des robots Mindstorm, des villes entières très élaborées ou des stations spatiales –, peut-être parce que ce n'était pas très différent de la sculpture.

La sculpture était ma passion, et une autre raison pour laquelle je voulais aller à la RISD : cette école offrait l'un des meilleurs enseignements en beaux-arts du pays. Chanceuse que j'étais, j'avais un atelier dans le jardin. Mon endroit préféré. Et merci aux dieux de l'argile, ma mère ne m'avait pas demandé de le déménager pour y loger notre étudiante en échange.

Sachant que le temps à passer avec mon frère était compté, je lui demandai :

— Est-ce que Tanya te rappelle quelqu'un ?

— Oui, un petit peu Anabel.

— Un gros peu, corrigeai-je.

Pas besoin d'être Sigmund Freud pour deviner que ma mère cherchait un palliatif. Et que Tanya avait littéralement pris la place de ma sœur.

— Tu n'as pas trouvé ça bizarre qu'elle porte les vêtements d'Anabel hier ?

— Elle a fait ça ?

Les garçons. Je levai mentalement les yeux au ciel. Il était temps d'aller droit au but.

— Willster, je ne la sens pas, cette fille.

— Pourquoi ?

— Je ne suis pas sûre qu'elle soit celle qu'elle prétend.

Will inclina la tête.

— Qu'est-ce qui te fait dire ça ?

— Ben, pour commencer, elle m'a dit que son père était un diplomate britannique, or je ne le trouve nulle part sur Internet. Le seul gars que j'ai trouvé qui approche cette description est mort.

— C'est bizarre...

— Totalement bizarre. Et jusqu'à aujourd'hui, elle n'était sur aucun réseau social. Je ne connais pas une seule lycéenne, même moi, qui ne soit pas sur Instagram. Maintenant, tout à coup, elle a un compte Insta. Je vais te montrer.

Je sortis mon téléphone d'une poche et accédai rapidement au nouveau compte Instagram de Tanya pour lui montrer les photos qu'elle avait postées. Aussi incroyable que ça puisse paraître, elle en était désormais à plus de mille followers. Mille soixante-quinze pour être exacte.

Les yeux de Will s'écarquillèrent tandis que je faisais défiler les pages.

— Qu'est-ce que cette photo de Lance fiche là ?

— Ouais, ça m'a vachement énervée. Et elle fait comme si c'était son mec à elle.

— Ça craint.

— Carrément.

Will me prit le téléphone, scrolla encore un peu et fit soudain une grimace horrifiée.

— Beurk !

— Quoi ?

Vu comme ses taches de rousseur semblaient vouloir lui sauter des joues, je ne fus pas surprise qu'il me rende le téléphone. En revanche, je n'en revins pas en découvrant ce qui l'avait dégoûté.

— Oh, punaise !

Des photos, des tas de photos, de Tanya posant dans des bikinis qui ne couvraient quasiment rien de son corps à tomber par terre. Pendant que j'étais assise là avec Will, elle était dans la chambre de ma sœur, en train de prendre des selfies à moitié nue. Déjà, les garçons de mon bahut postaient des commentaires tels que : « Super sex ! », « Je suis amoureux de toi ! » ou « Tu déchires ! », avec des émojis cœur-à-la-place-des-yeux et feu d'artifice. La panique enfla en moi. Et si Lance les voyait ? Il me fallut faire appel à toute ma retenue pour ne pas paniquer devant mon frère.

— Tu crois que je dois les montrer à maman et papa ?

Will, toujours réfléchi, songea à ma question avant de se prononcer :

— Non.

— Pourquoi ?

— Dans le meilleur des cas, ils vont se contenter de la sermonner. Peut-être lui confisquer son téléphone pendant quelques jours. Et dans le pire scénario, elle passera son compte Insta en privé.

Je soupesai les propos de Will. Il avait raison. Je ne pouvais pas me permettre de perdre l'accès à son Insta. Ce qu'elle publiait pourrait être une source d'information. Et puis, qui savait comment elle pourrait se venger ? Elle pourrait aussi bien manigancer un moyen de sauter sur Lance juste sous mes yeux.

— D'accord, Einstein. Alors je fais quoi ?

— Tu dois la suivre.

— Oui, mais bon, je ne peux pas non plus lui filer le train chaque minute de la journée.

— Non, nunuche. Je veux dire, sur Instagram.

— Alors elle va penser que je l'espionne.

Il leva les yeux à son tour.

— Il suffit de créer un nouveau compte avec une fausse identité. Elle n'en saura rien.

Bon Dieu, j'adorais mon petit frère. Le cerveau de la famille. Il avait même sauté deux classes et entrerait au lycée l'année suivante.

— Excellente idée !

Aussitôt, je me déconnectai d'Instagram.

Son visage se fendit d'un sourire.

— Tu aurais pu y penser, mais encore une fois, tu n'es qu'une fille, les filles sont stupides.

Je savais qu'il ne le pensait pas et qu'il me taquinait, mais je décidai d'entrer dans son jeu.

— Je suis une cruche, oui, et c'est pourquoi j'ai besoin de ton aide. Résumons-nous : on a une fille cheloue et odieuse qui vit dans notre maison et on ne sait pratiquement rien d'elle. Je veux découvrir tout ce qu'il y a à savoir, quitte à pirater son ordi.

Le visage de Will s'illumina.

— Ça, je pourrais le faire ! dit-il en claquant des doigts comme s'il était un magicien sur le point de faire apparaître un lapin. Fastoche.

— Il faut juste qu'on y ait accès.

— Il doit bien y avoir un moyen.

Je souris. Je le lui avais toujours dit : « Quand on a Will, y a pas de tuile. »

J'avais désormais officiellement un partenaire de crime. Et notre mission secrète avait un nom : l'Opération Tanya.

— Une dernière chose. Je vais avoir besoin de ton aide pour installer une nouvelle poignée de porte à ma chambre, une qui se verrouille de l'intérieur et de l'extérieur. Je ne veux pas qu'elle ait accès à ma chambre. C'est déjà assez pénible de devoir partager la salle de bains avec elle. Et pour info, c'est une vraie truie !

Will ricana. Et j'éclatai de rire.

Cinq minutes plus tard, j'étais de retour dans ma chambre.

Et @TanyaBDreamer avait un follower de plus sur Instagram. Je regardai fièrement l'avatar que j'avais créé. En tenue de super-héros, masquée et coiffée d'une casquette. Inspirée par l'héroïne de mon enfance.

@SpyGirl2.

10

Natalie

— Natalie, qu'est-ce que vous faites ?

La voix, bien que je la reconnaisse, me fit sursauter. Tanya. Je tressaillis, manquant de renverser mon verre de vin, levai les yeux et croisai son regard.

— Oh, bonjour, ma chérie. Je ne m'attendais pas à ce que tu rentres de l'école si tôt.

Toujours armée de son sac à dos et de la sacoche de son ordinateur portable, elle s'approcha de moi de son pas léger et baissa les yeux vers les nombreux sous-verre ronds éparpillés sur la table de la salle à manger.

— Qu'est-ce que vous faites ?

— Je prépare la disposition des tables pour un gala que j'organise ici à la fin du mois d'octobre. Il s'agit d'une soirée de bienfaisance au profit de la FAFAK.

Elle me regarda d'un air perplexe.

— La FAFAK ?

— Ça signifie Free Arts For Abused Kids. C'est une organisation à but non lucratif qui propose des cours d'arts plastiques gratuits pour les enfants maltraités et qui me tient à cœur. Je fais partie du conseil d'administration et je préside le gala annuel qui permet de récolter des centaines de milliers de dollars.

— Cool. Je peux vous aider ?

— Bien sûr. Pose tes sacs et assieds-toi.

Elle les déposa sur le tapis chinois d'époque, puis s'installa gracieusement sur la chaise voisine de la mienne. Nous nous trouvions ainsi au milieu d'une table de plus de deux mètres de long, dont nous voyions par conséquent toute la surface.

Ses yeux se posèrent sur mon verre de vin à moitié vide.

— Natalie, est-ce que je pourrais avoir un verre, moi aussi ?

Bien que nous en ayons secrètement partagé quelques-uns la veille, j'hésitais maintenant à la laisser en prendre un soir d'école.

— Je ne pense pas que ce soit une bonne idée. Je ne veux pas que quelqu'un te voie boire. (*Surtout pas Paige.*) Pourquoi pas une bonne tasse de thé ?

Elle grimaça, l'air dégoûtée.

— Sérieusement ?

Drôle de réaction. Tous les Britanniques aimaient le thé, non ? Ils en buvaient au biberon presque dès la naissance.

Elle se mit à jouer avec un sous-verre, dessinant des cercles d'un air absent.

— J'ai une idée. Versez-moi du vin dans un des mugs en céramique que j'ai vus dans votre buffet. Ceux aux motifs tribaux. Comme ça, personne ne saura ce que je bois.

Elle avait beau affirmer qu'elle avait l'âge de boire en Angleterre, je continuais d'avoir des sentiments mitigés à ce sujet, cependant je ne voulais pas passer pour quelqu'un de coincé. Sans compter que la moitié des élèves de la classe de Paige buvaient sans doute déjà, avec ou sans l'accord de leurs parents.

J'optai donc pour un compromis.

— D'accord, juste un peu.

J'allai à la cuisine et en revins une minute plus tard avec un demi-mug de sauvignon blanc.

— Ce mug est tellement drôle, commenta Tanya lorsque je le lui tendis.

Surtout soulagée qu'elle se contente de cette petite quantité de vin, j'esquissai un sourire.

— Je sais. Matt était tombé sur l'ensemble pendant nos vacances à Hawaï. Il adorait leur ressemblance avec des tikis et qu'ils soient tous de couleurs différentes. Comme tout ce qui lui plaît, il a fallu qu'il les achète, il ne pouvait pas s'en empêcher. On a tellement de choses dont on n'a pas besoin. Et qu'on n'a jamais utilisées. On pourrait littéralement ouvrir un magasin de cadeaux.

Prenant une gorgée de son vin, Tanya s'esclaffa. J'aimais bien qu'elle partage mon sens de l'humour. C'était le cas d'Anabel aussi, alors que Paige ne faisait que lever les yeux au ciel à mes petites blagues.

Elle but encore un peu de son vin.

— C'est génial que vous soyez allés à Hawaï. Je n'y suis jamais allée.

— On y retournera peut-être à Noël. Cette fois à Maui, au lieu de la Grande Île.

— J'adorerais venir avec vous !

J'étais plus surprise que ravie.

— Chérie, tu ne veux pas rentrer dans ta famille en Angleterre pour les vacances ?

Tanya haussa les épaules. Un voile de tristesse s'abattit sur elle.

— Pas vraiment. Papa n'est jamais là à Noël et en général, c'est une époque où il fait très froid à Londres. Et où je me sens très seule.

La pauvre ! Mon cœur se serra à l'idée qu'elle passe Noël seule.

— Dans ce cas, bien sûr que tu pourras venir avec nous.

— Oh là là ! C'est vrai ?

Son visage s'était illuminé comme un sapin de Noël.

— Absolument. Tu n'es pas seulement une invitée. Tu fais partie de la famille maintenant… mais pour l'instant, concentrons-nous sur le gala. Je n'ai qu'une heure devant moi avant de devoir me mettre aux préparatifs du dîner.

— Bien sûr, fit-elle en jetant un coup d'œil à la table couverte de sous-verre. Ça se tient où ?

— Dans notre jardin. C'est la première fois que j'y organiserai un gala. J'ai effectué une analyse financière, sans l'aide de Matt d'ailleurs, je précise. Si on ne dépense pas une somme ridiculement élevée pour la location d'une salle de réception d'hôtel, on pourrait récolter beaucoup plus d'argent pour tous les enfants pauvres et maltraités qui ont besoin de l'art pour améliorer leur vie.

— C'est génial. (Puis une pause.) Natalie, quel genre d'enfance vous avez eu ?

Je fus tellement stupéfaite par sa question que je n'y répondis pas tout de suite. Je bus une gorgée de vin et m'efforçai de faire ralentir l'afflux des mots qui se bousculaient dans ma tête. *Choisis-en un.*

— Ordinaire.

Elle eut l'air surprise.

— Et moi qui étais persuadée que vous aviez grandi dans une grande et belle maison et que vous aviez eu une enfance de conte de fées.

— Oh, loin de là.

Pour m'empêcher d'aller plus loin – j'en avais déjà trop dit –, j'avalai une gorgée de vin.

— Tanya, ma chérie, changeons de sujet.

— Pas de problème.

Elle aussi reprit de son vin. Je lui étais reconnaissante de ne pas insister. C'était trop risqué pour moi. Matt n'avait aucune idée de ce que j'avais vécu. Pas plus que ses parents, les snobs de Nob Hill. S'ils avaient été au courant, Dieu seul savait à quel point ma vie aurait été différente.

Tanya reposa sa tasse.

— Alors, ils vivent où, tous ces gamins maltraités ?

— Un peu partout. Beaucoup sont placés dans des familles d'accueil, après avoir été retirés à leurs parents violents ou abandonnés par eux.

Elle se mordit la lèvre.

— C'est tellement triste. Vous savez, parfois j'ai l'impression d'avoir été abandonnée.

Je l'observai attentivement.

— Comment ça ?

— Eh bien, vous savez, ma mère est morte et mon père voyage tout le temps pour son travail. Et moi, ben, je ne le vois jamais. J'aimerais que papa soit plus souvent à la maison, comme Matt. Et j'aimerais avoir une maman comme vous dans ma vie. (Ses yeux étaient remplis de larmes.) Parfois, je me sens si seule et si négligée que je pourrais en mourir.

Ses mots me coupèrent le souffle. Combien de fois j'avais ressenti ça au cours de ma vie ! Surtout dans ma jeunesse.

— Ma pauvre petite chérie. Viens, laisse-moi te serrer dans mes bras.

Je me déplaçai pour envelopper son corps menu de mes bras. Elle renifla et, à son tour, enroula ses bras autour de moi.

— Matt et vous m'avez déjà tant apporté. Pour la première fois de ma vie, j'ai l'impression d'avoir une famille. Will et Paige ont beaucoup de chance de vous avoir comme parents.

Oui, ils ont de la chance, me dis-je. Pourtant, à voir leur comportement, on pourrait souvent croire qu'ils ne le savaient pas.

— Natalie, je peux vous dire quelque chose d'autre ? (Elle marqua une pause.) Et vous promettez que vous ne serez pas fâchée contre moi ?

Hésitante, je répondis : « Oui. »

— Parfois, je me dis que mon père devrait aller en prison.

Je haussai un sourcil.

— Pourquoi tu penses une chose pareille ?

— Parce qu'abandonner son enfant est un crime, lâcha-t-elle en me regardant droit dans les yeux, avant d'ajouter rapidement : Du moins en Angleterre.

Un frisson me parcourut.

— Oui, ici aussi. (Je bus une gorgée de vin.) Chérie, je sais que tu ne le penses pas vraiment. Allez, remettons-nous au travail.

— Merci de votre compréhension, Natalie.

À mon grand soulagement, elle reprit instantanément son attitude joyeuse et désireuse de plaire.

— Vous voulez que je fasse quoi ? me demanda-t-elle.

Encore un peu troublée par ses paroles, je lui tendis un feutre noir.

— Tu pourrais par exemple numéroter les tables – je veux dire les sous-verre – pendant que je m'occupe de la disposition des sièges ?

Je me penchai pour attraper l'imprimé, posé sur la chaise à côté de moi, de la liste de tous les invités attendus. Trois cents au total. Soit trente tables de dix couverts chacune. Décider qui placer avec qui était toujours le plus gros challenge dans l'organisation de ces événements. Si certains avaient réservé toute une table à dix mille dollars pour la partager avec leurs amis, beaucoup n'avaient pris que des tickets individuels et, croyez-moi, tous ne s'appréciaient pas ou ne partageaient pas les mêmes opinions. Dans ce monde politiquement polarisé, je devais prêter une attention toute particulière à ce que les personnes partageant les mêmes idées soient assises ensemble.

— Il y a un thème ? s'enquit Tanya en se déplaçant avec aisance autour de la table pour numéroter les sous-verre.

— Juste au niveau de la couleur. Cette année, c'est bleu et blanc. Je n'ai pas encore décidé quel type de fleurs mettre sur les tables.

Tanya me regarda.

— Pourquoi pas des myosotis ? Ils sont bleus et on les surnomme aussi des « ne m'oublie pas », ce qui serait un beau rappel de tous les enfants maltraités et abandonnés dans ce monde.

— Quelle excellente idée ! Merci, ma chérie.

— De rien, répondit-elle en me souriant avant de me tendre le marqueur. J'ai terminé.

Je passai en revue les sous-verre numérotés. À la perfection.

— Allez, assieds-toi. Assez travaillé pour aujourd'hui. J'ai énormément apprécié ton aide.

Dans ma tête, une petite voix me souffla que Paige ne m'avait jamais aidée à organiser un de mes galas. Je la fis taire et dis à Tanya :

— Finissons notre vin.

Elle me rejoignit et nous discutâmes de son deuxième jour d'école. Apparemment, elle s'intégrait très bien et appréciait ses cours.

— C'est bien ! J'étais certaine que tout se passerait bien pour toi.

— Merci ! Alors, comment ça s'est passé hier soir avec Matt ?

Désarçonnée, je me sentis rougir. Nos ébats épiques avaient laissé dans mon corps une chaleur qui m'avait picotée toute la journée.

— Euh... eh bien, on a passé une merveilleuse soirée.

— Je m'en doutais. Vous êtes magnifique, Natalie, mais aujourd'hui vous êtes carrément radieuse.

Je portai la main à mon cœur. Ce cœur qui battait à nouveau, plein d'amour pour mon mari.

— Merci.

— Au fait, qu'allez-vous porter pour le gala ?

— Je n'ai pas encore décidé. En tout cas, il faut que ce soit bleu.

— Pourquoi pas la robe que vous aviez choisie en mai dernier, lors de cet événement somptueux sur la santé mentale ? Elle était divine.

Elle faisait référence à l'une de mes robes de soirée Dior. Comment avait-elle pu me voir dans cette robe ?

— Comment tu la connais ? lui demandai-je donc.

— J'ai vu une photo de vous en ligne. Et vous étiez absolument magnifique !

— Oh. Merci, répondis-je en me rappelant le nombre de paparazzis présents à cette soirée effectivement très huppée. Je vais y réfléchir.

Tanya se leva et ramassa ses sacs.

— Bon, je vais monter à l'étage et commencer mes devoirs. Et essayer de télécharger le dossier de candidature pour Stanford.

— N'hésite pas à nous dire si tu as besoin d'aide à ce sujet.

Elle se dirigea vers le vestibule. Puis l'escalier.

— À tout à l'heure au dîner.

— Merci encore, ma chérie, pour ton aide.

Pour tout.

11

Paige

Mon enquête sur le passé de Tanya ne progressa pas beaucoup au cours des semaines suivantes et j'étais complètement frustrée. Un escargot avançait plus vite.

Sur le conseil de Will, je demandai à ma mère, et non à Tanya, le nom de l'école qu'elle fréquentait en Angleterre. Mon frère avait estimé que le demander à l'intéressée risquait d'éveiller ses soupçons et j'étais du même avis. Le nom de l'école était Briarwood. En cherchant sur Google, j'appris qu'il s'agissait d'une école privée huppée, réservée aux filles et située dans la campagne anglaise, juste à côté de Londres. Je leur envoyai dans la foulée un e-mail pour leur demander s'ils avaient une élève nommée Tanya Blackstone, au prétexte que nous étions devenues très bonnes amies cet été à Londres et que je voulais lui envoyer un cadeau d'anniversaire. À quoi l'école, choix de prédilection de nombreux aristocrates et diplomates anglais, me répondit qu'ils ne communiquaient jamais d'informations sur les élèves et que la meilleure solution était d'envoyer mon cadeau par courrier à l'école, aux bons soins de la directrice. L'ambiguïté demeurait donc quant à savoir si Tanya y avait bien été élève ou non.

J'en profitai pour demander à ma mère si Tanya allait retourner en Angleterre pendant les vacances, avec l'espoir de voir son billet d'avion ou son passeport. Sans parler de celui que faisait naître en moi la perspective d'un moment sans le déplaisir de sa compagnie. Imaginez mon choc et ma consternation lorsque j'appris qu'elle allait passer Noël avec nous parce que son prétendu diplomate de père ne serait pas là. Existait-il seulement ?

Après quoi je m'enquis de son retour en Angleterre à la fin de l'année scolaire. Ma mère me répondit que rien n'était encore décidé. Tanya lui avait dit qu'elle souhaitait peut-être visiter une autre ville américaine, comme New York ou Miami, avant de rentrer chez elle, et qu'elle n'avait donc pas encore acheté son billet de retour. Connaissant le code pin de ma mère, je réussis à accéder à son iPhone, où j'espérais trouver un e-mail ou un texto de notre étudiante en échange qui contiendrait les informations sur son billet British Airways. À ma grande déception, je ne trouvai rien. Peut-être ma mère l'avait-elle effacé et noté les informations ailleurs. Bref, même si nous avions retrouvé Tanya devant le terminal international de LAX, il n'y avait toujours pas de preuve qu'elle ait embarqué sur un vol Londres-Los Angeles. Et je savais que la compagnie aérienne ne divulguerait jamais d'informations relatives aux passagers.

Lorsqu'il s'agit de découvrir le prénom de la mère de Tanya, je lui posai la question directement sur le chemin de l'école un matin. Légèrement déconcertée, elle répondit en préambule :

— Pourquoi tu veux savoir ça ?

— Oh, simple curiosité.

— Qu'est-ce que ça peut faire ? Elle est morte.

Sur ce, elle retourna à son téléphone. Du coin de l'œil, je la regardai prendre un énième selfie, *duckface*, et le poster à la suite des centaines déjà présents sur son Instagram. Le nombre de ses followers approchait les cinq mille.

Elle vivait avec nous depuis près d'un mois et je n'en savais toujours pas beaucoup plus sur Tanya Blackstone. Sauf que cet Insta-Queen avait une langue dont la longueur rivalisait avec celle de Miley Cyrus. À ma grande frustration, ni Will ni moi n'avions réussi à accéder à sa chambre. Elle était toujours dedans quand nous étions à la maison. Et elle veillait sur son ordinateur portable et sur son téléphone comme si sa vie en dépendait. De véritables appendices qu'elle se serait greffés.

Du jour au lendemain, elle était devenue la personne la plus populaire de ma classe. Toutes les filles voulaient être elle. Tous les garçons voulaient l'avoir. Ils bavaient devant sa beauté, alliage de minceur, de longues jambes et d'insouciance, ils adoraient son style et s'extasiaient devant son accent anglais.

Sur le plan académique, en revanche, elle n'était pas le couteau le plus aiguisé du tiroir. Elle peinait avec ses devoirs et, curieusement, ne connaissait pas les auteurs britanniques classiques. Lorsque je lui demandai si elle aimait George Eliot, elle me répondit qu'*il* était l'un de ses chanteurs britanniques préférés et se mit à chantonner « *Wake Me Up Before You Go-Go* ». Ouais, Stanford n'avait qu'à bien se tenir.

Toutefois, malgré ses limites en matière scolaire, notre étudiante « anglaise » (oui, entre guillemets) était maligne. Elle possédait un don enviable pour se sortir de toutes les situations et, chaque fois qu'elle ne venait pas à bout d'un devoir, elle charmait les autres pour qu'ils l'aident. Elle s'en sortait. Les professeurs hommes étaient particulièrement indulgents, ce qui me donnait envie de vomir.

Le pire de tout, c'était que je ne pouvais pas lui échapper. En plus d'être dans tous les cours que je suivais, à l'exception de ceux de chimie et de sculpture niveau avancé, elle avait décidé de s'inscrire dans l'équipe de basket-ball féminine. J'avais eu beau l'encourager à essayer le soccer, un sport qu'elle appelait « football » et qu'elle prétendait pratiquer en Angleterre, elle n'en démordait pas, avançant vouloir essayer quelque chose de nouveau. Avec sa taille et son agilité, elle avait un don naturel. *Elle shoote, elle marque*. Ma meilleure amie et coéquipière, Jordan, étant partie à Berkeley, un poste de titulaire s'était libéré dans l'équipe, et Tanya l'obtint.

Tout au long du mois de septembre, nous avions entraînement chaque jour après l'école pour préparer notre premier match contre notre rival Huntley Hall, une école privée tout aussi prestigieuse située non loin de Coldwater. Du coup, j'étais chargée de la raccompagner à la maison en voiture après l'entraînement. Elle était toujours bavarde, à poser des questions sur mes parents et surtout sur mon petit ami, Lance. Moi, je restais bouche cousue, et j'avais fini par lui dire d'arrêter de me questionner sur ma vie privée. Ça ne la regardait pas. À quoi elle avait simplement haussé les épaules et marmonné : « Laisse tomber » et s'était occupée avec son téléphone jusqu'à ce que nous soyons rentrées à la maison.

Chaque jour qui passait, ma meilleure amie, Jordan, me manquait un peu plus. Son nom complet était Jordan Jackson, mais tout le monde dans l'équipe l'appelait Air Jordan, un clin d'œil au légendaire joueur des Chicago Bulls, Michael Jordan. Moi, je la surnommais Fly, parce qu'en plus d'avoir des ailes aux pieds elle était stylée et séduisante, et farouchement unique. Un appel en

FaceTime avec elle s'imposait, le dernier remontait à trop longtemps. Je mourais d'envie de prendre de ses nouvelles et de lui dire tout le mal que je pensais de Tanya, seulement je savais qu'elle était en pleine période d'adaptation à la vie universitaire et je ne voulais pas l'accabler avec mes problèmes.

Malgré l'angoisse qui plombait ma vie, avec Tanya enfoncée telle une tique sous ma peau, le mois de septembre passa comme un éclair. Le premier lundi d'octobre marquait le coup d'envoi officiel de la saison de basket-ball, avec notre match d'ouverture contre Huntley. J'avais beau avoir vécu cette journée bon nombre de fois, j'étais toujours très nerveuse. Le stress me vrillait le ventre et mon menton s'était couvert de boutons – de ceux qui poussaient sous la peau, comme des kystes, très douloureux, et qui mettaient une éternité à partir. Et pour ne rien arranger, Tanya – le caillou dans ma chaussure – voulait se rendre au match avec moi, dans ma voiture, jusqu'au campus adverse.

— Tu ne peux pas te trouver un autre taxi ? lui demandai-je, sans masquer l'irritation dans ma voix.

Si seulement c'était Fly avec moi ! Avec ses cheveux blonds récemment éclaircis et relevés en queue-de-cheval, Tanya portait déjà l'uniforme de notre équipe – short de basket bordeaux et blanc, maillot sans manches assorti – et je ne pus m'empêcher de remarquer à quel point ses longues jambes et ses bras bronzés s'étaient tonifiés depuis qu'elle avait rejoint l'équipe. Ils attiraient déjà les regards avant, mais maintenant ils étaient encore plus spectaculaires. Elle avait sa place en couverture de *Sports Illustrated*.

Elle se tenait devant ma Jeep, à côté de la portière passager, qu'elle avait ouverte.

— Ne t'imagine pas que ça me ravit de monter avec toi, Paige, et de supporter ta répugnante odeur d'aisselles poilues, seulement c'est plus pratique. Je peux laisser toutes mes affaires dans ta voiture et rentrer ensuite avec toi. Toutes mes copines de l'équipe – ou ceux qui viennent au match – vivent à Beverly Hills ou à Sherman Oaks, ce serait hyper malcommode pour elles de me raccompagner à la maison. Et si on perd, ce serait un manque d'égards total, quand les filles n'auront probablement qu'une envie : rentrer chez elles le plus vite possible et noyer leur chagrin.

Malgré mon envie soudaine de démarrer et de la laisser en plan, je cédai, même si sa seule présence m'exaspérait. Elle me tapait carrément sur les nerfs.

— OK. Monte. Mais tu ne me parles pas. Je dois me concentrer sur la conduite. Et sur le match.

Avec un sourire malicieux, elle sauta dans ma Jeep.

— Je sais déjà qu'on va gagner, roucoula-t-elle en bouclant sa ceinture de sécurité. Oh, et au fait, c'est quoi ce truc super moche sur ton menton ?

En regardant dans le rétroviseur alors que je sortais de ma place de parking, j'aperçus le bouton monstrueux que j'avais percé et transformé en un horrible truc rouge vif. Je fronçai les sourcils et grimaçai.

— C'est Lancey qui t'a mordue pour aspirer le pus ?

— La. Ferme.

— Oooh, on est grognon aujourd'hui ?

Heureusement, elle finit par se la boucler et attrapa son sac à dos, dont elle sortit un paquet de chewing-gums entamé. Ses préférés : Trident Original. Elle tira deux tablettes du paquet bleu, les déballa, les mit dans sa bouche et jeta les papiers sur le tapis. Et en plus, elle se mit à mâcher le chewing-gum comme une vache. C'était irritant, mais moins que lorsqu'elle me cassait les oreilles.

Le trajet jusqu'à Huntley, bien que court, me parut durer une éternité. La seule chose qui me tira de ma mauvaise humeur, ce fut un texto de Jordan : « Merde à toi, Merritt ! » La phrase qu'elle me disait toujours avant notre premier match, avec une tape dans la main. Ça nous avait toujours porté chance à toutes les deux. Une fois garée sur le parking visiteurs de Huntley, je lui répondis : « Merci ! Tu me manques ! Je t'aime ! » À quoi j'ajoutai un émoji bisou. Et elle termina par sa signature, « F.L.Y. », pour « Freaking Love You », c'est-à-dire : « Je t'adore ! » Avec un sourire suffisant, je me tournai vers Tanya.

— Casse-toi une jambe, Blackstone.

Et cette gourde me sourit.

— Merci.

Sauf que je le pensais au sens propre.

Le gymnase de Huntley était plein à craquer, les gradins remplis d'élèves et de quelques parents. Les miens, comme d'habitude, n'étaient pas présents. Ma mère était en réunion toute la journée, à préparer son prochain gala, et mon père, dans un avion, qui rentrait d'un rendez-vous avec un client à Dallas. Lance n'était pas là non plus, empêché par son entraînement d'athlétisme. Il faisait partie de l'équipe de cross-country et courait généralement plusieurs kilomètres chaque jour après l'école, pour se préparer aux compétitions à venir.

L'absence de Lance n'avait pas empêché ses copains de se pointer, en revanche. Je n'avais jamais vu une telle affluence pour un de nos matchs. Il ne pouvait y avoir qu'une seule raison à ça. L'équipe comptait désormais une figure sexy incarnée par sa numéro 12, longiligne, mince et magnifique : Tanya Blackstone. Et croyez-moi, aucun d'entre eux n'était là pour la regarder faire rebondir un ballon, c'étaient plutôt ses gros seins qu'ils attendaient de voir rebondir quand elle dribblerait. Pour quelqu'un d'aussi maigre, elle était incroyablement bien pourvue en la matière. De quoi se demander si elle n'avait pas des implants.

Les lycées de Coldwater et de Huntley étaient des rivaux de longue date. La saison passée, l'équipe féminine de Huntley était médiocre et nous l'avions facilement battue, mais elle avait depuis amélioré son jeu. Le ballon passait d'un camp à l'autre, d'un côté du terrain à l'autre, les dribbles étaient si rapides qu'ils en devenaient presque flous. J'étais essoufflée et en sueur. Nous étions dans le dernier quart-temps et le score à égalité parfaite, 45-45. Tanya et moi étions les meilleures marqueuses, son score dépassant le mien de trois points. Je devais avouer que, pour une débutante, elle se débrouillait de façon extraordinaire et je ne pus m'empêcher de remarquer que le public de Coldwater l'acclamait avec enthousiasme chaque fois qu'elle marquait un panier.

Il restait cinq minutes à jouer. Le ballon était dans notre camp. D'un coup de menton, j'indiquai à la joueuse qui avait la balle de me faire la passe. Bien qu'à plus de cinq mètres du panier, j'étais persuadée de pouvoir réussir le tir de loin. Une Tanya très concentrée, genoux pliés et bras tendus, me soufflait dans le cou.

— Recule ! lui criai-je lorsque Claire, ma coéquipière, lança le ballon. C'est mon tir. J'ai !

— Non ! C'est pour moi ! Dégage de mon chemin, grosse vache !

Il n'y avait pas de temps à perdre. Le ballon orange foncé monta loin au-dessus de nos têtes et nous nous précipitâmes toutes les deux dessus. Elle se jeta devant moi et, alors que ses bras s'élevaient dans les airs, je la poussai avec force. Au moment où le ballon passait sans s'arrêter au-dessus de moi, Tanya s'écrasa sur le sol stratifié. L'arbitre siffla un temps mort. Tout s'arrêta, au son des huées du public de Coldwater. Les entraîneurs des deux équipes entrèrent en courant sur le terrain. Je baissai les yeux vers Tanya. Elle se tenait la cheville droite.

— Tu m'as poussée volontairement ! s'écria-t-elle, le venin se mêlant aux larmes de ses yeux.

— Tanya, ça va ? demanda notre entraîneur, inquiet.

M. Whitney était un professeur de littérature anglaise très beau et très populaire. Il s'accroupit et la prit par les épaules, un peu trop tendrement. De toute évidence, il n'avait d'yeux que pour elle. Comme tous les Tom, Dick et Harry du lycée.

— Tu peux marcher ? demanda l'entraîneur de Huntley, un parent bénévole tout aussi séduit.

Gros dégueu !

Tanya grimaça.

— Je ne sais pas.

Je les regardai l'aider à se relever. Sa cheville ploya. Nouvelle grimace de douleur.

— Accroche-toi à nous, proposa l'entraîneur Whitney.

Le gars salivait presque.

— Oh, merci, ronronna-t-elle en battant ses longs cils.

L'actrice. J'étais prête à parier qu'elle faisait semblant.

Les bras passés autour des épaules des deux entraîneurs, elle traversa le terrain à cloche-pied. Imitant la foule énamourée, mes coéquipières accompagnèrent la sortie de notre marqueuse désormais vedette de leurs acclamations et applaudissements. Tanya leur envoya un baiser théâtral. Les supporters se levèrent dans les gradins pour lui faire une standing ovation et scander son nom encore et encore, de plus en plus fort. « Ta-nya ! Ta-nya ! » On aurait dit une nuée de fans devant leur rock star. Moi, j'avais envie de vomir.

Pour ne rien arranger, nous perdîmes le match de deux points. Et tout le monde me reprocha d'avoir voulu monopoliser le ballon. Le cœur lourd, je rentrai seule à la maison, sans avoir revu Tanya.

J'avais souhaité qu'elle se casse une jambe. Malheureusement, j'aurais dû me rappeler les perles de sagesse de ma grand-mère bien-aimée, car elle ne se trompait jamais.

« Fais attention à ce que tu souhaites. »

12

Paige

Toutes les lumières étaient allumées lorsque j'arrivai chez moi. Après avoir garé ma Jeep dans le garage à côté des voitures de mes parents, je me traînai à l'intérieur de la maison par la porte latérale. Tanya était-elle revenue ? Avait-elle raconté l'incident à mes parents ? Était-ce trop demander qu'elle ait été emmenée aux urgences et que l'ambulance se soit fait renverser par un camion sur le chemin ? Trop espérer ?

Sans m'arrêter à la cuisine pour prendre un encas ou un verre d'eau dont j'avais pourtant grand besoin, je montai péniblement jusqu'à ma chambre et directement à la salle de bains, sans trop savoir si j'avais besoin de me soulager ou de vomir, quand, soudain, j'entendis des voix en provenance de la chambre de Tanya. Remarquant que la porte de la salle de bains n'était pas verrouillée de son côté, je l'ouvris d'un coup sec. Et là, mes yeux s'écarquillèrent, ma mâchoire se décrocha, il me fallut un long moment pour me ressaisir.

— Lance ? Qu'est-ce que tu fais là ?

Plantée comme un piquet dans l'encadrement de la porte, j'étais à ce point pétrifiée que je me crus victime de rigidité cadavérique. En survêtement, il était assis au bord du lit de Tanya, dont le pied reposait sur les cuisses musclées de mon petit ami. Lequel tenait une poche de glace sur la cheville bandée de notre étudiante en échange.

— Oh... Salut, Paige.

— Réponds à ma question.

— J'ai quitté l'entraînement d'athlétisme plus tôt pour venir assister à votre match. Quand j'ai vu Tanya dehors, la cheville bandée et manifestement souffrante, qui attendait que ta mère vienne la chercher, je lui ai proposé de la raccompagner en voiture. C'était le moins que je puisse faire.

— Ah oui, et tu l'as portée toi-même à l'intérieur et dans l'escalier, messire Lancelot ?

L'image de cette fille dans ses bras redoubla ma nausée déjà bien installée. Si je devais vomir, je me pris à souhaiter crépir leurs jolis minois.

— Oh oui, il l'a fait, répondit Tanya d'un air rêveur, non sans adresser à Lance un sourire chaleureux.

D'où je me tenais, ce sourire ressemblait plus à du flirt qu'à un remerciement. Je brûlais de le lui arracher des lèvres comme un sparadrap. Puis de le lui coller, à lui. Avant que j'aie le temps de dire ou de faire quelque chose que je regretterais, la porte de sa chambre s'ouvrit et ma mère entra avec une paire de béquilles. Je ne pense pas qu'elle savait que j'étais là, car son regard compatissant se posa directement sur Tanya.

— Ma pauvre chérie. J'ai trouvé ça dans notre vide sanitaire. Ce sont les béquilles qu'Anabel avait dû utiliser quand elle s'était déchiré le ligament croisé antérieur au ski à Aspen. Je pense que vous êtes à peu près de la même taille, elles devraient te convenir.

Sans me montrer, je regardai Tanya se lever et les passer sous ses aisselles. Hésitante, pied bandé levé, elle fit un pas. Puis un autre.

Ma mère rayonnait.

— Tanya, tu les maîtrises merveilleusement bien. Anabel a mis une semaine à s'y habituer. Lance, mon chéri, je ne veux pas qu'elle descende l'escalier avec des béquilles. C'est beaucoup trop dangereux.

Un voile d'inquiétude s'était peint sur son visage. Sans doute parce qu'elle repensait à l'accident qui avait coûté la vie à Anabel. Si mesquin que ça puisse paraître, je me pris à souhaiter la même chose à Tanya. *Et bam !*

Ma mère coupa court à mes divagations mentales.

— Lance, tu es un beau jeune homme plein de force. Tu penses pouvoir porter Tanya dans l'escalier ? Et bien sûr, nous aimerions beaucoup te garder à dîner.

— Naturellement, madame Merritt, répondit mon petit ami, ce galant homme.

Sur quoi, sans le moindre effort, il souleva Tanya dans ses bras musclés. Avec un sourire narquois dans ma direction, la demoiselle en détresse passa les bras autour des épaules de Lance.

Les poings serrés contre mes flancs, je les suivis au rez-de-chaussée.

Serait-il difficile de leur donner une petite poussée ?

Je voulais que cette fille sorte de ma vie.

À tout prix.

13

Paige

Les quelques jours suivants furent un véritable enfer. Tout le monde s'extasiait devant Tanya qui boitillait çà et là à l'aide de ses béquilles. Je vous jure que, si des extraterrestres nous avaient envahis, eux aussi se seraient pâmés devant elle.

Il y avait une exception notable à l'adoration générale : votre humble servante, qui enrageait de devoir faire la moindre chose pour elle au prétexte qu'elle était invalide. Lance aurait tout aussi bien pu emménager dans notre maison, puisque mes parents avaient besoin qu'il la monte à l'étage le soir et la redescende le matin. Parfois, il la portait dans ses bras, d'autres fois sur son dos ou sur son épaule, à dada ou façon homme des cavernes, et vas-y que je glousse à tout bout de champ. Plus d'une fois, l'envie m'avait taraudée de les pousser tous les deux dans le virage de notre long escalier de marbre. Mon père aurait sans doute pu la monter et la descendre lui-même, mais ma mère craignait qu'il ne se blesse, car son dos le faisait de temps en temps souffrir à cause d'une vieille blessure de tennis. De toute façon, Lance était plus qu'heureux de s'en charger. Un peu trop heureux, même, si vous voulez mon avis.

Cette proximité physique entre Lance et Tanya me rongeait comme une plaie infectée dévore la chair. Car il ne se limitait pas à l'aider à monter et à descendre l'escalier. Il la conduisait à l'école tous les matins et la ramenait le soir, portait ses manuels en classe et, plus inquiétant encore, traînait dans sa chambre pour l'aider à faire ses devoirs alors que je savais pertinemment qu'il parvenait à peine à faire les siens.

Les deux portes de sa chambre étant verrouillées, je me demandais ce qu'ils fabriquaient vraiment. J'entendais souvent des rires si je collais mon oreille à la porte de sa salle de bains, d'autres fois de la musique. Je me préparais au pire. À l'inévitable. À un moment donné, je m'attendais à entendre des gémissements et des râles qui se transformeraient en cris et en grognements. Il y avait un nom pour définir quelqu'un comme moi, je l'avais appris en cours de psychologie : j'étais masochiste.

Mon seul réconfort était mon frère, Will. Au troisième jour de cette folie, alors que nous étions tous les deux sur son trône de geek, je m'ouvris à lui de ma peur la plus profonde, la plus sombre : perdre Lance au profit de notre invitée manipulatrice.

— Tu l'as interrogé à ce sujet ? me demanda Will.

— Oui. Il trouve que je me comporte en petite amie jalouse. Voire paranoïaque.

— Tu veux vraiment savoir ce qui se passe derrière les portes closes ?

Je réfléchis à sa question quelques secondes. Voulais-je le savoir ? Supporterais-je les conséquences de découvrir que mon petit ami me trompait avec Tanya ? Je m'étais réservée pour Lance, mais peut-être qu'elle m'avait déjà devancée pour être sa première fois. Une douleur me poignarda le ventre lorsque je répondis à la question de mon frère.

— Oui.

Will m'adressa son sourire niais de M. Rien-ne-m'est-impossible. Il avait déjà remplacé la poignée de ma porte par une nouvelle qui se verrouillait automatiquement de l'extérieur quand je la claquais. J'avais besoin d'une clé pour entrer, mais ce petit inconvénient n'était rien, puisqu'il empêchait par ailleurs Tanya d'y poser le pied. Je le regardai ouvrir son ordinateur portable et se mettre à taper sur les touches. Ses doigts agiles glissaient sur le clavier comme ceux d'un pianiste. Il fit pivoter l'ordinateur pour que l'écran soit face à moi. Je scrutai l'image.

— Qu'est-ce que c'est ?

— Une caméra espion. Je peux la commander en ligne et la recevoir demain matin. Il suffit qu'on quitte l'école en avance et je l'installe. On peut télécharger une appli sur ton téléphone et ton ordinateur portable et ensuite, dès l'après-midi, tu pourras regarder le *Lance et Tanya Show*, conclut-il en mimant des guillemets imaginaires.

Je ne pus m'empêcher de rire. À l'entendre, on allait se retrouver devant un talk-show de mauvais goût. Ou une mauvaise téléréalité de plus.

— Tu ne vas pas regarder avec moi ?

Mon petit frère fit la grimace.

— Pas question. C'est dégueu !

Je ris à nouveau, mais l'expression de Will se fit sérieuse.

— Seulement, je te préviens : si tu vois quelque chose que tu regrettes ensuite d'avoir vu, ne viens pas pleurer sur mon épaule. Autrement, je mets un terme à l'Opération Tanya. Fin de l'histoire, menaça-t-il en faisant le geste de s'essuyer les mains.

— Marché conclu !

Je levai la main pour sceller le pacte. Sa paume heurta la mienne avec force.

— Marché conclu !

Après coup, je réfléchis aux conséquences. D'un côté, je n'avais rien à perdre.

De l'autre, j'avais tout à perdre.

Le lendemain, Will et moi quittâmes l'école avant la dernière heure, mais les choses ne se déroulèrent pas comme prévu. Il y avait de gros travaux sur le chemin de la maison, lesquels nous retardèrent de quarante-cinq minutes : il nous restait donc très peu de temps pour installer la caméra espion qui nous attendait dans l'allée. Will sauta de la voiture pour récupérer le paquet avant que je rentre ma Jeep dans le garage. Ni mon père ni ma mère n'étaient à la maison.

J'avais par ailleurs espéré fouiner dans la chambre de Tanya, qui était étonnamment bien rangée, mais le temps manquait. Will effectua l'installation de la minuscule caméra en un temps record. Il la plaça dans un angle au plafond. Elle était dotée d'une toute petite lentille mobile capable de filmer la chambre sous différents angles, du bureau au lit entre autres. Comme elle était blanche, elle se fondait discrètement dans le décor et ressemblait assez à un détecteur de fumée. Il y avait fort à parier que notre Insta-Queen, tellement absorbée par son nombril, ne la remarquerait jamais.

Will s'activait encore quand j'entendis des bruits de pas et des rires qui se rapprochaient de nous dans le couloir. *Eux*. Juste à temps : l'installation était terminée. Nous nous échappâmes de justesse par la salle de bains jusqu'à ma chambre, d'où Will fila dans la sienne, sitôt la voie libre.

Que le spectacle commence. Le premier épisode du *Lance et Tanya Show*. Assise en tailleur sur mon lit avec mon ordinateur portable, je bouillonnais.

Une grande partie de moi voulait refermer l'ordinateur. D'autres sages paroles de ma grand-mère me revinrent à l'esprit – « L'ignorance est une bénédiction » –, mais je ne les écoutai pas.

Le cœur battant, je fixai l'écran des yeux lorsque la porte de Tanya s'ouvrit. Elle entra en clopinant dans la pièce rose bonbon, Lance à sa suite. Il ferma la porte d'un coup de talon pendant que Tanya actionnait une télécommande pour mettre de la musique. Un remix version slow de *I've Just Begun Having My Fun* de Britney Spears.

Mes yeux faillirent sortir de leurs orbites lorsque Tanya jeta ses béquilles sur le lit et se mit à danser dans les bras de mon petit ami. Elle n'avait rien à la cheville ! Incapable de cligner des yeux, je restai rivée à l'écran tandis qu'ils se balançaient au rythme de la chanson, parfaitement synchronisés. Tanya, la tête posée contre son torse, les yeux clos et l'expression béate, Lance, souriant d'un air rêveur, les bras autour de sa taille fine.

Une boule de feu rageur se propagea dans mes veines, au point que je me crus sur le point d'exploser. Je sautai de mon lit et, dans ma précipitation, me pris bêtement les pieds dans le cordon de mon chargeur. La chute fut brutale et une douleur aiguë me vrilla la cheville droite. C'était peut-être moi qui allais avoir besoin de ces béquilles, si elles n'étaient pas mises sous scellés au vu du crime que je m'apprêtais à commettre.

Toujours sous l'effet de l'adrénaline, je me relevai et sortis de ma chambre aussi vite que je le pus, malgré la douleur fulgurante à mon pied. Dans une course hybride entre le sprint et le boitillement, je fonçai jusqu'à la chambre de Tanya et ouvris sa porte à la volée. Mon visage était si brûlant que je sentais mes joues flamber. Au bord de l'implosion, je me plantai sur le seuil de la porte.

— Ça se passe bien, les devoirs ?

Tanya et Lance s'arrêtèrent net. Elle m'adressa un sourire narquois tandis que lui s'empourprait violemment, façon camion de pompiers.

— Paige, ce n'est pas ce que tu crois ! balbutia-t-il en levant les mains en signe de reddition.

— J'ai des yeux.

Traînant la patte jusqu'aux béquilles, je les calai sous mes aisselles. Je grimaçai, non sans fusiller Tanya du regard.

— Tu n'en as plus besoin, si ?

Avec un sourire insipide, elle baissa les yeux sur sa cheville encore bandée et la remua.

— Oh, mon pied va beaucoup mieux maintenant. Et pour ta gouverne, j'apprenais à ton copain à danser le slow pour le prochain gala de ta mère, puisqu'elle veut que nous y assistions. Enseignement que Mlle Gros-Godillots ne peut pas lui dispenser, de toute évidence. (Un temps.) De rien.

Lance me regarda, le visage plus détendu.

— C'est la vérité, Paige. Tanya m'apprend à danser en échange de mon aide pour ses maths.

— Puisque tu refuses de le faire, ajouta Tanya.

J'inspirai et expirai plusieurs fois par le nez.

— Je pense que tu devrais rentrer chez toi, Lance.

Sans un mot de plus, il s'empara de son sac à dos et quitta la chambre au pas de charge.

Je regagnai ma chambre clopin-clopant, en appui sur les béquilles. Je n'en avais pas vraiment besoin, mais elles feraient une arme efficace si jamais je devais me défendre contre elle.

Je décidai de croire Lance, de lui accorder le bénéfice du doute. En revanche, impossible de faire confiance à Tanya.

La caméra espion allait rester en place. Et tous les jours, après l'école, je me brancherais sur le *Tanya Show*, afin d'observer ses moindres faits et gestes.

Avec le temps, quelque chose se produirait.

Et j'aurais des billes contre elle.

14

Natalie

Le vendredi, je reçus une visite inattendue.

Ma belle-mère, Marjorie Merritt. La moitié du couple que Matt et moi appelions en plaisantant les M&M's. Martin, son mari, étant à La Jolla en train de se préparer pour un week-end de golf, Marjorie avait spontanément décidé de s'arrêter à Los Angeles pour voir Paige et Will, ses seuls petits-enfants, si l'on omettait Anabel. La triste vérité, c'était qu'Anabel ne comptait peut-être pas. Marjorie ne s'était jamais intéressée à elle et n'en avait pas fait mystère de son vivant.

Mes relations avec ma belle-mère s'étaient améliorées au fil des ans. Au début, elle était glaciale à mon égard. Limite vindicative. Elle était convaincue que c'était moi qui avais eu l'idée de partir nous marier en secret, Matt et moi, alors que c'était celle de Matt, et elle me reprochait de l'avoir privée de l'organisation d'un mariage en grande pompe. Au début, elle ne me faisait pas confiance – ni ne me respectait – et me prenait pour une croqueuse de diamants qui avait piégé son fils en tombant enceinte. Au fil du temps, je lui avais prouvé qu'elle s'était trompée sur mon cas. Elle était impressionnée par mes nombreuses activités philanthropiques ainsi que par mon bon goût et mes valeurs familiales. C'était une femme de la vieille école, qui pensait que la place d'une épouse était à la maison. À s'occuper d'une belle demeure, de son mari et de ses enfants, et à user de son temps libre pour rendre le monde meilleur. Elle était aussi d'avis que si les yeux de votre mari s'égaraient, il fallait regarder ailleurs. J'aurais peut-être dû.

Même si je ne qualifierais toujours pas ma relation avec ma belle-mère d'étroite, elle était au moins cordiale. Toujours un peu distante, elle était descendue au Four Seasons tout proche et prendrait la route de la côte dans la matinée pour rejoindre son mari.

— Vous avez l'air en forme, Natalie, constata-t-elle alors que nous prenions un gin tonic dans le salon, assises l'une en face de l'autre sur les canapés jumeaux en damas.

Un G&T avec une tranche de citron vert, c'était sa boisson favorite et, bien que préférant de loin un verre de vin, j'avais décidé de suivre le mouvement. Elle prit une gorgée de son cocktail rempli de glace.

— Comment ça va, entre Matthew et vous ?

Marjorie n'appelait son enfant du milieu que par son nom complet et ne m'avait jamais appelée Nat non plus.

— Tout va à merveille, répondis-je en posant mon verre à pied sur la table basse qui nous séparait.

Marjorie m'avait vue au plus bas, après la mort d'Anabel, et elle était venue à la maison pour s'occuper des enfants pendant que j'étais allongée dans mon lit comme un légume en décomposition. Elle n'avait aucune idée de ce qui s'était réellement passé. L'accident tragique d'Anabel n'était qu'une partie de l'histoire.

— Et comment vont les enfants ?

Marjorie adorait Will et Paige, et de ça, je lui étais reconnaissante. Je n'avais jamais eu de grands-parents aimants et, avec les deux autres frères et sœurs de Matt, cette famille donnait aux enfants le sentiment d'appartenir à un tout soudé, ce qui était important pour moi.

— Ils vont bien. Paige est en train de s'inscrire à l'université et Will est plongé dans toutes sortes de cyberactivités auxquelles je ne comprends pas grand-chose.

— Où Paige envisage-t-elle de postuler ?

Ma belle-mère avait une affection particulière pour Paige. Peut-être parce qu'elles se ressemblaient, même si ses cheveux étaient maintenant gris argenté et coiffés en un carré chic. Elles avaient aussi de nombreux centres d'intérêt en commun, notamment et surtout leur passion pour l'art.

— Comme vous le savez certainement, elle veut vraiment aller à la Rhode Island School of Design, mais Matt insiste pour qu'elle s'inscrive à Stanford avec décision anticipée.

Ma belle-mère fit une grimace dédaigneuse.

— Tout le monde n'a pas besoin d'aller à Stanford comme Matthew et son père pour marquer le monde de son empreinte. Paige devrait aller où la poussent ses envies : le succès est un sous-produit du bonheur. Et elle est jeune. Avant de partir pour La Jolla demain matin, je parlerai à Matthew.

Je lui adressai un petit sourire reconnaissant.

— J'apprécierais, merci. Peut-être qu'il vous écoutera.

Alors que je m'apprêtais à changer de sujet, une voix charmante retentit dans la pièce.

— Bonjour, Natalie. Je ne vous ai pas vue dans la cuisine et j'ai cru entendre des voix venant d'ici.

Tanya. Le regard de Marjorie suivant le mien, je tournai les yeux dans sa direction.

— Oh, bonjour, ma chérie !

Sa vue avait le don d'égayer ma journée et je me réjouissais que son entorse à la cheville ait guéri aussi rapidement. Au cours des derniers jours, nous nous étions rapprochées et elle avait continué à beaucoup m'aider pour l'organisation du gala, qui n'était plus désormais que dans quelques semaines. Comme la date approchait, j'étais heureuse que Marjorie retourne à son hôtel après le dîner. J'avais trop de choses à faire et ma belle-mère et ses opinions bien arrêtées ne feraient que me retarder.

Les lèvres pincées, Marjorie examinait Tanya à la loupe de ses yeux acérés.

— Natalie, ne serait-ce pas l'étudiante en échange de Londres dont vous m'avez parlé ? J'espérais la rencontrer.

— Oui, c'est elle. (En souriant, je lui fis signe de nous rejoindre.) Tanya, viens ici. J'aimerais te présenter ma belle-mère, Marjorie Merritt… la grand-mère de Paige et Will, ajoutai-je alors qu'elle s'avançait de sa démarche assurée. Marjorie, voici Tanya Blackstone.

Tanya tendit la main et ma belle-mère se leva pour la lui serrer.

— Bonjour.

Sa voix était si glaciale qu'elle aurait fait frissonner n'importe qui. Et gelé l'espace entre elles.

— On s'embrasse ? demanda Tanya.

— Une poignée de main suffira.

Comme si notre invitée avait la peste, Marjorie se libéra de la main de Tanya et se rassit. Lissant son pantalon de flanelle grise, elle croisa une cheville sur l'autre, attirant mon attention sur les chaussures plates classiques Ferragamo qu'elle portait toujours. Elle devait en avoir une paire de chaque couleur.

— Viens. Joins-toi à nous, proposai-je à Tanya, en tapotant le coussin moelleux à ma gauche.

— Avec plaisir. Qu'est-ce que vous buvez ? demanda-t-elle, regardant les verres hauts que nous avions à la main.

Assise à côté de moi, elle déposa son sac à dos à ses pieds.

— Gin tonic.

Et non, tu ne peux pas en prendre un.

Heureusement, elle ne me demanda pas de lui préparer un verre, ni de lui offrir un verre de vin devant ma belle-mère hypercritique, qu'elle entreprit plutôt d'observer.

— Marjorie…

— Ce sera « madame Merritt » pour toi.

L'arrogance hautaine de ma belle-mère me hérissa le poil, mais Tanya, imperturbable, obtempéra.

— Bien sûr, madame Merritt. Je voulais juste vous dire que j'adore la couleur de votre pull. Et vos perles sont sublimes.

Marjorie baissa les yeux vers son col roulé en cachemire saumon, sur lequel était posé un rang de perles des mers du Sud, héritage familial serti de diamants d'une valeur de plus de cent mille dollars. Elle parlait de les transmettre un jour à Paige.

— Merci, dit-elle en se concentrant à nouveau sur notre étudiante. Alors, Tanya, où habites-tu à Londres ? Mon mari et moi y avons passé beaucoup de temps. C'est l'une de mes villes préférées au monde.

— À moi aussi ! Papa et moi vivons à Belgravia.

Marjorie hocha la tête.

— C'est un quartier charmant. Vous habitez près du parc ?

— Pas loin.

— Lequel ? insista-t-elle, sur un ton qui ressemblait de plus en plus à un interrogatoire. Il y en a tellement.

— Kingsington Park, répondit Tanya, qui ramassa son sac à dos et se leva précipitamment. Ravie de vous avoir rencontrée, madame Merritt. Si vous voulez bien m'excuser, j'ai beaucoup de devoirs à faire.

— Bien sûr. J'ai hâte de te revoir au dîner.

— Pareil.

Et sur un sourire éclatant, elle tourna les talons et sortit de la pièce.

Une fois qu'elle fut partie, je pris une nouvelle gorgée de mon G&T.

— Elle est adorable, n'est-ce pas, Marjorie ? C'est un plaisir de l'avoir avec nous.

Marjorie remua les glaçons dans son verre, puis leva vers moi un regard aiguisé.

— Comment avez-vous trouvé cette fille ?

— Par le biais d'un programme d'échange d'étudiants accrédité.

— Que savez-vous d'elle ?

— Eh bien, sa mère est morte en couches. Son père est diplomate et elle fréquente une école privée huppée juste en dehors de Londres.

Marjorie fronçait les sourcils.

— Hmm. Elle semble en effet venir d'une famille éduquée de la classe supérieure, pourtant son accent anglais ne correspond pas.

J'inclinai la tête.

— Comment ça ?

— Les personnes issues de milieux comme le sien parlent l'anglais de la reine. Son accent est dissonant. En fait, je n'arrive même pas à le situer.

— Peut-être que la fréquentation des enfants américains a perturbé son accent, arguai-je.

— Ce n'est pas tout. Elle a mal prononcé le nom du quartier de Londres où elle vit. C'est Bel-gray-via, pas Bel-graa-via. Et le parc de Kingsington n'existe pas. C'est Kensington... Et c'est un jardin, pas un parc. Je trouve ces faux pas très étranges et quelque peu déconcertants. Oh... et elle a également qualifié mon haut de « pull » alors que tous les Britanniques que je connais auraient dit « pull-over ».

— Elle était probablement nerveuse de vous rencontrer.

Je plaisantais parfois avec Matt, en disant que je devrais appeler sa mère Votre Majesté. Il n'en disconvenait pas.

Marjorie termina son verre.

— Je dis juste que l'habit ne fait pas toujours le moine.

Sur quoi, elle se leva, verre à la main, et proposa de m'aider à préparer le dîner.

J'appréciais son offre, mais j'aurais préféré avoir Tanya en cuisine avec moi. Nous aurions partagé un verre de vin en secret et échangé des plaisanteries. Et puis, je pouvais tout lui dire sans craindre d'être jugée. Enfin, presque tout. Mes secrets étaient à moi. À moi seule de les porter.

Ma belle-mère méritait le prix de la Femme la plus critique au monde. Si elle apprenait mes secrets, je serais éjectée de cette famille.

Et plus encore.

15

Natalie

Le dîner fut plus animé que d'habitude, Paige et Will étant ravis de voir leur grand-mère. Bien que Marjorie et Martin ne vivent pas très loin de chez nous – San Francisco était à six heures de route et seulement un peu plus d'une heure d'avion –, nous ne les voyions plus très souvent. Peut-être trois ou quatre fois par an, pour Thanksgiving, les anniversaires et parfois pour Noël. De moins en moins depuis la mort d'Anabel, les emplois du temps scolaires chargés et les activités extrascolaires des enfants ayant pris le dessus. C'était donc un plaisir pour eux que cette visite inattendue.

Avec sa mère autoritaire à table, Matt ne pouvait pas dominer la conversation en parlant travail ou politique. Marjorie prit donc les rênes et se concentra sur les enfants. Elle fut enchantée d'apprendre que l'équipe de robotique de Will avait remporté le premier prix et se qualifiait pour la finale interscolaire de l'État, et surprise de voir à quel point il avait grandi.

— Tu vas dépasser ton père et tu seras beaucoup plus beau.

Will rayonnait, fier de sa réussite. Pour moi, c'était presque une certitude, il irait un jour au MIT et deviendrait ingénieur. Il romprait ainsi avec la tradition qui voulait que les hommes de la famille s'orientent vers la finance.

Marjorie se tourna ensuite vers Paige.

— Chérie, on dirait que tu as perdu du poids.

Ce n'était pas dit comme un compliment.

— Un peu, répondit ma fille en picorant sa salade.

Avec l'aide de ma belle-mère, nous avions préparé un repas que Paige pouvait manger sans s'offusquer – des pennes avec une sauce au pesto, une salade de chou kale agrémentée de quinoa et des asperges rôties à l'ail.

— Tu te sens bien ? demanda Marjorie, la voix pleine d'inquiétude.

— Elle est devenue végane, s'empressa de préciser Tanya, que Marjorie avait jusqu'à présent ignorée.

Ma belle-mère lui coula un regard cinglant.

— Excuse-moi, jeune fille. Je ne m'adressais pas à toi.

Je me hérissai, mais déjà elle redirigeait son attention vers ma fille.

— Oui, Grand-mère. J'ai adopté un régime végane.

— Explique-moi en quoi ça consiste.

Paige détailla son aversion nouvelle pour les aliments d'origine animale. À ma grande surprise, ma belle-mère approuva et parla à Paige de son récent engagement auprès des organisations de défense des animaux et des bouleversements climatiques.

— Nous avons besoin de plus de jeunes comme toi pour sauver notre planète.

Elle prit une gorgée de son vin. Ce soir, un délicieux pinot gris.

— Et comment ça se passe avec ton petit ami ? Lance, c'est ça ?

— Oui, c'est ça. Tu as une excellente mémoire, Grand-mère. (Ma fille lança un regard en coin à Tanya avant de poursuivre.) Tout va bien.

Sa voix semblait hésitante, néanmoins. J'avais remarqué que Lance et Tanya passaient beaucoup de temps ensemble. Je pris note d'en parler à Paige, sans être certaine qu'elle s'ouvrirait à moi. La discussion, légère, se poursuivit entre ma belle-mère et ma fille, sur un nouveau sujet.

— Alors, ma chérie, ta mère m'a dit que tu postulais à des universités. Notamment que tu es intéressée par celle de Rhode Island...

Matt coupa la parole à sa mère.

— Elle fait une demande d'admission anticipée à Stanford. Vous pourrez la voir tout le temps, papa et toi. Palo Alto n'est qu'à une demi-heure de route de San Francisco. (Son regard se porta sur Paige.) Alors, comment ça avance, ta candidature ?

Paige soutint son regard, l'air mauvais.

— Ça n'avance pas !

— Qu'est-ce que tu veux dire ? s'enquit mon mari, dont la voix laissait transparaître la colère naissante.

— Pour l'amour de Dieu, Matthew, intervint Marjorie, laisse-la tranquille. Elle devrait pouvoir aller où elle veut.

— Moi, je postule à Stanford ! s'exclama fièrement Tanya.

Ma belle-mère se tourna vers elle, glaciale.

— Franchement, ma chérie, je m'en contrefiche. Tu n'es pas ma petite-fille.

— Marjorie ! lançai-je.

Je brûlais de lui demander de s'excuser pour sa remarque grossière. Mais je ne pouvais pas. Ça nous conduirait à une épreuve peu glorieuse, que je ne gagnerais de toute façon pas. Sa Majesté était une force avec laquelle il fallait compter et elle s'estimait en droit de dire tout ce qu'elle voulait. Quand elle le voulait. Elle aimait exercer son pouvoir.

Cependant, je me sentais très mal pour notre étudiante en échange, au point que je faillis me lever pour la serrer dans mes bras. À mon grand soulagement, elle ouvrit la bouche une seconde, puis la referma et se remit à manger son repas. D'une certaine manière, en ne répondant pas, elle avait triomphé de la condescendance de ma belle-mère, dont l'attention était maintenant détournée par son fils.

— Écoutez ça. Mon nouveau client, qui est un grand commentateur sportif, m'a donné deux billets pour les Lakers. Des places VIP au bord du parquet.

Les yeux de Paige s'illuminèrent. Elle adorait les Lakers, la fameuse équipe de basket-ball de Los Angeles, et adorait assister à leurs matchs, même aux mauvaises places auxquelles notre abonnement nous donnait accès dans le stade. Elle avait été dévastée lorsque son idole, Kobe Bryant, et sa fille adolescente avaient péri dans un accident d'hélicoptère. Elle avait pleuré pendant des jours et même réalisé une sculpture très réaliste de lui, qu'elle conservait dans son atelier en souvenir.

— Oh, Papa ! C'est génial ! C'est pour quand, les billets ?

— Le dernier samedi d'octobre. Mais je veux y emmener Tanya.

La mâchoire de Paige se décrocha au point de racler presque le sol, son visage se décomposa.

— Quoi ?

— Détends-toi, Paige. Il y aura d'autres billets. J'ai juste pensé que Tanya méritait de vivre une expérience américaine unique pendant son séjour. Une expérience qu'elle n'oublierait jamais.

— Oh là là ! Je suis tellement excitée ! couina Tanya alors que les larmes montaient aux yeux de ma fille.

Elle était effondrée.

Mais courageuse. Elle retint ses pleurs et se leva, quittant la table sous prétexte de devoirs à faire. Elle serra sa grand-mère dans ses bras.

— Je t'aime, Grand-mère. Fais bon voyage à La Jolla et embrasse Grand-père. J'ai hâte de vous voir tous les deux à Thanksgiving.

Et après un regard furieux à son père, elle fila, Will sur ses talons.

— J'ai dit quelque chose de mal ? demanda Matt, plus médusé que coupable.

— Chéri, pourquoi tu ne vas pas dans ton bureau ? Je vais débarrasser.

— Bien.

Il se leva de sa chaise et disparut sans traîner.

Ne restait plus que nous trois. Ma belle-mère, Tanya et moi.

— Natalie, je peux vous aider à débarrasser ? demanda notre étudiante.

Marjorie répondit avant que je n'en aie le temps, d'une voix glaciale :

— Tanya, j'aimerais passer un peu plus de temps avec Natalie… seule. Alors, monte donc rejoindre les enfants à l'étage, s'il te plaît.

Tanya eut l'air contrariée, puis elle se fendit d'un sourire.

— Je comprends. Bon séjour à La Jolla, j'ai hâte de vous revoir.

Ma belle-mère la regarda disparaître de la pièce, visage impassible.

Pas de baiser.

Pas de câlin.

La dernière assiette était chargée dans le lave-vaisselle.

— Un petit verre avant de rentrer à l'hôtel ? proposai-je à ma belle-mère.

— Juste un peu de café. Du déca si vous en avez.

Je préparai rapidement le café avec notre Keurig. Rapportant les deux mugs fumants, je les posai sur l'îlot de cuisine et nous y ajoutâmes chacune une bonne rasade d'une petite carafe en porcelaine. Notre goût pour le café « corsé » était l'une des rares choses que nous avions en commun. Après une gorgée de notre boisson bien chaude, Marjorie prit la parole la première.

— Je suis inquiète.

Je haussai les sourcils.

— À quel sujet ?

— Au sujet de Paige. Je lui trouve l'air malheureuse.

Je bus une autre gorgée.

— L'année de terminale est difficile. Avec les demandes d'inscription à l'université et l'inconnu qui les attend. C'est très stressant. Il y a énormément de pression.

— Oui, je suis d'accord, mais il y a plus que ça.

Assise en face d'elle, je croisai son regard.

— Qu'est-ce que vous voulez dire ?

— J'ai l'impression qu'il y a beaucoup de frictions entre Paige et votre étudiante en échange.

— Je ne peux pas lui reprocher d'être déçue que Matt ait choisi d'emmener Tanya au match des Lakers plutôt qu'elle.

— Elle avait l'air totalement dépitée. J'ajoute ça à la liste des choses dont j'ai l'intention de parler avec lui.

— Bonne chance. Vous connaissez Matt. Une fois qu'il a pris sa décision, il est impossible de le faire changer d'avis.

Elle prit une nouvelle gorgée de son café.

— Il est têtu, convint-elle. Comme son père. L'entente est bonne ?

— Entre qui ? Matt et Paige ?

Elle me jeta un regard acéré.

— Non. Entre Paige et votre étudiante en échange.

J'hésitai un instant.

— Oui, plus ou moins. La relation n'est pas parfaite. Vous savez comment sont les filles. Vous vous rappelez comment ça se passait avec Anabel.

— Je déteste dire ça, mais soyons honnêtes : nous savons toutes les deux qu'Anabel était un peu une enfant gâtée.

Ses mots me piquèrent. Mais ils étaient vrais. Oui, j'avais gâté Anabel, mais par besoin. Par culpabilité. Je me mordis la lèvre inférieure pour ne pas dire quelque chose que je regretterais. Malgré tous ses défauts, j'avais aimé Anabel de tout mon cœur. Et je l'aimais encore.

Marjorie dut voir la douleur sur mon visage.

— Je suis désolée, Natalie. Je ne voulais pas dire ça. Martin et moi aimions Anabel autant que nous aimons Paige et Will. C'est juste que rien ne semblait jamais lui suffire.

Je repensai à un Noël où ils lui avaient acheté un magnifique tricycle et où elle avait fait un caprice parce qu'il était rouge et pas rose. Et à son treizième anniversaire, lorsqu'ils lui avaient offert un nouvel ordinateur portable, et qu'elle le leur avait rendu au motif que c'était un MacBook Air et non un MacBook Pro. Sans doute était-ce ma faute si elle était si difficile : dès sa naissance, je m'étais juré de lui donner tout ce que je n'avais jamais eu. Tout ce qu'elle voulait. Et Matt était devenu mon complice.

En repensant au passé, je sentis monter en moi une bulle de remords.

— Anabel était une enfant exigeante. Je pense qu'elle était née comme ça.

Je n'allais pas admettre, sous le regard scrutateur de ma belle-mère, que je l'avais rendue ainsi.

— Je ne crois pas que les enfants naissent avec tel ou tel trait de caractère. Ils sont ce que vous en faites. Le produit de leur environnement.

La vérité, c'était que je croyais pour ma part que certains enfants naissaient mauvais. Les mauvaises graines qui devenaient des violeurs, des meurtriers et des tueurs en série. Peu importait ce que les parents faisaient pour les aider, c'était inscrit dans leur patrimoine génétique. Mais je n'avais aucune envie de débattre de ça avec elle. Aussi je fus soulagée quand Marjorie regarda sa montre et m'annonça qu'elle devait y aller.

Je la suivis des yeux lorsqu'elle se leva et versa la fin de son café dans l'évier. Elle ouvrit le lave-vaisselle et y plaça la tasse vide. Puis elle se retourna vers moi et plongea son regard dans le mien.

— Natalie, je sais que nous avons eu nos différends, mais vous devez passer plus de temps avec Paige. Cette étudiante douteuse vous accapare trop. Votre fille doit passer en priorité.

Sur ce, elle appela un Uber et, au moment de me souhaiter bonne nuit, elle m'embrassa sur la joue mais de loin, comme si j'avais un goût de poison.

Je regardai la voiture disparaître dans la rue. Inspirant l'air vif de l'automne, je m'enveloppai de mes bras et repensai à ses paroles.

« Votre fille doit passer en priorité. »

Au loin, un coyote hurla. Un froid glacial me saisit.

J'avais peut-être manqué à mon devoir de mère envers mes filles. L'une était morte et l'autre m'avait quasiment exclue de sa vie.

Je m'étreignis plus fort pour contenir un frisson. Paige était un cadeau précieux. J'avais perdu une fille. Je ne supporterais pas d'en perdre une autre.

N'avais-je pas été suffisamment punie pour mes péchés ?

16

Paige

Je redoutais cette soirée. Le gala de ma mère.

Et bien que j'aie entendu parler de cet événement *ad nauseam* au cours des derniers mois, rien ne m'avait préparée au spectacle qui m'attendait.

Le jardin brillait de mille feux. Des guirlandes électriques scintillaient dans les arbres et les arbustes, entourés de tables éclairées à la bougie, habillées de linge blanc satiné et de grands vases de cristal débordant de magnifiques fleurs bleues. Des myosotis, m'avait-on dit. L'argent récolté lors de l'événement de ce soir servirait à donner une éducation artistique aux enfants victimes d'abus. Tous les enfants n'avaient pas eu la chance et le privilège, comme moi, d'avoir des parents aisés qui pouvaient se permettre de les inscrire dans une école privée où l'art et la musique faisaient partie du programme. J'avais même mon propre atelier de sculpture. Je me sentais un lien avec cette organisation caritative et j'étais fière que ma mère la soutienne. Une pointe de culpabilité me fit soudain réfléchir : j'aurais dû l'aider à organiser le gala. C'était pour une bonne cause, après tout.

Au son des *Quatre Saisons* de Vivaldi jouées par un harpiste, je me faufilai parmi la foule des hommes en smoking et nœud papillon bleu et des femmes ruisselantes de diamants et vêtues de robes chatoyantes dans les tons blanc crêpe ou bleu bijou. Tout à coup, je me sentis assez pouilleuse dans mon fourreau bleu marine tout simple, sans aucun bijou à l'exception du collier en or à pendentif en forme de cœur que Lance m'avait offert et d'une paire de boucles d'oreilles en saphir, cadeau d'anniversaire de ma grand-mère. Des boucles d'oreilles magnifiques, qui lui avaient appartenu.

Ayant perdu Will au profit de son seul ami présent, je cherchai Lance du regard et le trouvai debout près de la piscine, elle aussi éclairée par des bougies flottantes et des nénuphars. Il me tournait le dos.

— Coucou, lançai-je en lui tapant sur l'épaule.

Il sursauta et se retourna.

— Salut ! répondit-il en me jaugeant rapidement. Sympa, ta tenue, commenta-t-il avec un bref sourire.

Mon cœur coula un peu. Non, je reformule : il sombra comme le *Titanic*. C'était tout ce qu'il trouvait à me dire ? « Sympa » ? Pour faire plaisir à ma mère, j'avais déployé des efforts afin de me rendre séduisante. J'avais arrangé mes cheveux en bataille pour obtenir un chignon soigné. Nettoyé l'argile sous mes ongles avant de les polir. Et honnêtement, mon corps tonique et svelte était carrément sexy dans ma robe moulante. Avant que je puisse dire un mot, une voix aigrelette me perça les oreilles.

— Tiens, tiens, si ce n'est pas le diable s'habille en Target...

Tanya. Tanya, d'une beauté à couper le souffle ! Maquillée à la perfection, ses cheveux plus blonds que jamais relevés, elle avait la splendeur d'une star de cinéma, dans une robe turquoise moulante sans bretelles, talons aiguilles argentés et boucles d'oreilles en forme de larme, incrustées de diamants scintillants... qui m'étaient familières. Dans une main, elle tenait une flûte de champagne à moitié remplie.

— Waouh ! s'exclama Lance. Tu es magnifique.

Et il la reluquait de haut en bas, incapable d'en détacher son regard. Comme s'il venait de découvrir Cendrillon au bal.

Elle lui adressa un sourire séducteur.

— Merci. Tu n'es pas mal non plus, Lance-man. (Pinçant ses lèvres rose givré, elle me jeta un coup d'œil.) Paige, en y réfléchissant bien, tu as trouvé ce chiffon dans une friperie, non ?

J'avais envie de la gifler.

— En fait, c'est un original de Marc Jacobs.

À la vérité, c'était une robe d'un créateur inconnu que j'avais trouvée sur un site de vêtements recyclés pour presque rien.

Elle but une gorgée de champagne.

— Eh bien, c'est à s'y méprendre. Tu as remarqué mes boucles d'oreilles ? (Et pour le cas où je les aurais manquées, elle agita d'un doigt l'un des pendants en diamant.) C'est ta mère qui me les a offertes.

— C'est gentil de sa part de te les avoir prêtées.

Un sourire suffisant se dessina sur son visage.

— En fait, elle me les a données. Pour me remercier de l'avoir aidée à organiser le gala.

Ses trésors de chez Tiffany, des éditions limitées ? Un cadeau d'anniversaire de mon père ! J'étais tellement furieuse que j'avais envie de les lui arracher des lobes et de les jeter aussi loin que possible. Voilà, maintenant je regrettais vraiment de ne pas avoir aidé ma mère.

Tanya fit battre ses longs cils couverts de mascara.

— Viens, Lancey. Allons nous chercher quelque chose à boire. J'ai besoin de me resservir aussi.

Et je la regardai l'attraper par la main et l'entraîner à sa suite. Elle avait peut-être obtenu les boucles d'oreilles de ma mère, mais il était hors de question qu'elle s'approprie mon petit ami. Explosant d'une rage bouillonnante et brûlante, je tendis le pied.

La seconde d'après, j'entendais un cri aigu et elle volait dans la piscine.

Côté profond.

17

Natalie

La soirée n'aurait pas pu être plus parfaite. Le temps, inhabituellement doux pour la saison, était divin. Le jardin, spectaculaire. L'assistance, incroyable. Et tout le monde y allait de son compliment sur mon décor de conte de fées scintillant et sur ma robe Dior bleu sarcelle, celle que Tanya m'avait vivement enjoint de porter.

Heureusement, la femme qui jadis coprésidait cet événement avec moi n'était pas là. Alexa Roth. Celle qui avait presque détruit mon mariage, ma famille et ma vie. Je pouvais donc me détendre et profiter des fruits de mon dur labeur.

La fête battait son plein, je m'apprêtais à annoncer le dîner lorsque des cris de panique retentirent à mes oreilles. Des cris de femme, une voix que je ne reconnaissais pas.

— À l'aide ! Quelqu'un ! Je ne sais pas nager !

Mon cœur s'emballa. Oh, mon Dieu. Ça venait de la piscine. L'un de mes invités était-il tombé à l'eau ?

— À l'aide ! cria de nouveau la voix.

J'exerçai une pression sur le bras de mon mari, élégant et sûr de lui, qui se tenait à côté de moi.

— Matt, je crois que quelqu'un est en train de se noyer !

— Doux Jésus.

Il piqua un sprint jusqu'à la piscine, moi sur ses talons, aussi vite que je le pouvais perchée sur les douze centimètres de mes Louboutin, sans trébucher ni me rompre le cou. Je lâchai un juron à mi-voix et me pris à regretter de ne pas avoir écouté mon instinct plutôt que l'organisateur événementiel : je n'aurais pas dû laisser la piscine découverte. Et si quelqu'un mourait lors de mon gala ? Un horrible mélange de remords et de peur me traversa et je priai Dieu que nous arrivions à la piscine à temps pour sauver celui ou celle qui était tombé dedans.

À bout de souffle, j'arrivai au bord de la piscine et là, je lâchai un hoquet. Tanya ! Notre étudiante en échange battait des bras dans l'eau, toussant et criant, à peine capable de rester à flot. Lance, le petit ami de Paige, était déjà dans la piscine, en train d'essayer de la remonter, et je regardai, le cœur serré, Matt plonger et le rejoindre. Ensemble, ils la secoururent et la hissèrent hors de l'eau. Allongée sur le dos, elle crachotait et hoquetait. Une petite foule de curieux s'était rassemblée autour de nous. J'attrapai la veste que Matt avait retirée avant de plonger, puis m'accroupis à côté de Tanya et en recouvris son corps trempé, secoué de frissons.

— Tanya, ma chérie ! Tu vas bien ?

— Elle m'a poussée ! éructa-t-elle, d'une voix qui semblait avoir perdu son accent britannique habituel.

— Qui ?

Elle leva faiblement la main et tendit un doigt.

— Elle ! s'étrangla-t-elle.

Je tendis le cou pour suivre la direction indiquée par son doigt et là, nouveau choc : elle désignait directement Paige.

Le cœur battant toujours la chamade, j'essayai de reprendre le contrôle de mes émotions. Car elles partaient en vrille. Celle qui l'emporta fut la sidération.

— Paige, c'est vrai ? Tu as poussé Tanya dans la piscine ? demandai-je en tâchant de garder une voix égale.

Ma fille me regarda droit dans les yeux.

— Je ne l'ai pas touchée. Demande à Lance. Il était avec nous.

Dégoulinant, Lance confirma ses dires.

— Madame Merritt, je crois que Tanya a trébuché avec les talons hauts qu'elle porte.

Paige esquissa un sourire.

— Exactement. En plus, elle était un peu pompette.

Tanya se redressa péniblement et fixa sur ma fille un regard furibond. Des fléchettes jaillissaient de ses yeux gorgés d'eau.

— Je n'ai bu qu'un verre de champagne, espèce de menteuse. Et même pas en entier !

L'accent était revenu, mais je n'en revenais pas de la virulence du ton.

— Si tu le dis, rétorqua Paige en imitant son accent britannique, puis, de sa voix normale : Je suis surprise que tu ne saches pas nager, d'autant plus que ton internat chicos en Angleterre est doté d'une piscine intérieure de taille olympique.

— Je n'ai jamais appris. Et ça ne te regarde pas.

— Ça suffit, les filles !

Et je le pensais vraiment. J'avais hâte de retourner à mon gala et il n'était pas question de laisser ce malheureux incident entacher son succès. Je balayai des yeux la foule grandissante des spectateurs. Tout le monde aime les drames. C'est même ainsi que se fabriquent les embouteillages, lorsque les voitures ralentissent sur l'autoroute en passant devant un accident sanglant. Il était temps de passer à autre chose.

— Vous êtes priés de gagner la table qui vous a été attribuée. Le dîner est sur le point d'être servi.

J'aidai Tanya à se lever, enveloppant ses épaules avec la veste de Matt. La foule se dispersant, je regardai mon mari trempé.

— Matt, tu devrais monter te changer. Et emmène Lance avec toi. Je suis sûre que tu as quelque chose qui lui ira.

Il acquiesça.

— Je m'occupe de Tanya. Nous faisons à peu près la même taille. Une de mes robes lui ira sûrement.

Maintenant qu'elle avait presque retrouvé tout son charme britannique, elle m'adressa un sourire reconnaissant.

— Merci, Natalie. Et Dieu merci, les magnifiques boucles d'oreilles en diamant que vous m'avez offertes n'ont pas coulé, ajouta-t-elle en se frottant les lobes.

Et assez fort pour que Paige puisse bien l'entendre. Sans un mot, ma fille tourna les talons.

Alors que je raccompagnais notre étudiante à la maison, un sentiment déstabilisant m'envahit. Je repensai à la conversation que j'avais eue avec ma belle-mère quelques semaines plus tôt. À propos de l'accent anglais inhabituel de Tanya et de la mauvaise prononciation du nom de son quartier huppé de Londres. Comme Paige, je trouvais étrange qu'elle ne sache pas nager. Mais peut-être avait-elle vécu une expérience traumatisante dans son enfance ?

Et peut-être que son soudain accent américain de ce soir pouvait être mis sur le compte d'une légère ébriété. De plus, cela faisait presque deux mois qu'elle était chez nous, il n'était pas très étonnant qu'elle parle de plus en plus comme une Américaine.

Tandis que je l'aidais à enfiler l'une de mes robes Versace, une bleu cobalt moulante, j'oubliai mes doutes. Je lui assurai qu'elle lui allait à merveille et elle me serra dans ses bras en me disant combien elle m'aimait.

En silence, je remerciai Dieu qu'elle ne se soit pas noyée ce soir. Je n'aurais pas supporté de perdre cette gamine enchanteresse, que je commençais à aimer comme ma fille.

Car le ciel savait que j'avais perdu assez pour toute une vie.

18

Paige

Mon atelier, situé au fond du jardin, était mon refuge. L'endroit spécial où je pouvais être seule et déstresser. La sculpture était mon salut. J'adorais mettre les mains dans l'argile grise, froide et humide et la modeler pour obtenir ce que je voulais, qu'il s'agisse d'une figure réaliste, d'un buste ou de quelque chose d'abstrait. J'aimais le contact de la glaise. Son odeur. Et son pouvoir de transformation.

C'était ma drogue.

La saison de basket battant son plein, je n'avais pas eu l'occasion de m'adonner à la sculpture depuis un certain temps. J'avais investi un ancien abri de jardin qui avait été construit avec la maison. Comme nos jardiniers apportaient leur propre matériel, nous n'en avions pas vraiment besoin, et j'avais convaincu ma mère de me laisser le transformer en atelier. C'était la chose la plus gentille qu'elle ait jamais faite pour moi.

Dès mon plus jeune âge, j'avais aimé modeler l'argile. De la vraie terre, pas le genre Play-Doh rose bazooka qu'affectionnait ma sœur. Au fil des ans, j'étais passée des serpents et des crêpes à des réalisations bien plus complexes. J'avais pris des cours et lu de nombreux livres sur la technique, dont certains écrits par les plus grands sculpteurs du monde. Michel-Ange. Rodin. Brancusi et bien d'autres. Mes héros. Un jour, j'espérais les égaler. Exposer dans des galeries. Avoir des pièces dans des musées ainsi que dans les ventes aux enchères de Sotheby's. Devenir la prochaine Louise Bourgeois, une autre de mes idoles.

Mon atelier était petit mais fonctionnel. Bien éclairé, il se composait d'une table à dessin et d'un tabouret, ainsi que d'étagères où je rangeais mes outils, mon matériel et mes ouvrages de référence. Il y avait également un évier, que j'utilisais pour mouiller l'argile et me laver les mains. Les murs étaient couverts d'affiches inspirantes représentant des œuvres et des citations de mes sculpteurs préférés, et dans le coin le plus éloigné, il y avait un four portatif, qui me servait pour cuire mes créations en argile et les transformer en céramiques.

Ce soir, j'avais vraiment besoin de cet exutoire. Mon père avait emmené Tanya au match des Lakers, et je ne voulais pas penser au plaisir qu'ils prenaient dans leurs sièges VIP. J'avais besoin d'évacuer ma jalousie et ma colère. De les canaliser *via* mon argile.

Avec du metal symphonique dans mes AirPods, j'étais totalement déconnectée du monde extérieur et dans le moment présent. Je travaillais sur un buste de ma mère, dont j'avais prévu de lui faire le cadeau surprise à l'occasion de son bientôt quarantième anniversaire. Elle avait beaucoup aimé le buste que j'avais réalisé de ma grand-mère, la seule personne de ma famille, à part mon frère, qui soutenait mon rêve de devenir sculptrice. C'était d'ailleurs elle qui m'avait offert le four, lequel coûtait deux fois plus cher que mon MacBook Pro.

Le buste avançait bien et j'étais satisfaite de la ressemblance, même s'il avait encore besoin d'être peaufiné. La sculpture demande beaucoup de patience, mais le résultat – et la satisfaction que j'en retirais – valait le temps et l'effort. Kobe Bryant avait dit un jour que les grandes choses naissaient du travail et de la persévérance, et j'y croyais. J'avais eu la chance de le voir jouer à plusieurs reprises. Ses déplacements sur le terrain, alliant agilité, grâce et rapidité, c'était de la magie pure. Un shoot, un panier. Sa mort tragique et celle de sa fille Gianna m'avaient bouleversée. Pourquoi arrivait-il de mauvaises choses aux personnes de valeur ? En guise d'hommage, j'avais réalisé une sculpture de lui sautant avec un ballon de basket dans la main. Ça m'avait aidée à surmonter mon chagrin. J'espérais l'offrir un jour à sa famille. Le nouveau client de mon père pourrait peut-être nous mettre en contact.

Perchée sur la table et éclairée par une lampe à pince, mon œuvre me communiquait force et détermination tandis que je ciselais le nez et les pommettes de ma mère. En travaillant, je perdis la notion du temps. J'avais volontairement laissé mon téléphone à la maison, pour ne pas être distraite. Et je n'avais ici aucun marqueur d'heure, parce que je ne voulais pas me sentir sous pression.

Sans doute à cause des AirPods et de mon extrême concentration sur le buste, je n'entendis pas la porte s'ouvrir. Une tape soudaine sur mon épaule me fit sursauter. Mon cœur bondit, mon pouls monta en flèche. Je tournai la tête. Tanya se tenait derrière moi, en bas de pyjama à rayures roses et blanches et sweat-shirt des Lakers. En un clin d'œil, mon choc initial se mua en une haine pure et simple.

— Qu'est-ce que tu fais ici ? fulminai-je, arrachant les AirPods de mes oreilles.

— J'ai vu de la lumière depuis ma chambre et j'ai décidé de venir voir, répondit-elle en tortillant ses tresses. Ça m'empêchait de dormir et de profiter d'un bon sommeil réparateur. Oh, et au fait, le match des Lakers était génial. Ils ont gagné d'un point et j'ai pu rencontrer LeBron James, qui a inscrit le panier de la victoire. Un dunk !

La fureur se propagea à toutes les cellules de mon corps. J'étais à deux doigts de la poignarder avec mon couteau à sculpter.

— Sors d'ici. C'est mon espace à moi.

Elle fit mine de ne pas m'entendre et se décala sur ma droite pour mieux voir le buste.

— Ça ressemble un peu à ta mère.

— C'est ma mère.

Elle scruta la sculpture.

— Ne te vexe pas, mais son nez est plus étroit et ses pommettes, beaucoup plus hautes. Plus comme les miennes.

Mes nerfs étaient en ébullition. Je sentais mon sang grésiller.

— Sors, Tanya !

— Pas encore.

Sans bouger d'un millimètre, elle posa les yeux sur ma statue de Kobe. Dont elle s'approcha.

— Est-ce que c'est un joueur de basket-ball célèbre ? demanda-t-elle en faisant courir ses doigts manucurés le long de son dos.

— Ôte tes mains de là ! Tout de suite !

Au lieu d'obéir, elle souleva la statue de la table et l'examina, la tournant et la retournant dans tous les sens. Je voulais la lui arracher, mais je craignais une lutte acharnée. Et que la fragile statue, prise entre nos deux feux, soit détruite.

— S'il te plaît, Tanya. Lâche-la !

Elle m'adressa un sourire suffisant.

— Pas de souci.

À mon horreur absolue, elle écarta les mains. Dans un fracas terrible, la statue atterrit sur le sol en ciment et se brisa en mille morceaux.

— Oh mon Dieu ! Qu'est-ce que tu viens de faire ?

— Ben quoi ? Tu m'as dit de lâcher la statue. C'est ce que j'ai fait.

La gorge serrée, je sautai de mon tabouret et m'accroupis au sol. Avant de lever les yeux vers Tanya.

— Fous le camp. S'il te plaît, va-t'en !

— No problemo. Bonne nuit. Et fais de beaux rêves !

J'étais trop désemparée pour la regarder partir. Les yeux noyés de larmes, je fixais les fragments éparpillés de Kobe, mon chef-d'œuvre. Il était aussi brisé que mon cœur l'avait été lorsqu'il avait quitté notre planète.

Les cendres retournent aux cendres. La poussière à la poussière.

Irréparable.

Tenant un morceau abîmé entre mes doigts, je m'effondrai par terre et je craquai. Je me mis à sangloter de façon incontrôlée. Les épaules secouées, le nez coulant, j'étais totalement, complètement, absolument vaincue. Tanya détruisait déjà ma vie, et maintenant, elle avait détruit ma précieuse statue.

Fait remarquable, la seule partie épargnée par le choc était la tête de Kobe. Détachée de son corps, elle était miraculeusement intacte et en un seul morceau. Avec précaution, je la ramassai et la tins dans ma paume. Je la regardai fixement, la vue brouillée par les larmes qui mouillaient l'argile.

Soudain, je me rappelai le credo de Kobe : « Le moment où tu abandonnes, c'est le moment où tu laisses quelqu'un d'autre gagner. » C'étaient plus ou moins ses mots, mais je les assimilai comme s'ils avaient été prononcés pour moi. Ils s'immiscèrent sous ma peau et se répandirent dans mon être. Telle une fleur triste et tombante ranimée par l'eau, je me levai.

Mes sanglots se calmèrent. Je plaçai un linge humide sur le buste de ma mère, rangeai mon matériel et éteignis les lumières. Animée d'une nouvelle résolution, je sortis de mon atelier. À chaque pas j'étais plus forte. Plus déterminée.

Je n'allais pas abandonner.

Je n'allais pas laisser Tanya gagner.

19

Paige

Faire tomber Tanya s'avérait plus difficile que je ne l'avais imaginé. Chaque jour, elle devenait plus populaire à l'école et s'attirait un peu plus les faveurs de mes parents. Je vous jure, si ma mère avait dû choisir sa préférée, elle aurait choisi Tanya, alors qu'elle n'était même pas son enfant.

Tanya s'était impliquée dans toutes les œuvres caritatives de maman ; elles faisaient du shopping ensemble, rentraient souvent avec des tenues assorties ; elles se faisaient faire les ongles ensemble ; elles essayaient de nouvelles recettes ensemble, et je les avais plus d'une fois surprises en train de partager une bouteille de vin. Natanya, le nouveau surnom que je leur donnais, organisait également nos vacances annuelles à Hawaï, un endroit où je n'avais aucune envie de retourner. Déjà vu, déjà fait. Je n'étais pas du genre à aimer me prélasser sur une plage, ni pour bronzer ni pour prendre des vagues. La possibilité qu'un tsunami emporte notre étudiante en bikini, cependant, demeurait assez séduisante.

Moi, j'aurais préféré aller au Mexique, plus précisément à Mexico, pour voir la Maison bleue de Frida Kahlo et les pyramides dans les environs, puis à San Miguel de Allende, une colonie d'artistes que l'on disait aussi belle qu'inspirante. Will trouvait l'idée cool aussi, mais personne n'écoutait nos desiderata, à nous. Mon père nous réprimandait, au contraire, avançant qu'il serait stupide de nous rendre dans un pays dangereux où nous risquerions d'être kidnappés par un cartel mexicain. Commentaire qui alimentait en moi un nouveau fantasme diabolique : un baron de la drogue mexicain enlevant Tanya, la torturant et menaçant de couper sa jolie petite tête si mon père ne payait pas la rançon.

Hélas, la dernière partie était peu probable, tant Tanya savait manipuler mon père. Une vraie lèche-bottes, à toujours lui faire des compliments sur tout, de sa tenue vestimentaire à son eau de toilette. Elle s'était mise au footing et allait courir avec lui le matin avant l'école (résultats : ses jambes, déjà enviables, longues et musclées, devenaient encore plus toniques), et s'intéressait de très près à ses affaires. Un jour de semaine où nous n'avions pas école, elle l'avait même accompagné à son bureau et y avait passé toute la journée.

Ce soir-là, mon père était rentré à la maison avec une énergie débordante. À la table du dîner, il n'avait pas cessé de s'enthousiasmer sur l'aide que lui avait apportée Tanya. Et comme elle était intelligente ! Et la grande carrière dans la finance qui s'ouvrait devant elle ! Et, à moitié sérieux, il alla jusqu'à dire qu'il allait faire d'elle son associée après qu'elle aurait obtenu son diplôme à Stanford. Je vous jure, il la traitait comme si elle était sa chair et son sang.

Si vous voulez mon avis, le seul talent qu'elle avait avec les chiffres, c'était sa capacité à engranger de nouveaux followers sur Instagram, qui se montaient désormais à près de dix mille. Autrement, difficile de croire qu'elle était si intelligente. Pendant plus d'un mois, elle m'avait suppliée de l'aider à préparer sa demande d'admission à Stanford. En particulier sa lettre de motivation, dont l'énoncé était : « Qu'est-ce qui vous distinguera des autres à Stanford ? » Je lui avais pratiquement craché au visage que si elle était faite pour Stanford, elle pouvait se débrouiller toute seule.

Pour apaiser mon père, je posai ma candidature auprès de son université chérie dans le cadre de l'action anticipée, ce qui, contrairement à la décision anticipée, me permettait de poser aussi ma candidature auprès d'autres établissements et d'attendre le mois de mai pour m'engager si j'étais acceptée. Mon cœur s'étant fixé sur la RISD, il me fallut une éternité pour rédiger ma dernière lettre de motivation. J'avais dû jeter une centaine de versions à la poubelle. Finalement, j'en avais choisi une et je l'avais soumise juste avant la date limite. Tanya avait déposé la sienne quelques semaines avant moi. Une partie de moi brûlait de voir ce qu'elle avait écrit et de rigoler un bon coup. « Je me distinguerai à Stanford parce que je serai la blonde la plus conne du campus. » Voilà ce que j'aurais écrit.

Le temps que j'avais consacré à mon dossier de candidature à Stanford était dérisoire par rapport à celui que je passai à constituer un portfolio de mes travaux pour la RISD. J'y mis tout ce que j'avais, parce que je voulais qu'il soit exceptionnel. Il était aussi difficile d'entrer à la RISD qu'à Stanford : seuls douze pour cent des candidatures étaient acceptées. Mon père s'opposait toujours catégoriquement à ce que je devienne sculptrice. Il estimait que c'était non seulement une perte de temps, mais aussi un gâchis de ma vie et un gaspillage de son argent. Il continuait à me menacer de ne pas payer un centime de mes frais de scolarité si j'y allais. Peut-être que j'obtiendrais une bourse.

— Vous avez reçu des nouvelles de Stanford ? nous demanda-t-il entre deux bouchées de médaillons de veau, nouveau dîner gastronomique de Natanya.

Je ne dérogeais pas à mon régime végane et dévorais pour ma part un savoureux curry indien aux lentilles et au chou-fleur. J'avais trouvé plusieurs sites en ligne qui livraient des repas véganes surgelés. Tous les soirs, ma mère se proposait de préparer des plats végétaliens, mais je ne pouvais pas faire confiance à sa petite assistante Tanya. Elle était bien capable de m'empoisonner.

— Je pense qu'il est encore trop tôt pour avoir des réponses, dis-je.

La rumeur courait à l'école que les candidats à la décision et à l'action anticipées recevaient des réponses juste avant Thanksgiving. Pour être honnête, j'espérais qu'ils avaient égaré ma candidature.

Ma mère intervint.

— En fait, Paige, quelque chose est arrivé par la poste pour toi, aujourd'hui.

Je sentis un noyau d'effroi enfler au creux de mon ventre. Une réponse aussi rapide signifiait généralement soit qu'ils vous adoraient, soit qu'ils vous détestaient. Je croisais les doigts pour que ce soit le dernier cas et que je puisse en rire avec Grand-mère.

— Où est le courrier ? demanda mon père, dont la voix trahissait l'impatience.

Ma mère se leva de sa chaise.

— À la cuisine. Je vais le chercher.

Quelques instants plus tard, elle revint avec une enveloppe blanche de format lettre à la main.

— Donne-la-moi, exigea mon père.

— Mais c'est adressé à Paige, rétorqua-t-elle.

Le visage de mon père se durcit.

— Natalie, fais ce que je te demande et donne-la-moi. Tout de suite !

Les seules fois où il appelait ma mère par son prénom complet, c'était lorsqu'il était frustré ou en colère contre elle. Le visage vidé de ses couleurs, ma mère s'approcha et lui tendit l'enveloppe. Avec un mélange d'anticipation et d'appréhension, je le regardai l'ouvrir. Ses yeux brillaient d'excitation et je retenais mon souffle, attendant qu'il en retire le contenu. Il déplia la feuille de papier, une seule, et commença à la lire en silence. L'expression qui se dessina alors sur son visage, je ne l'avais jamais vue. Sombre et menaçante, narines dilatées, lèvres pincées. Ses yeux, deux braises ardentes, se plantèrent dans les miens.

— C'est quoi ce bordel, Paige ?

— Matt, comment tu parles ? Les enfants ! le réprimanda ma mère.

— Tais-toi, Natalie !

Ma mère se recroquevilla, comme s'il risquait de bondir et de la gifler. Les yeux furibonds de mon père restaient fixés sur moi.

— Paige, comment as-tu pu faire une chose pareille ? Tu me fais honte.

Je plissai le visage assez fort pour avoir mal.

— Je ne comprends pas. De quoi tu parles ?

Son visage devint si rouge que sa tête donnait l'impression de vouloir jaillir de son cou, façon fusée. Sa voix grimpa de plusieurs décibels.

— Tu as plagié la lettre de quelqu'un d'autre presque mot pour mot.

— Quoi ? Non, pas du tout !

Je tremblais de la tête aux pieds.

— Ils ont soumis ta lettre de motivation à un programme infaillible qui montre que ton propos est quasi identique à celui d'un autre étudiant qui a déposé sa candidature trois semaines avant toi.

(Son visage, écarlate, avait un air démoniaque.) Laisse-moi t'en lire des extraits.

Mon cœur battait si fort que je craignais de le voir sortir de ma cage thoracique pour s'écraser sur la table. Je restai paralysée pendant qu'il commençait.

— L'autre lettre : « Il faut vivre chaque jour pleinement car la vie peut changer en un clin d'œil. Présent aujourd'hui, disparu demain. Regardez Michael Jackson ! » La tienne : « Il faut vivre pleinement chaque minute, car la vie peut changer en un instant. Vous pouvez être là aujourd'hui et disparaître demain. Regardez Kobe Bryant et sa fille ! » L'autre : « Je veux vivre ma vie au maximum. Chaque matin, quand je me lève, je veux être emballée par la surprise d'une nouvelle journée. » La tienne : « Je veux vivre ma vie du mieux que je peux. Chaque matin, quand je me réveille, je veux être enthousiasmée par le cadeau que m'offre une nouvelle journée. » L'autre : « Je veux surtout vivre ma vie sans regret. Je suis sûre que si je peux aller à Stanford, je ne regretterai jamais d'avoir fréquenté cette formidable université. » La tienne : « Par-dessus tout, je veux vivre ma vie sans regret. Je sais que si Stanford m'admet, je ne regretterai jamais ma décision de fréquenter ce grand établissement d'enseignement supérieur. »

Mon père s'arrêta. Il reposa sur moi son regard insistant. Le mépris flamboyait au fond de ses prunelles.

— Ça te suffit, Paige ? Ou dois-je t'en lire davantage ?

Ma bouche devint sèche. Les mots me manquaient. Soudain, une Tanya inhabituellement silencieuse jusqu'alors lança :

— Oh, mon Dieu ! Elle a volé ma lettre de candidature !

— Quoi ? m'écriai-je avant que mon père ne puisse réagir.

— Je peux le prouver ! Je vais l'imprimer.

Sur quoi, elle se leva d'un bond de la table et quitta la salle à manger en trombe. En moins d'une minute, elle était de retour avec sa lettre de motivation entre les doigts. Elle la tendit à mon père et retourna s'asseoir, les yeux rivés sur lui pendant qu'il lisait.

Il se plaqua une main sur le front, expression horrifiée sur le visage.

— Mon Dieu, je n'arrive pas à le croire ! C'est identique !

Elle lui adressa un sourire satisfait.

— Monsieur Merritt, je veux dire Matt, Paige a dû voler la lettre sur mon bureau ou la voir sur mon ordinateur. Elle peut entrer dans ma chambre par la porte du couloir.

Je la dévisageai.

— Je n'ai jamais fait ça ! C'est toi qui m'as volé la lettre !

— Jamais de la vie ! Je ne peux même pas entrer dans ta chambre. Elle est fermée à clé des deux côtés.

— Paige, ma chérie, intervint ma mère, maintenant assise, peux-tu prouver que c'est bien toi qui as écrit cette dissertation ?

— Non ! Je ne l'ai pas sauvegardée parce que, sérieusement, je n'en ai rien à faire.

La tête commençait à me tourner. Comment Tanya avait-elle pu avoir accès à mon texte ? Mon cerveau bouillonnait, et soudain, je compris. Les brouillons que j'avais jetés. J'avais même accidentellement imprimé une dizaine de copies d'un brouillon quasi définitif, que j'avais jetées à la poubelle sans les passer à la broyeuse. Elle avait dû mettre la main dessus.

— Papa, Tanya a trouvé ma lettre de motivation et l'a copiée, affirmai-je, les larmes piquant le fond de mes yeux. Tu dois me croire !

Furieux, mon père continuait d'inspirer et d'expirer par le nez. Je me demandais sincèrement si des flammes chauffées au rouge n'allaient pas lui sortir des narines comme un dragon.

— Paige, tu me fais honte. À moi et à notre famille. Tous les fils et filles Merritt sont allés à Stanford. (Il reprit la lecture de la réponse de l'université.) « Nous comprenons que votre famille est un pilier de notre université et qu'elle y apporte une contribution majeure, mais nous avons une politique de tolérance zéro à l'égard du plagiat. C'est avec grand regret que nous ne pouvons pas vous admettre dans notre institution et nous vous souhaitons beaucoup de succès ailleurs. Bien à vous, Richard H. Shaw, doyen chargé des admissions. »

La rage lui enflammant les joues, mon père déchira la lettre en un million de petits morceaux, puis frappa du poing sur la table avec une telle force que les assiettes en tremblèrent.

— Paige, siffla-t-il, monte dans ta chambre. Je te coupe ton téléphone et te retire tes clés de voiture pour une durée indéterminée.

Silence autour de la table. Tanya me lança un regard suffisant et triomphant tandis que je me levais et quittais la pièce.

— S'il vous plaît, est-ce que je peux me lever de table aussi ? entendis-je mon petit frère demander quand je tournai au coin du couloir.

Cinq minutes plus tard, nous étions assis sur mon lit. Je pleurais. Tanya avait encore frappé.

— Willster, tu me crois ?

Il posa sur moi un regard sérieux.

— Tu es vraiment obligée de me poser cette question ? Cette fille est tellement bête qu'elle a besoin d'un bandeau pour retenir ses pensées.

Je ne pus m'empêcher de rire à travers mes larmes.

— Mais elle s'en sort à chaque fois. Et moi, je n'ai plus ni téléphone ni voiture.

— Eh, Pudge, regarde le bon côté des choses. Maintenant, tu n'as plus à aller à Stanford.

Pour la première fois de la soirée, je souris.

— Tu as raison !

Nous nous tapâmes dans la main.

J'emmerdais mon père. J'emmerdais Tanya. Je ne serais pas surprise qu'elle ait soudoyé quelqu'un pour falsifier ses notes. C'était l'arnaqueuse du siècle.

Je passai le reste de la soirée à travailler sur mon portfolio pour la RISD. Puis je demandai à Will de le mettre à l'abri dans sa chambre, de peur que la psychopathe ne le trouve et ne le détruise. Ou qu'elle se l'approprie.

Je savais maintenant qu'elle ne reculerait devant rien dans sa quête pour me détruire.

20

Natalie

« Joyeux anniversaire... »

Il y a deux ans, alors que j'étais allongée dans mon lit et que j'envisageais de mettre fin à mes jours, je n'aurais jamais pensé entendre à nouveau ce refrain. Ni les voix harmonieuses des membres de ma famille qui l'entonnaient.

Une ébauche de sourire aux lèvres, j'entrai dans la salle où nous prenions le petit déjeuner pour les occasions spéciales. J'adorais cette pièce. Située à côté de notre cuisine, elle était de forme octogonale, avec des placards encastrés bleu robin et un plafond à caissons peint à la main. Le tout d'origine. Pour rester dans l'esprit aéré de la pièce, je l'avais meublée d'une table ronde à plateau de verre et de chaises vintage en osier vert mousse avec de délicieux coussins à imprimés d'inspiration chinoise. Le tout était assez joli pour figurer dans un magazine de décoration d'intérieur.

Cette année, mon anniversaire tombait le premier dimanche de novembre. Matt, Paige et Will, en pyjama comme moi, se tenaient autour de la table. Elle était magnifiquement arrangée, avec des sets de table et ma porcelaine Herend à motifs floraux, cadeau de pendaison de crémaillère de ma belle-mère, et un vase en cristal Lalique rempli de pivoines d'un rose éclatant au centre. Mes fleurs préférées. Sur le buffet antique, des cadeaux soigneusement emballés étaient regroupés à côté de mon service à café en argent, de pichets de jus d'orange et de lait, d'une corbeille de fruits frais et d'un assortiment de pâtisseries – croissants, muffins et palmiers de ma pâtisserie préférée. L'un de ces gâteaux, un muffin aux myrtilles enrobé de sucre chatoyant, se trouvait déjà dans mon assiette. Avec une unique bougie d'anniversaire rose plantée au milieu.

J'éclatai de rire.

— Mes chéris ! Je n'ai pas un an, j'en ai quarante. Le grand tournant de la quarantaine.

Matt gloussa. Quant à mes enfants, ils n'appréciaient sans doute pas mon sens de l'humour car ils levèrent tous les deux les yeux au ciel.

Matt se leva et m'embrassa sur la joue.

— Ne t'inquiète pas, chérie. Tu n'as pas l'air d'avoir plus de trente-neuf ans.

Chose que mes amies, envieuses, me disaient tout le temps. Si seulement les gens savaient…

La vérité : je n'avais effectivement pas plus de trente-neuf ans. En réalité, c'était mon trente-sixième anniversaire. Lorsque j'avais rencontré Matt à ce salon, je n'avais que dix-sept ans, j'étais mineure. J'avais menti (et sur beaucoup d'autres choses) en lui disant être âgée de vingt et un ans. Je faisais plus que mon âge, j'étais plus sophistiquée, et j'étais devenue une excellente actrice par nécessité. Près de vingt ans plus tard, je jouais toujours la comédie.

— Où est Tanya ? demandai-je, m'apercevant soudain qu'elle n'était pas parmi nous.

— Probablement encore au lit, avec la gueule de bois, ironisa Paige.

Je jetai à ma fille un regard noir.

— C'est très méchant. Tanya est une fille adorable. Parfois, j'aimerais que tu lui ressembles davantage.

Avant que la conversation ne dégénère en dispute, la dernière chose que je souhaitais pour mon anniversaire, Matt sortit son briquet monogrammé en or et alluma la bougie. Puis il m'incita à la souffler et à faire un vœu.

Je baissai la tête et, tandis que la flamme scintillait devant mes yeux, je songeai à un souhait. Je n'en avais qu'un : que mon Anabel chérie soit ici avec moi pour fêter mon anniversaire et à mes côtés pendant le reste de ma vie. Luttant contre les larmes, j'éteignis la bougie d'un seul souffle.

Ma famille applaudit et m'acclama, éteignant ma tristesse.

— À table !

Tout le monde se servit au buffet du délicieux petit déjeuner continental, qui comprenait aussi des muffins véganes au pavot et du lait d'amande pour Paige. Alors que je m'asseyais à table, avec du café et mon assiette remplie de délices, mon téléphone sonna. Je le sortis de la poche de mon peignoir.

L'identification de l'appelant indiquait « LAPD » : la police de Los Angeles. Un mauvais pressentiment s'empara de moi lorsque je pris la communication.

Au bout du fil, une voix masculine sévère m'accueillit.

— Bonjour, je suis bien chez les Merritt ?

— Oui, c'est Mme Merritt à l'appareil.

— Je suis l'officier Hamilton de la police de Los Angeles.

Mon cœur tambourinait. Mon ventre se serra. J'avais toujours su que ce jour viendrait. Tâchant de rester aussi calme que possible, je demandai :

— Y a-t-il quelque chose que je puisse faire pour vous, monsieur l'agent ?

— Un véhicule immatriculé au nom de votre mari a été impliqué dans un accident.

— Comment ça ? lançai-je, à la fois soulagée et surprise par la raison de l'appel. Toutes nos voitures sont ici, garées dans notre garage.

— Possédez-vous une Jeep Cherokee blanche de 2020 portant la plaque d'immatriculation 823KYZ ?

— Oui, c'est la voiture de ma fille, et elle est assise à côté de moi.

Entendant la conversation, Paige me jeta un regard perplexe. L'officier continuait.

— Une autre fille conduisait le véhicule. La seule pièce d'identité qu'elle portait sur elle était sa carte scolaire. Elle s'appelle Tanya Blackstone et vous êtes son contact en cas d'urgence. (Un temps.) Madame Merritt, avez-vous un lien de parenté avec elle ?

— Non, mais disons que je suis sa tutrice. C'est l'invitée de notre famille... une étudiante étrangère qui séjourne chez nous. (Je pris une longue inspiration tremblante.) Elle va bien ?

— Je ne peux pas répondre à cette question. Elle a percuté un arbre et a été emmenée en ambulance au centre médical Cedars-Sinaï. Au service des urgences.

— Oh, mon Dieu !

Bouche bée, je frémis de la tête aux pieds. Le téléphone tremblait dans ma main.

— Je dois préciser, madame Merritt, que nous l'avons trouvée inconsciente.

Mon cœur faillit jaillir de ma poitrine lorsqu'il poursuivit :

— La voiture a été remorquée. Voici le numéro à appeler pour la récupérer.

Je n'avais pas de stylo pour le noter ; totalement paniquée, j'eus toutes les peines du monde à lui demander de me l'envoyer par SMS.

— Natalie, qu'est-ce qui se passe ? demanda Matt quand je raccrochai.

— Chéri, on doit partir à Cedars immédiatement. Tanya a eu un terrible accident de voiture !

Avec toute cette folie, je n'avais pas remarqué que Paige s'était éclipsée. Elle revenait maintenant dans la salle du petit déjeuner, comme une furie et le visage rouge de rage.

— Cette psychopathe ! Elle a volé ma voiture et l'a probablement détruite.

Je sentis ma tension artérielle monter en flèche et la colère fuser en moi comme du mercure.

— Comment peux-tu te soucier de ta voiture alors que la vie de Tanya est en jeu ? rétorquai-je méchamment.

Elle plissa les paupières et me fusilla du regard.

— J'espère qu'elle va mourir !

— Comment oses-tu dire ça ?

Furieuse, je bondis de ma chaise et m'avançai vers elle, jusqu'à ce qu'il n'y ait plus qu'une largeur de paume pour nous séparer. Sans ciller, elle resta là, soutenant mon regard furieux de ses prunelles tout aussi furieuses. Comme si elle me mettait au défi de la frapper. Dieu merci, Matt intervint.

— Habille-toi, Nat. Je vais nous conduire à l'hôpital.

Ce n'était tellement pas ainsi que j'avais envisagé mon anniversaire.

Ma journée supposément paradisiaque s'était transformée en enfer.

21

Paige

Je picorais une salade de fruits, toujours en colère. J'avais l'impression d'être une bombe sur le point d'exploser pour disperser des éclats de rage. Will était assis de l'autre côté de la table et se gavait des morceaux effrités d'un muffin. Ma main gauche serrée comme un poing, je fus tentée d'écraser la pâtisserie. De l'aplatir. C'est dire à quel point j'étais en colère.

— Quel culot cette nana ! Prendre ma voiture ! Elle va finir à la casse maintenant !

Mon frère but une gorgée de son lait, puis il essuya sa moustache blanche du revers de la main.

— Oh, allez, Pudge, ce n'est pas comme si tu pouvais la conduire de toute façon.

Il avait raison. J'avais récupéré mon téléphone, mais mon père conservait mes clés de voiture. Je pense qu'en disant : « une durée indéterminée » il voulait dire pour toujours. Il savait être aussi salaud que ça.

Mais… minute ! Si mon père avait encore les clés, comment Tanya avait-elle mis la main dessus ? Elle les avait trouvées ou il les lui avait données ? Si c'était la seconde option, je détestais encore plus mon père.

— Willster, je pensais ce que j'ai dit. J'espère qu'elle va mourir et pourrir en enfer.

Cette engeance de Satan avait fait de ma vie un véritable cauchemar. Je massacrai une baie avec ma fourchette en argent, et soudain, l'une des perles de sagesse de ma grand-mère me revint à l'esprit. « À quelque chose, malheur est bon. »

— Eh, frérot, on a une opportunité à saisir.

— Pour laisser Bear revenir dans la maison ?

Le chien aboyait dehors, dans la cour.

— Oui, ça aussi. Mais je pensais à un autre truc.

— Quoi, Pudge ?

— Tu peux être l'un des frères Hardy et je serai Alice Roy. Allons faire un tour dans sa chambre, comme dans un roman policier.

La caméra espion ne nous avait pas permis d'avancer beaucoup. Elle avait des ratés, ne fonctionnait pas dans l'obscurité et ne pouvait pas filmer Tanya dans son dressing. En gros, je voyais des images de Tanya sur son téléphone, en train d'envoyer des SMS, de prendre des selfies et de se pomponner devant le miroir de sa coiffeuse. Chaque fois que cette exhibitionniste paradait dans sa chambre à moitié nue, je préférais arrêter de regarder.

Le sourire de Will lui remontait jusqu'à ses taches de rousseur.

— Seulement si je peux être Sherlock Holmes.

Mon petit génie de frère avait lu tous les classiques policiers de Sir Arthur Conan Doyle. Certains même deux fois.

— Très bien. Alors, je serai Watson.

Waouh ! Si j'avais su dans quel enfer nous mettions les pieds, je nous aurais fait enfiler des combinaisons de protection chimique. Les images de la caméra espion ne donnaient qu'une infime idée de la réalité. La pièce était une véritable porcherie. Rien à voir avec son état de propreté immaculée du vivant de ma sœur. Le jour où j'avais surpris Lance dedans, notre femme de ménage, Blanca, avait dû passer par là et l'avait remise en ordre. J'étais désolée pour cette pauvre femme qui travaillait dur et qui devait ranger ce désordre épouvantable. J'espérais que ma mère lui payait un supplément.

Le lit à baldaquin était défait. Les peluches chéries de ma sœur, jetées sur le sol. Les vêtements, éparpillés partout. Les tiroirs, entrouverts. Et en plus des emballages de chewing-gums, de minuscules petites culottes de toutes les couleurs jonchaient la moquette.

— Dégueulasse ! lança mon frère avec une grimace de dégoût. Qu'est-ce qu'on cherche ?

— Tout ce qui peut nous donner un indice sur sa véritable identité. Je vais fouiller les tiroirs et le dressing. Tu penses pouvoir pirater son ordinateur ?

— Élémentaire, mon cher Watson.

Son accent anglais était parfait – aussi bon que celui de Tanya – et je ne pus m'empêcher de glousser.

Une fois mon frère installé à son bureau, je commençai mes recherches par la commode. Un par un, je fouillai les tiroirs, chacun plus épouvantable que le précédent. Des sous-vêtements en vrac et des chaussettes dépareillées étaient coincés entre des hauts, des jeans et des pyjamas. Rien n'était proprement plié ou empilé. Alors que je farfouillais dans le désordre, l'odeur de son parfum me monta au nez. La même fragrance florale écœurante que celle que ma sœur avait l'habitude de porter. Beurk !

Chaque tiroir me faisait un peu plus perdre espoir. J'espérais trouver un passeport, son visa d'étudiante ou sa carte d'embarquement de British Airways. Même un reçu de Heathrow. Quelque chose. Non. Rien. *Nada.* Peut-être gardait-elle ce genre de choses dans son sac à dos qui, à moins d'être dans le placard ou sous le lit, ne se trouvait pas dans la chambre. À mon avis, elle l'avait emporté. L'espace d'une seconde, je repensai à ma Jeep accidentée et je la maudis en silence, avant de passer à autre chose.

Déçue, je me dirigeai vers sa table de nuit. Une canette de Coca Light à moitié bue y trônait, ainsi que la version « Que sais-je » de *Jane Eyre* et une photo encadrée d'elle avec ma mère et mon père. Curieusement, pas une seule photo d'elle avec son propre père.

J'ouvris le seul tiroir. Et là, je crus halluciner. À côté d'une boîte de chewing-gums Trident, quatre énormes flacons en plastique blanc, tous étiquetés avec des numéros de lot et des noms que j'avais du mal à prononcer.

Halopéridol... Aripiprazole... Quétiapine... Rispéridone.

Je dévissai les bouchons sécurisés. Ils contenaient des pilules de différentes couleurs et chaque flacon était plein à peu près à moitié.

— Eh, Sherlock. Viens par ici. Tu ne vas pas en revenir.

Will me rejoignit et examina les flacons ainsi que leur contenu.

— Je pense que c'est des médicaments.

— Tu sais à quoi ils servent ?

— Aucune idée.

— Tu penses qu'on doit les lui confisquer ? demandai-je.

— Non, ce ne serait pas bien. Prends-les en photo avec ton téléphone et on les googlera plus tard.

Une fois encore, c'était Will le plus malin. J'acquiesçai.

— C'est pour ça que tu es Sherlock et moi, Watson.

— Ne te dénigre pas. Tu es un bon Watson.

— Merci. Tu as accédé à son ordinateur ?

— À l'instant.

— Et tu as trouvé quelque chose ?

— Oui. Il est enregistré au nom de Mary C. Burton.

— C'est bizarre.

— En effet.

— Tu as cherché son nom ?

— Pas encore. Je peux le faire plus tard. D'abord, je veux vérifier ce qu'il y a sur son bureau et essayer d'accéder à sa boîte mail.

Je lui ébouriffai les cheveux.

— Retourne au travail, Sherlock !

Il fila à l'ordinateur pendant que je sortais mon téléphone et prenais des photos des médicaments. En remettant le dernier flacon dans le tiroir, je repérai quelque chose sous la boîte de Trident. Je sortis le mince emballage jaune et je le reconnus immédiatement. Ortho Tri-Cyclen. Des pilules contraceptives, les mêmes que celles que j'utilisais. Une réserve de trois mois. Notre médecin de famille, le Dr Lefferman, me l'avait prescrite pour atténuer mes crampes menstruelles et mes éruptions cutanées, mais je savais qu'elle me serait aussi utile plus tard dans l'année, lorsque je dirais adieu à ma virginité. Je regardai de plus près l'étiquette de l'ordonnance. Également rédigée par le Dr Lefferman… le 7 septembre, soit dix jours après l'arrivée de Tanya.

Avec précaution, j'ouvris la boîte et j'en sortis le contenu. Elle avait utilisé deux des plaquettes et il ne lui en restait plus qu'une. Je réfléchis. Je n'avais jamais entendu Tanya se plaindre de crampes menstruelles, ni à moi ni à ma mère. Et sa peau était impeccable. J'eus soudain l'impression de recevoir une brique sur la tête : Tanya ne prenait pas la pilule pour ces raisons-là. Elle avait volé et démoli ma voiture. Son prochain objectif était-il de me voler mon petit ami et de détruire notre relation ? Je lui avais dit en face de rester loin de lui, mais je ne pouvais pas lui faire confiance. Pour ce que j'en savais, elle avait peut-être déjà couché avec lui. La bile me monta dans la gorge alors que je remettais les pilules en place, m'assurant qu'elles étaient exactement là où je les avais trouvées pour qu'elle ne devine pas que j'avais passé sa chambre au peigne fin.

Enfin, si elle revient.

La voleuse de petit ami et de voiture était peut-être sur son lit de mort. Ah ! Ce serait bien fait pour elle ! Cette pensée malveillante me calma un peu et, ragaillardie, je me dirigeai sur une inspiration vers le dressing. Comme le reste de la pièce, c'était une zone sinistrée. On aurait dit qu'un ouragan de catégorie 4 l'avait dévastée. Je commençais à penser que sa chambre avait besoin de plus que notre femme de ménage. Une équipe fédérale d'intervention sur les sites de catastrophe était plus appropriée.

Ma sœur organisait méticuleusement ses affaires, elle accrochait ses vêtements avec soin, selon un code couleur, et les boîtes à chaussures, toujours parfaitement empilées, étaient étiquetées. Maintenant, ses affaires, ainsi que celles de Tanya la Souillon, étaient éparpillées partout, la plupart en piles renversées sur le sol du dressing. Les autres biens de ma sœur, comme ses photos, livres et trophées, étaient également épars. Passer en revue tout ça m'aurait pris des heures. J'optai donc pour une recherche globale. Comme je l'avais soupçonné, le sac à dos de Tanya n'était pas dans le dressing, mais quelque chose d'autre s'y trouvait. Sa grosse valise rouge brillant. Remisée tout au fond. C'était peut-être là qu'elle gardait tous ses documents de voyage... et ses secrets ?

Sans perdre de temps, je m'agenouillai et je tirai sur la fermeture Éclair. Étant donné que le bagage était muni d'une serrure à combinaison, je fus surprise de voir qu'elle coulissait sans heurt. Le sifflement des crans me donna la chair de poule. Une fois la valise entièrement dézippée, je l'ouvris.

Nouvelle surprise de taille.

À l'intérieur se trouvaient des dizaines de photos de ma mère, de mon père, d'Anabel, de Will et de moi. Des photos qui couvraient une décennie. Un frisson me parcourut. C'était incroyablement flippant. Comment se les était-elle procurées ? Sur Internet ? Facebook ? Instagram ? On aurait dit qu'elle nous avait traqués. Et ce qui était encore plus glauque, c'était que sur toutes les photos où j'apparaissais, elle m'avait barrée d'une croix au marqueur rouge. Comme si elle me rayait.

Parmi les photos, il y en avait une autre, une photo de classe du lycée d'Indio, à deux cents kilomètres d'ici. L'année n'était pas précisée. Environ cinq cents jeunes en tenue de ville étaient alignés sur des gradins, souriant tous à l'objectif, à l'exception d'une jeune fille mince aux cheveux moussus, au milieu du troisième rang. Contrairement à ses camarades de classe, elle avait l'air maussade, comme si elle ne voulait pas faire partie de la photo de groupe. Curieusement, son visage était entouré au marqueur rouge. Qui était cette fille et que représentait-elle pour Tanya ? Le cerveau en ébullition à force de questions, je rassemblai les photos et je sortis du dressing en trombe.

— Will, arrête ce que tu es en train de faire ! Viens voir ça. (Mon frère me rejoignit et je lui montrai les photos.) Tu en penses quoi ?

Il examina les clichés comme sous un microscope. Puis il leva les yeux et rencontra les miens.

— Peut-être que maman les lui a envoyées avant qu'elle vienne ici ?

Je n'y avais pas pensé. C'était effectivement le genre de choses que ma mère ferait. Scanner des vieilles photos de famille. Je pris note de lui poser la question. N'empêche, mon visage barré d'une croix me donnait la chair de poule.

— Sherlock, pourquoi tu crois qu'elle m'a rayée ?

Mon frère leva les yeux au ciel.

— Manifestement, mon cher Watson, elle ne t'aime pas.

Je ricanai. Doux euphémisme. Je lui montrai la dernière photo, celle de la classe du lycée d'Indio.

Les sourcils froncés, il l'observa attentivement.

— Tu reconnais la fille du milieu qui est encerclée ?

Il plissa les paupières.

— Passe-moi ma loupe.

— Ah ah. Très drôle.

En vérité, j'aurais aimé que nous disposions de l'outil d'investigation préféré du détective littéraire, car la photo était granuleuse, et les détails difficiles à distinguer.

— Alors, Sherlock ?

Will secoua la tête.

— Désolé, aucune idée.

Nous étions donc deux à être perplexes.

— De quand date la photo, d'après toi ?

Il tordit les lèvres.

— C'est difficile à dire. Les élèves ont l'air d'avoir quinze ou seize ans, et la plupart portent un jean, un tee-shirt et un sweat à capuche. Ça a pu être pris hier ou il y a plusieurs années. Mais je dirais qu'elle n'a pas plus de vingt ans.

Je murmurai :

— Hmm. Qu'est-ce qu'on fait de ces photos ?

— Prends des photos de celles où tu figures avec ton téléphone, mais faisons une copie de la photo de classe… et remettons-les dans sa valise.

— Bonne idée. Tu as accédé à sa boîte e-mail ?

— Oui. Son adresse est TanyaBdreamer@gmail.com.

— Comme son Instagram.

— Oui… encore. Et elle a été créée seulement la veille de son arrivée ici.

— Bizarre. Tu as trouvé des e-mails révélateurs ?

— C'est plutôt ce que je n'ai pas trouvé qui est le plus révélateur. Pas un seul message à son père, ou vice versa. Il ne figure même pas dans sa liste de contacts.

— Très bizarre aussi en effet.

Je brûlais de lui demander s'il y avait des e-mails à Lance, mais je m'en abstins. Si elle communiquait avec lui, c'était probablement par l'intermédiaire de son téléphone. Des textos. Les jeunes de ma génération utilisaient rarement le courrier électronique. Comme Facebook, c'était plutôt réservé aux vieux schnocks dans le genre de mes parents et de mes grands-parents.

— Autre chose ?

Il hocha la tête.

— Quelques fichiers sur le bureau, mais c'est surtout des trucs d'école.

— Elle en a un pour sa candidature à Stanford ?

— C'est intéressant que tu poses cette question, répondit-il en levant un doigt connaisseur. En effet, elle en a bien un.

Je le suivis jusqu'au bureau de ma sœur, avec son tableau d'affichage désormais couvert de photos de Tanya, et il cliqua pour ouvrir le dossier « Stanford ». À l'intérieur, plusieurs Google Docs… notamment la lettre de motivation qu'elle avait copiée sur moi. Je fus tentée de l'effacer, mais à quoi cela servirait-il ? C'était trop tard.

— Tu as pu consulter son historique de navigation ? demandai-je.

— Pas encore. Tu veux qu'on le fasse ensemble ?

— D'accord, fis-je d'une voix hésitante.

Après avoir déterré ces photos troublantes, je redoutais presque de découvrir dans sa mémoire cache des requêtes telles que : « Planifier le meurtre parfait » ou « Les dix meilleurs poisons mortels », au lieu de quoi, ses recherches récentes se limitaient à des sites de vente en ligne, à des tabloïds britanniques et à mes parents. Elle avait en effet cherché mon père sur LinkedIn et passé en revue les diverses activités philanthropiques de ma mère. Je tâchai de ravaler ma déception.

Il nous restait deux choses à faire avant de quitter sa chambre : fouiller les tiroirs de son bureau et le dessous de son lit. Beaucoup plus petit que moi et plus agile, Will se porta volontaire pour le lit pendant que je m'attelais aux tiroirs.

Mon frère ressortit rapidement de son exploration avec une expression horrifiée. Encore des sous-vêtements sales… et des insectes bizarres. Moi, je n'avais trouvé que des fournitures scolaires et quelques paquets de chewing-gums. Jusqu'à ce que j'ouvre le tiroir du bas.

À l'intérieur, froissé, se trouvait l'un des brouillons manuscrits de ma candidature à Stanford que j'avais jetés. Je me sentis déborder de colère. Une partie de moi voulait montrer à mon père ce que j'avais trouvé et lui prouver que Tanya m'avait plagiée.

Mais ça risquait de se retourner contre moi. La dernière chose que je voulais, c'était que mon père écrive une lettre au doyen des admissions pour lui demander de reconsidérer ma candidature. Grâce à Tanya, je n'irais pas à Stanford. Sans le savoir, elle m'avait rendu un énorme service.

Et maintenant, au moins, j'avais la preuve que cette fille était une fichue menteuse et une voleuse.

Mais surtout, j'avais l'intuition qu'elle cachait quelque chose.

Quelque chose de bien plus sinistre que les racines brunes de ses cheveux.

Midi approchait et mes parents n'étaient toujours pas rentrés. Will et moi étions retournés dans sa chambre et, assis sur son trône de geek, nous étions redevenus Pudge et Willster. Mon carnet de notes bien pratique sur les genoux et un crayon à la main, je passai en revue ce que nous avions appris. Nos découvertes confirmaient pour l'essentiel ce que nous soupçonnions déjà. À savoir que Tanya était :

1. Pas forcément du Royaume-Uni.
2. Menteuse et voleuse avérée, peut-être instable.
3. Possiblement séparée de son père, ou n'en avait pas.
4. Obsédée par mes parents, dans le bon sens du terme.
5. Obsédée par moi, dans le mauvais sens du terme.

La seule chose dont je n'avais pas fait part à mon frère était ma découverte de ses plaquettes de pilules contraceptives et la possibilité qu'elle baise avec Lance. Un garçon de douze ans n'avait pas besoin de savoir ce genre de choses.

J'ouvris une page vierge de mon carnet et, avec l'aide de Will, dressai une liste des choses à faire. Exactement comme le faisait ma mère, si méthodique pour tous ses grands événements.

À FAIRE
WILL :
Googler Mary C. Burton = titulaire MacBook
Se renseigner sur les médocs de Tanya
PAIGE :
Demander à maman si elle a eu un contact avec le père de Tanya
Demander à maman si elle a le passeport de Tanya, son visa d'étudiante et/ou son itinéraire de voyage
Demander à maman si elle a envoyé des photos de famille à Tanya

Enfin, dernière tâche que je ne notai pas ni ne mentionnai à Will… : demander à maman si elle avait emmené Tanya chez le Dr Lefferman pour une ordonnance de contraceptif. Et pourquoi.

Je n'étais pas sûre de vouloir connaître la réponse.

22

Natalie

Assise à côté de Matt dans la salle d'attente du service de traumatologie, je tenais fort sa main. Mon cœur battait la chamade, ma poitrine était si contractée que j'avais du mal à respirer alors que les pires scénarios possibles me bombardaient l'esprit.

Et si Tanya était défigurée ?

Paralysée ?

Dans le coma ?

En état de mort cérébrale ?

Sous assistance respiratoire ?

Ou si elle était déjà…

Oh, mon Dieu. Ça ne pouvait pas se reproduire. D'abord ma précieuse Anabel, maintenant mon adorable Tanya. Mes pensées les plus sombres furent interrompues par des bruits de pas. Un médecin. Séduisante, probablement la quarantaine, elle était vêtue d'une blouse blanche par-dessus une tunique de chirurgien bleue. Le cœur au bord des lèvres, je me levai d'un bond. Matt aussi.

Elle se présenta. Dr Lawrence, neurologue.

Malgré mon état de tension et ma bouche sèche, les mots jaillirent aussitôt :

— Docteure, est-ce qu'elle va bien ?

— Elle a eu beaucoup de chance, commença-t-elle, ajustant ses lunettes en écaille. Notamment parce qu'elle portait sa ceinture de sécurité quand elle a eu l'accident. Au moment de l'impact, l'airbag lui a explosé au visage, provoquant des lésions faciales, mais rien de grave. Son corps a également subi de multiples contusions : elle est couverte d'ecchymoses. Il est possible qu'elle ait subi une commotion cérébrale. J'attends les résultats de l'IRM et je veux la garder ici pour la nuit en observation.

Entre sa voix monocorde et mon état de choc, j'eus l'impression qu'elle venait de me débiter une notice de Wikipédia. J'assimilai lentement ses mots, incapable de réagir. Matt me devança.

— Ce que vous nous dites, docteure, c'est qu'elle va bien ?

Elle acquiesça.

— Jusqu'à présent, tout va bien. Mais on ne sait jamais avec les blessures à la tête.

Tous les « et si » revinrent en force et, de nouveau, mon esprit me ramena à mon Anabel chérie. Privée de sa vie. Un malaise glacial s'installa au creux de mon estomac.

La porte de la chambre d'hôpital de Tanya était entrouverte. Matt et moi entrâmes, tout hésitants. Sa main chaude, qui serrait la mienne, froide et moite, était comme ma bouée de sauvetage. En voyant Tanya, je fus physiquement secouée par un choc. Une douleur dans la poitrine. Ma pauvre chérie ! Elle avait une mine épouvantable. Ses cheveux étaient emmêlés, son visage, moucheté et enflé, ses yeux, violacés et bouffis, et au-dessus de son sourcil droit, sous un pansement papillon, les points de suture d'une vilaine entaille dentelée. Tous les moniteurs et toutes les perfusions qui lui étaient posés ne firent qu'ajouter à mon angoisse.

— Bonjour, ma chérie, dis-je doucement, d'une voix tremblotante.

Elle tourna légèrement sa tête inclinée vers moi et, à ma vue, éclata en sanglots. Mon cœur se brisa.

Me libérant de Matt, je me ruai à son chevet et j'écartai des mèches de cheveux collées sur son visage. Elle était un peu chaude, comme fiévreuse. Je résistai à l'envie de la prendre dans mes bras. Elle avait l'air si frêle dans ce lit d'hôpital, pas question d'infliger une douleur supplémentaire à son corps meurtri.

— Je… je suis tellement, tellement désolée ! lança-t-elle entre deux sanglots.

Matt me rejoignit alors que je tamponnais ses joues humides avec un Kleenex.

— Chuuut, tentai-je de l'apaiser. L'important, c'est que tu ailles bien. Comment te sens-tu ?

— Comme si j'avais été renversée par un camion, réussit-elle à croasser, d'une voix à peine plus forte qu'un murmure.

— Ma pauvre chérie ! soufflai-je.

Sa douleur était contagieuse et chaque os de mon corps souffrait pour elle, comme s'il s'agissait de ma propre enfant.

— Raconte-nous ce qui s'est passé, dit Matt.

— J'ai emprunté la voiture de Paige. J'ai trouvé les clés dans la cuisine.

Je regardai Matt avec perplexité. Je pensais qu'il les cachait quelque part, pour que Paige ne les trouve pas.

— C'est moi qui les ai mises là, Nat, sur le porte-clés. J'allais les rendre à Paige après ton déjeuner d'anniversaire.

Tanya poursuivit :

— Je sais que je n'aurais pas dû les prendre, ni la voiture de Paige. J'avais prévu de me lever tôt et d'aller à pied au marché de Larchmont acheter des fleurs à Natalie pour son anniversaire. (Un reniflement.) Mais j'ai dormi trop tard et je n'avais plus le temps.

La promenade du dimanche matin jusqu'au marché des fermiers locaux était devenue l'un de nos rituels hebdomadaires, à Tanya et à moi. C'était quelque chose que je faisais avec Anabel, mais que j'avais cessé depuis sa mort. Tanya et moi attendions ce moment avec impatience. Elle aimait choisir de beaux fruits et légumes avec moi, ainsi que des fleurs fraîches. Parfois, nous allions d'abord au Starbucks ou chez Noah's Bagels prendre le petit déjeuner. J'avais supplié Paige de nous accompagner, mais ça ne l'intéressait pas. Plus je me rapprochais de Tanya, plus je m'éloignais de ma fille.

Je commençais à penser que recevoir cette étudiante chez nous était une mauvaise idée, tout compte fait. La seule personne qui semblait bénéficier de la présence de Tanya dans notre foyer, c'était moi, et maintenant je n'en étais même plus si sûre.

— Natalie, reprit-elle de sa voix rauque, interrompant mes pensées, vous pourriez me passer l'eau, s'il vous plaît ?

— Bien sûr.

J'attrapai le gobelet en plastique posé sur la tablette à côté de son lit et je le portai à ses lèvres desséchées. Elle but plusieurs longues gorgées à la paille.

— Continue, Tanya, insista Matt, de plus en plus impatient. Raconte-nous ce qui s'est passé ensuite.

— S'il te plaît, Matt. Vas-y doucement. Elle a vécu une expérience traumatisante.

— Natalie, je veux juste connaître les faits.

Sa voix ne s'était pas adoucie, mais au moins n'était-elle pas devenue plus brusque.

Tanya s'arrêta de boire.

— Tout se passait bien. J'y suis arrivée en un seul morceau et j'ai trouvé le bouquet de fleurs parfait pour Natalie. Une douzaine de magnifiques roses à longues tiges, entrelacées de gypsophiles.

— Ça a l'air magnifique, oui.

J'esquissai un petit sourire, mais les yeux de Tanya s'emplirent de nouvelles larmes.

— Je suis désolée de ne pas avoir pu vous les donner. Je suppose qu'elles ont été remorquées avec la voiture.

Je reposai le gobelet d'eau sur la tablette, puis je pris sa main dans la mienne.

— Ne t'inquiète pas... C'est l'intention qui compte. Ce qui m'importe le plus, c'est que tu sois en vie.

— Comment l'accident s'est-il produit ? demanda Matt, focalisé sur sa quête de réponses.

— Sur le chemin du retour, j'ai vu un écureuil traverser la route. Je ne voulais pas l'écraser, alors j'ai freiné. Mais dans la panique, j'ai appuyé sur l'accélérateur à la place du frein. J'ai perdu le contrôle de la voiture et percuté un arbre de plein fouet.

J'exerçai une délicate pression sur sa main.

— Heureusement que tu portais ta ceinture de sécurité. Sinon, tu aurais pu traverser le pare-brise et...

Une boule de la taille d'une balle de golf se logea dans ma gorge. Je ne pus me résoudre à terminer ma phrase. Tanya l'acheva pour moi.

— Je sais... J'aurais pu mourir.

Mon cœur faillit se briser à l'idée de la perdre. Les larmes me piquaient les paupières, mais je les retins.

— La voiture est complètement détruite ? s'enquit-elle, d'une toute petite voix hésitante.

— Je ne sais pas, répondit Matt. La police a laissé entendre qu'elle n'était pas en bon état, mais nous ne l'avons pas encore vue.

— Paige va me détester, pour toujours.

— Elle s'en remettra. La voiture est assurée. Si elle est réparable, nous la ferons réparer. Sinon, nous lui en achèterons peut-être une autre, même si avec cette entourloupe qu'elle nous a faite pour Stanford, franchement elle ne le mérite pas.

— Ce qu'elle a fait est mal. Ce que j'ai fait est mal, conclut-elle, la lèvre inférieure frémissante. Si vous voulez me renvoyer en Angleterre, je comprendrais, mais s'il vous plaît, ne dites pas à mon père ce qui s'est passé.

Je me penchai vers elle, lui caressai les cheveux et la regardai tendrement.

— Ma chérie, nous n'allons pas te renvoyer, jamais de la vie. Ce qui s'est passé, c'est un accident. Nous aimons t'avoir chez nous. Tu es la meilleure chose qui me soit arrivée depuis que nous avons perdu notre Anabel.

— Oh, Natalie, merci. J'ai beaucoup de chance de vous avoir, Matt et vous, dans ma vie. Vous êtes comme des parents pour moi.

Et les grandes eaux se déchaînèrent de plus belle.

N'y tenant plus, je m'assis sur le bord de son lit, pris doucement son corps frêle dans mes bras. Et je l'étreignis. Les battements de son cœur, sa chaleur contre moi, je la laissai pleurer là jusqu'à ce qu'elle n'ait plus de larmes.

— Ça va, chérie, murmurai-je dans son cou.

Au bout de plusieurs longues minutes, elle s'écarta et je lui tendis un mouchoir en papier pour qu'elle essuie ses larmes et se mouche.

— Combien de temps dois-je rester ici ?

— Le médecin veut te garder une nuit en observation.

— Je veux rentrer à la maison ! S'il vous plaît, Natalie !

Ses yeux se mouillaient de nouveau, mon cœur se brisait.

Je lui expliquai que ce n'était pas possible et je l'embrassai doucement sur le front pour lui dire au revoir.

Elle ferma les yeux tandis que Matt et moi sortions de la pièce.

J'avais hâte qu'elle revienne à la maison.

Le plus tôt serait le mieux.

Un frisson me parcourut. Encore un « et si » glaçant.

Et si son état empirait ?

23

Paige

Tanya revint à la maison bien trop tôt. Le lendemain. Je devais admettre qu'elle avait l'air plutôt mal en point. Avec un peu de chance, l'entaille au-dessus de son œil laisserait une vilaine cicatrice. Ça lui servirait de leçon. Elle ne s'excusa même pas d'avoir volé et détruit ma voiture.

Nous n'avions pas école ce jour-là, pour cause d'une de ces journées pédagogiques qui avaient lieu de temps en temps tout au long de l'année, même si je savais qu'elles n'étaient qu'une excuse pour donner aux enseignants un week-end de trois jours. Ce n'était pas moi qui allais m'en plaindre. Bref.

Jusqu'à présent, Tanya n'avait pas quitté sa chambre. Ma mère était restée à la maison, annulant toutes ses activités et réunions, et s'occupait d'elle. Elle la traitait comme une poupée de porcelaine, tout aussi fragile. Will et moi les observâmes sur la caméra espion, jusqu'à ce que nous n'en puissions plus. Et puis, nous avions des choses bien plus importantes à faire.

Pendant que Will essayait de retrouver Mary Burton, la femme au nom de qui était enregistré l'ordinateur portable de Tanya, je pris sur moi de faire des recherches sur les médicaments que j'avais trouvés dans le tiroir de sa table de nuit.

Une tâche facile, mais dont le résultat me laissa sur les fesses. C'étaient tous des antipsychotiques, prescrits pour la schizophrénie, les troubles bipolaires et les comportements agressifs extrêmes. Les questions se bousculaient dans ma tête. Comment Tanya avait-elle obtenu tous ces médicaments ? Qui était-elle vraiment ? Et vivions-nous avec une sociopathe ?

J'avais besoin de parler à ma mère de toute urgence. De lui soutirer des informations. L'occasion finit par se présenter lorsque, pendant que Tanya faisait une sieste, elle descendit. Laissant Will avec Bear, je la rejoignis à la cuisine. Elle était assise à l'îlot, un verre de vin à côté d'elle, et feuilletait un gros livre.

Je m'éclaircis la gorge.

— Salut, Maman.

Comme elle me tournait le dos, elle fit pivoter son tabouret.

— Oh... Bonjour, ma chérie. (Elle attrapa le verre et but une gorgée de vin blanc.) Tu m'as fait peur.

— Désolée. (Un temps.) Qu'est-ce que tu fais ?

Elle posa le verre et souleva le livre. *The Vegan Gourmet's Soup to Nuts Cookbook* : un livre de recettes véganes.

— Je cherche quelque chose à préparer pour le déjeuner qui plaira à tout le monde.

Mon cœur se réchauffa. Je devais reconnaître à ma mère ce mérite : elle respectait mon régime végane et faisait des efforts.

— Viens m'aider à choisir une recette. On pourra la faire ensemble.

Cuisiner avec ma mère ? C'était une première. Quelque chose que je ne me rappelais pas avoir fait du vivant d'Anabel, la préférée de maman. Ou depuis que Tanya était là.

— Volontiers.

Je la rejoignis à l'îlot, m'assis à côté d'elle. Une autre première. Rien que nous deux. L'occasion rêvée de lui soutirer quelques informations.

— Maman, comment va Tanya ?

Comme si ça m'intéressait... mais c'était une manière de lancer la conversation.

Son visage s'éclaira.

— Oh, chérie, c'est gentil de poser la question. Elle a passé une sale journée hier, mais elle semble aller mieux aujourd'hui. Elle souffre moins.

— Tant mieux.

Ça craint.

Pendant que je feuilletais le livre de cuisine, ma mère s'envoya encore un peu de vin. Il était un peu tôt dans la journée pour ça, même si j'étais à peu près sûre qu'elle buvait un verre ou deux tous les jours avec ses amies au déjeuner. Et surtout, en l'occurrence, ça lui permettrait de se détendre.

— Le Dr Lefferman est venu la voir à l'hôpital ? demandai-je.

— Non, mais Tanya lui a rendu visite en septembre. Ton école voulait qu'elle passe un examen médical.

— Et il lui avait trouvé quelque chose qui n'allait pas ?

Genre : elle était folle ? Ou atteinte d'une maladie mortelle ?

— Non, elle est en excellente santé.

— Il lui a prescrit des médicaments ?

— Juste une ordonnance pour une pilule contraceptive. La même que la tienne.

— Pourquoi elle a besoin d'un contraceptif ?

Pour pouvoir se taper mon mec ?

— Elle a dit au Dr Lefferman qu'elle avait des règles douloureuses.

Menteuse ! Elle ne s'était jamais plainte de ses règles.

— Elle avait besoin d'autre chose ?

De la rispéridone, par exemple ?

— En fait, il lui a aussi recommandé de prendre du CBD.

— Pour quoi faire ?

— Elle lui a dit que le fait de se trouver seule dans un pays étranger et dans une nouvelle école lui donnait parfois des crises d'angoisse et qu'elle avait du mal à dormir.

Je me hérissai. Elle voulait probablement juste se défoncer avec Lance, puis baiser avec lui. La seule chose qui l'angoissait, c'était la possibilité que notre chien l'attaque, ou que je la jette dans la partie profonde de la piscine en lui maintenant la tête sous l'eau. Pour le reste, elle n'avait peur de rien. La preuve, elle avait pris ma voiture sans même demander la permission.

Comme si ma mère avait lu dans mes pensées, elle ajouta :

— La pauvre se sent très mal d'avoir emprunté ta voiture et de l'avoir emboutie.

Ben voyons. Croyez-moi, je ne m'attendais pas à des excuses de sitôt.

Ma mère enchaîna sur les prétendues circonstances atténuantes. De mon côté, je me la jouais indulgente. En réalité, je détestais Tanya plus que jamais. Si j'avais eu une poupée vaudou et des épingles, je l'aurais appelée Tanya et poignardée un million de fois.

Quelques minutes plus tard, ma mère et moi tombâmes sur une recette simple de minestrone qui nous plaisait à toutes les deux. Je restai assise pendant qu'elle apportait tout ce dont nous aurions besoin sur l'îlot. Divers légumes, ainsi que des planches à découper, des couteaux et des économes.

— Qu'est-ce que tu veux que je fasse ? demandai-je, incapable de me rappeler la dernière fois que j'avais proposé mon aide à ma mère.

Et, surprise, ça ne me tua pas. En fait, c'était même agréable.

Ma mère m'adressa un sourire approbateur.

— Ce serait super si tu m'aidais à détailler les légumes. Fais juste attention à ne pas te couper un doigt.

Je ne pus m'empêcher de rire.

— Ne t'inquiète pas… Si je peux manier un couteau à sculpter, je saurai manier un couteau de cuisine.

Assises côte à côte, nous nous mîmes au travail. Je n'avais pas été aussi proche de ma mère depuis longtemps et nous faisions quelque chose ensemble, quelque chose d'autre que nous chamailler. C'était vraiment agréable. D'ailleurs, couper les légumes s'avérait relaxant. Alors que nous étions toutes les deux en train de trancher à tout va, je sentis son regard sur moi.

— Oh, j'ai oublié de te dire : j'adore le buste que tu as fait de moi.

— Tu l'as trouvé ?

— Oui. Quand on est revenus de l'hôpital hier. Je l'ai mis dans mon bureau. Je suis désolée, je voulais te remercier.

Posant son couteau, elle se tourna pour m'embrasser sur la joue. Et je fus surprise du plaisir que ce geste me procura. Combien il me fit chaud au cœur. Peut-être que si Tanya n'était pas là, ma mère et moi aurions une chance de nous rapprocher. De nouer de vrais liens.

— Je comprends, lui assurai-je en souriant. Tu as eu beaucoup à faire.

Ma mère poussa un soupir.

— C'est un euphémisme. Dieu merci, Tanya va bien.

Dommage, oui, rétorquai-je silencieusement en épluchant un oignon. Qui faisait larmoyer mes yeux bleus sensibles.

— Chérie, tu pleures ?

Les yeux humides, j'acquiesçai.

— Non, ne t'inquiète pas pour Tanya. Elle va s'en sortir.

Je dus me mordre la lèvre inférieure pour étouffer un rire. Ou un grognement. Ma mère était tellement naïve. Il était temps de la mettre au courant.

— C'est juste l'oignon, Maman. (Je le coupai en dés et passai à une branche de céleri. Et au véritable objectif de cette conversation pour moi.) Maman... je peux te poser quelques questions ?

— Bien sûr.

— Vous avez mis le père de Tanya au courant de l'accident ?

— Elle m'a suppliée de ne pas le lui dire, mais j'ai bien sûr essayé de le contacter. L'e-mail que je lui ai envoyé m'est revenu et le numéro de téléphone que j'ai n'était pas en service.

Bizarre.

— Au fait, ajouta-t-elle, rappelle-moi de demander à Tanya les nouvelles coordonnées de son père, parce qu'il doit payer les frais de scolarité pour Coldwater. Quelqu'un de l'administration m'a appelée pour me le rappeler.

Ça aussi, c'était intéressant. Son père n'avait pas payé les quarante-cinq mille dollars, ou seulement une partie de cette somme ? À moins d'être boursier comme Jordan, ma meilleure amie, Coldwater avait une politique de tolérance zéro pour les retards de paiement. Ah ! Elle allait peut-être se faire virer ! Non, hélas, je savais que mes parents ne laisseraient jamais faire et qu'ils avanceraient probablement l'argent, en s'attendant à être remboursés.

Ayant fini de détailler le céleri en petits cubes, j'en attrapai une autre branche.

— Tu as déjà vu une photo de son père ?

Les yeux rivés sur la pomme de terre qu'elle épluchait, ma mère secoua la tête.

— Non, mais bon, je n'ai jamais demandé.

— Tu ne trouves pas étrange qu'elle n'ait pas la moindre photo de lui dans sa chambre ? Même pas une ?

Ma mère haussa les épaules.

— Peut-être qu'elle ne voulait pas en transporter dans sa valise. Et qu'elle en garde une dans son téléphone. Je sais qu'il lui manque terriblement, surtout qu'il voyage tout le temps.

— Tu lui avais envoyé des photos de notre famille ?

— Pas directement à elle, mais quelques-unes à l'agence qui s'occupe des échanges d'étudiants, il y a quelque temps.

L'agence d'échange d'étudiants ! Baffe mentale. Pourquoi Will et moi n'y avions-nous pas pensé plus tôt ?

— Tu dois avoir conservé tous les formulaires que tu as remplis, non ? (*Jackpot !*) Et les informations personnelles de Tanya, y compris son numéro de passeport, son visa d'étudiante et son adresse.

— Je les avais.

— Comment ça ?

— Il s'est passé une chose très étrange : ce dossier a mystérieusement disparu de mon bureau. Je n'en trouve même plus trace dans la corbeille. Et je ne me souviens pas du nom sous lequel je l'avais enregistré.

De deux choses l'une : soit ma mère avait abusé du Xanax et du vin, soit Tanya avait réussi à l'effacer. Je pariais plutôt sur Tanya. Ses compétences en informatique s'avéraient extraordinaires. Je ne serais pas surprise qu'elle soit hackeuse.

— Tu lui avais envoyé des photos d'Anabel ? poursuivis-je.

À la mention du nom de ma sœur, ma mère but une gorgée de vin.

— Pas une seule. Tanya ne savait même pas, pour ta sœur.

Dans ma tête, ça tournoyait. Alors, où avait-elle trouvé toutes ces photos ? Sur Facebook ? Ou sur Instagram ? Les comptes que ma sœur avait ouverts sur les réseaux sociaux étaient désactivés, je ne pouvais donc pas les consulter. Mais peut-être que Tanya savait comment y accéder.

— Tu as le passeport de Tanya ?

Si bizarre que ça puisse paraître, ma mère n'avait pas l'air de s'étonner que je la bombarde de questions.

— Non. Je pense qu'il est dans sa chambre.

Détrompe-toi.

— Je devrais lui dire de le garder en permanence dans son sac à dos, au cas où elle aurait un autre accident ou une urgence. La seule pièce d'identité qu'elle avait sur elle, c'était sa carte scolaire, mais ce n'est pas suffisant.

— Et son visa d'étudiante ? Elle ne l'avait pas avec elle ?

— Il faut croire que non.

Si tu veux mon avis, elle n'en a pas.

La branche de céleri coupée, je passai à un panais.

— Tu devrais au moins faire une copie de son passeport et la garder avec les nôtres. Tu sais, au cas où elle le perdrait.

— C'est une excellente idée, Paige.

— Qu'est-ce que vous faites toutes les deux ?

Au son de sa voix, je me retournai vivement.

Tanya ! Vêtue du peignoir rose chatoyant de ma sœur, elle entra dans la cuisine. À ma grande surprise, sa démarche n'était même pas raide. Et elle était superbe. Cheveux blond platine fraîchement lavés et séchés, visage beaucoup moins enflé. Presque revenue à la normale.

— Tanya ! s'écria ma mère, alarmée, en laissant tomber son économe. Que fais-tu hors de ton lit, enfin ?

S'approchant de nous, elle passa une main dans ses longues mèches.

— Je n'arrivais pas à dormir et je m'ennuyais.

Ma mère la scruta et sourit.

— Chérie, tu as l'air beaucoup mieux.

— Je vous remercie. J'ai pris un long bain chaud et ça m'a vraiment fait du bien. Je me sens beaucoup mieux.

Imprégnée de ce parfum de rose et la peau aussi fraîche que la rosée du matin, elle avait l'air et l'odeur d'une rose anglaise. Comme l'une de ces filles dans le livre de photos de Madonna que ma sœur et moi adorions quand nous étions petites. Ma sœur trouvait qu'elle ressemblait beaucoup à la belle blonde. Et c'était vrai. Tanya aussi. Moi, en revanche, je m'identifiais plutôt à l'outsider à lunettes. Ben voilà.

Ma mère interrompit mes pensées.

— Assieds-toi, Tanya. Je ne veux pas te voir debout avec ta commotion cérébrale.

— Elle était légère.

— S'il te plaît, assieds-toi. On prépare une soupe. Ça te fera du bien.

Notre miraculée s'assit en face de moi.

— Merci, Natalie. Vous êtes la meilleure.

Elle jeta un regard au verre de vin à moitié vide de ma mère. Je m'attendais à ce qu'elle demande si elle pouvait en avoir aussi, au lieu de quoi elle me surprit en demandant :

— Vous avez eu des nouvelles de la voiture ?

— Pas encore. Matt doit passer chez notre garagiste pendant sa pause déjeuner.

La garce me regarda longuement.

— Désoléééééе, Paige.

Il n'y avait pas une once de sincérité dans sa voix chantante. Et soudain, une idée me vint. Je souris mentalement. Ça valait le coup d'essayer.

— Ça doit être effrayant pour toi de conduire de l'autre côté de la route. Surtout quand tu tournes à gauche.

Elle fronça les sourcils et grimaça.

— Hein ? De quoi tu parles ?

Ah ! Je t'ai eue !

— Ben tu sais, au Royaume-Uni, les voitures ont le volant à droite et vous devez rouler à gauche.

— Aaah, oui, c'est vrai.

J'étouffai un sourire mauvais. *Mon cul.* Notre invitée était tout aussi britannique que moi.

N'ayant pas relevé le faux pas de Tanya, ma mère lança :

— Oui, Matt m'a dit qu'il avait eu beaucoup de mal à conduire à Londres lorsqu'il s'y est rendu en avril pour un voyage d'affaires. C'est un miracle que tu ne te sois pas tuée hier, ajouta-t-elle en considérant sa protégée.

Dommage, je dirais plutôt.

J'étais plus que jamais convaincue qu'elle n'était pas l'étudiante en échange qu'elle prétendait être.

Et pas non plus une rose anglaise.

Juste une épine vénéneuse dans mon pied, que je devais retirer de sous ma peau.

Si seulement il existait des pinces à épiler géantes, que je puisse me débarrasser d'elle à jamais…

24
Paige

Assis sur son trône de geek, Will était collé à son ordinateur portable lorsque je retournai dans sa chambre. Où je trouvai le fidèle Bear, roulé en boule au sol, qui ronflotait. Il commençait à se faire vieux, notre gros pépère.

J'avais hâte de découvrir ce que mon frère avait appris sur la personne au nom de laquelle l'ordinateur de Tanya était enregistré. Je grimpai sur son lit et partageai avec lui tout ce que je venais d'apprendre. Les origines de Tanya étaient pour le moins douteuses. Elle n'était en tout cas pas l'étudiante anglaise en échange qu'elle prétendait être.

— Et toi, Sherlock ?

— Mon cher Watson, j'ai accompli quelques progrès.

— Mais encore ?

— La mauvaise nouvelle : il y a des milliers de Mary Burton éparpillées dans le monde entier. La plupart aux États-Unis, au Canada et au Royaume-Uni. C'est un nom très répandu. Il y en a même une qui est classée parmi les meilleures vendeuses de romans par le *New York Times*. La bonne nouvelle : selon Intelius, il n'y a que quatre-vingt-dix-huit Mary C. Burton recensées aux États-Unis.

— C'est quoi, Intelius ?

— Un site de traçage des gens en ligne. Il te donne leur numéro de téléphone, et parfois leur adresse personnelle, ainsi que leur adresse électronique.

— Et tu as pu obtenir des informations sur les Mary C. Burton vivant au Royaume-Uni ?

— Intelius ne donne des informations que pour les résidents américains.

Je fronçai les sourcils.

— C'est bien dommage.

— Ne t'en fais pas. D'après tous les éléments dont on dispose, il est hautement improbable que notre suspecte ait volé un ordinateur à quelqu'un en Angleterre, mais je vais demander à Scotland Yard de mener sa propre enquête.

Je m'esclaffai à nouveau. Mon moral venait de remonter.

— Tu as cherché Tanya ?

Avec un sourire de fierté, mon petit frère leva un doigt malin.

— Je savais que tu poserais cette question, et en effet, je l'ai fait. Je n'ai trouvé aucune Tanya Blackstone dans leur base de données.

— Voilà qui est encore plus suspect. L'abonnement à ce service ne coûte pas un bras et une jambe ?

— J'ai eu un tarif spécial à quatre-vingt-dix-neuf cents pour un essai d'une semaine.

— Excellent. Alors, quelle est la prochaine étape ?

— Élémentaire, mon cher Watson. On contacte toutes ces Mary C. Burton. Et on leur demande si elles se sont fait voler un MacBook récemment.

Je soupirai.

— Ça fait quand même un sacré paquet de monde à appeler.

— On va se les répartir.

Il attrapa une chemise en plastique colorée – l'un de ses nombreux dossiers de devoirs sur le thème des robots, des vaisseaux spatiaux et des extraterrestres. Il l'ouvrit et en sortit deux feuilles de papier, m'en tendit une et garda l'autre.

— Qu'est-ce que c'est ? demandai-je en regardant la liste.

— C'est une feuille de calcul Excel. J'ai listé toutes les Mary avec leur numéro de téléphone, je ne sais pas s'il s'agit de numéros de portables ou de lignes fixes, et j'ai également inclus leur adresse mail quand elle était disponible.

— Impressionnant. Comment tu sais faire ça ?

— C'est papa qui m'a appris.

— Sympa de sa part.

Au moins, il passait du temps avec mon frère. Will l'intello n'était pas exactement le petit génie du base-ball que mon père avait espéré, même s'il jouait au foot.

— Je prends la première moitié, toi l'autre.

— Ça marche.

Chacun muni d'un crayon, nous nous attelâmes à la tâche de contacter toutes les Mary C. Burton, principalement en les appelant au téléphone ou en leur envoyant un SMS. L'opération nous prit tout l'après-midi. Sans résultat.

Épuisée, découragée et sur le point d'abandonner, je reçus une réponse par texto. Un seul mot, court et en majuscules en réponse à notre demande : « Votre MacBook a-t-il été volé récemment ? »

« OUI !!! »

— Bingo ! m'écriai-je en tapant dans la main de mon frère, tout aussi excité. Qu'est-ce qu'on lui répond ?

— Dis-lui que tu l'as trouvé et que tu veux le lui rendre.

J'obtempérai. Elle me répondit immédiatement.

« Dieu merci ! »

« Où habitez-vous ? » demandai-je.

Ni Will ni moi ne connaissions l'indicatif régional. Et il n'y avait pas d'adresse répertoriée. Restait à espérer qu'elle ne vivait pas à Anchorage.

À notre grand soulagement, elle était à Redlands. Soit à moins d'une centaine de kilomètres de chez nous. Elle nous envoya son adresse par SMS.

Deux questions se posaient : comment allions-nous lui rendre l'ordinateur portable ?

Et en premier lieu, pourquoi Tanya l'avait-elle volé ?

25

Natalie

Le dimanche suivant, une semaine exactement après l'accident de Tanya, j'étais assise seule à la table de notre charmante salle de petit déjeuner, à boire du café en savourant un croissant au beurre, dans la magnifique porcelaine que ma belle-mère nous avait offerte. Elle avait un service similaire qu'elle utilisait tous les jours. Moi, en revanche, je réservais le mien pour les grandes occasions… comme les anniversaires. Or c'était une de ces occasions.

Par la porte-fenêtre, les rayons du soleil pailletaient la pièce d'une brume dorée. J'adorais la pluie, pourtant j'étais heureuse qu'il fasse beau aujourd'hui. Ça me remontait le moral, et *elle* aurait voulu que cette journée soit parfaite.

— Natalie, vous êtes bien élégante pour aller au marché fermier !

Levant les yeux, je vis Tanya s'avancer vers moi. Contrairement à moi, qui étais vêtue d'une robe à fleurs Prada et d'un délicat châle en pashmina, elle portait un jean déchiré, un crop-top et des tongs roses à paillettes.

Fraîche comme la rosée du matin, elle était magnifique. Elle s'était rapidement remise de son terrible accident de voiture et la cicatrice au-dessus de son sourcil guérissait bien, même si elle était encore visible. Pour l'aider à mieux l'accepter, je l'avais emmenée chez mon coiffeur de Beverly Hills, qui lui avait posé une fausse frange pour la camoufler. La frange lui allait bien et la faisait paraître encore plus jeune.

— J'aurais dû t'avertir, répondis-je. Je ne vais pas au marché aujourd'hui.

— Ah. Pourquoi ?

— Joins-toi à moi pour le petit déjeuner et je t'explique.

Rapidement, j'installai un autre couvert et je lui servis du café, des fruits frais et l'une des délicieuses pâtisseries que j'avais achetées la veille en rentrant de la rencontre de Will sur la robotique.

— Alors, Natalie, où allez-vous si bien habillée ? demanda-t-elle, fourrant une baie dans sa bouche. Oh, et au fait, vous êtes carrément magnifique.

J'esquissai un petit sourire. Je sentais mes émotions monter. Une contraction dans ma poitrine.

— Merci. C'est l'anniversaire d'Anabel. Elle aurait eu dix-neuf ans aujourd'hui.

Ma voix me semblait lointaine. Triste.

Je bus une gorgée de mon café, pour me donner des forces.

— Anabel était la lumière de ma vie. Je vais bientôt aller à l'église et ensuite sur sa tombe.

— Vous y allez tous ? s'enquit notre invitée. Toute la famille ?

— Non. Je préfère y aller seule.

Mon chagrin n'appartenait qu'à moi, c'était à moi seule de le porter.

La tristesse enfla. Mes yeux s'embuèrent et je ne pus empêcher quelques larmes de couler. Je me tamponnai les yeux avec ma serviette de table en lin, tandis que Tanya, par-dessus la table, prenait tendrement ma main libre dans la sienne. Son regard était empli de chaleur et de compassion.

— Natalie, si vous êtes d'accord, j'aimerais vous accompagner. Ça signifierait beaucoup pour moi.

Avec un autre sourire, j'exerçai une pression sur sa main.

— Ça me ferait très plaisir.

Je ne voulais plus être seule.

— Dois-je porter quelque chose de noir ?

— Non, c'est tout le contraire. Porte quelque chose de coloré et de joyeux, répondis-je, tout sourire. Aujourd'hui, nous célébrons la vie d'Anabel. Nous ne la pleurons pas.

Quinze minutes plus tard, Tanya descendait l'escalier de son pas sautillant. Je dus la regarder à deux fois. Elle portait l'une des tenues préférées d'Anabel, une robe mi-cuisses rose à pois, épaules nues. Avec sa nouvelle frange, l'espace d'une seconde, je crus voir ma fille. Je m'entendis hoqueter puis, secouant la tête, j'effaçai ce mirage de mon esprit.

Située à proximité de Windsor Square, l'église St Andrew était accessible à pied depuis la maison, mais j'avais choisi d'y aller en voiture car nous devions nous rendre au cimetière à The Valley juste après la messe.

Construite à peu près en même temps que notre maison, la grande église néogothique ressemblait à ces églises anglaises, élégantes et majestueuses. L'intérieur était à couper le souffle, avec son haut plafond voûté et ses magnifiques vitraux qui laissaient entrer la lumière dans la chapelle. Cette clarté rappelait la présence de Dieu et me remplissait toujours d'un mélange de respect et d'admiration. N'étant pas particulièrement croyante, je n'allais pas à la messe de façon régulière, seulement pour les fêtes comme Noël et Pâques, ou lors d'occasions spéciales, la communion de mes enfants par exemple. Et aujourd'hui.

Pour la messe de 9 h 45, la plus fréquentée, l'église était bondée. Nous trouvâmes des sièges à l'avant du sanctuaire. Je reconnus de nombreux paroissiens assis sur les beaux bancs d'acajou. D'un mouvement de tête ou d'un petit signe de la main, je saluai plusieurs personnes assises à proximité. Le murmure général se tut pour laisser place à un silence parfait lorsque le père Francis fit son entrée et avança jusqu'à l'autel.

Je suivis la cérémonie sur mon livre de prières pendant que le prêtre aux cheveux blancs, imposant mais bienveillant, nous guidait tout au long de l'office. Il m'avait apporté un grand réconfort à la mort d'Anabel, pas suffisant toutefois pour empêcher ma dépression. Enfin, je lui étais reconnaissante et je contribuais généreusement à l'église, pour laquelle je participais aussi à la collecte de fonds annuelle.

Par intermittence, je jetais un coup d'œil furtif à Tanya. Son livre de prières était fermé sur ses genoux et, avec l'air de s'ennuyer ferme, elle s'agitait comme si elle avait hâte de partir. Peut-être regrettait-elle d'avoir demandé à m'accompagner. À ce stade, je ne pouvais rien y faire, alors je me reconcentrai sur l'office.

La messe était toujours la même. Les chants inspirants, les psaumes, la communion et le sermon. La lecture d'aujourd'hui était tirée du livre de Jérémie (14, 10.)

J'écoutais tonner la voix du prêtre. Ses yeux ardents restaient verrouillés aux miens, comme s'il m'avait repérée et s'adressait directement à moi.

— « Le Seigneur se souviendra de leur faute et punira leurs péchés. »

Les mots résonnaient en écho dans ma tête. Ils me tirèrent un frisson. La culpabilité m'enserra le cœur et me rongea l'âme. Dieu ne me permettrait jamais d'oublier mes péchés. Jamais.

— Ça va bien ? murmura Tanya, remarquant mon état de choc.

Sans mot dire, j'acquiesçai, contente qu'elle ne m'ait pas pris la main. Elle aurait senti ma paume froide comme de la glace et tremblante.

Encore secouée, je fus soulagée lorsque la messe prit fin. Attrapant mon sac, je me levai et je quittai le banc devant tout le monde, suivie par Tanya. Je sortis rapidement, gardant la tête baissée pour éviter une conversation avec quelqu'un que je connaissais. Je n'étais pas d'humeur.

— Bon sang, ce que c'était long ! gémit Tanya. Vous auriez dû me prévenir.

Je fus un peu décontenancée par sa remarque : pourquoi m'avait-elle proposé de m'accompagner, au juste ? Elle devait pourtant savoir combien de temps dure la messe du dimanche.

— Tu ne vas pas à l'église chez toi ? Tu ne pries pas pour ta mère ?

Elle haussa les épaules.

— Pas vraiment. (Puis elle ajouta :) On ne peut pas s'en aller, là ? J'ai mal aux pieds à force de rester debout.

Son impatience m'attrista, mais je ne relevai pas.

— Il y a une chose que je dois faire avant que nous partions.

Elle leva les yeux au ciel.

— Quoi encore ?

— Je dois allumer un cierge.

Avec une moue irritée, Tanya me suivit jusqu'à la grappe de bougies votives au fond de l'église. Autrefois, ils proposaient des bougies en cire à allumer, mais les pompiers les avaient jugées dangereuses, quelques années plus tôt, d'où leurs remplaçantes, des LED sans flamme. Plantée à côté de moi, Tanya parut intéressée pour la première fois.

— À quoi ça sert ?

— La plupart du temps, à se souvenir des morts... On dit une prière pour eux. Tu peux aussi prier Dieu et lui demander de t'aider dans tes besoins les plus urgents.

— Cool. Je peux en allumer une ?

— Bien sûr.

Je la regardai choisir une bougie proche de la mienne.

La poitrine gonflée d'émotion, les doigts frémissants, j'actionnai le petit interrupteur qui allumait la bougie. Une fois qu'elle fut allumée, je prononçai des mots silencieux.

— Ma très chère, très douce, très belle Anabel. Tu me manques terriblement, mais tu vis dans mon cœur à chaque seconde de la journée. Où que tu sois, j'espère que tu m'entends et que tu ressens mon immense amour.

Les yeux brouillés de larmes, je coulai un regard à Tanya. Sa bougie était allumée et elle la regardait fixement. Un infime sourire, ou plutôt un rictus, sur les lèvres.

Un frisson soudain me parcourut. Je resserrai mon châle autour de mes épaules.

Pour quoi pouvait-elle bien prier ?

26

Natalie

Il nous fallut vingt minutes pour arriver au cimetière de Forest Lawn. Enfin, vingt-cinq parce que je fis un bref arrêt pour récupérer une commande de fleurs. Des pivoines roses, toutes fraîches et exquises, dont j'avais demandé qu'elles soient composées en bouquet avec un beau nœud blanc. Les préférées d'Anabel, et les miennes aussi.

La traversée de la pelouse verdoyante et vallonnée jusqu'à la tombe d'Anabel constituait un défi, sur mes talons hauts. Quelle idiote ! J'aurais dû mettre des baskets comme Tanya. À plusieurs reprises, je faillis me tordre la cheville et, à mi-chemin, je m'accrochai à son bras pour me stabiliser, en tenant les fleurs dans le creux de mon bras libre. Je lui étais reconnaissante d'être là avec moi, pour son soutien physique comme moral.

Nous passâmes devant de nombreuses pierres tombales, dont beaucoup arboraient des bouquets de fleurs multicolores. Manifestement, je n'étais pas la seule à venir rendre hommage à un être cher. On dit que la tristesse aime la compagnie, pourtant la vue d'autres personnes en deuil ne me rassérénait pas. À chaque pas douloureux, mon cœur s'alourdissait.

Trente longues et atroces minutes plus tard, nous arrivâmes enfin près de sa tombe. Malgré tous les cours de vélo en salle que je suivais, j'étais à bout de souffle. Et en sueur.

— Waouh, je ne dois pas être en aussi bonne forme que je le pensais, lâchai-je entre deux profondes inspirations.

Tanya, elle, n'avait pas l'air du tout fatiguée par l'ascension pourtant ardue.

— Ce n'était pas facile, répondit-elle en riant. Et puis, vous ne devriez pas vous comparer à une jeune de dix-huit ans.

Elle avait dix-huit ans ? Je pensais qu'elle en avait dix-sept. J'avais peut-être raté son anniversaire. Je me rappelais que son dossier de candidature mentionnait son âge, mais je ne me souvenais pas de sa date de naissance.

Elle contemplait la pierre tombale.

— C'est ici qu'Anabel est enterrée ?

— O... oui.

Ma voix se fissurait déjà.

— C'est un bel endroit.

Je regardai autour de nous. Oui, c'était très beau. La vue était à couper le souffle, avec le panorama des montagnes San Gabriel, et le site isolé était parfaitement entretenu. Matt et moi payions une somme supplémentaire à l'un des jardiniers pour que la tombe ne soit jamais envahie par la végétation ou la saleté. Anabel était une belle âme qui méritait de dormir dans la paix et la beauté. Seulement voilà, pas ici. Elle était bien trop jeune pour mourir. Le ciel avait gagné un ange ; moi, j'avais perdu une fille.

Le soleil brillant de midi m'aveuglait et les larmes s'accumulaient derrière mes paupières. Je sortis mes lunettes de soleil de mon sac et les chaussai. Mais les verres teintés ne parvenaient pas à masquer ma peine et mon chagrin. La vision déjà brouillée, je contemplai à mon tour la pierre tombale. Toute simple, unie, très élégante. Les parents de Matt avaient voulu que nous l'inhumions dans leur caveau familial situé à l'extérieur de San Francisco. Matt était d'accord avec eux, mais j'avais piqué une crise de nerfs. Plusieurs assiettes brisées plus tard, il était convenu que j'avais raison. J'avais donc obtenu ce que je voulais : que ma fille reste près de moi. Un jour, je serais enterrée ici aussi, et nous serions enfin réunies.

Une larme roula sur ma joue quand je déposai les fleurs devant la pierre tombale, en espérant que la chaleur ne les flétrirait pas trop vite, puis je reculai. Sous ses dates de naissance et de mort se trouvait son épitaphe. Mes yeux larmoyants se posèrent dessus :

ANABEL ELIZABETH MERRITT
UNE FILLE, UNE SŒUR
ET UNE AMIE EXTRAORDINAIRE.
LAISSONS ENTRER LE SOLEIL.

Je n'étais pas mécontente que Tanya ne m'interroge pas sur la dernière ligne de l'épitaphe. C'était le titre d'une chanson de la comédie musicale *Hair*, la dernière production où Anabel avait joué au lycée. Reprenant le rôle que Diane Keaton avait créé à Broadway, elle avait été sensationnelle.

Je repoussai ce souvenir doux-amer et je m'éventai. La température montait. Il faisait extraordinairement doux pour une mi-novembre à Los Angeles. Plus de vingt-cinq degrés. Je regrettais de ne pas avoir emporté mon chapeau de paille. Au moins, j'avais mis de la crème solaire, et Tanya aussi.

— Alors, dites-m'en plus sur la façon dont elle est morte.

Un nuage de ténèbres s'abattit sur moi.

— Tanya, je n'ai pas envie de m'engager sur ce chemin-là. Je te rappelle que, aujourd'hui, nous célébrons sa vie.

— Désolée, alors parlez-moi un peu du jour de sa naissance.

Je racontai à la petite curieuse que j'avais eu la grossesse la plus facile qui soit. Pas un seul jour de nausée ou de douleur. Tout s'était déroulé comme prévu. Et lorsque j'avais perdu les eaux, Matt m'avait conduite avec enthousiasme à l'hôpital – au Cedars – et tenu la main pendant que j'expulsais Anabel, une péridurale et deux bonnes respirations plus tard. Lorsque je l'avais vue, j'avais su que j'avais donné naissance à un bel ange. Notre minuscule Anabel aux cheveux clairs, symbole de grâce et de beauté. Elle avait à peine pleuré. Et quand je l'avais tenue dans mes bras pour la première fois et qu'elle avait refermé ses lèvres en bouton de rose sur mon sein, j'avais senti s'épanouir un amour sans pareil qui ne pouvait être exprimé par des mots.

Tanya soupira.

— Je suppose que les premiers-nés ont toujours une place spéciale dans le cœur de leur maman.

Malgré la chaleur, je sentis mon sang se glacer. Je me forçai à sourire.

— Oui, ma chérie, c'est vrai.

— Ma pauvre maman est morte pendant l'accouchement. Elle a fait une hémorragie qui lui a été fatale. Vous avez eu de la chance de ne pas avoir connu ça.

Un frisson me parcourut de la tête aux pieds.

J'avais déjà failli mourir, moi aussi, d'une hémorragie. Je fus ramenée d'un coup à l'un des pires jours de ma vie, qui pourtant avaient été nombreux, et le souvenir était aussi net, aussi clair qu'un éclat de verre. La chambre minuscule, sans ventilation au cœur du désert brûlant. Le lit métallique au matelas bosselé. La puanteur. La douleur atroce et les cris perçants. Le sang, la sueur et les larmes.

Le sang. Tellement de sang ! Alors que la vision du drap imbibé de rouge m'envahissait, un violent frisson me secoua.

— Vous allez bien, Natalie ? me demanda Tanya, ce qui me ramena à l'instant présent.

Je tentai de chasser le souvenir d'horreur.

— Oui, répondis-je d'une voix hésitante. Ta mère a dû terriblement souffrir. Heureusement, toi, tu as survécu.

— Papa m'a dit que j'avais failli y rester. J'étais une enfant très maladive... peut-être parce que je n'ai pas été allaitée. J'ai même eu un an de retard à l'école. J'aurais aimé avoir une maman comme vous, pour s'occuper de moi.

Un élan d'amour maternel afflua en moi. Je la pris dans mes bras et la serrai contre moi.

— Ma pauvre petite. J'aurais aimé être là pour m'occuper de toi.

— Moi aussi, fit-elle d'une voix devenue larmoyante. Natalie... J'aimerais que vous fassiez partie de ma vie pour toujours.

— J'en ferai toujours partie, lui assurai-je doucement, avant de me détacher. Viens, allons nous asseoir un peu. Il fait si beau, et mes pieds me font souffrir.

Quelques instants plus tard, nous étions dans l'herbe, sur mon châle étalé devant la pierre tombale d'Anabel. Mes chaussures enlevées, j'avais les jambes repliées sous moi. Tanya était assise à mes côtés, les genoux ramenés contre la poitrine. Elle tira sur le bas de sa robe, puis passa les doigts dans ses longs cheveux blonds.

— Parlez-moi un peu plus d'Anabel. Comment était-elle enfant ?

Des images du passé défilèrent dans ma tête comme un diaporama. La façon dont elle dormait, recroquevillée sur elle-même, un de ses animaux en peluche serré contre elle. Son premier spectacle de danse. Sa photo de cours préparatoire, avec son sourire radieux sans dent de devant. Sa première production théâtrale, *Le Magicien d'Oz*, où elle avait joué la méchante sorcière et volé la vedette aux autres. Le jour où elle avait intégré l'équipe des pom-pom girls. Ses nombreuses pièces de théâtre au lycée, qui balayaient toute la gamme de Shakespeare à Broadway. Bien qu'elle n'ait pas été exempte de défauts, j'avais développé après sa mort ce que mon thérapeute qualifiait de « mémoire sélective ». Je ne me souvenais que des bonnes choses à son sujet.

— Elle était une étoile brillante. Au sens propre comme au figuré. Où qu'elle aille, elle illuminait la pièce. Les gens, jeunes ou vieux, étaient attirés par elle. Sa personnalité rayonnante. Elle était toujours au centre de l'attention.

— Ça devait être difficile pour Paige.

— Pas vraiment. Paige était plutôt solitaire et suivait volontiers le rythme de son propre tambour. Malgré leur proximité en âge, elles n'ont jamais été vraiment proches.

— Vous les aimiez de la même façon ?

— Tu veux dire est-ce que je les aime de la même façon ? Je n'ai jamais cessé d'aimer Anabel. (Je marquai une pause, réfléchissant à ma réponse.) Je dirais que je les aime aussi fort, mais différemment.

La vérité : Anabel avait toujours été ma préférée, mais je n'allais pas l'admettre. Ça faisait peut-être de moi une mauvaise mère.

— Anabel était-elle aussi forte que Paige à l'école ? poursuivit Tanya, m'empêchant d'aller plus loin sur cette pensée.

— Les études n'étaient pas son point fort. Elle avait d'autres atouts. Le charisme. Sa joie de vivre. Et c'était une meneuse. Les professeurs et les autres élèves l'adoraient. Elle était extrêmement populaire... capitaine de l'équipe de pom-pom girls, et elle allait être la reine du bal de fin d'année.

— Waouh ! Elle avait beaucoup de petits amis ?

— Je dirais qu'elle avait beaucoup d'amis garçons. Pas un petit ami en particulier. Tous les garçons de l'école avaient des vues sur elle et auraient aimé sortir avec elle, mais elle préférait les tenir à distance. Elle adorait flirter et se retrouver au centre de l'attention.

Tanya arracha une touffe d'herbe.

— Qu'est-ce qu'elle voulait faire quand elle serait grande ?

— Quelque chose qui ne plaisait pas à son père.

— Quoi ?

— Actrice. Toujours dans le style reine de la scène. Depuis la maternelle.

— Sérieusement ? C'est ce que je veux faire aussi ! Le professeur d'art dramatique de l'école dit que j'ai un don naturel. Et devinez quoi ? J'ai oublié de vous prévenir que j'ai décroché le premier rôle dans la pièce de théâtre de l'école. Je vais jouer Eliza Doolittle dans *My Fair Lady*. Je suppose que le fait que je sois britannique a fait de moi une candidate toute désignée.

Je tapai dans mes mains avec enthousiasme.

— Félicitations ! C'est merveilleux ! J'adore cette pièce et j'ai hâte de te voir dedans.

Tanya rayonnait.

— Merci, je parie qu'Anabel tenait son talent de comédienne de vous.

J'inclinai la tête.

— Qu'est-ce que tu veux dire ?

— Vous savez, comme mannequin de salon. Faire des démonstrations et présenter des produits, c'est une forme de jeu d'actrice. Vous devez prétendre aimer le produit, même si ce n'est pas le cas. Et parfois, il faut aussi faire semblant d'être quelqu'un que l'on n'est pas.

Un autre frisson me parcourut. J'avais fait semblant toute ma vie d'adulte. J'étais la meilleure actrice que je connaissais. Comme Henry Higgins (ou plutôt comme Richard Gere dans *Pretty Woman*), Matt m'avait transformée en une éblouissante mondaine sophistiquée et, à force de travail, j'avais appris à maîtriser le rôle. Si je voulais conserver mon extraordinaire nouvelle vie, il ne devait jamais découvrir quelle avait été l'ancienne. Si ça arrivait, je tirerais ma révérence. Le spectacle, le mensonge serait terminé. Le rideau ne tomberait pas, il s'effondrerait. Et resterait tiré pour toujours.

Tanya s'immisça dans mes pensées troublantes.

— Je pense que j'aurais adoré Anabel. On se ressemble tellement. Comme... des âmes sœurs.

Avec un sourire nostalgique, je serrai sa main.

— Je pense exactement la même chose. Elle t'aurait adorée.

— C'est comme si on avait été séparées à la naissance, lâcha-t-elle, les yeux braqués sur la tombe d'Anabel. En plus de se ressembler autant, vous savez qu'on a la même date d'anniversaire ?

— Quoi ? C'est ton anniversaire aujourd'hui ?

Avec un sourire penaud, elle acquiesça.

— Oui, mes dix-huit ans. Vous vous rendez compte que je suis née le même jour qu'elle, à un an d'intervalle ? Bizarre, non ?

Oui. Non. Non. Oui. Comment avais-je pu ne pas le savoir ? Le Xanax me brouillait-il le cerveau ?

Pas étonnant qu'elle ait mentionné ses dix-huit ans tout à l'heure.

— Pourquoi ne m'as-tu rien dit ?

— Je savais que ce jour était important pour vous. Je ne voulais pas que tout tourne autour de moi.

Je sentis les larmes me monter aux yeux.

— Oh, ma douce Tanya ! Tu me fais encore pleurer. Je me sens mal, maintenant. Tu aurais dû me prévenir. Je n'ai même pas de cadeau d'anniversaire pour toi.

— C'est vous, mon cadeau. Je vous aime tellement, Natalie.

Ses mots sincères me serrèrent le cœur. Sous le coup de l'émotion, je portai une main à ma poitrine.

— Je t'aime aussi.

Elle sourit jusqu'aux oreilles.

— Merci, Natalie, de m'avoir permis d'être ici avec vous. Ça signifie beaucoup pour moi.

— Non, c'est moi qui devrais te remercier. Tu m'as aidée à passer cette journée très difficile.

Je n'avais même pas pleuré, pensai-je en la serrant à nouveau dans mes bras avec gratitude. C'était peut-être plus qu'une coïncidence, qu'Anabel et elle soient nées le même jour. C'était peut-être le destin.

Au bout d'une longue étreinte, je la relâchai.

— Viens. Il faut y aller.

Je renfilai mes chaussures, pris mon sac et me levai. Elle fit de même, emportant mon châle de pashmina et son sac à dos.

— Le reste de la journée, ma chérie, c'est à toi qu'il sera consacré.

J'allais l'emmener faire du shopping à The Grove. La laisser choisir ce qu'elle voulait. Et ce soir, je lui organiserai une fête d'anniversaire surprise.

Je ferai en sorte que ce soit la meilleure soirée de sa vie.

27

Paige

Ma voiture était revenue du garage. Par chance, Tanya ne l'avait pas totalement bousillée. On avait dû lui mettre une aile toute neuve, changer les deux pneus avant, le pare-brise et remplacer les airbags. À part ça, elle était comme neuve. À contrecœur, mon père m'avait rendu mes clés, que je gardais désormais toujours sur moi au cas où l'envie reprendrait à la voleuse de voiture de partir en balade avec ma Jeep.

Ma mère s'étant rendue sur la tombe de ma sœur – en compagnie de Tanya, ne me demandez pas pourquoi –, Will et moi avions l'occasion parfaite de nous faufiler dans la chambre de Tanya, de lui voler son ordinateur portable et de partir en voyage. Pour rendre visite à Mary C. Burton à Redlands. Comme le MacBook de Tanya était rangé dans son sac d'ordinateur, elle ne s'apercevrait probablement pas de sa disparition avant le lendemain matin, lorsqu'elle mettrait son sac en bandoulière.

L'enfer risquait de se déchaîner au petit déjeuner. Pour retarder l'explosion, mon petit génie de frère avait eu une idée brillante : mettre dans le sac une des cocottes Le Creuset de ma mère, qui pesait à peu près le même poids que l'ordinateur portable. Bon Dieu, j'adorais ce gamin ! J'avais hâte d'être au premier cours pour la voir ouvrir son sac et découvrir la supercherie. La journée de demain allait être drôle, drôle, drôle ! Seul bémol : il aurait sans doute été préférable de posséder une armure de protection.

Une fois sur la 10, en direction de l'est, le trajet fut un jeu d'enfant. C'était bon d'être à nouveau au volant et de rouler sur l'autoroute. Ça me faisait également du bien de passer un peu de temps avec Will. Pendant la semaine, nous étions tous les deux occupés par nos devoirs scolaires et nos activités extrascolaires, et le samedi, il avait ses rencontres de robotique. Apparemment, son équipe allait se qualifier pour la finale. La robotique était pour Will ce que la sculpture était pour moi. Une passion.

Ayant rencontré peu de circulation, nous arrivâmes chez Mary Burton en moins d'une heure. Elle nous attendait, car je lui avais envoyé un message pour m'assurer qu'elle serait chez elle. Il aurait été stupide de faire ce long voyage pour ne pas la trouver.

Nous réussîmes à nous garer dans la rue, juste devant la petite bâtisse en bardeaux d'un étage avec un garage attenant pour une seule voiture, qui faisait partie d'un lotissement banal datant probablement des années 1970. La maison de Mary était bien entretenue, peinte en bleu ardoise avec des volets blancs et dotée d'une pelouse au cordeau, traversée d'une allée bordée d'un parterre de fleurs colorées. Armée de mon sac à dos et accompagnée de Will, je sonnai à la porte. *Ding-dong*. Sans un mot, nous attendîmes que quelqu'un vienne nous ouvrir. Quelques minutes passèrent et l'inquiétude s'installa.

— Pudge, elle a dit qu'elle serait là ? Tu es sûre ? me demanda Will.

— Oui.

Je sonnai à nouveau.

Enfin, de derrière la porte et à mon grand soulagement, nous parvint un tonitruant :

— J'arriiiiiive !

Dans la seconde qui suivit, la porte fut déverrouillée et entrouverte, la chaîne de sécurité toujours en place. Le visage d'une femme apparut dans l'entrebâillement, joues flasques et nuage de cheveux blancs.

— Madame Burton ? fis-je d'une voix mal assurée.

— Oui.

La sienne était hésitante. Méfiante.

— Je suis Paige. Et voici mon frère, Will. Nous sommes ici pour vous rendre votre ordinateur portable.

Et pour en savoir plus sur la personne qui l'a volé.

Elle me regarda avec circonspection.

— Prouvez-le-moi.

Ôtant mon sac à dos de mes épaules, je cherchai mon permis de conduire dans la poche extérieure. Et le lui fourrai sous le nez.

— Dieu merci !

Soudain souriante, elle défit la chaîne de sécurité et ouvrit la porte en grand.

— Je suis désolée. On n'est jamais trop prudent de nos jours. Sans compter qu'il y a un pénitencier et un asile de fous à quelques kilomètres d'ici. Entrez, je vous en prie, finit-elle par nous proposer après un bref examen.

La maison de Mary était propre et bien rangée, quoique un peu défraîchie : sur tous les murs, une moquette bleu poudré usée, un ensemble de meubles ternes en bois brun avec des tissus d'ameublement à fleurs délavés, et des bibelots partout.

Enveloppée pour sa part dans une robe de chambre en chenille bleue et chaussée de pantoufles duveteuses assorties (bon, de toute évidence, elle aimait le bleu), elle nous conduisit à la cuisine, une pièce toute en pin noueux, petite mais gaie, avec un réfrigérateur et une cuisinière en faïence biscuit datés. D'un geste, elle nous indiqua la table et les chaises en Formica près de la fenêtre qui donnait sur une petite cour. Maintenant qu'elle n'était plus méfiante, je voyais de la chaleur et de la gentillesse dans ses yeux bleus et sur son visage ridé.

— Asseyez-vous, dit-elle. (Will et moi nous assîmes côte à côte.) Je peux vous offrir quelque chose à boire ?

— Merci, ça va pour moi, répondis-je.

— Pareil, renchérit Will.

— Vous êtes sûrs ? Je viens de préparer une citronnade avec les citrons de mon arbre.

Le visage de Will s'illumina. Il adorait la citronnade.

— D'accord, volontiers !

— Bon, deux alors, acquiesçai-je.

Car en fait, j'avais soif.

Quelques minutes plus tard, Mary était assise en face de nous à la table, à partager un verre de citronnade. Délicieuse et rafraîchissante.

Poussant mon verre presque vide sur le côté, j'attrapai mon sac à dos et en sortis l'ordinateur portable de Mary. Je le posai avec soin sur la table. Will l'ouvrit et montra à Mary qu'il était enregistré à son nom.

Sa réaction, mélange de surprise et de joie, me rappela une femme que j'avais vue dans une émission style *Affaire conclue*, qui venait d'apprendre que le tableau qu'elle avait acheté pour cinq dollars dans un vide-greniers valait en réalité cinquante mille dollars.

— Oh, Seigneur Dieu, je n'arrive pas à y croire ! Je n'aurais jamais, au grand jamais, cru le revoir un jour, et avec mes revenus limités – je vis de ma retraite, de la Sécurité sociale et de mes petites économies –, je n'aurais pas pu me permettre d'en acheter un autre. Grand Dieu, merci, vous l'avez trouvé !

Je me demandai comment elle avait pu se payer un MacBook Pro haut de gamme, à la base. Ils coûtaient près de deux mille dollars, si vous y ajoutiez le logiciel de protection AppleCare. Ma question ne tarda pas à trouver une réponse.

— Et il a une valeur sentimentale, pour moi. Le lycée où j'enseignais me l'a offert comme cadeau d'adieu lorsque j'ai pris ma retraite.

— Waouh ! C'était généreux de leur part. Je suis désolée que tous les fichiers de votre bureau aient été effacés.

Sans doute avait-elle des documents importants stockés dessus.

— Ce n'est pas bien grave. Car voyez-vous, j'en avais sauvegardé la plupart sur l'une de ces machines magiques à remonter le temps. Où diable l'avez-vous trouvé ?

— Croyez-le ou non, dans une poubelle près de notre maison, mentis-je.

— Où habitez-vous ?

— À Los Angeles, répondit Will.

— Seigneur ! C'est très loin d'ici. Je me demande si la vilaine fille qui me l'a volé y vit aussi. J'ai été tellement bête de lui faire confiance.

Je dressai l'oreille.

— De quoi parlez-vous ?

— Eh bien, au mois d'août – pour être exacte, dans l'après-midi du vendredi 26 août –, j'ai entendu sonner à la porte, je suis allée regarder à travers le judas. Dehors se tenait une grande et jolie fille aux longs cheveux blond foncé. Elle avait l'air d'avoir dix-sept ou dix-huit ans.

Tanya ? D'un regard en coin, je sus que Will se posait la même question. Je reportai mon attention sur Mary.

— Elle m'a raconté qu'elle s'était disputée avec son petit ami, qu'il l'avait abandonnée sur l'autoroute et qu'il était reparti avant même qu'elle ait pu prendre son sac à main. Et qu'elle avait marché jusqu'ici par une chaleur de plus de trente-cinq degrés. Elle avait l'air très fatiguée, assez échevelée et complètement assoiffée. Elle m'a demandé si elle pouvait entrer se reposer un peu. Au moins boire un verre d'eau. Puis elle s'est mise à pleurer.

Ça ressemblait beaucoup à Tanya, qui pouvait tout aussi bien actionner les grandes eaux que le sourire charmeur en un clin d'œil.

— Elle n'avait pas un accent anglais, par hasard ? demandai-je.

Mary secoua la tête.

— Pas que je me souvienne.

Je pinçai les lèvres. Une raison supplémentaire de croire que Tanya n'était pas britannique, mais j'avais encore besoin de preuves concrètes.

Remontant ses lunettes en demi-lune sur son nez, Mary poursuivit :

— Moi, vous savez, je ne supporte pas les larmes. Je ne pouvais pas laisser cette pauvre fille dévastée fondre sous cette chaleur horrible, alors j'ai déverrouillé ma porte et je l'ai laissée entrer. Elle s'est montrée très reconnaissante. Je lui ai dit de s'asseoir sur le canapé du salon pendant que j'allais à la cuisine lui chercher de l'eau et une assiette de cookies aux pépites de chocolat qui sortaient tout juste du four. Elle les a dévorés comme si elle n'avait rien mangé ni bu depuis un mois, puis je lui ai proposé mon téléphone pour qu'elle puisse appeler quelqu'un qui viendrait la chercher. Elle s'est levée et est allée de l'autre côté de la pièce, tandis que je restais assise et que je la regardais taper un numéro. J'ai ensuite écouté sa conversation avec quelqu'un qui semblait être sa mère. Elle n'avait pas mis le téléphone sur haut-parleur, donc je ne pouvais pas entendre la voix à l'autre bout du fil. Une fois l'appel terminé, elle est revenue s'asseoir sur le canapé. Elle m'a dit qu'elle avait de mauvaises nouvelles. Que ses parents ne pouvaient pas venir la chercher avant le lendemain. Elle a précisé qu'ils vivaient loin, vers Fresno. Ils étaient tous deux médecins et avaient des patients à voir. Je lui ai alors demandé ce qu'elle faisait dans le coin. Elle m'a répondu que son petit ami et elle étaient allés camper à Joshua Tree et qu'ils étaient sur le chemin du retour. Là, elle s'est remise à pleurer à chaudes larmes, en me révélant qu'elle n'avait pas d'argent ni d'endroit où loger.

— Comment s'appelait-elle ? demandai-je à Mary, profitant d'une pause où elle avalait une gorgée de citronnade.

— Tabitha. Elle ne m'a jamais précisé son nom de famille.

— Avait-elle des signes distinctifs ?

Mary plissa le front, puis acquiesça.

— Elle avait un joli petit espace entre les dents de devant… et une fossette au menton.

Tanya !

— J'avais mal au cœur pour elle. Je lui ai dit qu'elle pouvait passer la nuit chez moi. Comment aurais-je pu faire autrement ? J'avais une chambre libre et elle semblait tellement innocente.

Décidément, l'histoire de Mary s'améliorait à chaque mot.

— Et après ? demandai-je.

— Eh bien, pour vous la faire courte, elle était l'invitée parfaite. Courtoise et reconnaissante. Elle a énormément apprécié le poulet rôti que j'avais préparé pour le dîner et sa belle chambre climatisée. Elle m'a même serrée dans ses bras. Après une bonne nuit de sommeil, je me suis réveillée, comme d'habitude, à l'aube. Elle n'était plus là. Disparue, comme mon sac d'ordinateur avec mon portable... et les trois cents dollars que je gardais dans ma boîte à biscuits.

Trois cents dollars. De quoi acheter un aller simple en bus pour Los Angeles. Ainsi qu'une valise et un sac à dos. Plus quelques jeans, des baskets et un sweat-shirt au centre commercial ou au Walmart que nous avions vu en venant, même si je n'aurais pas été surprise d'apprendre qu'elle avait tout volé. Je songeai à lui montrer des photos de Tanya, mais ça ne ferait que soulever des questions. Il ne faisait aucun doute pour moi que Tabitha et Tanya n'étaient qu'une seule et même personne. Will me jeta un regard en coin, confirmant mon intuition.

— Oh, mon Dieu, c'est affreux ! compatis-je.

— Oh, et elle m'a aussi volé mon téléphone portable. Un iPhone, mais Dieu merci, j'avais pris une assurance à l'achat. Au cas où il disparaîtrait.

Zut ! Je regrettais de n'avoir pas aussi confisqué le téléphone de Tanya. Ça l'aurait vraiment rendue folle, vu que c'était toute sa vie. Et Dieu seul savait toutes les saletés qu'on y aurait trouvées.

Mary prit une inspiration saccadée.

— Je ne peux m'en prendre qu'à moi-même. George, mon défunt mari, me répétait toujours que j'étais trop confiante.

— Ce n'est pas votre faute, la consolai-je. Ma mère aurait fait la même chose.

Elle sourit.

— Vous devez venir d'une bonne famille, tous les deux.

En buvant le reste de ma citronnade, je réfléchis à ses paroles. Notre famille était-elle « bonne » ? Ma mère, à la limite de l'alcoolisme, avait fait une dépression nerveuse ; mon père était un véritable connard imbu de sa personne et obsédé par l'argent. Will et moi avions des valeurs et nous entendions super bien, mais notre relation avec nos parents égocentriques n'avait rien de glorieux.

Dysfonctionnelle. Voilà ce qu'était notre famille.

Je posai le verre sur la table et je la confortai néanmoins dans l'opinion qu'elle avait de nous. Si seulement elle savait.

— Mon mari, qu'il repose en paix, disait toujours que les bonnes choses arrivent aux bonnes personnes. Et je crois que c'est pour ça que vous êtes tous les deux entrés dans ma vie et que j'ai récupéré mon ordinateur. Il croyait aussi que l'on récolte ce que l'on sème. (Son visage s'assombrit.) Cette petite peste menteuse aura ce qu'elle mérite. J'en suis sûre !

Je hochai la tête.

— Exactement.

J'avais déjà en tête quelques punitions qu'elle pourrait récolter. Des centaines, si je réfléchissais davantage. Par exemple, il lui pousserait des champignons entre ses orteils parfaitement manucurés. Ou elle attraperait une maladie répugnante qui lui ferait perdre tous ses cheveux. Contracterait une MST. Cette vilaine cicatrice au-dessus de son sourcil n'était qu'un début.

Mettant de côté mes ruminations délicieusement maléfiques, je jetai un coup d'œil à l'horloge murale. Il était déjà 14 heures.

— Nous ferions mieux d'y aller, annonçai-je. Le dimanche après-midi, la circulation peut devenir pénible.

Mary semblait déçue.

— C'était un tel plaisir de vous recevoir ! J'aimerais pouvoir vous récompenser tous les deux, mais je n'ai guère d'argent.

— Pas de soucis. En fait, vous nous avez beaucoup donné. Merci pour la citronnade.

Et pour toute la saleté déterrée sur Tanya.

Il y avait, cependant, une chose que nous devions faire avant de partir. Aller aux toilettes. Aucun de nous n'avait fait pipi depuis que nous avions quitté la maison trois heures plus tôt. Et avec toute cette citronnade...

Des WC pour les invités se trouvaient dans le couloir partant du salon. Will y alla en premier, puis ce fut mon tour. Ma vessie au bord de l'explosion, je me précipitai dans le couloir. Et j'arrivai juste à temps. En sortant, je vis quelque chose accroché au mur, que je n'avais pas remarqué dans ma précipitation.

Un fanion en feutre bleu et blanc. *Lycée d'Indio*. Le nom de l'école qui figurait sur la mystérieuse photo dans la valise de Tanya. Le cœur battant, je retournai à la cuisine.

Attrapant mon sac à dos, je demandai à Mary :

— Vous avez enseigné au lycée d'Indio ? J'ai remarqué le fanion accroché dans votre couloir.

Elle sourit.

— Pendant presque toute ma vie d'adulte. Malgré les coupes budgétaires constantes, c'était un super lycée.

— Où se trouve-t-il ?

— À environ une heure de route, un peu après Palm Springs. Ça valait la peine de faire la navette. Enseigner à tous ces enfants me manque. Beaucoup d'entre eux restent en contact avec moi et me tiennent au courant de leur parcours. Beaucoup m'ont remerciée de les avoir préparés à l'université et à leur carrière. Plusieurs de mes anciens élèves sont devenus professeurs, scientifiques et médecins.

— C'est génial, commentai-je. Quand avez-vous enseigné là-bas ?

— De 1976 à 2015. Presque quarante ans.

La photo me revint en mémoire. Elle y était ! Avec son esprit vif, je pariais que Mary se souvenait de tous les élèves. Et qu'elle serait capable d'identifier la fille à l'air triste dont le visage était cerclé de rouge.

Et zut ! Quel dommage que je n'aie pas cette photo de classe avec moi, mais qui aurait pu deviner ? Dès mon retour à la maison, j'allais envoyer le cliché à Mary, maintenant qu'elle avait récupéré son ordinateur portable.

Et, avec un peu de chance, découvrir enfin qui était la mystérieuse fille sur la photo.

28

Paige

La circulation sur le chemin du retour fut pire que ce que j'avais imaginé. Pare-chocs contre pare-chocs tout du long, à cause de trois accidents, dont un gros camion qui s'était retourné. Will s'endormit pendant que je naviguais sur l'autoroute en jurant d'un bout à l'autre du trajet. Peut-être qu'un jour mon frère créerait des robots volants qui nous transporteraient dans le ciel comme les Zord des Power Rangers, et nous pourrions éviter ce genre d'embouteillages.

Nous rentrâmes à la maison un peu avant 18 heures. Le ciel de novembre était déjà sombre et je fus surprise par le nombre de voitures garées dans notre rue. Pas une place de libre. Ce n'était jamais comme ça le dimanche, sauf si quelqu'un organisait un événement, ce qui était rare. Bon, ça n'avait pas vraiment d'importance, car je me garais dans notre garage… Sauf que je ne pouvais pas. Il y avait une voiture dans notre allée, qui m'en bloquait l'entrée.

— Qu'est-ce que c'est que ce bordel ? m'écriai-je, réveillant Will.

— Qu'est-ce qui se passe ? demanda mon frère en levant brusquement la tête.

— On est arrivés, mais… tu sais à qui appartient cette voiture ?

C'était une Explorer noire.

Se frottant les yeux, il haussa les épaules.

— Aucune idée.

À travers les vitres teintées du SUV, je distinguais quelqu'un assis derrière le volant. M'arrêtant derrière, je baissai ma vitre, klaxonnai et criai :

— Poussez-vous de mon allée !

Pas de réaction. Il me fallut prendre sur moi pour ne pas lui foncer dedans avec ma Jeep, encore et encore, jusqu'à ce que la personne qui se trouvait à l'intérieur saisisse le message. Mais bon, je ne voulais pas bousiller ma voiture à nouveau.

En rage, je descendis et me dirigeai vers le SUV pour frapper à la vitre du conducteur, furieuse.

— Ouvrez ! répétai-je en boucle, comme un disque rayé.

Finalement, la vitre s'abaissa.

— Eh, meuf, c'est quoi ton problème ?

Je reconnus cette voix haïssable. C'était Xavier Forman, le quarterback vedette de notre école. Un vrai connard. Il était grand et menaçant, mais je n'avais pas peur de lui.

— Vire ton putain de cul de sportif et tes cent vingt kilos de ma propriété !

— Calmos, l'intello.

Je vous jure, j'allais lui mettre mon poing dans la figure.

— Qu'est-ce que tu fiches ici ?

— Ben. Je suis là pour la fête.

— Quelle fête ?

— La fête d'anniversaire de Tanya Blackstone. Meuf, tout le monde est invité. J'attends juste que le voiturier revienne.

Une fête ? Un voiturier ? Qu'est-ce qui se passait, là ?

Je pus enfin garer ma voiture dans notre garage et, dès que j'en sortis, une clameur sonore me parvint de notre jardin. La porte latérale ouvrant sur l'extérieur étant grande ouverte, je m'y aventurai, Will à mes côtés. Mes yeux faillirent sortir de leurs orbites. La fête battait effectivement son plein. Dans notre véranda, une longue table en forme de L avait été dressée qui proposait un buffet composé de dizaines de pizzas, d'énormes bols de salade, de seaux de boissons en canette et d'eau en bouteille. Une banderole portant la mention « Joyeux anniversaire Tanya ! » était suspendue à la treille. Des tables à cocktail blanches, des tables hautes, étaient disséminées sur l'herbe, décorées de bouquets de ballons roses, blancs et argentés, et de bougies votives.

Presque toute notre classe de terminale était là, les uns à se goinfrer au buffet, les autres à s'empiffrer bruyamment sur la pelouse pendant que Britney Spears passait sur notre système de sono extérieur. Ça sentait la marijuana à plein nez. Beaucoup de gosses des riches privilégiés de Coldwater fumaient de l'herbe, et ce n'était pas un secret que certains prenaient aussi de la cocaïne et de l'ecstasy. Pas étonnant que notre école soit souvent surnommée Goldwater ou Cokewater.

— Dégueulasse ! lâcha mon frère en observant la scène avec une grimace de dégoût.

— Tout à fait !

— Pudge, je me casse de là. Je veux aller voir Bear et m'assurer qu'il va bien. Et finir mes devoirs.

— D'accord. À plus. Merci de m'avoir accompagnée aujourd'hui.

Bizarrement, notre voyage jusque chez Mary Burton semblait remonter à un siècle. Tandis que Will prenait congé, je m'enfonçai dans la foule.

Personne ne me salua. Comme si j'en avais quelque chose à foutre : ces gens n'étaient pas de ma bande.

Je ne cherchais qu'une seule personne. Lance. J'étais sûre que ma mère l'avait invité. Et j'étais encore plus que sûre que Tanya avait requis sa présence. Je progressai dans la foule en regardant à droite et à gauche. Ni lui ni elle n'étaient en vue. Une nausée s'annonça par un petit goût âcre dans ma bouche. Mon estomac gargouilla. Rien d'étonnant à ça. Je n'avais presque rien mangé de la journée. Je m'approchai du buffet, espérant que l'une des quiches soit végane.

Alors que je traînais le long de la table, en scrutant d'un air morose les pizzas à moitié mangées et désormais froides, une voix familière retentit derrière moi.

— Chérie, où diable étais-tu ?

Je fis volte-face. Ma mère. Un verre de vin blanc à la main. Qui n'était très probablement pas son premier.

— Will et moi, on avait beaucoup à faire aujourd'hui, répondis-je. On a arpenté toute la ville à la recherche de trucs dont il avait besoin pour l'un de ses projets scolaires. Et moi, j'avais quelque chose à rendre.

Au moins, ce dernier point était vrai.

Elle but une longue gorgée de son vin.

— Je m'inquiétais. Pourquoi n'as-tu pas appelé ou envoyé de message ?

Pourquoi *je* ne l'avais pas fait ? Ma mère était sans doute trop occupée à organiser cette fête en l'honneur de sa précieuse invitée pour se préoccuper de l'endroit où se trouvaient son fils et sa fille.

— Quoi qu'il en soit, ma chérie, je suis ravie que tu sois là. J'ai découvert aujourd'hui que l'anniversaire de Tanya tombait le même jour que celui d'Anabel. Tu le crois ?

En fait, non, je ne le croyais pas. C'était trop gros, comme coïncidence.

— Alors, je lui ai organisé une fête d'anniversaire surprise de dernière minute. Ton père, Dieu merci, l'a emmenée ailleurs pendant que je m'occupais de tout. Ils sont allés au stand de tir, et même si je suis opposée à cette horrible passion qu'il a pour les armes à feu, je n'avais pas le choix.

Ma mère détestait que mon père possède une arme. Un .45 Magnum. Et qu'il ait rejoint un club de tir. C'était bel et bien devenu une passion. Il allait s'entraîner tous les dimanches après-midi et se vantait de ses performances à la table du dîner. Ça révulsait ma mère, qui refusait catégoriquement que mon frère ou moi nous approchions de l'arme qu'ils gardaient enfermée dans leur coffre-fort. Et à vrai dire, je n'avais aucune envie d'apprendre à m'en servir, même si, depuis l'arrivée de notre étudiante en échange, je commençais à revoir ma position. Je mentirais en disant que je n'avais pas envie de lui tirer une balle entre les deux yeux. Parfois, je me rêvais en train de le faire et de regarder les éclaboussures de sa cervelle. Elle me transformait en psychopathe !

Ma mère but une nouvelle gorgée de son vin.

— J'aurais aimé que tu sois là pour voir sa réaction quand elle est rentrée à la maison.

Dieu merci, je n'avais pas assisté à ça.

— Elle était, comme vous dites, vous les jeunes, « sciée ». Au bord des larmes. Elle m'a dit que personne n'avait jamais rien fait de tel pour elle auparavant !

Et pourquoi, je vous le demande, aurait-on fait ça pour elle ?

— J'ai eu de la chance que la Trattoria puisse me préparer toutes ces pizzas à la dernière minute. Il y en a même une végane pour toi, avec une pâte à base de chou-fleur, au fromage de soja et légumes. (Elle parcourut le buffet des yeux.) Ah, la voilà !

Elle désignait la dernière pizza sur la table. Avec seulement trois morceaux restants, elle avait l'air un peu pathétique, rassie, et tous les légumes de la garniture avaient déjà été picorés. J'avais perdu l'appétit et préférai prendre une eau gazeuse dans l'un des seaux remplis de glace.

— Où est Will ? s'enquit ma mère.

— Il est en haut en train de faire ses devoirs.

— Il a mangé ?

— Je ne sais pas, mais je suis sûre qu'il se dégotera quelque chose s'il a faim. Lance est là ? ajoutai-je en dévissant ma bouteille, avant de prendre une gorgée de mousse effervescente.

— Bien sûr, je savais que Tanya voudrait qu'il vienne. Mais je ne les ai pas vus, ni l'un ni l'autre, depuis un moment.

Sans prévenir, une crampe aiguë me poignarda. J'en grimaçai presque. Puis une autre. C'était peut-être le début de mes règles. Même si ce n'était pas exactement la période, mon cycle était devenu irrégulier à cause de mon régime végane. Une nouvelle contraction, comme un coup de couteau, m'assaillit et, cette fois, je grimaçai.

— Chérie, tu vas bien ? demanda ma mère.

— Maman, il faut que j'aille aux toilettes.

Laissant la bouteille d'eau derrière moi, je me précipitai vers les portes-fenêtres de notre maison, espérant éviter les chutes du Niagara devant tous mes camarades de classe. Ce serait tout à fait mortifiant. Ça m'était déjà arrivé une fois, en plein match de basket, et j'avais dû me précipiter hors du terrain pour changer mon short blanc trempé de sang. J'entendais encore le chahut et les rires alors que je fonçais vers les vestiaires.

Une fois à l'intérieur, je sprintai jusqu'à la salle de bains des invités. La porte était fermée. Sans frapper, je tournai la poignée en laiton, soulagée qu'elle ne soit pas occupée, et je l'ouvris à la volée.

Oh. Mon. Dieu.

Demain, notre femme de ménage, Blanca, allait récupérer ma mâchoire par terre.

29

Paige

Je m'arrêtai net, oubliant soudain mes règles et leur apparition impromptue. Je n'en croyais pas mes yeux. Devant moi, Tanya et Lance, à moitié déshabillés. Qui se tripotaient. Qui s'embrassaient. Qui gémissaient. Qui haletaient.

— Oh, Lancey, tu es le meilleur cadeau d'anniversaire du monde, ronronnait Tanya tandis que le corps musclé du cadeau en question ondulait contre le sien.

— Joyeux anniversaire, Bébé.

Bébé ? J'allais vomir. Je pris une profonde inspiration pour me donner du courage et je croisai les bras.

— Excusez-moi, lançai-je de ma voix la plus forte et la plus odieuse. Faut que j'aille aux toilettes.

La paire s'immobilisa comme si j'avais crié : « On ne bouge plus ! » et que je m'apprêtais à leur tirer dessus. Si j'avais eu l'arme de mon père, je l'aurais peut-être fait. Reprenant leur souffle, ils se tournèrent enfin vers moi. Le visage de Tanya était rougi, ses lèvres, humides et gonflées. Le visage de Lance était de la nuance d'une tomate et ses lèvres gobaient l'air comme le poisson-lune à moitié mort qu'il avait posté sur Instagram cet été.

— Paige…

Je lui coupai immédiatement la parole d'un ricanement. Un mélange amer de colère et de dégoût emplissait chaque atome de mon être. Des larmes brûlaient le fond de mes yeux, mais je les retenais. Pas question qu'ils me voient pleurer. Surtout, ne pas donner cette satisfaction à celle qui fêtait son anniversaire. Le regard féroce, je toisai Lance, droit dans les yeux.

— L'excuse du « ce n'est pas ce que tu crois » ne fonctionnera pas cette fois. C'est clair comme de l'eau de roche pour moi, Lance.

— Qu… quoi ? bégaya-t-il.

Punaise. Il était complètement abruti ou quoi ?

— Lis donc sur mes lèvres, repris-je en les lui montrant, pour le cas où. C'est fi-ni, assénai-je en épelant : F-I-N-I.

Il me regardait, les yeux ronds, de plus en plus blême. La rage monta en moi. Sur une impulsion, j'arrachai le collier au pendentif en cœur qu'il m'avait offert, brisant la chaîne, et je le lui lançai dessus. Il le reçut en plein visage. À ma grande déception, il ne grimaça pas. Le collier cassé tomba sur le sol en marbre avec un infime cliquetis.

Perplexe, il le suivit des yeux.

— Pourquoi tu as fait ça ?

Je ne savais pas si je devais rire ou pleurer.

— Sérieusement, Lance ? Ta place est avec elle, c'est une certitude.

J'aperçus du coin de l'œil le sourire suffisant et triomphant de Tanya, mais je gardai les yeux rivés sur Lance. Et j'esquissai un rictus mauvais.

— D'ailleurs, tu sais quoi ? Tu n'embrasses même pas bien. Tu es comme une machine à laver cassée.

— Qu… qu'est-ce que tu veux dire ?

Avec ma main, je mimais un téléphone que je porterais à mon oreille.

— Oui, allô... réparateur Whirlpool... surcharge de salive.

Il en resta comme deux ronds de flan, l'air carrément contrarié. Même mortifié. Et devinez quoi : je disais la vérité. Chaque fois qu'il embrassait, le mec bavait.

Il resta sans voix pendant que je continuais à l'enfoncer consciencieusement.

— Et pour ce que j'en ai à faire, tu peux bien la baiser, ta nouvelle copine. Donne-le-lui, ton cadeau d'anniversaire. Je parie qu'elle va être très déçue. Parce que ce n'est pas grand-chose. D'ailleurs, on ne sait même pas s'il marchera.

Lance restait les yeux ronds et bouche bée, comme chez le dentiste. Je marquai une pause dans ma diatribe pour les contempler tous les deux avec rage.

— Maintenant, foutez le camp d'ici. Tous les deux. C'est ma maison, ma salle de bains, mes règles.

— OK, OK.

Tanya haussa les épaules, avant de se pencher pour récupérer son dos nu à paillettes. Elle le passa par-dessus sa tête, l'agrafa sur ses gros nichons. Alors qu'elle ajustait la bretelle de son soutien-gorge, une lueur maléfique s'alluma dans ses yeux.

— Oups ! J'oublie quelque chose.

Mon regard resta fixé sur elle tandis qu'elle s'accroupissait à nouveau et attrapait le collier en or, comme un oiseau une miette de pain. Elle se releva, le collier brisé entre les doigts, et m'adressa un sourire narquois.

— Tu sais ce qu'on dit... Ceux qui trouvent gardent, ceux qui perdent pleurent.

J'étais si près de pleurer que je sentais déjà le goût des larmes sur ma langue.

— Garde-le, ce morceau de ferraille.

Elle ricana.

— Tu sais ce qu'on dit aussi... Les déchets des uns sont les trésors des autres.

Sur ce, elle rangea le collier dans une poche arrière de son legging en cuir tout neuf avant d'attraper la main de Lance.

— Lancey, viens, on s'en va. Je crois que c'est l'heure de mon gâteau d'anniversaire.

Je la regardai l'entraîner hors de la salle de bains. Seule, submergée par l'émotion, j'inspirai profondément, puis je fermai la porte à clé avant de me diriger vers le lavabo. J'ouvris l'eau froide et j'en aspergeai mon visage brûlant. En attrapant l'une des serviettes réservées aux invités, je me découvris dans le miroir. Mon visage trempé tout pâle. J'aurais tellement voulu voir une guerrière victorieuse... au lieu de quoi, ce que je voyais, c'était un soldat vaincu. Malheureux. Fatigué. Battu. J'avais réussi à voler l'ordinateur portable de Tanya, mais elle avait réussi à me voler mon petit ami. Il n'y avait pas besoin d'être un petit génie comme mon frère pour savoir qui l'emportait, en définitive.

Des larmes chaudes se mirent à couler sur mes joues, se mêlant aux éclaboussures d'eau fraîche sur mon visage. Puis, soudain, entre mes jambes, je sentis un afflux de chaleur humide. Mes règles. Comme des folles furieuses. Cette soirée pouvait-elle encore empirer ?

Quelques minutes plus tard, j'étais en pyjama, roulée en boule sur mon lit. J'essayais de m'endormir à force de pleurs, mais en vain. Je n'avais jamais fait ça de ma vie, et bien que l'on dise qu'il fallait une première fois pour tout, ben, en l'occurrence ça ne fonctionnait pas. L'image écœurante de Lance et Tanya tournait en boucle dans mon cerveau. La fête était probablement terminée, où étaient-ils maintenant ? Et que faisaient-ils ? Ils avaient déjà atteint la troisième base – et comme il n'y avait personne dans le champ extérieur pour les arrêter, Lance n'aurait pas beaucoup de mal à marquer un home run, pas vrai ?

À cette pensée, mes larmes redoublèrent d'intensité. Plus vite. J'avais eu la bêtise de me réserver pour Lance. Je serais probablement la seule fille de ma classe de terminale à être diplômée et toujours vierge. Je méritais mon premier gros E comme « Échec » pour avoir échoué à perdre ma virginité. Bien tamponné en rouge comme dans *La Lettre écarlate*.

J'avais désespérément besoin de parler à quelqu'un. De me décharger de mon fardeau. Pas auprès de mon frère, qui n'était pas prêt pour les affaires de cœur à l'âge encore tendre de douze ans. Ni malheureusement de ma mère, qui semblait se soucier davantage de notre diabolique étudiante que de sa propre fille. Non, il n'y avait qu'une seule personne.

Ma meilleure amie, Fly.

M'obligeant à sortir du lit, je traînai les pieds jusqu'à mon sac à dos et y récupérai mon téléphone. Puis je retournai me pelotonner dans mon lit. Le téléphone en main, je fus tentée de cliquer sur l'application de la caméra espion pour voir si Lance était dans la chambre de Tanya, mais, en puisant dans toute la volonté dont j'étais capable, je réussis à m'en abstenir. J'étais peut-être une loseuse, mais le masochisme, c'était fini.

Blottie sous la couette, appuyée contre une pile d'oreillers, je fis défiler ma courte liste de contacts, passant sur le nom de Lance. Je marquai une pause et l'effaçai – parti ! –, et pris note mentalement de le bloquer, puis je continuai jusqu'au nom de ma meilleure amie. Du bout du doigt, je touchai son numéro.

Son téléphone n'en finissait pas de sonner. *Décroche, Fly ! S'il te plaît !*

Je perdais espoir lorsqu'elle décrocha enfin et passa l'appel en FaceTime. Malgré la tête affreuse que je devais avoir, j'acceptai et faillis ne pas reconnaître mon visage à l'écran. Ma peau était tachée de rouge. Mes cheveux, ébouriffés. Mes yeux, rouges et boursouflés.

— Pucette !

C'était le surnom qu'elle me donnait. Rien qu'au son de sa voix rauque et terreuse, je me sentis mieux. Elle était superbe. Sans maquillage, en sweat à capuche Berkeley, cette beauté de plus d'un mètre quatre-vingts à la peau sombre aurait pu être mannequin pour Vogue, avec ses pommettes hautes, ses lèvres pulpeuses et son sourire éclatant.

Je l'admirais autant que je l'adorais. Elle ne s'était jamais laissée abattre par son milieu d'origine ; en fait, c'était même ce qui la poussait vers le haut. Sa mère célibataire et besogneuse l'avait convaincue qu'avec du travail, une bonne éducation et de la détermination on pouvait devenir ce qu'on voulait. S'élever au-dessus de son milieu. Se hisser au sommet. Un jour, elle espérait changer le monde à son niveau. Je savais qu'elle réussirait.

Elle était assise en tailleur sur son lit.

— Je pensais justement à toi. Quoi de neuf ?

Je restai silencieuse. Je voyais qu'elle me scrutait.

— Meuf, tu as une mine épouvantable ! (*Doux euphémisme.*) Tout va bien ?

Ma lèvre inférieure trembla, puis j'éclatai en sanglots.

— Lance m'a trompée.

Les mots se déversèrent en se bousculant.

Je vis Fly écarquiller ses yeux acajou.

— Il a couché avec quelqu'un ?

— Je… je ne suis pas sûre. Je l'ai trouvé en train d'embrasser l'étudiante en échange chez nous, celle dont je t'ai parlé. Elle était à moitié déshabillée dans la salle de bains des invités… et lui, il la pelotait de partout.

— Trop dégueu ! J'ai envie de gifler Lance et cette fille. Laisse-moi les frapper !

Un petit rire perça mes larmes. Ma meilleure amie continuait.

— Tu sais, Lance a toujours été un connard.

— Qu'est-ce que tu veux dire ?

— Sérieux, il est super faux ! Tu crois vraiment qu'il a pris histoire de l'art pour étudier Rembrandt et Picasso ? me demanda-t-elle avec une mine exaspérée. Oublie ça. Il a juste choisi ces matières pour que ça fasse bien sur son relevé de notes et pour être dans une classe de filles.

Je n'y avais jamais pensé. En effet, c'était dans ce cours que nous nous étions rencontrés. En réalité, il était le seul garçon hétérosexuel de la classe. L'autre gars, Gavin, était gay et voulait devenir conservateur de musée.

— Et l'été dernier aux Galápagos ? Attention, prépare-toi bien… Je connais une fille de Berkeley qui a participé à ce programme. M. le futur avocat d'affaires n'avait aucun intérêt pour l'exploration de la vie sauvage. Sauf si tu inclus le fait de l'explorer *elle*. Il a essayé de lui baisser son bikini, mais elle n'en voulait pas, de sa langue de dragon de Komodo.

À l'évocation de cette trahison, une nouvelle bouffée de chagrin me traversa. Puis je ne pus m'empêcher de rire. L'image du lézard était plus forte que celle de la machine à laver. Et bien plus hilarante.

— Pourquoi tu ne m'as rien dit ?

— Je l'ai découvert il y a seulement une semaine. J'essayais de trouver le meilleur moment pour lâcher la bombe L.

— L comme Lance ou comme lézard ?

Elle rit de bon cœur.

— C'est du pareil au même. Mais honnêtement, avec tes inscriptions à l'université, les examens d'entrée et l'équipe de basket des filles en feu, je ne voulais pas te distraire.

— Merci.

J'aimais ma meilleure amie et sa façon de dire les choses telles qu'elles étaient, mais j'appréciais aussi sa discrétion. Oui, si j'avais découvert plus tôt que ce connard me trompait, je me serais peut-être effondrée. Ou j'aurais commis un acte irréfléchi.

Elle passa une main dans ses cheveux lissés en arrière.

— Je suis vraiment désolée que tu l'aies appris de cette façon.

— Ça va.

— Eh, si la situation était inversée, tu me l'aurais dit ?

Je dus y réfléchir.

— Probablement pas.

Elle me lança son regard-de-la-mort-qui-tue.

— T'as intérêt ! Je ne veux pas d'un trou du cul qui en baise deux dans mon lit.

Elle me fit rire à nouveau.

— D'accord, je te le promets. (Un temps.) Tu rentres à la maison pour Thanksgiving ?

— Non. Ma mère et moi, on ne veut pas dépenser trop d'argent, mais je serai là quelques semaines plus tard, pour Noël. Presque un mois !

— Devine quoi ! Je vais à San Francisco passer Thanksgiving avec mes grands-parents, comme d'habitude. Je peux prendre le BART pour venir te voir à Berkeley.

— Génial ! Tu pourras même coucher dans ma piaule si tu veux : ma colocataire rentre chez elle donc elle ne sera pas là.

Je me sentais de mieux en mieux. Non seulement je pourrais passer du temps avec ma grand-mère, mais j'allais aussi voir ma meilleure amie. Enfin une raison de me réjouir.

Jordan soupira.

— Ma chérie, faut que je te laisse. J'ai un devoir de vingt pages à rendre demain.

— Merci, Fly, d'être là pour moi. Je me sens beaucoup mieux.

— Crois-moi, Lance est un moins-dix sur l'échelle des petits amis. Il ne mérite pas quelqu'un d'aussi génial que toi. Ça ne vaut pas la peine de verser des larmes pour ce connard.

— Lancenard ! corrigeai-je.

Fly éclata de son rire franc.

— Fais-moi confiance, Lancenard sera puni.

Fly croyait également au karma.

Comme le mari de Mary Burton. « On récolte ce que l'on sème. »

On s'envoya des baisers et on se dit au revoir.

Le sommeil m'attendait.

Et de doux rêves, avec un peu de chance.

Ou des rêves de meurtre. Du traître et de Tanya.

30

Natalie

Un nouveau lundi. Je me réveillai en pleine forme. J'avais bien dormi et le plaisir que j'avais fait à notre étudiante, en lui organisant une fête d'anniversaire surprise la veille au soir, me picotait encore la peau. Alors que je me rendais à Beverly Hills pour mon brushing hebdomadaire, je revoyais son expression extatique lorsqu'elle était entrée dans le jardin. Ça valait un million de dollars. Je me sentais privilégiée d'avoir pu lui donner autant de joie quand elle avait fait la même chose pour moi.

Le seul bémol de cette matinée fut Paige. Elle s'était réveillée avec des crampes menstruelles hyper douloureuses et m'avait demandé si elle pouvait rester à la maison. Bien sûr, j'avais accepté. Elle ne manquait quasiment jamais l'école. Épargnant à Matt le long trajet en voiture, Lance était passé chercher Tanya et Will.

Je trouvais étrange que Lance n'ait pas demandé de nouvelles de Paige et encore plus étrange qu'hier soir, à la fête, il n'ait pas passé avec elle une seule minute. À un moment, je l'avais vu discuter avec Tanya, puis ils avaient tous les deux disparu. J'avais un mauvais pressentiment : il se passait quelque chose. Je devais parler à Paige. Aller au fond des choses sur le sujet, peut-être plus tard dans la journée.

Pierre Michel, le salon ultra-chic et ultra-cher que je fréquentais, était situé sur Beverly Drive, juste à côté du nouvel hôtel branché, l'Odéon. Comme j'étais en retard, je confiai ma Mercedes à l'un des employés de l'hôtel. Le salon était extrêmement fréquenté et cinq minutes de retard pouvaient vous coûter votre rendez-vous. Avec mon emploi du temps chargé à bloc, je ne pouvais pas me le permettre. Je pouvais, en revanche, me permettre le tarif exorbitant du service de voiturier.

J'entrai dans le salon. Il grouillait de clientes en pleine coupe de cheveux, coloration, brushing ou le tout réuni. Je m'illuminai à la symphonie des sons – le *clic-clic* des ciseaux, le bourdonnement des sèche-cheveux, le grondement des conversations à base de ragots juteux, la musique française sexy. J'étais émerveillée par la façon dont les stylistes et les coloristes évoluaient, telles des ballerines. Du grand art. J'adorais cet endroit. Et son propriétaire aux multiples talents, Pierre Michel, était mon styliste attitré. Il prenait une somme inouïe pour une coupe de cheveux. Mais ça en valait la peine. Il ne se passait pas un jour sans que je me sente reconnaissante. Que je pense à la chance que j'avais. Et à quel point ma vie aurait pu être différente.

Mon monstrueux nouveau sac Saint Laurent à l'épaule, cadeau d'anniversaire de Matt, je m'approchai de la réceptionniste. Elle s'appelait Bev et arborait des cheveux violets hérissés, des tatouages partout sur les bras et un tas de piercings, dont un dans la narine. J'étais bien contente qu'aucune de mes filles – ni mon étudiante en résidence – n'aime les piercings et les tatouages. Ils me répugnaient et me rappelaient quelqu'un que je détestais. Quelqu'un que je voulais oublier.

— Bonjour, Bev, la saluai-je. J'espère ne pas arriver trop tard. La circulation sur Wilshire, c'est l'horreur !

Elle leva les yeux et me sourit. Le blanc brillant de ses dents ressortait sur son rouge à lèvres noir aubergine.

— Madame Merritt, vous êtes pile à l'heure. Giselle vous attend. Pourquoi ne pas vous diriger vers son poste ?

Giselle était ma shampouineuse. Pierre Michel, coiffeur-styliste des stars, ne pratiquait pas ce genre d'actes banals. Je remerciai Bev et me hâtai de gagner le poste habituel de Giselle, d'un pas déjà léger et joyeux encore boosté par la musique rythmée.

Lorsque j'arrivai à la place qui me revenait, mon cœur faillit s'arrêter. Sur le fauteuil voisin du mien était assise la femme qui avait presque détruit ma vie.

Alexa Roth.

31

Natalie

Je la vis dans le miroir. Et elle me vit aussi. Son expression choquée rivalisait avec la mienne. Alexa et moi ne nous étions pas vues depuis notre dernière rencontre, il y avait plus de deux ans. Un frisson glacial me parcourut de la tête aux pieds tandis qu'une Giselle enjouée m'accueillait et m'escortait jusqu'aux lavabos pour me laver les cheveux.

D'habitude, j'adorais cette partie du soin. Peu de choses sont plus paradisiaques ou relaxantes que de se faire shampouiner. De sentir le jet d'eau chaude qui vous picote la tête et le contact des doigts forts qui massent votre cuir chevelu. D'entendre le bruit apaisant des bulles de mousse qui enflent et éclatent. De respirer le parfum aromatique de vanille et de noix de coco du shampoing. Ne me demandez pas pourquoi, le shampoing et l'après-shampoing qu'ils utilisent dans les salons sentent toujours meilleur que ceux de la maison. Je fermais toujours les yeux et me laissais aller à ce plaisir hebdomadaire, en soupirant de bonheur.

Aujourd'hui, après avoir vu Alexa, quand je m'installai sur le fauteuil inclinable, la tête posée contre le lavabo pour que Giselle puisse exercer sa magie, j'étais tout sauf détendue. Un torrent de souvenirs horribles tourbillonnait derrière mes paupières closes.

Je me rappelai cette fameuse matinée comme si c'était hier…

C'était un mardi… de la mi-mai. Ma famille qui s'activait pour le petit déjeuner. Will qui donnait sa pâtée à Bear. Les enfants qui filaient à l'école dans la Jeep d'Anabel. Matt qui me demandait si je pouvais déposer son blazer bleu marine au pressing. Qui me donnait un baiser sur les lèvres en partant au bureau.

Une fois ma troupe partie, je rangeai la cuisine et mis Bear dehors, dans la cour. J'appréciais toujours ce moment de solitude. J'avais la maison pour moi toute seule et je pouvais tranquillement me préparer pour ma journée : prendre une douche chaude et revoir mon emploi du temps. C'était un mardi comme les autres. Jusqu'à ce que ce ne soit plus le cas.

En partant pour mon cours de pilates, je me souvins de la veste de Matt. Laissant mon sac d'entraînement près de la porte latérale, je courus jusqu'à notre chambre. Je la trouvai tout de suite, pliée sur le dossier d'un fauteuil. Je la pris par les épaules et l'inspectai. Trois longs cheveux roux bouclés étaient accrochés à la gabardine. J'en arrachai un et le tins entre le pouce et l'index comme s'il s'agissait d'une vermine. Puis je portai la veste à mon nez et je pris une inspiration. Et je sentis un parfum floral familier, du jasmin avec un soupçon de lavande.

Sauf que ce n'était pas le mien.

Mon estomac se retourna.

Mon cœur s'emballa.

Mon mari avait une liaison… avec sa secrétaire rousse de vingt et un ans ! Une puissante vague de nausée me submergea. Jetant la veste sur le fauteuil, je sprintai jusqu'à notre salle de bains, pour n'atteindre les toilettes qu'in extremis. Agenouillée sur le marbre froid, je relevai mes cheveux et je vomis dans la cuvette jusqu'à ce que mon estomac se torde et que ma gorge soit à vif. D'une main tremblante, je tirai la chasse d'eau et me levai, les jambes flageolantes. Trébuchant jusqu'au lavabo, j'ouvris le robinet et m'aspergeai le visage d'eau froide. Puis je me regardai dans le miroir. J'étais pâle. Échevelée. Vieille.

Après m'être rincé la bouche, le goût âcre de l'infidélité de Matt encore sur la langue, je redescendis en titubant. Une fois dans la cuisine, je me dirigeai vers le réfrigérateur et en sortis le chenin blanc à peine entamé qui restait de la soirée de la veille. Il me suffisait de faire sauter le bouchon. *Pop !* Je portai le goulot à ma bouche et bus le vin comme du soda. La bouteille à moitié vide à la main, je récupérai mon téléphone en charge sur le comptoir, puis je m'assis à l'îlot de la cuisine. Entre deux gorgées de vin blanc, j'annulai toutes mes réunions, mon déjeuner, ainsi que ma séance privée de pilates. Et je pris un Xanax.

Une demi-heure plus tard, le vin épuisé, je n'avais toujours pas versé une larme. Pas une seule. J'étais trop engourdie désormais. Trop ivre. À peine capable de penser correctement, je soupesai mes options : je pouvais faire comme ma belle-mère et détourner les yeux. Ou je pouvais affronter Matt.

La première option n'était pas envisageable. Il était hors de question que je laisse passer ça. Surtout compte tenu de mon passé. J'avais tant détourné le regard que ça avait failli me détruire. Il ne restait donc plus que la deuxième option : affronter mon mari.

Quels étaient les résultats possibles ? A) Matt pouvait nier et me dire que j'étais folle. Ou B) Matt pouvait avouer… mais alors quoi ? Pourrais-je lui pardonner et rester mariée avec lui ? Ou ne pourrais-je jamais lui pardonner – ou oublier – et allais-je le quitter ? Détruire ma famille et tout ce pour quoi j'avais travaillé si dur ?

Et puis, il y avait cette autre possibilité… qu'*il* veuille me quitter. Se mettre avec sa secrétaire ou quelqu'un d'autre. Les conséquences ne seraient pas moins dévastatrices. Peut-être dix fois pires.

Je n'avais aucune réponse. Seulement la peur. Une peur dévorante et viscérale de voir ma vie, telle que je la connaissais, partir en lambeaux. Elle m'étreignait si férocement que je pouvais à peine respirer. J'avais envie de crier, mais ce dont j'avais besoin, c'était de quelqu'un qui puisse m'aider à voir le soleil à travers les nuages. Qui me donne des conseils honnêtes. Il n'y avait qu'une seule personne. Ma meilleure amie, Alexa Roth. La femme de Noah, l'un des meilleurs amis de Matt.

La main tremblante, je tapai sur son numéro préenregistré, soulagée que son nom figure au début de ma longue liste de contacts. Elle décrocha dès la première sonnerie.

— Tiens, bonjour, chériiiie !

— Alexa, il faut que je te voie.

Les mots étaient sortis de ma bouche comme collés les uns aux autres.

— Nat, tu as l'air bizarre.

Ivre à 9 heures du matin.

— Tout va bien ?

— Non !

— Qu'est-ce qui se passe ?

— Je ne veux pas en parler au téléphone. On peut se retrouver pour déjeuner ?

— Pourquoi pas au restaurant Neiman ? Comme ça, je pourrai faire un peu de shopping après et rendre la paire de chaussures que j'ai achetée la semaine dernière.

— Très bien. À quelle heure ? me hâtai-je de demander, de peur qu'elle change d'avis.

— Pourquoi pas 13 heures ?

— Ça marche. À tout à l'heure.

Enfin, si je ne faisais pas une overdose de Xanax. Je repris la bouteille.

Le café Neiman Marcus de Beverly Hills était depuis longtemps un lieu de destination pour les « dames qui déjeunent ». Si le décor démodé avait été modernisé, pour devenir contemporain et chic, la clientèle était restée la même. Juste un peu plus jeune. Des femmes bien habillées, parfaitement coiffées, portant les derniers sacs à main de créateurs et généralement au moins un sac de courses estampillé Neiman.

L'hôtesse m'accompagna à notre table. Au milieu d'un restaurant très fréquenté. Alexa préférait être assise au milieu plutôt qu'isolée dans un coin parce que, comme elle le formulait, elle aimait voir et être vue. Elle adorait être au centre de l'attention. Parfois, je me demandais pourquoi elle était ma meilleure amie. Hormis le fait que nous siégions dans les mêmes comités, que nous avions des maris qui étaient les meilleurs amis du monde et que nous envoyions nos enfants dans la même école, nous n'avions pas grand-chose en commun. Elle était bruyante et effrontée, tandis que j'étais plus discrète et réservée. Mon style était conservateur, le sien, ostentatoire, sans jamais laisser l'âge ou la richesse lui dicter ses choix. Peut-être que je l'appréciais simplement parce qu'elle était drôle et qu'elle disait ce qu'elle pensait. On pouvait toujours compter sur elle pour connaître les derniers potins et, plus important, pour les raconter.

Je jetai un coup d'œil à mon téléphone. J'avais quinze minutes d'avance. Je commandai un alcool fort, un whisky sec, boisson que je ne buvais jamais, mais avec ce que je m'apprêtais à lui dire, j'en avais besoin.

Du courage liquide.

Alexa arriva avec quinze minutes de retard. À ce stade, j'en étais à mon deuxième verre. Étant donné que j'avais bu presque une bouteille de vin avant, je me félicitai d'être venue en Uber, parce que dans mon état d'ébriété, il n'y avait aucune chance que je puisse prendre le volant pour rentrer. En supposant que j'arrive à sortir de cet endroit sans tomber sur le cul…

Alexa croisa mon regard de loin. Elle m'adressa un grand sourire toutes dents dehors et un signe de la main. Elle était chic, comme toujours, dans un superbe tailleur Chanel, rehaussé de nombreux gros bijoux en or, et s'approcha de moi sur ses talons de douze centimètres. J'étais convaincue qu'elle était née en escarpins. Il m'avait fallu plusieurs mois d'ampoules douloureuses avant d'apprendre à marcher avec ce genre de chaussures, dans la version bon marché en similicuir de chez Payless, tout ce que je pouvais me permettre avant de rencontrer Matt.

Matt le coureur de jupons.

Lorsqu'elle fut proche de la table, je me levai et elle me serra dans ses bras, avant de me donner un de ses baisers prétentieux sur les deux joues.

— Chériiiie, je suis désolée d'être aussi en retard.

Elle enchaîna sur une excuse bidon. Mais ce n'était pas son retard qui était perturbant. Elle était toujours en retard. C'était autre chose. Quelque chose qui m'enflamma comme un brusque accès de fièvre.

Ses cheveux blonds comme le miel étaient maintenant d'un roux éclatant et elle les portait lâchés, laissant leurs boucles se répandre avec naturel plus bas que les épaules. Alors qu'elle me serrait dans ses bras, un parfum familier me chatouilla le nez. Un mélange reconnaissable de jasmin et de lavande. Une sensation nauséeuse me vrilla l'estomac. Les genoux tremblants, étourdie par l'alcool, je vacillai et crus que j'allais encore vomir. Le monde avait basculé sur son axe et tournoyait autour de moi.

Arrêtez le monde ! Je veux descendre !

Elle gardait ses yeux verts de félin rivés sur moi.

— Qu'est-ce qui ne va pas, chériiiie ? On dirait que tu viens de perdre ta meilleure amie.

En vérité, c'était exactement ça. J'étais sous le coup d'une série d'émotions brutes. Le choc. La colère. L'incrédulité. La haine. L'indignation. Le dégoût. Comment Alexa pouvait-elle me faire ça ? Incapable de contrôler mes impulsions, ou de formuler des mots, je levai la main et lui assénai une gifle si forte que ma paume me piqua.

Elle poussa un cri et tressaillit, tournant brusquement la tête si bien que je vis la marque rouge de mes cinq doigts sur sa joue.

— Salope ! fulminai-je.

Sans un mot de plus et sans payer mes boissons, je pris mon sac et sortis du restaurant en zigzag, indifférente aux regards braqués sur moi.

Non, Matt n'avait pas une aventure avec sa secrétaire.

Il baisait ma meilleure amie.

Des larmes brûlantes explosèrent enfin.

32
Natalie

Le reste de cette journée se déroula dans un flou total.

Une autre des nombreuses pires journées de ma vie.

De retour à la maison, je pris un Xanax, puis j'ouvris une autre bouteille de vin et je bus jusqu'à m'effondrer sur l'un des canapés de notre salon. Il était 17 heures lorsque je me réveillai, avec une sacrée gueule de bois. Je me redressai lentement, la tête m'élançait, j'avais la bouche desséchée. La douleur de la trahison de Matt – et d'Alexa – me privait de toute rationalité. Me poussait à l'affronter, quelles qu'en soient les conséquences.

J'avais l'estomac qui se tordait à l'idée de l'horrible confrontation qui m'attendait. Je ne pouvais pas laisser Matt prendre le dessus. Je devais me fortifier. Me rendre présentable. Me levant péniblement du canapé, je montai l'escalier de marbre comme une vieille dame, en espérant ne pas rater une marche, tomber à la renverse… et me tuer. J'atteignis le palier et gagnai en titubant notre chambre au bout du long couloir. *Notre* chambre. Pour combien de temps encore ? Je me débarrassai de mes vêtements froissés et me rendis tant bien que mal dans la salle de bains adjacente.

Dans la douche, je réglai le levier et laissai couler les aiguilles brûlantes de l'eau pour recharger toutes les cellules de mon corps. Je dus rester sous le jet au moins une demi-heure, au vu de la buée produite. Lorsque j'en eus enfin assez, je coupai l'eau et sortis de la cabine. Après m'être séchée avec une serviette, j'enfilai mon peignoir en tissu-éponge moelleux, accroché à côté du *sien*. Je n'arrivais même pas à dire son nom.

Essuyant le miroir embué avec mon coude, je me contemplai longuement. La douche m'avait revitalisée. Ma peau était éclatante, mes yeux, plus du tout vitreux. Plutôt que de sécher mes cheveux au sèche-cheveux, j'y passai le peigne et les relevai en queue-de-cheval. Puis je me remaquillai, rouge à lèvres couleur sang et mascara si épais que mes cils formaient des piques.

Me sentant plus forte, je retournai dans la chambre et réfléchis à ce que j'allais enfiler. Un tailleur de luxe ? Un jean ? Une robe sexy ? Rien de tout ça. À la place, j'optai pour un pyjama de soie noire que j'avais acheté à Paris. Associé à mes talons aiguilles les plus vertigineux, je me faisais l'effet d'un chevalier en armure noire. Puissante. Je m'armai mentalement d'une épée et sortis de la chambre. Je me plantai en haut de l'escalier et j'attendis patiemment qu'il rentre à la maison. J'étais prête pour le combat. Prête pour la vengeance.

Tic-tac. Tic-tac.

Les minutes qui passaient s'égrenaient dans ma tête. Matt rentrait à la maison à 18 heures. Sans surprise, à l'heure pile, j'entendis sa voiture s'arrêter dans l'allée. Je connaissais sa routine. Il entrait par la porte latérale. Allait au bar. Se servait un verre. Montait à l'étage pour enlever sa veste et se laver. Le cœur battant d'impatience, je fis le compte à rebours dans ma tête, chantonnant silencieusement : « Quatre-vingt-dix-neuf bouteilles de bière sur le mur », une comptine que je chantais avec les enfants lors des longs trajets en voiture. Sauf qu'en l'occurrence je la modifiai légèrement en : « Quatre-vingt-dix-neuf bouteilles de bière dans l'escalier. »

« Et si l'une des bouteilles tombe dans l'escalier... il reste quatre-vingt-dix-huit bouteilles de bière dans l'escalier. »

Je visualisais les bouteilles sur les marches. Tout autour de moi sur le palier. J'imaginais que, l'une après l'autre, je les jetais sur Matt comme un lanceur de couteaux au cirque, jusqu'à ce que l'une d'entre elles le percute et l'envoie dévaler les marches raides. Cette rêverie diabolique amena un sourire mauvais sur mes lèvres. J'étais surprise de voir tout ce mal tapi en moi. Mais je n'aurais pas dû. J'étais née du mal, après tout.

J'en étais à quatre-vingt-neuf bouteilles lorsque j'entendis Matt monter l'escalier. Coureur de marathon, il gravissait les marches sans effort, malgré une longue journée au bureau. Comme elles étaient en colimaçon, il ne me vit sur le palier que lorsqu'il fut presque arrivé en haut. Les mains plantées sur les hanches et les yeux comme des mitraillettes. Si seulement elles avaient été réelles.

Ses yeux rencontrèrent les miens.

— Salut, chérie. Qu'est-ce que tu fais plantée là comme ça ?

Je n'avais pas répété mon discours. Mes premiers mots jaillirent de ma bouche comme une gerbe de flèches enflammées.

— Comment as-tu pu ?

Il me rejoignit sur le palier.

— De quoi tu parles ?

— Sérieusement ?

Je lui assénai un coup de poing en plein torse. Fort. Ça faisait du bien. Puis j'enchaînai avec un coup de pied dans le tibia.

Il grimaça.

— Pour l'amour de Dieu, Natalie ! Qu'est-ce qui ne va pas chez toi ?

— Qu'est-ce qui ne va pas chez *moi* ? répétai-je, enfonçant un index dans ma clavicule. Tu te moques de moi, là.

Ses yeux s'étrécirent.

— Tu es ivre, Natalie ?

— Non ! Je ne suis pas ivre !

Du moins, plus maintenant. J'étais aussi sobre qu'un juge. Une sobriété qui guidait à la fois ma colère et mes actes. Je tendis les bras comme une barricade alors que Matt devenait de plus en plus furieux.

— Ton comportement est ridicule. S'il te plaît, ôte-toi du passage.

Il tenta de passer en force, mais je l'attrapai par sa cravate, et je l'agrippai si fort que je faillis l'étrangler.

— Bon Dieu, Natalie. Lâche-moi ! Je ne peux pas respirer.

Il essaya de se libérer, mais la force de mon mari n'était rien face à celle que j'avais accumulée sous l'effet de l'adrénaline. Toujours cramponnée à sa cravate, je formai un poing de ma main libre et commençai à le frapper. Des coups de plus en plus forts, de plus en plus sonores.

— Arrête ! brailla-t-il. Tu me fais mal !

Je cognai plus fort. Plus vite.

— Et tu crois que tu ne m'as pas fait mal, toi ?

— Qu'est-ce que tu racontes ?

— Alexa !

— Merde.

Ce seul mot suffit à me confirmer qu'il était coupable. Il avait baisé ma meilleure amie ! Pendant une fraction de seconde, ma rage céda la place à l'angoisse et, profitant de ce bref moment de faiblesse, il se libéra de moi d'une poussée. Perdant pied, j'atterris dans un bruit sourd sur le parquet. Et vlan, sur les fesses.

Il ajusta sa veste.

— Je vais faire un tour. Je ne reviendrai peut-être pas.

— Sûrement pas !

Avant qu'il ne tourne les talons, je saisis l'une de ses chevilles à deux mains et l'enserrai comme une menotte.

— Lâche-moi !

Il tenta de dégager son pied, mais je le mordis. Le goût métallique du sang m'envahit la bouche.

Il jura.

— Tu es folle !

— Exactement !

La rage aidant, je replantai les dents. J'étais devenue comme un chien enragé. Je me sentais même monter l'écume à la bouche.

Je ne vis pas venir son mouvement suivant. Alors que j'avais la bouche accrochée à sa jambe, il me flanqua un coup de pied au visage avec son autre pied. Si fort que j'en vis presque des étoiles. Mon palais fut inondé de sang. Cette fois, c'était le mien. Nous étions tous les deux devenus des animaux sauvages. Je levai les yeux et lui crachai dessus. Un jet cramoisi jaillit de ma bouche. Ainsi qu'une dent couverte de sang. Avec un tintement, elle atterrit au sol entre ses pieds. Des larmes se mirent à couler, brûlantes, sur ma joue meurtrie.

Matt croisa mon regard. Je m'attendais à lui voir un sourire méprisant et triomphant, au lieu de quoi son expression était triste, ses yeux, fatigués.

— Je suis désolé, marmonna-t-il.

Dé-so-lé. Le mot résonna dans mes oreilles. Désolé de quoi ? De m'avoir trompée ? D'avoir abusé de moi ? De m'avoir épousée ? La seule chose dont il devrait être désolé, c'était d'être né.

— Laisse-moi t'aider à te relever.

Il me tendit la main.

Je reculai, le plus loin possible de lui. Je respirais comme un dragon par mes narines dilatées.

— Je t'interdis. De. Me. Toucher !

— Nat...

— Il n'y a pas de « Nat » qui tienne.

Respirant toujours difficilement, j'ancrai les mains au sol et me redressai. Plantée sur mes deux jambes, je vacillai et sentis du sang couler des commissures de ma bouche. Nous nous observâmes à distance, dans un silence de mort. Jusqu'à ce qu'il le rompe.

— Ce qui s'est passé avec Alexa était une erreur. Je n'aime que toi.

« Je n'aime que toi. »

Ses cinq mots bidon me firent basculer. Un second souffle, aussi puissant qu'un ouragan, me traversa. La rage inonda chaque cellule de mon corps.

— Et moi... je te déteste !

Le tonnerre de mes mots était si fort qu'ils rebondirent contre les murs. Et sur le souffle brûlant suivant, je le taclai et j'enroulai mes jambes aux muscles d'acier autour de sa taille. Je le tenais dans un étau. Et je me mis à lui tirer les cheveux, à planter mes ongles dans sa chair, à le griffer. J'étais redevenue une bête sauvage. Déterminée à tailler ma proie en pièces.

Il avait beau grimacer et jurer, je me cramponnais à lui. Du sang lui coulait sur le visage, tachant le col de sa chemise blanche. Une cacophonie de cris, de gémissements et de râles me bouchait les oreilles. Ainsi qu'une série de jurons échangés de part et d'autre.

Nous étions dangereusement proches du bord du palier lorsqu'une autre voix s'insinua dans ce brouillard de folie.

— Maman, Papa ! Qu'est-ce qui se passe ?

Oh, mon Dieu ! Anabel ! Elle courait vers nous, dans son pyjama à motifs de cœurs. Un mélange de choc et de peur se lisait sur son visage. Qu'est-ce qu'elle faisait à la maison ? Elle était censée être à son entraînement de pom-pom girl jusqu'à 18 h 30. Je découvris plus tard qu'elle m'avait envoyé un texto pour m'informer qu'elle s'était sentie mal à l'école et qu'elle rentrait plus tôt. Dans ma stupeur alcoolisée, je n'avais pas vérifié mes messages. Il était trop tard. Le destin avait déjà pris sa décision.

— Retourne dans ta chambre ! ordonnai-je.

Mais on aurait dit qu'elle ne m'avait pas entendue.

— Qu'est-ce que tu fais, Maman ?

Essayant d'éviter mes ongles acérés, Matt répondit à ma place.

— Ce ne sont pas tes affaires.

— Papa ! Elle te fait du mal ! Arrête, Maman ! Arrête, s'il te plaît !

J'entendais les larmes dans sa voix.

— Va-t'en ! la suppliai-je.

— S'il te plaît, Maman ! Lâche-le !

En sanglots, elle me tirait par les épaules, les bras, les jambes. Elle essayait désespérément de libérer son père de mes griffes.

Alors qu'elle s'acharnait ainsi, une nouvelle poussée d'adrénaline monta en moi. Je fis pivoter mon buste, pour me retrouver plus ou moins face à elle et, de mon coude droit, je la poussai avec une force de Mme Hulk que je ne me connaissais pas.

Prise au dépourvu, elle laissa échapper un cri et perdit l'équilibre. Avant que j'aie le temps de cligner des yeux, l'impensable s'était produit. Elle dévalait l'escalier, marche après marche, incapable de s'arrêter. Son corps heurtait le marbre, ses bras battaient l'air. Ses gémissements devenaient de plus en plus faibles à chaque choc.

Jusqu'à ce qu'on n'entende plus rien.

— Oh, mon Dieu ! m'écriai-je, les yeux écarquillés par l'horreur.

Je lâchai Matt et me ruai en bas de l'escalier, sans me tuer par chance, ce que, rétrospectivement, je regretterais souvent. Matt me suivit en jurant à mi-voix. Gisant au pied de l'escalier, inconsciente, le corps contorsionné, les yeux comme deux billes bleues vitreuses fixées sur rien, ma fille baignait dans un début de mare de sang. Ma belle, ma petite fille. Mon Dieu ! Qu'est-ce que j'avais fait ?

En état de choc, paralysée par l'horreur, j'aperçus Paige et Will devant la porte d'entrée. En train de regarder ce que je regardais.

Ma fille sans vie. Ma précieuse Anabel.

Morte.

33

Natalie

— Je suis désolée, madame Merritt, j'ai dû vous mettre du shampoing dans les yeux.

La voix chantante de Giselle me ramena à l'instant présent. Je sursautai.

— Euh, oui, euh, juste un peu. Mais ça va. Ce n'est rien.

En vérité, elle ne m'avait pas mis le moindre shampoing dans les yeux. Les larmes coulaient au souvenir de ce jour fatal.

— Nous avons presque fini. Je vais juste vous appliquer l'après-shampoing et nous pourrons nous lever.

Pendant qu'elle le versait, j'inhalai l'essence de noix de coco et soupirai. Un bref instant de tranquillité. À la seconde où elle coupa l'eau et enroula une serviette autour de mes cheveux mouillés, l'effroi m'envahit. J'allais devoir affronter Alexa à nouveau. Peut-être qu'avec un peu de chance on l'avait changée de place. Ou qu'elle avait quitté le salon.

En suivant Giselle jusqu'à son poste, je sentis une crispation de tous les muscles de mon corps. Mes espoirs ne s'étaient pas réalisés. Alexa occupait toujours le fauteuil voisin du mien, entre les mains de son styliste qui s'affairait sur ses cheveux à longueur d'épaules, désormais revenus à leur teinte blond beurré. Tandis que nos coiffeurs opéraient leur magie tout en faisant gentiment la conversation, nous nous scrutions dans le reflet du mur de miroirs, sans qu'aucune des deux coule pour autant le moindre regard vers l'autre.

Toujours aussi chic dans une veste Chanel à franges roses, un jean slim et des talons aiguilles noirs de marque, un sac Birkin sur les genoux, elle avait l'air aussi mal à l'aise que moi. Que pouvait-il bien se passer dans sa tête ? Tout ce qui occupait mes pensées, à moi, c'était ma détestation de cette femme, mon envie de lui arracher un de ses gros colliers en or et de l'étrangler avec. De l'étouffer. Ma si belle enfant était morte à cause d'elle.

Face au miroir, une vague soudaine de culpabilité et de remords me renversa. L'horrible et irréfutable vérité m'apparut. Mon reflet se déchaîna alors : *Arrête un peu de lui faire porter le chapeau. Tu ne peux t'en prendre qu'à toi-même pour la mort d'Anabel. Tu l'as poussée. Tu es responsable.*

Je me détestais plus que je ne pourrais jamais haïr quiconque au monde. Y compris Alexa.

La tension dans l'air entre nous était si épaisse que même une paire de ciseaux aux lames aussi aiguisées que celles d'un rasoir n'aurait pas pu la couper. Notre brushing prit fin à peu près en même temps. À l'unisson, nous nous levâmes et serrâmes nos stylistes respectifs dans nos bras. Accrochant mon sac à mon bras, je me précipitai vers l'accueil, espérant régler ma note, décamper en vitesse et lui échapper.

Une fois de plus, les cartes n'étaient pas distribuées en ma faveur. Trois femmes attendaient devant moi pour payer. En un rien de temps, Alexa se retrouva derrière moi. Je sentais son souffle chaud dans ma nuque. Je sentais son parfum

– différent de la dernière fois que je l'avais vue. Peut-être un Chanel N°5, classique.

Tournée vers l'avant, aussi rigide qu'un piquet, je sentis une légère tape sur mon épaule droite.

— Natalie…

Les nerfs à vif, les petits poils hérissés dans la nuque, je me demandai si je devais ou non lui répondre.

— Nat, s'il te plaît…

Lentement, avec hésitation, à contrecœur et en dépit de tout bon sens, je me tournai vers elle.

Une expression de désespoir était peinte sur son visage. Elle me contemplait avec des yeux de clown triste.

— Je voudrais juste te dire que je suis désolée.

Je me sentis me raidir. Le mot « désolé » n'avait pas sa place dans mon vocabulaire ou dans ma vie. Rien de ce qu'elle pourrait dire ou faire ne me ramènerait mon Anabel.

— S'il te plaît… oublions le passé.

À ces mots, elle fondit en larmes.

— Je suis vraiment désolée de ce qui est arrivé à Anabel. J'ai toujours pensé que c'était en partie ma faute, mais je tiens à ce que tu connaisses toute l'histoire.

Je ne dis rien. Matt et moi avions tourné la page. Est-ce que j'avais vraiment envie de revenir sur sa liaison avec mon ancienne meilleure amie ?

La file d'attente avança et nous nous retrouvâmes côte à côte.

— S'il te plaît, Nat. Prends juste un café ou un verre de vin avec moi. Je te promets que nous n'aurons plus jamais à nous revoir, ensuite.

— Très bien.

C'était mon tour de payer.

Peut-être pour mes péchés.

34

Natalie

Le bar chic de l'hôtel Odéon, lumière tamisée, était étonnamment calme. L'hôtesse nous conduisit à une table isolée dans un coin. Je fus surprise qu'Alexa, qui préférait toujours être la cible de tous les regards, ne s'y oppose pas. Un serveur tout de noir vêtu passa prendre nos commandes de boissons. Alexa opta pour un kir royal. Les nerfs à vif, je pris la même chose. Elle s'excusa ensuite pour aller aux toilettes, me dispensant, à mon grand soulagement, de faire la conversation.

Les boissons, accompagnées d'un bol de diverses noix, arrivèrent juste au moment où elle revenait, et un silence gênant s'ensuivit. Par le passé, dans des circonstances normales, Alexa et moi portions toujours un toast, que ce soit à notre amitié ou à l'un des galas que nous coprésidions. Mais nous n'étions plus amies, et elle et moi ne siégions plus dans les mêmes comités. Les yeux rivés au champagne teinté de rose, je regardais les bulles monter, incapable de trouver les mots.

Alexa fit le premier pas.

— Merci, Nat, d'être là. Ça représente beaucoup pour moi.

Elle porta la flûte à ses lèvres avec ses doigts parfaitement manucurés et prit une rapide gorgée de sa boisson. Sans mot dire, je l'imitai.

Pas de toast.

Reposant sa flûte, elle me regarda avec sérieux.

— Tu sais, je ne viens plus chez Pierre Michel le lundi.

Probablement parce qu'elle m'évitait délibérément, tout comme moi je l'évitais. Nos chemins ne s'étaient pas croisés depuis plus de deux ans. Pas une seule fois.

Elle poursuivit.

— J'ai le dîner annuel de la bibliothèque ce soir, avec tous les pontes. C'est la première fois qu'il a lieu un lundi… D'où ma présence chez le coiffeur, aujourd'hui.

J'acquiesçai. J'adorais cet événement, avant. Mais comme Alexa présidait le Cercle des amis, j'avais quitté leur conseil d'administration.

Alexa baissa les yeux sur son verre, puis les releva vers moi, visiblement peinée.

— Ça me désole que tu n'y sois pas.

— Je suis sûre que ce sera très sympa.

Je bus une autre longue gorgée de mon kir pour ne pas avoir à en dire plus.

Un nouveau silence s'installa. Alexa plongea les doigts dans le bol de noix, les réordonna d'un geste nerveux, sans en manger une seule. Encore une fois, ce fut elle qui rompit enfin le silence.

— Nat, je me suis toujours sentie terriblement mal à propos de ce jour-là chez Neiman.

Ce jour-là, ce déjeuner qui avait changé ma vie pour toujours. Qui avait failli y mettre fin.

Je plantai les yeux dans les siens.

— Alexa, tu as couché avec mon mari !

Elle battit nerveusement des paupières, ses yeux s'embuèrent.

— Eh bien, voilà, le truc c'est que... non.

La colère s'infiltra dans mon sang.

— Je ne te crois pas ! sifflai-je.

Une larme roula sur sa joue, qu'elle essuya. Son expression se mua en désespoir.

— C'est la vérité, honnêtement. Je te le jure sur la vie de mes enfants.

L'ironie de ses derniers mots me frappa comme une gifle. Et la vie d'Anabel alors ?

— Nat, s'il te plaît, écoute-moi jusqu'au bout.

Bataillant contre mes propres larmes, je la laissai continuer. Sa voix habituellement effrontée était réduite à un filet. Repentante. Je résistai à l'appel de mon kir et je hochai la tête. Elle me remercia doucement.

— Le lundi précédant ce mardi-là, Matt est venu voir Noah en fin d'après-midi, pour revoir son portefeuille avec lui. Sauf que Noah n'était pas encore rentré du bureau. Il était coincé dans les embouteillages. Sachant qu'il ne serait pas là avant une heure, j'ai offert un verre à Matt. C'était le moins que je puisse faire. Il voulait un Campari-soda et m'a suivie jusqu'à la cuisine. Pendant que je lui préparais sa boisson au comptoir, on s'est mis à bavarder. Tout à coup, il s'est glissé derrière moi et m'a soufflé dans le cou. Puis il a pressé son corps contre le mien. Ça me mettait très mal à l'aise et je lui ai dit qu'il ferait mieux de retourner au salon.

Je me déplaçai sur mon siège, redoutant la tournure que prenait cette histoire. Je bus une longue gorgée de mon kir pendant qu'Alexa enfonçait le clou.

— Il m'a dit que j'étais belle : est-ce que je savais l'effet que je lui faisais ? Avant que je puisse prononcer un mot, il m'avait tordu le bras derrière le dos pour placer ma main sur son érection. Et il l'a maintenue là de force. En me plaquant contre le comptoir, il a pu passer sa main libre entre mes cuisses. Et il a commencé à me frotter. Je lui ai dit d'arrêter, mais il a continué. Puis il m'a fait pivoter et m'a embrassée alors que j'essayais de le repousser. J'avais beau le supplier d'arrêter, il s'en fichait. Il me caressait les seins et refusait de lâcher mon entrejambe. À un moment, il a baissé sa braguette. J'ai entendu le bruit de la fermeture Éclair, mais j'avais trop peur, j'étais trop dégoûtée pour regarder… en bas. Je l'ai encore supplié d'arrêter, en vain. À ma grande horreur, il a glissé sa main sous la ceinture de mon jean et dans ma culotte. J'étais sur le point de crier quand j'ai entendu la voiture de Noah s'arrêter dans l'allée. Matt s'est écarté d'un bond avec un juron. Paniqué, il a remonté sa braguette et j'en ai profité pour détaler.

Elle s'arrêta, les joues mouillées de larmes et striées de coulures de mascara. De petits ruisseaux d'encre qui dévalaient le long de son visage. J'aurais dû tendre la main pour les essuyer avec ma serviette à cocktail, mais j'étais trop abasourdie. Trop figée par le choc. Elle les tamponna elle-même.

— Quand Noah nous a rejoints dans la cuisine, Matt a fait comme si de rien n'était. Et moi, même si j'étais secouée, j'ai joué le jeu, mais je ne m'étais jamais sentie aussi violentée de toute ma vie.

Elle inspira par le nez, puis expira bruyamment.

— Il ne se passe pas un jour sans que j'y repense. Que je remette en question mes actions. Mon incapacité à parler. (Elle s'arrêta à nouveau et m'emprisonna dans son regard larmoyant.) Natalie, pourras-tu jamais me pardonner ?

Mon cœur, jusque-là consumé par la haine pour cette femme, avait fait volte-face à mesure qu'elle me racontait son histoire. Libéré de toute la méchanceté profondément enfouie, il se gonflait de compassion. Je posai une main sur la sienne. Elle était glacée.

Elle disait la vérité.

— Alexa, il n'y a rien à pardonner. Mais pourquoi ne me l'as-tu pas dit plus tôt ?

Elle renifla.

— J'ai voulu. Je voulais le faire. Et puis Anabel… et puis tu es tombée malade. J'étais au service commémoratif. Assise au fond. J'ai pleuré toutes les larmes de mon corps.

— Merci d'être venue.

Des centaines de personnes avaient assisté à la cérémonie commémorative (mais pas les parents de Matt : partis en croisière dans les mers du Sud, ils n'avaient pas pu rentrer à temps.) La chapelle était remplie de tous ses amis du lycée, de leurs parents, ainsi que de ses professeurs depuis l'école maternelle. En outre, de nombreux amis à nous, même ceux que nous n'avions pas vus depuis des années, s'étaient déplacés pour nous présenter leurs condoléances, ainsi que des responsables de la communauté et des entreprises avec lesquels nous travaillions. Il y avait eu d'innombrables éloges funèbres, mais ni Matt ni moi n'avions eu la capacité physique ou émotionnelle d'en prononcer un.

Nous étions dans un état affreux. Par chance, un voile de dentelle noire camouflait l'ecchymose violette sur ma joue, mes yeux gonflés et cerclés de rouge, et ma dent manquante. Matt avait masqué ses égratignures au visage avec de l'anticerne et quelques pansements, et raconté à tous ceux qui l'interrogeaient qu'il se les était faites en essayant de sauver un chat errant effrayé. Même la police qui était venue chez nous pour enquêter sur la mort d'Anabel avait cru à cette histoire ainsi qu'à la mienne – je m'étais heurtée à un arbre en faisant du jardinage – et à la version sur laquelle nous étions mutuellement tombés d'accord – que notre fille grippée avait dû s'évanouir et tomber dans l'escalier. Le couple jadis parfait avait inventé la parfaite série de mensonges. À notre grand soulagement, ni Paige ni Will ne les avaient réfutés.

J'étais heureuse de n'avoir pas remarqué Alexa à la cérémonie, car Dieu seul savait comment j'aurais réagi. Lors de la mise en terre, à laquelle seuls Matt, Paige, Will et moi-même avions assisté, je m'étais effondrée quand le cercueil d'Anabel avait été descendu. La douleur était si forte que je ne pouvais la supporter. Mon médecin m'avait dit plus tard que j'avais fait une crise psychotique. J'étais restée alitée pendant plus de six mois, dans un état délirant, avec des infirmières vingt-quatre heures sur vingt-quatre, qui me nourrissaient et me lavaient. Ironiquement, la seule nourriture qu'elles parvenaient à me faire avaler était des aliments pour nourrisson. Comme si le fait de manger de la nourriture pour bébé allait me ramener mon bébé. Mon Anabel. Paige et Will, effrayés, venaient tous les soirs à mon chevet pour me souhaiter bonne nuit. En revanche, je ne voyais guère Matt qui, à mon avis, dormait sur l'un des canapés du rez-de-chaussée. Je ne savais pas. Je m'en moquais. C'était la dernière personne au monde avec laquelle je voulais partager un lit. La dernière personne que je voulais voir.

Mes enfants furent mon élixir. À l'instar d'un magicien qui sort un lapin de son chapeau, je finis par trouver la force de reprendre le cours de ma vie. D'être une mère pour eux. Ce résultat nécessita de nombreuses séances de kinésithérapie, de conseils, y compris des séances en couple avec Matt. Finalement, avec l'aide du Xanax, je parvins à pardonner et à refaire confiance à Matt, puis à digérer mon chagrin, même si la profonde cicatrice incrustée dans mon cœur ne disparaîtrait jamais.

Alexa baissa la tête et, lorsqu'elle la releva, un mélange de remords et de honte obscurcissait ses yeux.

— Je suis désolée de ne pas t'avoir présenté mes condoléances.

Toutes mes condoléances. Combien de fois avais-je entendu ces mots vides de sens ? Quel effet m'auraient-ils fait, de la bouche de la femme que je croyais responsable de la mort de ma fille ? Je réprimai un frisson.

— Je comprends. Tu ne pouvais pas.

La culpabilité et la douleur qu'elle avait nourries au cours des deux dernières années la rachetaient à mes yeux. J'exerçai une pression sur sa main froide. Ses yeux brûlants fouillaient les miens.

— Nat...

— Oui ?

— Je dois te dire quelque chose d'autre.

Un soupçon d'hésitation dans la voix... Elle se mordilla l'intérieur de la lèvre.

Pas un muscle de mon visage ne bougeait. J'étais prête à mettre fin à cette conversation, incertaine de vouloir en entendre davantage.

— Quoi ?

— Tu promets de ne pas m'en vouloir ?

On aurait dit une petite fille qui avait chipé le biscuit de sa meilleure amie et qui s'apprêtait à le lui avouer. Elle pâlit. Un muscle de sa mâchoire se contracta. Je ne l'avais jamais vue aussi anxieuse.

— Promis.

Je regrettai immédiatement ma promesse, soudain inquiète.

Elle déglutit. Cligna des yeux. Puis, tremblante, prit une profonde respiration.

— Matt et moi avons un passif.

Je tressaillis et haussai les sourcils.

— Qu'est-ce que tu veux dire ?

— Je l'ai rencontré à l'université, pendant ma première année à l'étranger, à Londres. Dans un pub. Il était en voyage d'affaires.

Connaissant l'âge d'Alexa, je fis le calcul dans ma tête. À peu près deux ans avant que je rencontre Matt et trois avant que je donne naissance à Anabel.

— Que s'est-il passé entre vous ?

— Je me suis saoulée et je suis rentrée avec lui à son hôtel. On a couché ensemble et…

— Et quoi ?

Je retenais mon souffle dans l'attente de ce qui allait suivre. Elle prit une longue gorgée de sa boisson, puis vomit les mots…

— Il m'a mise en cloque.

J'ouvris des yeux comme des soucoupes.

— Tu es tombée enceinte ?

— C'était sauvage et impulsif. Aucun de nous ne se protégeait…

— Et… ?

Elle se gratta l'ongle du pouce.

— J'ai eu son bébé. (La cuticule s'était mise à saigner.) Et je l'ai abandonné.

Je tentai de ravaler mon choc et la nausée qui montait.

— Un garçon ou une fille ?

— Une fille. Elle m'a été enlevée discrètement, avant que je la voie. Un couple britannique riche et stérile l'a adoptée. Une adoption fermée.

Ce qui signifiait qu'aucun contact n'était possible entre cette fille et Alexa.

— Matt est au courant ?

Mes enfants ont une demi-sœur… quelque part en Angleterre ?

Elle secoua la tête.

— Non, je ne le lui ai jamais dit. Je ne l'ai pas revu pendant des années... jusqu'à ce que Noah et moi déménagions de New York à Los Angeles, après la naissance de nos enfants. (Elle but une nouvelle gorgée de son kir.) Crois-moi, ça a été un sacré choc de le revoir. J'ai essayé de l'éviter, mais c'est difficile quand on évolue dans les mêmes cercles.

— Et ton mari ? Noah, il est au courant ?

Elle tripota son alliance en diamant, la tournant et la retournant.

— Il ne sait rien du tout. Nat, tu dois me promettre de ne rien dire. Surtout à Noah. Ça détruirait notre mariage.

Je pris le temps de digérer ses paroles. Mon mariage avait déjà été détruit par les actes de mon mari.

— S'il te plaît, Nat, tu peux garder le secret ? implora mon ancienne meilleure amie.

— Oui. Ne t'inquiète pas.

J'étais la meilleure gardienne de secrets que je connaisse. Ma peau se hérissa.

Alexa sourit, manifestement soulagée.

— Merci, Nat. Je t'en dois une.

— Tu ne me dois rien.

Le sourire d'Alexa s'estompa.

— Si. Si, je te dois toute la vérité. Tu dois savoir.

Mon cœur se remit à battre la chamade.

— Savoir quoi ?

— Il y en a d'autres...

La voix étouffée, maintenant en mode commérage, elle laissa sa phrase en suspens.

D'autres enfants bâtards ?

— Je ne comprends pas. De quoi parles-tu ?

— Des « déjeuneuses ». Les femmes qui déjeunent avec Matt à son bureau ou dans la suite qu'il occupe au Century Hotel.

Une vague de nausée froide roula sur moi. Je sentis ma gorge se contracter, mon estomac se nouer. J'ouvris la bouche, mais aucun son n'en sortit.

— Tout le monde est au courant.

Tout le monde sauf moi.

Alors que les sales secrets de Matt s'immisçaient en moi, me rongeaient, me vidaient, le serveur arriva avec les menus du déjeuner et nous demanda si nous voulions commander quelque chose. Il plaisantait ? J'étais à deux doigts de vomir. Alexa refusa pour nous deux, mais commanda une autre tournée de kirs.

— Qui ? crachai-je enfin, le besoin de savoir l'emportant sur le choc.

— Nat, je ne peux pas te le dire. Mais sache qu'il y a au moins une dizaine de femmes que tu connais. Elles l'appellent Matt l'Étalon.

Matt et sa grosse bite. Je repensai à ma dépression. Était-ce pour ça qu'il était rarement avec moi ? Avait-il baisé toutes mes amies pendant que j'étais pratiquement un légume ? Et peut-être toutes les jolies infirmières ? Et puis, où avait-il disparu, le soir du gala de la FAFAK après l'incident avec Tanya ? Il était monté avec Lance pour changer ses vêtements mouillés, et je ne l'avais plus revu jusqu'au dessert. S'était-il tapé une de mes amies sous notre toit ?

— Natalie, ça va ? demanda Alexa.

— Oui.

Un petit mot. Un gros mensonge.

— J'espère que ça ne te dérange pas que je te l'aie dit.

— Je suis contente que tu l'aies fait.

Ma voix était dépourvue d'émotion.

Son large sourire tout en dents, son sourire signature, s'étira sur son visage botoxé. Elle descendit cul sec toutes les bulles de son verre rose.

— Nat, tu m'as terriblement manqué. Est-ce qu'on peut redevenir amies ?

Elle était sérieuse ? Sans rien répondre, je me précipitai hors du restaurant et je vomis sur le trottoir pendant que le voiturier allait chercher ma voiture.

J'étais en train de tomber dans le terrier du lapin.

Et je n'étais pas sûre de pouvoir en sortir.

35

Paige

L'alarme de mon téléphone.

Le carillon familier continua de jouer jusqu'à ce que je passe la main sous mon oreiller et l'éteigne. J'entrouvris un œil, puis l'autre. Mes paupières lourdes semblaient avoir été cimentées.

Malgré mon coup de fil à Jordan, qui m'avait remonté le moral, j'avais à peine dormi, à me tourner et retourner dans mon lit, incapable de chasser Lance et Tanya de mon esprit. Mes douleurs de règles n'avaient pas aidé non plus. J'avais fini par m'endormir à une heure avancée de la nuit et j'avais dû me reposer deux heures au mieux.

Je me sentais hyper mal. Mes yeux me piquaient. Mon cerveau était dans le brouillard. Et j'avais encore mal au ventre. Si j'avais l'air aussi patraque que je me sentais (ce dont j'étais sûre), il n'y avait pas moyen que j'aille à l'école aujourd'hui. Que je me concentre en classe. Que je fasse de l'éducation physique. Et surtout, que j'affronte Lance. Ou Tanya. Même l'excitation de la voir ouvrir son sac d'ordinateur pour y trouver une cocotte en fonte à la place de son portable ne suffisait pas à me motiver.

Incapable de sortir du lit, j'envoyai un SMS à ma mère pour lui expliquer que j'étais malade et que je devais rester à la maison. Elle me répondit par un émoji au visage triste, ajoutant qu'elle laisserait un plateau avec du thé chaud et des tartines de beurre sans produits laitiers devant ma porte avant de partir pour son cours de pilates et qu'elle demanderait à mon père de conduire Will et Tanya à l'école. La simple mention du nom de cette garce me rendait encore plus malade.

Je m'enfouis à nouveau sous ma couette et réussis à dormir encore quelques heures. Lorsque je me re-réveillai, un peu après 10 heures, je me sentais beaucoup mieux, figurez-vous. Je sortis du lit et me dirigeai vers la salle de bains. À ma grande surprise, notre femme de ménage était à l'intérieur avec une serpillière et un seau de produits de nettoyage.

— *Hola !* lui dis-je en la serrant dans mes bras.

J'adorais Blanca. Cette Salvadorienne joviale et travailleuse venait chez nous depuis des années. Je l'avais aidée à étudier pour obtenir la nationalité américaine. Elle faisait pratiquement partie de la famille. Plus une mère pour moi que ma propre mère, qui préférait poursuivre son joyeux chemin philanthropique.

— *Hola, mi chiquita ! Tu mamá me dijo que no te sientes bien.*

— Je me sens beaucoup mieux maintenant.

Sauf que le côté de salle de bains de Tanya aurait pu me faire vomir. C'était un désastre, comme d'habitude. Des cheveux et du dentifrice partout dans le lavabo, ses produits de toilette dans le plus grand désordre. Ça m'affligeait que Blanca doive nettoyer tout ça et ranger la porcherie qui lui servait de chambre. Je m'excusai pour l'état de la salle de bains.

Blanca grimaça.

— *Tanya… muy sucia. Como una puerca !*

Je ris de l'entendre traiter Tanya de sale cochonne. Je ne pus m'empêcher de grogner bruyamment. Blanca renchérit par un rire encore plus sonore, et après un duel de rires-grognements, nous partîmes dans un fou rire jusqu'à en pleurer. Une fois le calme revenu, je dis à notre femme de ménage que j'allais me charger de nettoyer le côté de Tanya. Elle protesta, mais j'insistai. Elle finit par céder. En réalité, il n'était pas question que je m'approche de son lavabo. Pas sans combinaison façon protection anti-produits chimiques. La cochonne n'aurait qu'à piquer sa crise. Et pour que Blanca n'ait pas d'ennuis, je raconterais simplement à ma mère que j'avais dû passer la majeure partie de ma journée à la salle de bains.

Une fois Blanca partie, je me consacrai à ma routine matinale habituelle en commençant par une douche, qui acheva de me requinquer. Mes crampes avaient disparu. Et d'une certaine manière, le jet d'eau chaude m'avait nettoyée de Lance. Pour la première fois, alors que je me séchais avec une serviette, je tentai d'imaginer la réaction de Tanya lorsqu'elle ouvrirait son sac d'ordinateur et découvrirait la cocotte. J'étais sûre qu'elle péterait les plombs et partirait complètement en vrille. Une grande partie de moi aurait aimé assister à ça, mais le reste de ma journée aurait probablement été un enfer. Il n'y aurait rien eu d'étonnant à ce qu'elle m'agresse physiquement, peut-être même qu'elle me frappe à la tête avec le lourd ustensile en fonte quand j'aurais le dos tourné. Elle m'aurait collé sa petite troupe aux basques. Par chance, Will était en excursion toute la journée et il avait une réunion robotique après l'école, sinon sa vie aurait été menacée, elle aussi.

Accompagnée par le bourdonnement de l'aspirateur de Blanca, je retournai dans ma chambre où j'enfilai un sweat-shirt, puis un autre par-dessus avec une capuche et mes Crocs. Les tartines et le thé laissés par ma mère étant maintenant froids, je descendis me préparer un petit déjeuner. Devant une tasse de lait de coco et un bol de granola, j'envisageai ma journée. J'avais trois choses à faire de toute urgence.

La première me prit moins d'une minute. J'arrêtai de suivre Tanya et Lance sur Instagram, mais je décidai de garder mon pseudo @SpyGirl2, juste au cas où je changerais d'avis. Bizarrement, je m'étais attachée à l'avatar que j'avais créé.

Cette première tâche effectuée, je passai à la deuxième et me rendis, par la porte latérale, à la cabane à outils de mon père. C'était l'homme le moins bricoleur du monde et il s'était résigné à demander à notre homme à tout faire de la monter pour lui. Il savait à peine changer une ampoule, pourtant il avait une caisse à outils, parce que bon, c'était un homme, quoi. Je défis le loquet, j'ouvris la porte et trouvai illico ce que je cherchais, accroché au tableau.

Une hache.

Ce fut avec l'impression d'être Thor que je gagnai mon atelier, arme en main. J'ouvris la porte et, sans m'arrêter, je fonçai jusqu'à ma table de travail. Sur celle-ci se trouvait la statue de Lance en posture de coureur que j'avais prévu de lui offrir à Noël.

Sans hésiter, je saisis à deux mains le manche en bois de la lourde hache et je l'abattis sur la statue. *Paf*. La sculpture sur laquelle j'avais travaillé si dur pendant plus d'un mois se brisa en moins d'une seconde.

Et je n'en avais pas terminé avec elle.

Avec un sourire de cinglée, je frappai encore et encore, jusqu'à réduire les morceaux de céramique en poussière. *Les cendres retourneront aux cendres. La poussière à la poussière*. Lance était officiellement mort pour moi. Et j'étais officiellement une meurtrière à la hache.

Tâche numéro trois, maintenant. La photo. Cette photo de classe du lycée d'Indio que j'avais découverte dans la valise de Tanya. Je devais scanner la copie que j'en avais faite, l'envoyer à Mary et lui demander si elle reconnaissait la fille à l'air triste entourée en rouge.

Après avoir emmené Bear faire un petit tour dans le quartier, je retournai dans ma chambre désormais toute propre et bien rangée, grâce à Blanca, et j'attrapai mon téléphone. Comme si je ne pouvais pas être de meilleure humeur, j'avais reçu des dizaines de textos en majuscules énervées de la part de Tanya. La plupart sur le style :

Crétine ! Où est mon ordinateur ?
RÉPONDS-MOI !
Tu vas avoir de sérieux ennuis !
RÉPONDS-MOI !!!
Ta vie est finie ! Attends de voir !
T'AS INTÉRÊT À ME RÉPONDRE !!!!

Non, je n'allais pas lui répondre. Qu'elle fulmine ! Ça allait être le gros merdier quand elle rentrerait de l'école, mais je m'en réjouissais déjà. Je dirais simplement à ma mère que j'avais fait la sieste toute la journée et que mon téléphone était éteint. J'avais même une explication toute prête pour le moment où elle m'accuserait d'avoir volé ou caché son ordinateur portable, mais n'allons pas trop vite en besogne.

Commençons par le commencement. Téléphone en main, j'envoyai un SMS à Mary Burton dans lequel je lui demandais si elle serait d'accord pour m'aider à identifier quelqu'un. Je lui parlai de la photo de classe du lycée d'Indio que je voulais lui envoyer. Elle répondit qu'elle serait plus qu'heureuse de m'aider et qu'elle avait déjà reconnecté son ordinateur à son wi-fi. Elle me donna son adresse électronique.

M'attendant plutôt à recevoir un texto ou un e-mail de sa part plus tard dans la journée, je fus très surprise lorsque mon téléphone sonna trente secondes plus tard. Mary. Je décrochai dès la première sonnerie. C'était agréable d'entendre à nouveau sa voix. Et de la voir quand nous nous mîmes d'accord pour passer en FaceTime.

— Ma chérie, j'ai tout de suite reconnu la fille encerclée, il fallait que je t'appelle sur-le-champ.

Les battements de mon cœur s'accélèrent.

— Qui est-ce ?

— Elle s'appelle Billie Rae Perkins. (Elle marqua une pause.) Ou devrais-je dire *s'appelait* Billie Rae Perkins. Elle était dans ma classe et dans un cours de biologie que j'assurais aussi. Elle était très intelligente, mais ne parlait presque jamais. Une solitaire. Toujours le nez plongé dans un livre – un conte de fées ou un classique. Je ne la voyais jamais avec les autres enfants. Pas même un seul. Elle était plutôt jolie mais avait toujours l'air triste… comme sur cette photo.

Je restais focalisée sur l'emploi du passé dans le récit de Mary.

— Que lui est-il arrivé ?

— C'est une histoire affreuse.

Ma curiosité piquée, je la laissai continuer.

— La pauvre petite. Elle vivait dans le lotissement de mobil-homes de Shadow Hills avec sa mère. La gamine était maigre comme un clou… Elle venait toujours à l'école avec le même repas : un sandwich au beurre de cacahuète et à la confiture dans un sac en papier kraft. Une fois où elle était venue sans déjeuner, je lui ai prêté un dollar pour qu'elle puisse en acheter un chaud, qu'elle a englouti comme si demain n'existait pas. Deux fois, elle est venue à l'école avec un œil au beurre noir. Une autre fois avec une lèvre fendue. Et une fois, elle s'est même présentée avec un plâtre au poignet. Chaque fois, quand je lui demandais ce qui s'était passé, elle me répondait qu'elle s'était cognée contre ceci ou cela ou qu'elle était tombée. Je soupçonnais autre chose. Que sa mère la maltraitait. Alors j'ai contacté les services sociaux, mais ils n'ont trouvé aucune preuve de maltraitance parentale. De mon côté, j'ai rencontré la femme, qui m'a semblé gentille.

— Que faisait sa mère ? demandai-je, en sortant un cahier et un stylo de mon sac à dos.

Je devais prendre des notes pour ne rien oublier.

— D'après les informations dont nous disposions dans son dossier, elle était femme de ménage. Mais je n'en suis pas certaine. Une chose, en revanche, est sûre : elle fumait. Les vêtements de Billie Rae, enfin, les rares qu'elle avait, empestaient toujours la fumée de cigarette et le tabac.

— Et son père ?

— Selon le dossier scolaire, ses parents étaient séparés. L'emploi du père était renseigné comme ceci : « Pas vos affaires ».

Waouh ! J'avais beau me plaindre de mes parents, ils pouvaient prétendre au titre de Meilleurs parents de l'année par comparaison.

— Quel était leur nom ?

— Jolene et Roy Perkins.

— Ils sont encore en vie ?

Elle ajusta ses lunettes en demi-lune.

— Là, je peux te donner une réponse ferme : non. Ils ont été sauvagement assassinés.

Alors là, j'en restais baba.

— Quoi ?! Quand est-ce arrivé ?

— En mai 2000. À la fin de la seconde de Billie Rae.

Elle devait avoir quinze ou seize ans à l'époque, si je me fiais à mon calcul mental. Je demandai plus de détails.

— Ses parents ont été poignardés à mort aux petites heures du jour. Je suppose que Roy était venu leur rendre visite. On a trouvé Jolene sur le canapé-lit, Roy par terre.

— Et Billie Rae ? Elle était indemne ?

— La pauvre petite avait disparu. La police a pensé que le meurtrier de Roy et Jolene l'avait enlevée.

— Ils ont trouvé le tueur ?

— Non... jamais. Je pense que c'est une affaire classée maintenant.

— Et pour Billie Rae ? Vous pensez que le meurtrier l'a tuée aussi ?

Mary pinça les lèvres, qui ne formèrent plus qu'une ligne sinistre.

— Je regarde trop de séries policières. Ils disent que s'ils ne trouvent pas la personne disparue dans les premières vingt-quatre heures, il y a de fortes chances qu'elle soit morte.

Mais il y avait aussi l'exemple de ces filles qui avaient été retenues captives pendant des années par leurs ravisseurs et qui avaient réussi à s'échapper. Certaines, comme Elizabeth Smart ou Jaycee Dugard, avaient raconté leur histoire poignante dans des mémoires devenus des best-sellers et mené ensuite une vie intéressante. Avant que j'aie eu le temps de les évoquer, Mary enchaîna :

— Ma chérie, j'ai oublié de te demander. Où as-tu trouvé cette photo ?

Je me mordillai la lèvre. Pourquoi n'avais-je pas anticipé cette question ? Malgré ma vivacité d'esprit, j'hésitai, bafouillai et puis...

— Vous n'allez pas le croire, mais je l'ai trouvée dans la cave de notre maison.

Mary ne savait rien de notre voleuse d'étudiante et mon instinct me conseillait de faire en sorte que les choses restent en l'état. Elle ne savait rien non plus sur notre maison, qui n'avait pas de sous-sol.

— C'est très étrange, murmura-t-elle.

Nouveau recours à ma vivacité d'esprit.

— Peut-être que les anciens propriétaires de notre maison étaient liés à Billie Rae et à sa famille ? suggérai-je à tout hasard.

— Hmm. Peut-être.

Mary ne semblait pas très convaincue. Et je ne pouvais pas lui en vouloir. Contrairement à ma sœur et à Tanya, je n'étais pas une grande actrice.

— Mais maintenant, Mary, je suis très intriguée. Vous n'auriez pas, par hasard, des coupures de presse à m'envoyer sur le meurtre ou l'enquête ?

— Désolée, ma chérie, non. Mais je suis sûre que tu peux trouver des articles en ligne. Google « double meurtre dans le lotissement de mobil-homes de Shadow Hills ». Ça a fait la une du *Desert Sun* et du *Redlands Daily*, les journaux locaux. Ou bien reviens ici pour rencontrer les policiers qui ont enquêté sur le crime. J'aimerais beaucoup vous revoir, les enfants ! Et j'aurai plein de citronnade maison et de biscuits aux pépites de chocolat pour vous.

Un sourire fleurit sur mon visage. À sa grande joie, je lui répondis qu'une autre visite était possible, et puis nous raccrochâmes.

Une dizaine de messages cinglants de Tanya m'attendaient sur mon téléphone quand je raccrochai.

Mais j'avais bien mieux à faire que de les lire.

Je passai le reste de l'après-midi pelotonnée sur mon lit, à enquêter sur les meurtres de Jolene et Roy Perkins et sur la disparition de leur adolescente, Billie Rae. Je ne fis qu'une pause pour déjeuner, un délicieux burrito végane que Blanca avait préparé.

Ma recherche sur Google ne donna pas grand-chose. Quelques articles de journaux, dont un seul incluait des photos de Billie Rae et de ses parents, Jolene et Roy. Billie Rae ressemblait beaucoup à sa mère, cheveux brun terne, solennelle et maigre, mais elle avait les sourcils broussailleux et les pommettes saillantes de son père. Lequel était assez effrayant, avec son anneau dans le nez, son tatouage sur tout le cou et son menton à fossette hérissé de poils. Je lui trouvais quelque chose de familier, mais je n'arrivais pas à mettre le doigt dessus. J'avais peut-être regardé trop d'épisodes de *Breaking Bad*.

En revanche, j'en appris davantage sur les meurtres. Les coups avaient été portés avec des couteaux de cuisine. Aucune empreinte digitale extérieure n'avait été trouvée sur les armes : le tueur devait porter des gants. Et comme il n'y avait aucun signe d'effraction ou de lutte, il s'agissait probablement de quelqu'un qu'ils connaissaient.

Les mobiles ne manquaient pas. Jolene était une alcoolique au chômage qui traînait avec les hommes dans les bars du coin. Roy avait un casier judiciaire et une énorme dette de jeu. Il était donc possible que l'un des gars que madame avait levés soit passé à l'acte ou que l'un des débiteurs de monsieur ait décidé de manifester son mécontentement. Les articles les décrivaient tous les deux comme des minables et se concentraient surtout sur l'espoir de retrouver Billie Rae, leur fille disparue et présumée kidnappée. Un numéro de téléphone de la police était indiqué, ainsi qu'une ligne anonyme promettant que tous les renseignements seraient gardés secrets.

Après avoir parcouru les articles, je créai une alerte Google pour toute nouvelle publication en ligne mentionnant Billie Rae Perkins et/ou des filles disparues. Peut-être y aurait-il une avancée dans cette affaire non résolue.

Je jetai un coup d'œil à l'heure. Il était maintenant 15 h 45. Tanya allait rentrer d'une minute à l'autre.

En me déconnectant de mon ordinateur, je m'armai d'une profonde inspiration. J'envisageai de me barricader dans ma chambre, mais l'envie de voir sa rage à cause de la disparition de son ordinateur portable fut la plus forte.

Je sautai du lit et, alors que je me dirigeais vers le rez-de-chaussée, un sourire confiant se forma sur mes lèvres.

L'enfer pouvait se déchaîner, j'étais prête.

36

Natalie

Matt l'Étalon.

Les mots s'étaient marqués au fer rouge dans mon cerveau.

Le bourbon me brûlait la langue.

Et chaque fois que j'avalais une gorgée de la liqueur, son amertume laissait une traînée de feu de ma gorge jusqu'à mes tripes.

Il ne s'agissait pas de femmes sans nom ni visage. C'étaient des femmes que je connaissais. *Mes amies*.

Matt avait une prédilection pour les blondes à longues jambes. Je songeai à toutes les femmes que je connaissais et qui correspondaient à ce profil. Carolyn... Olivia... Gillian... La liste était longue. Comment pourrais-je me tenir devant elles, désormais, sachant qu'elles avaient peut-être couché avec mon mari ? Comment pourrais-je vivre avec cette rage et cette humiliation ?

Plus insupportable encore, comment pouvais-je vivre avec Matt ? Partager le même lit que lui ? Et moi qui pensais notre mariage en train de repartir, maintenant que nos rapports sexuels étaient redevenus fréquents et satisfaisants... Et maintenant *ça*. De plus, je n'arrêtais pas de penser à la fille née de ses ébats avec Alexa. À quoi elle ressemblait, ce qu'elle faisait, où elle vivait. Et y en avait-il d'autres ? Une seule chose était sûre...

Je le détestais.

Aidée par le bourbon qui m'enflammait, je déversais ma rage sur les légumes que je préparais pour le dîner. Je les tranchais avec l'un de nos couteaux de cuisine, aiguisé comme un rasoir. *Coupe. Coupe. Coupe. Coupe.* La lame de trente centimètres, étincelante, y allait plus fort et plus vite à chaque fois. J'avais l'impression d'être l'un de ces chefs japonais, spécialistes du *hibachi*, qui offraient aux clients un spectacle de couteaux éblouissant, hachant à la vitesse de l'éclair et jonglant avec une dextérité stupéfiante.

Les couteaux me terrifiaient. J'agrippai le manche un peu plus fort et restai concentrée au maximum : que je n'aille pas me couper un doigt. Mais à mesure que le bourbon s'infiltrait dans mon sang, ma lucidité diminuait et mon esprit commençait à me jouer des tours. En divisant deux tomates bien dodues et mûres, je m'imaginai en train de couper les couilles de Matt. *Coupe. Coupe.* Ensuite, en émincant une grosse courgette, j'imaginai la queue épaisse de Matt. *Coupe. Coupe. Coupe...*

Alors que j'abaissais à nouveau le couteau sur la courgette, une voix familière s'infiltra dans ma concentration.

— Coucou, Maman. Qu'est-ce que tu prépares ?

Paige.

Je levai les yeux, sans interrompre mes sinistres amputations, et une douleur soudaine et aiguë me transperça l'index gauche. Presque aussitôt, je poussai un cri de douleur, assorti d'un juron, et je baissai les yeux. Je m'étais pratiquement coupé le bout du doigt. Du sang carmin et brillant jaillissait de l'entaille profonde et imbibait la planche à découper.

Paige se précipita vers moi, affolée.

— Oh, mon Dieu, Maman ! Ça va ?

— Ch… chérie, apporte-moi des serviettes en papier, balbutiai-je.

Elle courut jusqu'au distributeur et revint à mes côtés avec une grosse liasse.

— Maman, donne-moi ta main.

Mon doigt m'élançait, ma main tremblait. Elle me serra le doigt dans les serviettes en papier, maintenant une pression constante. En quelques secondes, le sang avait saturé les fibres blanches. Je commençais à me sentir nauséeuse.

— Maman, tiens les serviettes en papier autour de ton doigt et serre bien.

Avec mon autre main, je serrai fort pendant que Paige se ruait à nouveau vers l'évier, revenant cette fois avec un torchon à carreaux. Rapidement, sans broncher, elle remplaça les serviettes en papier imbibées de rouge par le tissu plus absorbant.

Un flash me revint de son enfance et je me remémorai son stoïcisme lorsqu'elle s'écorchait le genou en pratiquant une quelconque activité de garçon manqué. Jamais elle ne versait une seule larme devant le sang de ses blessures. Il suffisait d'appliquer une noisette de Néosporine et un pansement, et elle était prête à repartir. Rien à voir avec Anabel, véritable Sarah Bernhardt à la moindre égratignure. Hystérique. Comme Paige, j'avais été une enfant stoïque, mais il faut dire que je n'avais pas le choix. Les larmes étaient mes ennemies. Il valait mieux les essuyer ou les cacher plutôt qu'on me les fasse passer à coups de gifles.

L'élancement atroce à mon doigt me ramena au présent. Le sang de la coupure avait traversé le tissu du torchon. Je me sentais prise de vertiges.

— Paige, ma chérie, va donc me chercher des pansements à l'étage.

— Les pansements ne suffiront pas. Je pense que tu dois aller aux urgences.

Je soupesais cette option au milieu de mon étourdissement lorsqu'une autre voix envahit la pièce.

— Paige ! Espèce de voleuse ! Où tu as foutu mon ordinateur ?

Tanya.

37

Paige

Des mitraillettes à la place des yeux, Tanya s'approchait de moi à grands pas. Elle jeta son sac d'ordinateur sur l'îlot de cuisine, l'ouvrit et en sortit la cocotte en fonte. Qu'elle posa lourdement sur le comptoir. Gros fracas. *Je préfère que ce soit là que sur ma tête,* pensai-je en poussant intérieurement un soupir de soulagement.

— Où est mon ordinateur portable ? fulmina-t-elle.

Je haussai une épaule.

— Je ne comprends pas du tout de quoi tu parles.

Ses sourcils se froncèrent, ses narines se dilatèrent.

— Foutaise ! Tu as volé mon ordinateur et tu l'as caché.

Je lui lançai un regard perplexe.

— Hein ? Non coupable, votre Honneur.

— Regarde-moi droit dans les yeux et dis-moi que tu n'as pas pris mon ordinateur.

Je m'exécutai, remarquant au passage qu'elle portait mon collier avec le pendentif cœur en or. Soit elle avait fait réparer ou remplacer la chaîne cassée, soit Lance lui en avait offert un tout neuf. Je n'aurais pas été surprise d'apprendre qu'il en avait tout un stock de côté. Quoi qu'il en soit, je m'en fichais complètement. J'en avais fini avec ce connard. Elle pouvait l'avoir. Et le collier aussi.

Voyant qu'elle n'arrivait à rien avec moi, Tanya jeta son dévolu sur ma mère, sans se préoccuper de son doigt qui saignait.

— Natalie...

Je lui coupai la parole.

— Laisse maman en dehors de ça. Tu ne vois pas qu'elle est blessée ?

— Qu'est-ce qui se passe ? intervint ma mère, la voix faible et tremblotante.

Le visage froissé par la colère, Tanya donna une poussée à la cocotte sur le plan de travail. Le récipient alla s'écraser au sol avec fracas.

— Votre sale gosse m'a volé mon ordinateur portable !

Ma mère, les yeux brillants de douleur, me jeta un coup d'œil.

— Paige ?

— Maman, c'est faux.

— Menteuse ! aboya Tanya, le visage plein de rage.

— Prouve-le ! la défiai-je.

— Je vais fouiller chaque centimètre carré de cette maison !

— Je t'en prie. Mais je parie que tu ne le trouveras pas.

— Dis-moi où il est !

Je lui souris.

— Je ne l'ai pas touché. Peut-être qu'un de tes crétins d'amis l'a volé hier soir pendant ta petite fête d'anniversaire. Les portes de la véranda étaient ouvertes et ils avaient facilement accès à la maison. Et à ta chambre.

Ma mère nous interrompit.

— S'il vous plaît, les filles, je ne me sens pas bien. On peut régler ça plus tard ?

Elle avait l'air affaiblie par la perte de tout ce sang.

— Maman, tu devrais t'allonger et tenir ton doigt en l'air.

Mais Tanya n'en démordait pas. Je n'eus pas le temps de souffler qu'elle avait les mains autour de mon cou comme si elle allait m'étrangler.

— Rends-le-moi, Paige ! exigea-t-elle avant de commencer à me serrer le cou

Ma mère hoqueta.

— Tanya, bon sang, qu'est-ce que tu fais ?

— Ôte tes sales pattes de moi ! bredouillai-je.

Au lieu de quoi, elle resserra sa prise. Je commençai à tousser, luttant pour aspirer de l'air.

— Tanya ! cria de nouveau ma mère, horrifiée. Lâche Paige tout de suite !

Elle tirait tant bien que mal sur le bras de notre étudiante en échange. Une nouvelle voix, plus grave, se fit soudain entendre :

— Bon Dieu, mais qu'est-ce qui se passe ici ?

C'était mon père, debout devant la porte latérale, avec mon petit frère.

Tanya me relâcha pour se tourner vers lui.

— Matt, Paige m'a volé mon ordinateur portable et ne veut pas me le rendre !

— Papa, je ne l'ai pas pris. S'il te plaît, crois-moi !

Tu parles, pensai-je. Dans son esprit, j'étais toujours à la fois une menteuse et une plagiaire.

Il me contempla, les paupières plissées, puis se tourna vers ma mère, en quête de réponses. À ce stade, elle avait perdu toutes ses couleurs et son corps tanguait. On aurait dit qu'elle allait s'évanouir.

— Papa ! criai-je, paniquée. Maman s'est coupée très gravement au doigt. Elle a perdu beaucoup de sang. Je pense que tu dois l'emmener aux urgences.

Rouge de rage, Tanya tapa du pied.

— Matt, faites quelque chose ! Dites à votre fille de me rendre mon ordinateur portable !

Sans lui prêter la moindre attention, mon père courut jusqu'à ma mère. Il regarda le torchon imbibé de sang enroulé autour de son doigt.

Doucement, il le déroula et, constatant la profondeur de l'affreuse entaille sur son doigt, il s'alarma aussi. Une rivière sanguinolente se déversait encore de la plaie et se répandait sur toute sa main. Les yeux écarquillés par l'horreur, mon père examina la coupure béante.

— Bon sang, Nat. Tu ne t'es pas ratée. Paige a raison. Il faut aller aux urgences.

À ma grande surprise, elle le repoussa.

— Laisse-moi tranquille, Matt.

Sa voix était rauque. Empreinte de chagrin. Elle se leva lentement, puis son corps devint tout mou. Juste à temps, mon père la rattrapa et la souleva dans ses bras. Sans effort, comme si elle ne pesait rien.

— On va à Cedars.

— Je veux venir avec vous ! m'écriai-je.

— Non, Paige. Reste ici ! Occupe-toi de ton frère.

— Et mon ordinateur alors ? couina Tanya. Je ne peux pas faire mes devoirs sans lui !

— Nous nous en occuperons à notre retour. En attendant, cherche dans la maison. Il doit être ici quelque part.

— Très bien, lança-t-elle, furieuse.

Puis elle se retourna et me coula le plus cinglant de tous les regards. Si un regard pouvait tuer, je serais morte.

Un frisson me parcourut l'échine. Quelqu'un pourrait mourir ce soir. Et ça risquait d'être moi.

Sur un geste impulsif, j'attrapai le couteau que ma mère avait utilisé. Et alors que Tanya sortait en trombe de la cuisine, je m'y accrochai comme à une bouée de sauvetage.

L'ouragan Tanya.

En fait, ce fut plutôt une tornade qui souffla sur la maison, détruisant tout sur son passage. Will et moi cherchions juste à limiter les dégâts. En la suivant de pièce en pièce. En rangeant après elle lorsqu'elle jetait les coussins des canapés, retournait les chaises, vidait le contenu des buffets, relevait les coins des tapis, etc. Nous ne voulions pas, ni Will ni moi, que notre pauvre mère revienne à la maison et soit confrontée à un tel saccage. Tandis que je restais près de Tanya, le couteau serré dans mon dos, je commandai à Will d'aller mettre le reste des couteaux de cuisine dans la cabane à outils et de la fermer avec un cadenas. Cette fille était folle. Mieux valait prévenir que guérir.

— C'est donc ça ta vengeance, siffla-t-elle tout en continuant à mettre à sac notre salon.

Elle en était à fouiller dans le bar à liqueurs, dont elle sortait toutes les bouteilles, comme une cinglée.

— Je t'ai volé ton petit ami. Alors tu m'as volé mon ordinateur portable.

— Je n'ai pas volé ton ordinateur, répondis-je nonchalamment.

— Sérieusement, Paige, parfois je pense que tu es encore meilleure actrice que moi.

J'analysai ses paroles. Elle venait pratiquement d'avouer qu'elle était une menteuse, une imposteuse, mais je n'avais toujours pas la preuve dont j'avais besoin.

— Je te jure sur la vie de Bear que je ne l'ai pas volé.

Je regrettai immédiatement mes paroles : loin de moi l'idée de mettre notre chien bien-aimé en danger. Je l'entendais aboyer dehors, d'ailleurs.

N'ayant rien trouvé d'intéressant dans le bar à liqueurs, elle s'empara d'une des bouteilles au sol – un coûteux cognac – et l'ouvrit. Basculant la tête en arrière, elle en but plusieurs gorgées, puis croisa mon regard. Ses yeux brillaient d'une lueur mauvaise.

— Au fait, larguée, ton ex-petit ami est un super bon coup.

Pincement de douleur. Puis, j'inspirai profondément et je souris intérieurement. Il était temps de lui faire comprendre qu'elle s'en était prise à la mauvaise personne. *Moi*.

— Oh, il t'a niquée ?

— Hein ?

Son visage se tordit. Il fallait croire que notre soi-disant étudiante anglaise n'avait jamais vu un *Austin Powers*.

— Ben, tu sais... (J'effectuai quelques mouvements exagérés du bassin jusqu'à ce qu'elle comprenne le message.) J'espère en tout cas qu'il a mis un préservatif.

Elle ricana.

— Peu importe. Je suis sous contraceptif.

— Mince, il ne t'a pas prévenue qu'il a de l'herpès ?

Elle eut soudain l'air affolée. Je dus me pincer les lèvres pour ne pas éclater d'un rire hystérique. Elle but une nouvelle goulée de cognac.

— Au fait, boire est nocif et peut provoquer des malformations congénitales. On ne te l'a pas appris dans ton pensionnat de luxe ?

— Va te faire foutre ! s'écria-t-elle, oubliant son faux accent britannique. Tu es juste jalouse et pathétique. Et moche comme un cul !

Je souris.

— Tu veux sans doute dire moche comme un pou ? dis-je avec un accent anglais.

La bouteille à la main, elle partit comme une furie. Un peu étourdie, je me dirigeai vers le bar à liqueurs et j'entrepris de remettre les bouteilles à l'intérieur. Dieu merci, elle ne les avait pas jetées à l'autre bout de la pièce. Ramasser le verre brisé et éponger le liquide m'aurait pris des heures. En rangeant la dernière bouteille, j'entendis mon frère.

— Beurk !

Je me tournai vers lui. Il contemplait le chaos, les yeux écarquillés. Je n'avais pas réussi à tout remettre en ordre. Des coussins, des oreillers et des livres étaient encore éparpillés un peu partout. Et l'un des canapés était renversé.

J'étais sur le point de demander à Will de m'aider à remettre la pièce en ordre lorsque des pas rapides et bruyants dans l'escalier firent retentir une sonnette d'alarme en moi.

— Elle monte à l'étage ! (Ma porte était fermée, mais pas celle de mon frère.) Willster, et si elle met ta chambre à sac ?

La première idée qui me vint à l'esprit : cette psychopathe allait détruire les robots qu'il avait mis des semaines à construire.

Mon frère m'adressa un sourire rusé.

— Ne t'inquiète pas, Pudge. J'ai rentré Bear, il est dans ma chambre. La porte est fermée, mais il va devenir dingo s'il l'entend ou s'il la sent. Crois-moi, elle ne risque pas de s'en approcher de sitôt. Alors finissons de ramasser ce désordre.

Nouvelle piqûre de rappel de l'intelligence de mon petit frère. Je lui vouais un amour immense et j'étais sûre et certaine qu'il irait loin dans la vie.

Le salon presque remis en ordre, nous entendîmes Bear aboyer comme un fou. Et Tanya déboula en bas pour cracher :

— Je parie que tu as caché mon ordinateur portable dans la chambre de ce petit crétin. Je le trouverai ! En attendant, je vais regarder dehors.

— Bonne chance ! criai-je tandis qu'elle se dirigeait vers les portes-fenêtres qui menaient au jardin.

Heureusement, mon atelier étant fermé à clé, elle ne pourrait pas y entrer. Comme elle resterait dehors un certain temps, vu que notre jardin était vaste et regorgeait de cachettes, je demandai à Will s'il avait faim. Il était affamé, et moi aussi.

En utilisant les légumes que ma mère avait coupés, le couteau toujours à portée de main, je nous préparai des pâtes « primavera » et une petite salade toute simple. Will engloutit son repas. Vu comme il était maigrichon, je ne savais pas où il mettait tout ce qu'il mangeait.

Assise en face de lui à l'îlot, je lui racontai mon appel téléphonique avec Mary. Et les recherches que j'avais faites sur Jolene et Roy Perkins, ainsi que sur leur fille, Billie Rae. Je n'omis aucun détail.

— Waouh ! C'est flippant, dit-il après avoir avalé sa dernière bouchée de pâtes.

Son assiette était propre comme un sou neuf.

— Oui, genre dix sur l'échelle de la flippance, acquiesçai-je en me servant de salade. Renfile ta casquette de Sherlock.

Je ris quand il plia une serviette en forme de chapeau et la mit sur sa tête.

— OK, selon toi, pourquoi Tanya avait cette vieille photo du lycée d'Indio ?

Il me chipa quelques pâtes qui me restaient.

— J'y ai réfléchi, mon cher Watson. Je ne crois pas que ce soit un hasard.

Je soupesais ses mots, quand des bruits de pas firent irruption dans la cuisine.

Tanya. Visage crispé. Poings serrés aux hanches.

— Alors, tu as trouvé ton ordinateur portable ? demandai-je d'un ton léger.

— Non. Mais j'ai trouvé ça quand j'étais à l'étage.

Elle tendit un bras et déroula le poing. Je reconnus immédiatement le petit objet blanc dans sa main. La caméra espion. Et elle aussi savait ce que c'était.

— Alors comme ça, vous m'espionniez tous les deux ? cracha-t-elle.

Je haussai les épaules en soutenant tranquillement son regard. Will fit de même. Elle riva ses yeux venimeux sur lui.

— Dis donc, petit pervers... tu as aimé me regarder me déshabiller ? Parader en culotte ? M'amuser sous les couvertures ?

Le pauvre petit Will blêmit. Il n'avait rien fait de tel, évidemment.

— Laisse mon frère en dehors de ça ! sifflai-je.

Un tintement de clés. Je pivotai aussitôt la tête vers la porte latérale. La poignée tourna et la porte s'ouvrit. Mes parents étaient de retour. Ils entrèrent dans la cuisine. Ma mère était encore pâlichonne, son doigt coupé bandé comme une momie égyptienne.

— Comment va ton doigt ? lui demandai-je.

Ses yeux étaient vitreux, ses traits tirés, comme si elle était ivre de fatigue.

— Je survivrai. (Une pause.) Dix points de suture et une attelle.

Pauvre maman !

— Tu as faim ? J'ai préparé le dîner.

— Merci, ma chérie, mais non. J'ai juste envie de monter m'allonger.

— Ton doigt te fait mal ?

— Oui. Ils m'ont donné des médicaments contre la douleur.

— Votre mère a besoin de se reposer, annonça mon père.

Sa voix était froide et je remarquai soudain la distance entre mes parents. L'homme qui l'avait galamment portée jusqu'à sa voiture se tenait maintenant à un bon mètre d'elle. Pas de contact physique. Pas de contact visuel.

Il desserra sa cravate.

— Natalie, je vais dormir en bas dans le séjour.

— Bien.

Le mot avait à peine franchi ses lèvres.

Chacun partit de son côté. Pas de baiser. Pas de câlin.

Que se passait-il entre mes parents ?

38

Natalie

Allongée dans notre lit king-size. Seule.

Je me tournais et me retournais.

Incapable de trouver le sommeil.

Mon doigt me lançait. Mais ce n'était rien comparé aux palpitations de mon cœur.

Sur le chemin des urgences, j'avais senti l'odeur du sexe. L'odeur de l'infidélité sur mon mari. Mais je n'avais pas eu la force de le confronter. Au lieu de ça, le trajet s'était déroulé en silence. Pareil sur le chemin du retour. Il ne m'avait même pas demandé comment allait mon doigt. Le silence est souvent plus parlant que les mots. Il savait que je savais. Quand je lui avais demandé de dormir dans une autre chambre, il avait d'ailleurs accepté sans broncher. L'idée de partager un lit avec lui me répugnait, et puis j'avais besoin d'espace pour réfléchir.

Les questions se bousculaient dans mon cerveau.

Comment allais-je travailler avec les femmes de mes comités sans penser qu'elles avaient couché avec mon mari ? Suivre des cours de pilates avec elles ? Faire du spinning avec elles à Soul Cycle ?

Peut-être que Matt avait couché avec certaines de mes instructrices. Plusieurs d'entre elles étaient blondes avec de belles jambes.

Quand devais-je le confronter ? Lui faire avouer toutes ses infidélités ? Et la plus grande question de toutes : qu'allais-je faire ? Rester avec mon mari adultère ? Ou le quitter ?

Une seule chose était claire : je ne pouvais pas me laisser entraîner dans une spirale descendante. Je ne pouvais pas m'effondrer comme la dernière fois et redevenir un zombie.

Cette fois, je devais être forte pour mes enfants. Pour moi.

J'avais des ressources.

J'avais du Xanax.

Vous savez ce qu'on dit : la première fois, honte à lui. La deuxième fois, honte à toi.

Non, je n'allais pas le laisser me faire honte. Pas cette fois. Plus jamais.

L'enfer n'est rien face à la femme qu'on a trahie.

Surtout une femme avec mes antécédents.

Après avoir pris un antidouleur, je fermai les yeux et laissai le sommeil m'emporter. J'allais avoir besoin de toutes mes forces.

39

Paige

Le lendemain matin, je fus surprise de trouver ma mère en bas, dans la cuisine, en train de disposer le petit déjeuner sur l'îlot – barres de granola, muffins aux myrtilles, fruits frais et jus d'orange.

Elle était déjà vêtue de sa tenue de sport Lululemon et avait bien meilleure mine que la veille au soir. Reposée, elle avait même retrouvé des couleurs.

— Comment va ton doigt, Maman ?

Je remarquai qu'elle évitait d'utiliser sa main gauche. Heureusement, elle était droitière.

— Il me fait moins mal, répondit-elle en se servant une tasse de café. Merci de prendre de mes nouvelles.

— Où est papa ?

D'habitude, c'était le premier descendu.

Ma mère but une gorgée de son breuvage fumant et haussa les épaules.

— Il devait avoir une réunion de bonne heure.

Le ton de sa voix racontait une autre histoire, cependant. Je n'insistai pas.

— Et Will ?

Mon frère, lève-tôt lui aussi, était toujours en bas avant moi.

— Il est sorti promener Bear, puisque je ne peux pas.

Elle baissa les yeux vers son doigt bandé. Il fallait deux mains pour maîtriser notre gros chien, s'il apercevait un écureuil et qu'il se mettait à gambader.

Avant que j'aie pu ajouter un mot, Tanya entra dans la cuisine comme un ouragan. Elle me lança un regard méprisant, puis se tourna vers ma mère, sans un mot au sujet de son doigt.

— Natalie, vous allez devoir m'emmener faire des courses après l'école.

— Je ne peux pas aujourd'hui. J'ai une réunion importante.

— Annulez-la ! J'ai besoin d'un nouvel ordinateur portable. J'ai cherché partout hier soir et je ne l'ai pas trouvé. Au moins, j'aurai le dernier MacBook Pro. Grâce à toi, conclut-elle avec un autre regard mauvais dans ma direction, et un sourire narquois.

De rien, ricanai-je silencieusement tandis qu'elle s'emparait d'une barre de granola. Après une rapide bouchée, elle reporta son attention sur ma mère.

— Natalie, si vous ne pouvez pas m'emmener, je vais demander à Lance de le faire.

Dieu merci, elle n'avait pas requis mes services !

— Il suffit que vous me passiez votre carte de crédit.

— Tanya, ma chérie, je ne peux pas te donner ma carte de crédit.

Elle fronça les sourcils.

— Pourquoi ?

— Je ne peux pas, c'est tout.

— Alors, qu'est-ce que je suis censée faire ? Je ne peux pas faire mes devoirs sans ordinateur.

— Tu ne peux pas utiliser ta carte ? Ou l'une des cartes de ton père ?

— Euh… la mienne vient d'expirer et je n'ai pas accès à celle de papa.

Je ne la croyais pas. Il y avait quelque chose de louche.

Ma mère se servit un muffin.

— Demande à Matt. Je suis sûre qu'il te laissera utiliser la sienne.

Tanya plissa les yeux.

— OK. Je vais lui envoyer un message. Il pourra peut-être nous retrouver à l'Apple Store de Century City, puisqu'il travaille dans le coin. Ou mieux encore, je me présenterai à son bureau.

Un rictus quasi imperceptible se dessina sur les lèvres de ma mère.

— Je te recommande vivement de l'appeler ou de lui envoyer un message avant de te rendre à son bureau. Il se peut qu'il soit occupé par une réunion importante. Ou à l'extérieur. Surtout si tu te présentes à l'heure du déjeuner.

Dehors, un klaxon retentit trois fois. Un klaxon que je reconnaissais.

— Ooh, ça, c'est Lance, confirma Tanya, dont le visage s'était illuminé. Il faut que j'y aille. À plus !

Elle but quelques gorgées du café qu'elle s'était versé, puis jeta le reste dans l'évier. Cette truie ne prit même pas la peine de mettre sa tasse dans le lave-vaisselle. Je la regardai sortir de la cuisine d'un pas sautillant, et mon cœur se serra lorsque j'entendis la voiture redémarrer.

Ma mère me jeta un regard perplexe.

— Pourquoi n'es-tu pas allée avec eux ?

Je déballai mollement une barre de granola, puis, après une profonde inspiration, je lâchai la bombe.

— Maman, on a rompu, Lance et moi.

Elle eut l'air plus bouleversée que surprise.

— Oh, chérie ! Mon pauvre chou, viens ici.

Elle m'ouvrit les bras et je la laissai m'étreindre, m'attirer dans son champ magnétique maternel.

Elle lissa mes cheveux de sa main valide.

— Quand est-ce que c'est arrivé ?

— Pendant le week-end.

Un mélange d'inquiétude et de compassion résonnait dans sa voix.

— Mon cœur, je suis vraiment désolée. Ça va bien ?

J'acquiesçai et mordis dans la barre croustillante à souhait.

— Ça va.

La vérité ? J'avais encore mal. Humaine, après tout.

Je me demandais si ma mère savait qu'il m'avait trompée avec Tanya. Qu'ils étaient ensemble maintenant. Avant que je puisse le lui apprendre, Will entra en trombe, tenant en laisse un Bear tout excité. Notre chien posa les pattes avant sur le comptoir et chaparda le reste de la barre de céréales de Tanya.

— Paige, dit Will, à bout de souffle en attrapant un muffin, faut pas que je sois en retard à l'école. Je suis le surveillant de classe ce matin.

Une grande partie de moi souhaitait rester un jour de plus à la maison. Ne pas avoir à affronter Lance et Tanya ensemble. Mais j'avais trop de choses de prévues, notamment deux contrôles, une présentation et un entraînement de basket-ball.

Le cœur lourd, je pris la clé de ma voiture et je suivis Will jusqu'à ma Jeep.

En attendant qu'il boucle sa ceinture, je ne pus m'empêcher de consulter l'Instagram de Tanya.

La bile me monta dans la gorge lorsque je découvris un selfie d'elle et de Lancenard lèvres contre lèvres, avec le hashtag #Instalove et tout un tas de cœurs. Écœurée, je fermai l'application et jetai mon téléphone dans mon sac à dos, avant que tous les commentaires haineux n'affluent pour me dénigrer.

Ma mère ne savait peut-être pas ce qui se passait, mais le reste du monde était au courant.

Y compris la totalité des élèves de Coldwater.

La reine d'Instagram avait trouvé son roi.

Je le détestais, mais je la détestais, elle, encore plus.

À tel point que je pourrais la tuer.

40

Paige

Les jours suivants se déroulèrent sans incident, si l'on ne tenait pas compte du fait que j'étais dans un état second. Tanya avait reçu un ordinateur portable tout neuf, offert par mon père. À l'école, Lance et elle paradaient main dans la main, tandis que j'essayais de regarder ailleurs, les joues brûlantes d'un mélange de jalousie et de tristesse. La lutte était réelle. Avoir un petit ami me manquait.

J'attendais avec impatience les vacances de Thanksgiving, moins d'une semaine après. Je n'aurais plus à les voir se bécoter, et je pourrais passer du temps avec ma grand-mère, qui serait une source de réconfort, je le savais. Plus que jamais, je formulais le souhait que Tanya reparte sur son balai, d'où qu'elle soit venue. L'idée de passer encore six mois avec elle m'était insupportable. Ni Will ni moi n'avions beaucoup progressé dans la découverte de sa véritable identité. Ni sur le lien entre elle et Billie Rae Perkins. Ça faisait presque trois mois que nous travaillions sur l'« Affaire Tanya Blackstone », aussi appelée « Opération Tanya ». Au temps pour Sherlock et Watson.

Comme ma mère ne pouvait pas cuisiner à cause de son doigt en poupée, nous commandâmes à livrer presque tous les soirs cette semaine-là. Un soir, italien. Un autre, thaïlandais. Un autre encore, sushi. Chaque commande comprenait un plat végane pour moi. Ma mère se montrait polie avec mon père, mais elle semblait changée. L'étincelle avait disparu. Quelque chose de non dit. Les conversations étaient réduites au minimum, Tanya occupant le centre de la scène. J'étais toujours heureuse, quand le dîner prenait fin, de monter dans ma chambre. Pareil pour Will. Aucun de nous ne savait ce qui se passait entre nos parents mais, quoi qu'il en soit, ça ne me disait rien qui vaille.

Le dimanche, veille du début de nos vacances de Thanksgiving, nous sortîmes dans un restaurant fusion chic que mon père aimait bien, sans Tanya.

— C'est dommage que Tanya n'ait pas pu se joindre à nous, elle aurait adoré ce restaurant, commenta ma mère en piochant dans son sauté avec ses baguettes. Mais elle avait sa dissertation de fin de trimestre à faire.

J'avalai une bouchée de mes nouilles épicées.

— C'est ce qu'elle t'a dit ?

Elle se tourna vers moi. Il était temps de lui annoncer les gros titres.

— En fait, elle sortait avec Lance. Il m'a trompée avec elle, c'est pour ça que j'ai rompu avec lui. Maintenant, ils sont ensemble.

Alors que mon père réagit avec indifférence, l'infidélité de Lance sembla toucher une corde sensible chez ma mère. Son visage s'assombrit.

— Je savais qu'il se passait quelque chose entre eux deux. C'est inacceptable. Je vais avoir une discussion avec Tanya une bonne fois pour toutes.

— Pas la peine, Maman. Je m'en suis remise.

Sans que j'aie versé de larmes, elle me serra dans ses bras.

— Ma chérie, tu ne dois jamais rester avec un homme qui te trompe. Tu n'es pas d'accord, Matt ? ajouta-t-elle avec un sourire mauvais à l'attention de mon père, assis en face d'elle.

Il pâlit.

— Demandons l'addition et on s'en va. J'ai les bagages à terminer pour notre départ.

En arrivant à la maison, nous sentîmes immédiatement que quelque chose n'allait pas. D'habitude, Bear aboyait tout de suite dans le jardin ou dans la chambre de Will. Or la maison était plongée dans un silence irréel.

— Bear ! lança Will. On est rentrés !

Pas un jappement. Pas un gémissement. Pas un son. Je pressentais quelque chose de grave jusque dans mes os.

— Peut-être qu'il dort dans ma chambre, dit Will, dont l'inquiétude était nettement audible.

Je le suivis dans l'escalier, dont nous montâmes les marches deux à deux. Un bref soulagement m'envahit en découvrant la porte de sa chambre fermée. Will l'ouvrit en grand et nous poussâmes l'un et l'autre un cri. Bear n'y était pas !

— Will, il est forcément là !

Frénétique, le souffle court, je courus derrière lui dans le couloir, en ouvrant toutes les portes sur notre passage et en appelant Bear. Lorsque nous parvînmes à la chambre de Tanya, sa porte était entrouverte. La gorge serrée par un horrible pressentiment, je dis à Will :

— Attends ici. Laisse-moi entrer en premier.

La peur au ventre, j'entrai en hésitant. La chambre, comme d'habitude, était une porcherie. Son lit était défait. Sa commode débordait de sous-vêtements. Des vêtements éparpillés partout.

Et il était là. Bear. Sur le sol. Étendu. Immobile. Les yeux fermés. La langue pendante. Dans une mare de vomi. Au bord des larmes, je portai une main à ma bouche et je soufflai :

— Oh, mon Dieu !

— Bear ! Bear ! cria Will derrière moi, complètement affolé.

Il se précipita vers son chien inanimé.

— Bear, Bear ! sanglota-t-il en l'enlaçant. Réveille-toi ! C'est moi, Will !

Notre chien ne bougeait pas. Mon cœur commença à se briser en mille morceaux. Un chagrin comme je n'en avais jamais connu me submergea. Les larmes coulaient. En les essuyant, je remarquai une traînée d'emballages de chewing-gums. Des feuilles argentées familières. Trident. Ceux que Tanya mâchait sans cesse et gardait dans le tiroir de sa table de nuit. J'arrêtai de respirer. Le tiroir était grand ouvert. Il y avait plusieurs paquets de chewing-gums bleus vides et mâchonnés près du chevet. Les pièces du puzzle se mirent en place. Pendant que nous étions sortis dîner, elle avait dû laisser Bear sortir de la chambre de Will et l'attirer dans la sienne, où le tiroir avait été délibérément laissé ouvert. Notre chien mangeait n'importe quoi. Même du chewing-gum. Nous savions tous que le Trident contenait du xylitol, un substitut de sucre toxique pour les chiens. Souvent mortel. Raison pour laquelle nous avions banni tous les produits à base de xylitol de la maison. Même le beurre de cacahuète de Whole Foods que nous adorions.

Tandis que Will continuait à brailler, vautré sur Bear, j'appelai mes parents à tue-tête. Je ne pouvais pas laisser Will seul, hors de question.

Ma mère débarqua dans la chambre de Tanya, suivie de près par mon père.

— Mon Dieu ! s'écria-t-elle en voyant mon frère en larmes avec Bear. Qu'est-ce qui s'est passé ?

— Bear a été empoisonné, lâchai-je, les yeux encore inondés. Je crois qu'il est mort !

Mon père se rua vers Will et Bear. Aussi doucement qu'il le pouvait, il écarta mon frère de notre chien inerte, malgré la résistance de Will, qui continuait de s'accrocher à son chien.

— Non, Papa, non ! sanglotait-il. Laisse-moi !

Devant la douleur peinte sur son visage, ma mère se jeta sur Will et le prit dans ses bras. Il pleurait encore contre sa poitrine tandis que mon père s'accroupissait et posait une main sur le dos de Bear. Puis il tourna la tête vers nous.

— Il respire ! Il est encore en vie ! Quelqu'un, vite ! Appelez le vétérinaire !

Je fus la première à réagir. Sans perdre un instant, je sortis mon téléphone. En revanche, je savais qu'il valait mieux ne pas appeler notre vétérinaire, car nous étions dimanche et en dehors des horaires d'ouverture. Je composai donc immédiatement le numéro de la clinique vétérinaire où nous avions déjà emmené Bear lorsqu'il avait marché sur un morceau de verre. Le cœur battant à tout rompre, je dus supporter une musique insipide pendant ce qui me parut une éternité avant d'avoir quelqu'un au bout du fil. J'expliquai la situation, avec un débit avoisinant les cent à l'heure. Puis j'écoutai.

— Maman, Papa ! Il faut l'emmener à la clinique vétérinaire de West L.A. le plus vite possible !

— Comment allons-nous le descendre ? demanda ma mère.

Toujours accroché à elle, Will leva brièvement les yeux vers mon père.

— Papa, tu dois le porter en bas !

Bear pesait près de quatre-vingts kilos. Même en forme comme il l'était, mon père ne pourrait jamais le soulever. De plus, il avait des problèmes de dos, s'étant abîmé un disque lors d'une partie de tennis.

— Papa, ramasse-le ! insista Will.

À mon immense surprise, mon père s'agenouilla et prit notre énorme chien dans ses bras. *Comme quoi, quand on veut, on peut*.

— Allez, venez. On y va !

Me souvenant de ce qu'on m'avait dit à la clinique, je m'empressai de rassembler tous les emballages de chewing-gums et les paquets de Trident entamés. Ils avaient besoin de savoir combien de milligrammes de xylitol Bear avait ingérés.

Dix minutes déchirantes plus tard, nous étions dans ma Jeep. Mon père au volant, ma mère sur le siège passager. Will, toujours en larmes, à côté de moi et derrière nos parents, avec le pauvre Bear inconscient allongé sur nos genoux.

Allez, Bear, tiens bon ! priais-je pendant que nous foncions, sans nous arrêter aux feux rouges, vers l'hôpital pour animaux à l'autre bout de la ville. Je n'avais jamais eu aussi peur de ma vie.

Après trois longues heures exténuantes, nous étions de retour à la maison ; il était près de minuit. Le diagnostic, pour Bear, n'était pas rassurant. L'équipe de médecins qui l'avait soigné estimait qu'il avait ingéré environ vingt-cinq tablettes de chewing-gums, soit près de cinq mille milligrammes de xylitol ; compte tenu de son poids, sept mille cinq cents milligrammes l'auraient tué. Dans le coma, il souffrait d'hypoglycémie et de possibles lésions au foie. On lui avait fait subir d'autres examens sanguins avant de le placer sous perfusion. Son pronostic vital était engagé. Les vingt-quatre heures à venir seraient critiques. Nous devions attendre.

Tanya n'était toujours pas rentrée. Elle était probablement encore avec Lance. Heureusement pour elle, car à la vérité, si elle avait été à la maison, je lui aurais probablement planté un couteau dans le cœur ou versé du Clorox dans la gorge. Ou peut-être que j'aurais trouvé l'arme de mon père et que je lui aurais montré que je savais m'en servir aussi.

Pauvre Will ! Il n'avait pas cessé de pleurer. Il avait sangloté pendant tout le trajet jusqu'à la clinique, tout le temps que nous étions restés là-bas et sur le chemin du retour. Je ne l'avais jamais vu dans cet état. J'enfilai rapidement mon pyjama, puis je courus frapper à sa porte. J'entendais ses sanglots à travers l'épaisse paroi de bois.

— Will, c'est moi.

Je frappai à nouveau. Pas de réponse. Passant outre son panneau « Défense d'entrer », je tournai la poignée.

Sa veilleuse était allumée et mon frère, vêtu de son pyjama Star Wars, était recroquevillé dans son lit en soupente, les genoux contre la poitrine, en train de pleurer à chaudes larmes. Sans rien demander, j'entrai et je grimpai le rejoindre pour passer mon bras autour de ses épaules menues secouées de sanglots. Parfois, il était difficile de croire qu'un jour mon petit frère ne serait plus si petit. Que je devrais lever les yeux pour le regarder.

Aussi triste que je sois aussi, je ressentais quelque chose de pire. De la culpabilité. Une horrible, horrible culpabilité. C'était ma faute si Bear risquait de mourir. J'avais volé l'ordinateur portable de Tanya, alors elle avait cherché à voler la vie de notre chien, sachant à quel point il était précieux pour nous. La vengeance. Un mélange déchirant de culpabilité, de chagrin et de remords m'envahit, faisant monter un flot de larmes à mes yeux.

Incapable de les retenir, je les laissai couler sur mon visage.

— Je... je suis tellement désolée, Willster, bredouillai-je. Est-ce que tu pourras me pardonner un jour ?

— Qu'est-ce que tu veux dire ?

— Tout est ma faute.

Il tourna vers moi son visage trempé. Ses yeux larmoyants étaient rouges et bouffis, ses joues aux innombrables taches de rousseur, mouillées de larmes. Son petit nez en bouton coulait comme un robinet.

— Qu... qu'est-ce que tu veux dire, Pudge ? bafouilla-t-il.

Je commençai à sangloter.

— Si je n'avais pas volé l'ordinateur portable de Tanya, rien de tout ça ne serait arrivé. (En plus, j'avais juré sur la vie de notre chien que je ne l'avais pas pris.) Bear serait ici. Il dormirait par terre, juste en dessous de nous.

Il saisit ma main libre.

— Pudge, ce n'est pas ta faute. Arrête de culpabiliser. On était partenaires de crime.

— Tu m'en veux ?

— Arrête !

Il esquissa un petit sourire.

— Oh, Will !

Je le serrai dans mes bras et il me rendit la pareille. Je le serrai plus fort. Et sentis son cœur cogner contre le mien. Nous avions traversé tant de choses ensemble. Contre vents et marées. Will avait toujours été là pour moi et moi pour lui. Nous nous soutenions mutuellement. Nous étions là l'un pour l'autre.

Nous nous écartâmes enfin.

Ses larmes s'étaient calmées et les miennes aussi.

— Pudge, tu veux bien rester avec moi cette nuit ?

— Bien sûr.

La vérité, c'est que je ne pouvais pas imaginer dormir seule.

— Encore une chose. Tu veux bien prier pour Bear avec moi ?

Je lui ébouriffai les cheveux.

— Oui... bien sûr.

Pour la deuxième fois ce soir-là, je priai. Alors que je n'avais pas prié depuis des années. En fait, je ne me rappelais pas la dernière fois que j'avais prié. Si nous allions parfois à l'église, je n'étais pas pieuse. Je n'étais même pas sûre de croire en Dieu, mais ce soir, j'y croyais. Peut-être Will était-il croyant, sans que je le sache. Peu importait. Ensemble, nous baissâmes la tête, les mains jointes, et en silence, nous priâmes pour Bear.

De mon côté, je priai aussi avec ferveur pour que Tanya reçoive ce qu'elle méritait.

41

Paige

Les vacances de Thanksgiving. Une semaine sans lycée.

Il y avait de bonnes nouvelles.

Et de mauvaises nouvelles.

La bonne nouvelle : Bear avait survécu à l'empoisonnement.

La mauvaise nouvelle : il avait dû rester à l'hôpital pendant une semaine alors que nous partions à San Francisco pour passer Thanksgiving avec mes grands-parents. Les médecins disaient qu'ils devaient le maintenir sous perfusion et le surveiller. Ils n'excluaient toujours pas des lésions hépatiques et des caillots sanguins, mais ils étaient optimistes quant à son rétablissement complet.

Will et moi avions pu le voir deux fois – une fois le lundi et une autre fois le mardi matin avant d'embarquer pour notre voyage – et nous étions ravis des progrès qu'il avait accomplis. Le lundi, ses yeux étaient vitreux et lui, très léthargique. Le mardi, il était presque redevenu lui-même, remuant la queue et aboyant pour que nous le ramenions à la maison. Le personnel nous avait assuré que tout le monde était tombé amoureux de notre gros niais et promis de très bien s'occuper de lui. Nous pourrions même le voir en FaceTime.

Et pendant notre absence, Blanca avait promis qu'elle lui rendrait visite tous les jours. Nous croisions les doigts pour le récupérer sur le chemin du retour.

Nous allions toujours à San Francisco en voiture. Avant, nous prenions la Range Rover de ma mère, mais comme elle l'avait changée pour sa Mercedes décapotable, mon père avait loué une Lincoln Navigator, plus spacieuse. Chaque année, j'attendais ce voyage avec impatience, car nous empruntions la route panoramique Highway 1 qui longe la côte et nous arrêtions à Big Sur, Monterey ou Carmel. Cette fois-ci, en raison d'un départ tardif et de l'humeur irritable de mon père, nous nous contentâmes de l'ennuyeuse I-5 vers le nord, sans rien à voir à part des fermes maraîchères et des vaches. Ma mère était assise à l'avant, qui lisait des magazines de mode sans dire grand-chose à mon père. Will et moi étions derrière : mon frère jouait à des jeux sur son iPad, je feuilletais mon carnet de croquis. Derrière nous, Tanya était affalée sur la banquette du fond, mâchant du chewing-gum et se plaignant. La haine que Will et moi ressentions à son égard dépassait les mots. Elle niait farouchement avoir quoi que ce soit à voir avec l'empoisonnement de Bear, affirmant qu'il s'agissait d'un pur accident. Peut-être avait-elle accidentellement (*volontairement !*) laissé son tiroir ouvert, tant elle s'était hâtée de se préparer pour son rendez-vous avec Lance.

— Cette bestiole stupide et méchante, c'est juste une perte de place, m'avait-elle dit, à moi. Il faudrait vraiment la faire piquer.

Si nous pouvions la faire piquer, elle, Will et moi le ferions sans hésiter.

Nous arrivâmes à San Francisco en un temps record. Un peu moins de cinq heures. Le fait que nous ayons évité les embouteillages des vacances en voyageant un mardi avait joué, et il était probable qu'il en aille de même en rentrant chez nous le samedi. Nous nous installâmes dans notre hôtel préféré, Union Square, où nous séjournions toujours quand nous venions à San Francisco. Cette année, nous avions pris une suite de trois chambres. Magnifique, à l'exception notable du fait que je devais partager la mienne avec Tanya. Inenvisageable. Le pompon, ce fut que la crise vint de Tanya. Une heure plus tard, j'étais installée dans l'élégant appartement de Nob Hill de ma grand-mère, rempli d'œuvres d'art, dont je partageais l'une des chambres d'amis avec Will. Il était hors de question que je le laisse seul avec la tueuse de chiens.

Thanksgiving était une période spéciale pour moi, car je pouvais passer du temps avec ma grand-mère, que j'adorais. Le mercredi matin, pendant que Will se rendait au musée des sciences, l'Exploratorium, avec mon grand-père, ma grand-mère et moi allâmes au musée d'Art moderne de San Francisco. C'était l'un de mes musées préférés, et j'en avais visité beaucoup de par le monde. J'adorais son architecture, la lumière naturelle, la collection permanente et, à ma grande joie, il présentait une exposition spéciale consacrée à Brancusi. Croyez-moi, la décision n'avait pas été difficile à prendre, entre passer la journée à faire du shopping avec Natanya et aller au musée avec grand-mère. *Ah !*

Nous arrivâmes au musée à l'ouverture, à 10 heures, et nous le parcourûmes rapidement. Ma grand-mère, grande collectionneuse d'art et mécène, faisait partie du conseil d'administration et avait fait don de plusieurs pièces de sa propre collection au musée. J'adorais les voir, et la plaque qui les accompagnait – « Don de la collection personnelle de Marjorie et Martin Merritt » – me remplissait toujours de fierté. J'espérais que l'une de mes sculptures serait exposée un jour dans ce musée.

En descendant du dernier étage, nous vîmes toutes mes pièces préférées, puis nous passâmes une heure à parcourir l'exposition Brancusi.

Ensuite, Grand-mère et moi déjeunâmes au café du musée, étape obligée quand nous venions ici. Nous trouvâmes une table pour deux, avec vue sur l'époustouflant jardin de sculptures. C'était la première fois que j'avais l'occasion de m'ouvrir à ma grand-mère. La soirée de la veille avait été pénible, car tante Cecilia était passée et avait monopolisé son attention, mais Grand-mère était à présent aussi impatiente de me parler que je l'étais.

— Alors ma chérie, commença-t-elle en dévissant le bouchon de son eau gazeuse, as-tu des nouvelles de la RISD ?

Un sourire se dessina sur mon visage.

— J'ai été acceptée ! Décision anticipée !

Je l'avais appris juste après notre visite à Bear de lundi.

Le visage de ma grand-mère s'illumina et elle applaudit joyeusement.

— C'est merveilleux ! Je suis ravie pour toi !

— Tu es la première à le savoir, à part Will. (Mon sourire s'effaça.) Je ne l'ai pas encore annoncé à mes parents. Maman sera contente, mais papa va péter les plombs. Il m'a dit et répété qu'il ne paierait pas pour une formation artistique.

— Ma chère enfant, ne t'inquiète de rien. Je suis tout à fait disposée à couvrir les frais de ta scolarité, quelle que soit la somme.

Mes yeux faillirent sortir de leurs orbites.

— Sérieusement ? Tu le penses vraiment, Grand-mère ?

Héritière d'une fortune dans l'industrie ferroviaire, elle était riche et indépendante, et n'avait pas besoin de l'argent de son mari. Ni de celui de ses enfants, aisés eux aussi.

Elle m'adressa un clin d'œil.

— Je ne mens jamais… du moins pas à ceux que j'aime.

Bondissant de ma chaise, je contournai la table et la serrai dans mes bras.

— Oh, Grand-mère ! Je t'aime tellement ! Je ne sais pas comment te remercier.

— Ma petite-fille chérie, c'est ce que tu viens de faire. Maintenant, mangeons. Je suis affamée.

Je regagnai ma place et nous croquâmes aussitôt dans nos burgers au tofu.

Grand-mère piqua quelques feuilles de salade à la pointe de sa fourchette.

— Et ton petit ami, Lance… Est-ce qu'il a reçu une réponse de Brown ?

— Lancenard, la corrigeai-je. Je ne sais pas. Et je m'en fiche.

Ma grand-mère haussa des sourcils intrigués.

— On a rompu.

Ses sourcils se haussèrent un peu plus encore.

— Ah ?

— Tanya, notre étudiante en échange, me l'a chipé.

Je vis la colère fondre sur ma grand-mère. Son visage s'assombrit, ses lèvres se pincèrent.

— Cette ignoble petite garce ! Elle ne m'a pas fait bonne impression, quand je l'ai vue, chez vous. Je l'ai trouvée rebutante et fausse. Même son accent anglais m'a semblé artificiel.

Je m'attelai à lui raconter tout ce que Will et moi avions découvert sur Tanya. Qu'avant de venir vivre chez nous elle n'était pas du tout présente sur les réseaux sociaux, que nous n'avions rien trouvé sur son prétendu père diplomate, et qu'elle avait volé son ordinateur portable à une charmante retraitée qui vivait à Redlands, en se faisant passer pour quelqu'un d'autre. Et puis je lui parlai du pauvre Bear, qu'elle avait tenté d'empoisonner, nous en étions sûrs. Pour se venger, à sa façon tordue, du « vol » de son ordinateur, que nous avions en fait rendu à sa propriétaire légitime.

Grand-mère avait l'air consternée.

— Cette fille est un danger pour ta famille et toi. Nous devons nous en débarrasser ! (Une pause.) A-t-elle des allergies alimentaires ?

Je secouai la tête.

— Pas que je sache.

— Hmm.

Les sourcils froncés, elle semblait plongée dans ses pensées.

— Oh, mon Dieu, Grand-mère ! Tu n'as quand même pas l'intention de l'empoisonner ?

Enfin, je devais admettre que je savourais cette pensée délicieusement horrible. La vengeance parfaite. Elle a empoisonné notre chien, empoisonnons-la.

Ma grand-mère partit de son rire profond et guttural.

— Non, chérie, bien sûr que non. (Puis, les lèvres pincées, mon élégante grand-mère se mit à jouer avec le joli collier de perles qu'elle portait toujours et m'adressa un sourire diabolique.) Mais nous allons quand même la mettre hors d'état de nuire.

J'écoutai son plan et esquissai un sourire démoniaque à mon tour.

Et je me demandai : avais-je hérité de l'esprit machiavélique de ma grand-mère ?

42

Paige

Le lendemain, c'était le jour de Thanksgiving. Grand-mère préférait servir le repas, qu'elle faisait toujours préparer par un traiteur, en fin d'après-midi. Dernier appel : 16 heures.

Pendant qu'elle supervisait l'arrivée des plats dans la cuisine, nous étions assis dans le salon beige élégamment aménagé, entourés de toiles de Rothko, de Pollock et de Picasso d'une valeur inestimable. Un feu brûlait dans la cheminée. Le buste de ma grand-mère que j'avais sculpté trônait fièrement sur le manteau, au milieu des autres chefs-d'œuvre de mes grands-parents. L'odeur alléchante du repas de fête flottait dans l'air, assez entêtante pour me donner faim et me faire douter de ma décision de devenir végane, tant la dinde rôtie sentait bon.

Autour des amuse-bouche et des boissons (cocktails variés pour les adultes, jus de pomme pétillant pour les enfants), j'appris que le flamboyant oncle Trevor, étalagiste renommé pour les grands magasins du monde entier, venait de rentrer de Londres.

— Qu'est-ce que tu faisais là-bas ? lui demandai-je, impressionnée par son énergie sans limites.

Il n'avait pas du tout l'air de souffrir du décalage horaire.

— Un contrat avec Harrods. J'ai décoré leurs vitrines pour Noël, expliqua-t-il en buvant une gorgée de son manhattan. J'aimerais que vous puissiez les voir ! Un véritable pays des merveilles hivernal. Faaaaabuleux !

Dans ma vision périphérique, je vis mon père et ma tante Cecilia lever les yeux au ciel. Le requin des affaires et l'avocate de choc spécialisée dans les divorces méprisaient le métier jugé frivole de mon oncle. De plus, ils étaient jaloux, car Trevor, le plus jeune des enfants de ma grand-mère, était clairement son préféré.

Les trois frères et sœurs, deux ans d'écart chacun – Cecilia étant l'aînée avec ses cinquante ans –, ne s'étaient jamais entendus dans leur enfance. Adultes, ils avaient toujours des relations conflictuelles. La famille de mon père était aussi dysfonctionnelle que la nôtre, décidément. Pourtant, je devais les aimer. Ils étaient ma seule famille, mes seuls grands-parents. Ma mère était fille unique, et ses parents, qui n'avaient pas eux non plus de frères et sœurs, avaient péri dans un terrible incendie, juste avant qu'elle ne rencontre mon père. Leur maison avait brûlé, ne laissant aucun souvenir. Ni aucune information en ligne. Clement et Dorothea Taylor avaient cessé d'exister. Et ma mère n'aimait pas parler d'eux, parce que ça la rendait trop triste.

— Trevor, comme c'est excitant ! s'exclama-t-elle justement, coupant court à mes pensées. (Ma mère adorait mon oncle *bon vivant*[1] autant que moi.) Au fait, l'étudiante que nous accueillons vient de Londres.

Je me tournai vers Tanya qui, totalement déconnectée, avait l'air de s'ennuyer ferme.

— Tanya, tu aimes Harrods ?

---

1. En français dans le texte.

Elle sursauta.

— Hein ? Désolée. Je n'écoutais pas.

Je répétai ma question.

Elle se tortilla sur son siège.

— Euh... oui.

— Quel est ton étage préféré ?

— Papa et moi, on aime loger dans le penthouse, quand il est en ville.

Ma mère et Trevor lui jetèrent un regard perplexe. J'aurais aimé que ma grand-mère l'entende, celle-là. Tous les Britanniques du monde savaient que Harrods était le célèbre grand magasin de Londres, et non un hôtel cinq étoiles. Avant que je puisse l'éclairer, mon grand-père à moitié sourd se mêla à la conversation.

— Alors, Tanya, mon fils Matthew m'a dit que tu avais fait une demande d'inscription à Stanford avec décision anticipée ?

Il évitait de me regarder, et je n'étais pas sûre que mon père lui avait parlé du scandale du plagiat. Il y avait de fortes chances que non afin de lui épargner colère et humiliation, deux émotions qui lui étaient particulièrement déconseillées étant donné ses problèmes cardiaques. L'année dernière, il avait été victime d'un léger infarctus et avait dû subir un pontage.

Tanya sourit.

— Oui, c'est exact.

— Et alors, des nouvelles ?

— Oui. Ils attendent toujours mon bulletin de notes de mon école en Angleterre.

Mon père se dit convaincu qu'elle serait acceptée, tandis que Will et moi échangions un regard amusé. L'Angleterre, mon cul. Cette fille était complètement bidon.

Et ce jour-là, nous allions enfin le prouver.

La conversation entre mon père et mon grand-père se porta sur le sport. L'équipe de football de Stanford allait-elle battre celle de Berkeley, sa rivale de toujours ? À la mention de Berkeley, je ressentis une pointe d'excitation. Le lendemain, j'allais rendre visite à ma meilleure amie, Jordan. Elle me ferait visiter le campus, et je pourrais peut-être même y passer la nuit.

— Excusez-moi, dit mon frère, dont la voix interrompit mes pensées. Je dois aller aux toilettes.

Il se leva, ses yeux pétillants accrochèrent les miens. Un frisson d'excitation me parcourut la peau tandis que je le regardais s'éloigner.

Assise à côté de ma mère, Tanya but quelques gorgées de son jus de pomme pétillant et reprit son air blasé. Elle bâilla même, avant que son téléphone portable ne sonne. La sonnerie était bien reconnaissable : *Oops !... I Did It Again* de Britney Spears.

— Oh ! Ce doit être mon petit ami, Lance, annonça-t-elle avec un sourire suffisant, qu'elle m'adressa en particulier. Excusez-moi. Je reviens tout de suite.

Elle se leva d'un bond du canapé et quitta la pièce en trombe. Nos sacs étaient rangés dans l'une des chambres d'amis de ma grand-mère, qui détestait voir sacs à dos et manteaux éparpillés par terre ou sur les chaises. Elle avait également une politique de tolérance zéro concernant l'utilisation des téléphones portables lors des réunions de famille, d'ailleurs.

Parfait. Tout se déroulait selon le plan.

Les conversations se poursuivirent. Ma mère demanda à Cecilia ce qu'elle pensait d'un certain Jason Nussbaum.

Ma tante plissa les yeux. Avec ses cheveux bruns grisonnants détachés, elle était séduisante, mais j'étais prête à parier que, lorsqu'elle les portait en un chignon sévère, dans une salle d'audience, elle était sacrément intimidante. Une force avec laquelle il fallait compter.

— C'est un serpent... Il plume littéralement les maris de ses clientes. Pourquoi cette question ?

— Je me renseigne juste pour une amie, répondit ma mère.

Puis elle sourit.

Je pris note de googler le nom de Jason Nussbaum.

Tanya revint, l'air un peu contrariée, un Will très content de lui sur ses talons. Tous deux regagnèrent leur siège. Je me tournai vers Tanya.

— Comment va Lancey ? lui demandai-je. Tu lui as passé le bonjour de ma part ?

Elle me toisa avec mépris.

— Ce n'était pas lui. C'était un de ces fichus spams.

— Ah...

Haussant les épaules, je me servis un champignon fourré sur le plateau d'amuse-bouche.

Les conversations avaient repris quand un cri perçant nous fit sursauter.

Grand-mère ! Elle arriva en courant dans le salon, toujours vêtue d'un tablier et l'air complètement bouleversée.

— Maman, qu'est-ce qui se passe ? demanda mon père.

— Mes perles ! Elles ont disparu ! Quelqu'un me les a volées !

— Quoi ? intervint ma mère.

— Elles ont disparu de ma commode. Tout simplement.

— Marj... Je veux dire, madame Merritt... peut-être qu'un de vos serveurs les a volées ? suggéra Tanya.

— Impossible ! Je fais appel à eux depuis des années. Ils ne feraient jamais une chose pareille !

Will s'en mêla.

— Grand-mère, quand je suis allé aux toilettes, j'ai vu Tanya entrer dans ta chambre.

Tanya se leva d'un bond, renversant son cidre sur le tapis beige. Elle lança un regard noir à Will.

— Jamais de la vie !

Je lâchai un « tsst-tsst » incrédule.

— Voir, c'est croire.

Son visage devint cramoisi, sa voix, plus forte de plusieurs décibels.

— C'est un putain de menteur !

— C'est toi, la menteuse, rétorqua mon petit frère.

Cecilia, l'avocate, mit son grain de sel.

— Elle est innocente jusqu'à preuve du contraire.

— Tu as raison, convint ma grand-mère en les regardant tour à tour. Il n'y a qu'une seule façon d'en avoir le cœur net. (Elle se tourna alors vers mon frère, notre complice.) Will, aurais-tu la gentillesse d'aller récupérer le sac à dos de Tanya dans la chambre d'amis ?

— Je suis tout à fait capable d'aller le chercher moi-même, s'insurgea Tanya.

— Et tu es parfaitement capable de faire disparaître les preuves, la gronda ma grand-mère. Ne bouge pas d'ici !

Personne, pas même Tanya, n'osait défier ma grand-mère. Will se leva d'un bond. En un clin d'œil, il revint avec le sac à dos de Tanya. Qui tenta de le lui arracher.

— Donne-moi ça, petit morveux ! C'est à moi !

Trop tard. Mon frère l'avait déjà remis à Grand-mère, qui jeta un coup d'œil à une Tanya furibonde.

— J'espère que ça ne te dérange pas... Je vais le fouiller.

— Je vous en prie. Je n'ai rien à cacher, répondit l'intéressée en se calant, bras croisés, dans le canapé à côté de ma mère.

Ma grand-mère posa le sac sur la table basse devant moi, l'ouvrit et commença à en retirer le contenu, article par article. Afin que je puisse les voir clairement.

Du brillant à lèvres. Son téléphone portable. Des lunettes de soleil. Un paquet de chewing-gums Trident. Le trousseau de clés de notre maison. Une lime à ongles. Une brosse à cheveux. Un miroir. Plusieurs tampons en vrac. Un paquet de chewing-gums au CBD…

Et beaucoup de reçus froissés, que Grand-mère étala sur la table à mon intention. Parmi eux, une note longue comme le bras de chez Walmart, à Redlands, pour divers produits de beauté, notamment un décolorant capillaire blond platine, des vêtements et des bagages, en date du 27 août – le jour où elle avait volé l'argent et l'ordinateur de Mary. Et un autre récépissé, pour un billet de bus de la compagnie Greyhound, de Redlands à LAX, l'aéroport de Los Angeles, daté du lendemain. Jour où nous l'avions récupérée au terminal international.

Oui ! Je levai mentalement un poing vainqueur. Il n'y avait toujours pas de passeport, mais nous avions maintenant une preuve tangible que Tanya n'était pas originaire du Royaume-Uni, qu'elle n'avait pas voyagé depuis l'aéroport d'Heathrow de Londres. Will et moi échangeâmes un rapide regard alors que Tanya s'exclamait :

— Vous voyez, je suis innocente !

— Je n'ai pas encore fini, rétorqua ma grand-mère.

Elle continuait à fouiller dans le sac de toile. Mon regard resta fixé sur elle, tandis que son visage passait de la colère à la victoire. Avec une lueur malicieuse dans les yeux, elle sortit une dernière chose du sac.

— Mes perles !

Le bijou de famille serti de diamants était enroulé autour de sa main osseuse.

Chacun y alla de son petit cri. La mâchoire de Tanya se décrocha à tel point qu'elle raclait le sol.

— Quoi ?!

Ma grand-mère la foudroya du regard.

— Tu as volé mes perles, jeune fille !

Les yeux de Tanya clignaient comme si elle avait vu un mirage.

— Mais non !

— Ne me mens pas ! Les preuves sont là, insista ma grand-mère, une main levée, sur laquelle le fermoir en diamant captait les dernières lueurs du soleil de la fin d'après-midi. Et ne crois pas que j'aie oublié la façon dont tu as reluqué mes perles, la première fois que je t'ai vue.

— On m'a piégée ! Probablement votre petite-fille, cette bonne à rien.

Tanya fondit en larmes et se mit à sangloter. Je savourais chaque minute de son explosion théâtrale car, pour une fois, la grande actrice ne faisait pas semblant. Le visage chiffonné, elle jeta un coup d'œil à ma mère.

— Natalie, s'il vous plaît... dites-lui que je ne ferais jamais une chose pareille !

Ma mère, sous le choc, l'entoura de ses bras. L'autre pleura sur son épaule, imbibant de larmes son pull d'hiver en cachemire blanc.

Ma mère lui caressa les cheveux.

— Chut... Nous faisons tous des bêtises.

Tanya, les yeux rougis, releva la tête.

— Vous ne me croyez pas non plus ?

— Tanya, excuse-toi auprès de la mère de Matt. Je suis sûre qu'elle te pardonnera.

— Certainement pas ! siffla ma grand-mère. Cette fille est une voleuse sans scrupule ! Je veux qu'elle quitte ma maison. Tout de suite ! Vous devez la renvoyer d'où elle vient. Et ce n'est certainement pas la Grande-Bretagne. Elle ment comme une arracheuse de dents. C'est un danger pour tout le monde !

Le visage de ma mère s'empourpra. Elle regarda mon père, puis Will et moi. Et elle se leva.

— Matt, les enfants, allons-y. Si Tanya n'est pas la bienvenue ici, je ne veux pas rester. Nous prendrons le repas de Thanksgiving à l'hôtel.

— Bien.

C'était le premier mot que mon père prononçait depuis la découverte des perles.

Will et moi ne mouftions pas.

— Natalie, reprit ma grand-mère, il n'est pas nécessaire de gâcher le Thanksgiving des enfants.

Je regardai mes parents.

— Maman, Papa... Will et moi, on veut rester avec Grand-mère et Grand-père. (Will hocha la tête.) En plus, on dort ici, pas à l'hôtel.

Ils acquiescèrent. Mon frère et moi suivîmes des yeux mes parents et Tanya, toujours en train de sangloter, qui sortirent du grand appartement d'avant-guerre.

Le pire Thanksgiving de tous les temps, me direz-vous ? Non, le meilleur. Ma grand-mère avait même prévu des plats véganes pour moi. Délicieux. Et malgré l'affaire Tanya, la conversation fut animée, pleine de rires grâce à Grand-mère et Trevor.

J'aidai ma grand-mère à nettoyer et, pour la première fois de ma vie, je lui tapai dans la main pour la féliciter. Puis je la serrai dans mes bras, bien fort. Son plan diabolique, qui consistait à demander à Will d'utiliser un téléphone portable intraçable pour appeler Tanya le temps qu'il place les perles dans son sac à dos avait été couronné de succès.

La meilleure actrice du monde était Tanya Blackstone. Mais ce soir…

L'Oscar est attribué à… Marjorie Merritt !

Et Will et moi en méritions chacun un pour nos seconds rôles.

43

Natalie

C'était sans doute le pire Thanksgiving de tous les temps. Enfin, hormis celui qui avait suivi la mort d'Anabel, que j'avais manqué parce que j'étais trop malade pour me rendre à San Francisco – sédatée et alitée, surveillée vingt-quatre heures sur vingt-quatre par des infirmières.

Lorsque nous rentrâmes à l'hôtel, Tanya, toujours en larmes, fila au lit au motif qu'elle n'avait pas d'appétit. Je ne pouvais pas lui en vouloir, et à vrai dire, moi non plus, je n'avais plus faim.

Sur son insistance, je me forçai quand même à dîner avec Matt dans la salle à manger de l'hôtel. J'étais à fleur de peau. Je me sentais très mal pour notre étudiante et j'étais encore ébranlée par l'accusation de ma belle-mère : malgré les preuves incriminantes, je n'arrivais pas à croire que Tanya lui avait volé ses perles.

Cela étant, j'avais de plus en plus de doutes sur notre invitée. Ces derniers temps, son comportement était erratique. Douteux. Lorsque je l'avais confrontée au sujet de Lance, elle avait balayé ma question d'un revers de la main, arguant que, en amour comme à la guerre, tous les coups étaient permis. Puis elle avait accusé Paige d'avoir volé son ordinateur portable et de l'avoir presque étranglée. Sans compter ses crises de colère et ses caprices de plus en plus fréquents. À force d'extrémités dans les hauts et les bas, elle commençait à m'inquiéter : était-elle bipolaire ?

En plus de cette pensée troublante, il y avait mon profond mépris pour mon mari infidèle. Dîner en tête à tête avec ce traître sans lui cracher au visage n'allait pas être chose facile. Ma seule consolation était qu'au moins les enfants passaient un bon moment avec leurs grands-parents, leur tante et leur oncle. Ils n'avaient pas besoin d'être mêlés à ce bazar.

La salle de restaurant était étonnamment bondée. Sans réservation, nous eûmes de la chance d'obtenir une petite table dans un coin. Nous commandâmes tous les deux le menu « autour de la dinde », que Matt commença par un bourbon, et moi, par une vodka-Martini. J'avais besoin de quelque chose de plus fort qu'un verre de vin pour me calmer et supporter l'heure suivante.

J'avais décidé, avant notre venue à San Francisco, de ne pas évoquer ses infidélités avant d'avoir engagé un avocat. J'avais un rendez-vous le lundi suivant avec Jason Nussbaum. Et j'étais ravie que Cecilia m'ait confirmé sa réputation de serpent.

Elle était loin de se douter qu'elle allait peut-être devoir l'affronter au tribunal… bientôt.

Nos plats de dinde arrivèrent. Tout était froid. La viande était sèche. La farce, molle. La purée de pommes de terre, grumeleuse. Les haricots verts, trop cuits. Nous mangeâmes en silence. Le froid qui régnait entre nous rivalisait avec celui de notre repas insipide.

Je terminai mon deuxième verre en le savourant à peine. J'allais devoir faire avec mon mari ce que le fermier faisait avec ses dindes…

Coexister jusqu'au prochain Thanksgiving. Et pas davantage, avec un peu de chance.

44

Paige

— Waouh, la vue est magnifique ! m'extasiai-je.

À côté de Jordan, j'admirais le célèbre monument de Berkeley, le Campanile, à travers une fenêtre d'observation. Achevée en 1916, la structure royale de style Beaux-Arts était la troisième plus haute tour d'horloge au monde.

De mon poste d'observation, j'avais une vue à couper le souffle sur San Francisco, les collines environnantes jusqu'au Golden Gate Bridge, ainsi que sur le campus de Berkeley, avec son architecture majestueuse et la vaste étendue de ses terrains.

Soudain, un tintement de cloches me remplit les oreilles et je sursautai.

— Qu'est-ce que c'est, Fly ? demandai-je, obligée de crier plus fort que le fracas.

— Le carillon. Il est composé de soixante-trois cloches qui sonnent à des heures précises de la journée. Là, ce sont les cloches de midi. Berkeley propose même un cours pour apprendre à les sonner.

— C'est trop cool.

La vue panoramique et maintenant les cloches magiques, j'en avais le vertige. Et j'étais folle de bonheur de passer du temps avec ma meilleure amie. Nous ne nous étions pas vues depuis le mois d'août et, bien qu'ayant souvent échangé avec elle sur FaceTime, ce n'était pas la même chose que de la voir en personne. Toujours aussi tonique, elle avait laissé au naturel ses cheveux que j'avais connus lissés – au naturel, c'est-à-dire une coupe afro géante – et son teint était éclatant.

Après avoir visité le reste du campus, nous allâmes déjeuner dans un restaurant vietnamien sympa sur Telegraph Avenue, la rue principale, emblématique de la culture hippie de Berkeley.

Devant la spécialité du restaurant, une soupe de nouilles appelée *phô*, dans sa version végane, nous discutâmes non-stop. Fly me parla de ses fabuleux cours et de son agaçante colocataire.

— La seule nana noire qui a besoin de s'endormir avec du bruit de Blancs, me dit-elle, ce qui me fit exploser de rire.

Lorsque mon hilarité se calma, elle me posa des questions sur moi.

J'avais hâte de lui annoncer ma grande nouvelle.

— Devine quoi ! J'ai été acceptée à la RISD !

— Pas possible !

— Si !

Elle se leva d'un bond et fit le tour de la table pour me serrer dans ses bras.

— Truc de ouf ! Je suis juste déçue, je ne pourrai pas te rendre visite les week-ends à Stanford et vice versa, dit-elle avant de retourner s'asseoir et de changer de sujet. Alors, Pucette, vide ton sac. Qu'est-ce qui se passe avec Tanya ?

Entre les textos et FaceTime, je l'avais tenue au courant. Elle était même au parfum pour l'empoisonnement de Bear. Je lui racontai notre Thanksgiving et comment Grand-mère, Will et moi avions sabordé Tanya en plaçant les perles dans son sac à dos, histoire de la faire passer pour une voleuse.

— Par la même occasion, on a découvert ce qu'elle cachait d'autre dans son sac.

Ses yeux bruns s'illuminèrent.

— Ma fille, c'était vraiment tordu ! J'adore ta grand-mère ! Tu as appris quelque chose ?

— J'ai la preuve irréfutable qu'elle ne vient pas d'Angleterre, mais de Redlands, figure-toi. Ma grand-mère a dit à mes parents de se débarrasser d'elle. De la renvoyer chez elle.

— Quôa !? Bye-bye l'invitée de l'enfer !

— Si jamais j'écris un livre sur elle, c'est comme ça que je l'intitulerai.

Fly s'esclaffa.

— Eh, tu veux qu'on fête ça et qu'on se fasse quelques paniers après le déjeuner ?

— Carrément !

Peu de temps après, sur un terrain de basket en plein air non loin de là, ma meilleure amie me prouva qu'elle n'avait pas perdu son toucher magique. Air Jordan était meilleure que jamais.

— Fly, tu as tout déchiré, dis-je, à bout de souffle, en lui tapant dans la main.

Un instant plus tard, mon téléphone émit un bip. Une alerte Google.

Le cœur battant, je l'ouvris d'un clic.

C'était un bulletin d'information.

Des restes humains carbonisés ont été découverts en début d'après-midi par deux adolescents, lors d'une randonnée dans le canyon de Tahquitz à Palm Springs. La police pense que le corps est celui d'une jeune femme et qu'il est là depuis plus de dix ans. Une enquête est en cours.

Un frisson me parcourut. Palm Springs n'était pas loin d'Indio. Les deux villes étaient pratiquement voisines.

Après toutes ces années, s'agissait-il de Billie Rae Perkins ?

45

Natalie

Le lundi suivant le week-end de Thanksgiving, je me rendis au bureau de Jason Nussbaum. Il était situé à Century City, non loin de celui de Matt. Heureusement, ils ne se trouvaient pas dans le même bâtiment, et j'avais volontairement pris un rendez-vous en fin d'après-midi, pour ne pas risquer de croiser mon mari. Ou devrais-je dire mon futur ex-mari. L'idée de ce petit préfixe me rendait encore malade.

Situé au dernier étage, le bureau de Jason était élégant et masculin, meublé de manière minimaliste avec des sièges en cuir noir, du chrome et du verre. Une jeune blonde à forte poitrine était assise derrière le bureau d'accueil. Je m'annonçai. Elle scruta l'écran de son ordinateur puis, avec un petit sourire factice, croisa mon regard.

— Veuillez vous asseoir, madame Merritt. On va bientôt venir vous chercher.

Les mots « madame Merritt » résonnaient encore à mes oreilles alors que je m'installai dans l'un des fauteuils de cuir. J'avais été Mme Merritt pendant la moitié de ma vie d'adulte. Tout le monde me connaissait sous le nom de Natalie Merritt. Après le divorce, reprendrais-je mon nom de jeune fille ? *Natalie Taylor*. En le prononçant pour moi-même, je pris conscience que je ne voulais plus jamais être elle. Ce nom avait certes changé ma vie, cependant il me rappelait trop de mauvais souvenirs. De plus, il serait préférable pour Will et Paige que je porte le même nom de famille qu'eux, même si je le méprisais à présent. M'interrompant dans mes pensées, une autre blonde plantureuse d'une vingtaine d'années, qui aurait pu être le clone de la réceptionniste, vint me chercher.

Le bureau d'angle de Jason Nussbaum était spacieux. Ses immenses baies vitrées offraient une vue panoramique sur Los Angeles, du centre-ville à l'océan. Il était meublé dans le même style que la réception, à ceci près que Jason était assis derrière un imposant bureau en bois de rose. Avec, près de lui, une bibliothèque remplie de revues juridiques reliées de cuir.

Je l'observai attentivement. Malgré le diplôme de la faculté de droit de l'université de New York, les prix et récompenses affichés aux murs, il ressemblait peu ou prou à un acteur porno. La cinquantaine, tignasse teinte en noir gominée, un teint orangé qui suggérait des heures dans un salon de bronzage, il arborait fièrement un sourire mielleux qui révélait des dents trop blanches pour être naturelles. De toute évidence, il avait beaucoup œuvré sur sa façade, pas seulement les dents. Aussi était-il peut-être plus âgé qu'il n'y paraissait.

Il se leva et contourna son bureau. Vêtu d'un costume sombre impeccablement taillé et d'une chemise blanche amidonnée au col ouvert, c'était un homme grand, aux épaules larges et aux mains énormes. Une bague tape-à-l'œil attira mon attention sur son petit doigt, en revanche il n'y avait pas d'anneau d'or à l'annulaire. L'avocat spécialisé dans les divorces était-il marié, divorcé, séparé ou célibataire ? Son statut marital ne figurait dans aucune de ses critiques cinq étoiles sur Yelp, ni dans sa biographie pourtant détaillée.

Il se présenta, tendit la main et je la serrai. Sa poigne était si ferme qu'elle me fit mal. Presque à m'en briser les os. Sans doute le pendant de sa réputation impitoyable.

— Où voulez-vous que je m'asseye, monsieur Nussbaum ? bafouillai-je, déstabilisée par sa présence.

Ses petits yeux ronds n'aidaient pas. Ils lui donnaient des airs de fouine. Sans parler de son eau de toilette, qui me flanquait la nausée. Et malgré mon tailleur Chanel rouge, celui que je portais souvent pour les réunions de mes divers comités, je me sentais un peu impuissante.

Il me jaugea, évaluant sans doute ma valeur nette plus que mon sens de la mode. *Money, money, money*...

— Où vous voulez. Et appelez-moi Jason, je vous en prie. Je préfère vous appeler Natalie, si vous êtes d'accord. (Sa voix bourrue, aux accents de Brooklyn, collait bien à son comportement un peu rugueux aux entournures.) Il vaut mieux pour nous deux que nous ne fassions pas référence à votre nom de femme mariée.

— Ça me va, acceptai-je.

Je m'approchai de l'un des fauteuils club près de la table basse. Je m'y enfonçai, posai mon sac sur le parquet sombre et croisai les chevilles tandis qu'il s'asseyait en diagonale dans l'angle du canapé en cuir. Il se pencha en avant, avec ses jambes trapues largement écartées, les mains jointes, une position que j'avais toujours trouvée répugnante chez un homme. *C'est ainsi qu'*il *s'asseyait*. Je gardais donc mon regard sur son visage et loin de son entrejambe.

— Pardonnez-moi, Natalie : j'ai oublié de vous demander si vous vouliez quelque chose à boire. Café ? Thé ? Un Perrier peut-être ?

— Merci, mais je ne veux rien.

J'avais la bouche complètement desséchée tellement j'étais sur les nerfs, mais je craignais de me renverser une boisson dessus.

Ses yeux de furet se tournèrent vers sa secrétaire, qui se tenait toujours plantée à l'entrée du bureau.

— Mon chou, apportez-moi du café. Vous savez comment je l'aime.

Mon chou. Je grimaçai à ce mot et à la familiarité avec laquelle il l'avait prononcé.

Peut-être qu'il la saute, me dis-je alors qu'elle disparaissait. Quelques petites minutes plus tard, elle revint avec un mug de café et un dessous-de-verre. Elle le déposa sur la table en verre entre nous. Je remarquai comment il prenait son café. Noir et fort.

— Monsieur Nussbaum, puis-je vous apporter autre chose ? demanda son « chou » d'une voix sensuelle et teintée d'un accent.

Vu ses pommettes hautes comme des montagnes, je la supposai slave ou russe.

— Ce sera tout, Lola.

À la mention de son nom, mon cerveau se mit à fredonner : « Whatever Lola Wants, Lola Gets ». Anabel débarqua dans mon esprit. En seconde, juste avant sa mort, elle avait joué Lola dans la production de *Damn Yankees* à la Coldwater Academy. Et avec quel brio elle avait endossé le rôle !

Je repoussai ce souvenir doux-amer tandis que Jason adressait un sourire salace à sa voluptueuse secrétaire, laquelle lui répondit par une œillade. *Ouais*. Il la sautait. *Tout ce que Jason veut, Jason l'obtient*, pensai-je en la regardant sortir de la pièce dans le balancement de ses hanches et fermer la porte derrière elle. Il m'obtiendrait peut-être un accord à dix millions de dollars plus la maison.

Se concentrant à nouveau sur moi, Jason prit une gorgée de son breuvage d'encre.

— Bon, Natalie, nous savons tous les deux pourquoi vous êtes là.

J'acquiesçai.

— C'est bien. Écartons donc tout de suite la partie désagréable, histoire de ne pas nous faire perdre notre temps mutuellement. Je prends sept cent cinquante dollars de l'heure avec une avance immédiate de dix mille.

Je déglutis.

— Combien pensez-vous que le divorce va coûter ?

— On ne devrait pas monter à plus de cent mille dollars. Et l'acompte sera déduit. Je sais que mes honoraires peuvent paraître exorbitants, mais je dis toujours qu'on en a pour son argent.

Matt pensait la même chose. Un frisson me parcourut l'échine.

— Et voyez-le comme un investissement sur votre avenir. Croyez-moi, ajouta-t-il en prenant une gorgée de son café, vous ne serez pas déçue.

Je sentis ma mâchoire se contracter tandis que j'effectuais le calcul dans ma tête. J'avais l'argent – un peu plus de cent mille dollars que j'avais mis de côté –, mais j'allais devoir resserrer les cordons de ma bourse dès que Matt l'apprendrait et me couperait l'accès à ses cartes de crédit et à nos comptes communs. Fini les Manolo Blahnik, les brushings hebdomadaires et les cours privés de pilates. Et ce n'était que le début. L'ampleur des sacrifices semblait insondable… Et puis, la remarque sournoise de la sœur de Matt me revint à l'esprit. « C'est un serpent. Il plume littéralement les maris de ses clientes. »

— Ce n'est pas un problème. (J'embauchai Jason Nussbaum sur-le-champ.) J'ai apporté mon chéquier, je peux vous faire le chèque d'acompte.

Un sourire satisfait s'afficha sur son visage.

— Formidable. Vous ferez ça en partant.

Je fus tentée de lui demander si je pouvais m'acquitter du chèque maintenant, histoire d'en finir et d'être sûre de ne pas changer d'avis, mais je m'en abstins.

En avant.

Au cours de l'heure qui suivit, nous discutâmes de la nature de mon cas. Les infidélités « présumées » de Matt. Sa valeur nette. Si nous avions un contrat de mariage. Les biens et les actifs que nous partagions. Nos enfants, que je ne voulais pas voir impliqués. Ou du moins, le moins possible. Notre divorce allait leur briser le cœur, et je fis savoir à mon avocat que j'étais ouverte à une garde partagée, ce qui serait le moins pénible et qui fonctionnerait le mieux pour les enfants. Il comprit, puis m'expliqua que la Californie était un État qui n'admettait pas la moindre faute dans le mariage et que, puisque nous n'avions pas fait de contrat de mariage, j'avais droit à la moitié de tout ce que nous possédions. Peut-être plus si je touchais une pension alimentaire.

— Nous allons déposer une demande sur la base de divergences irréconciliables. Ce sera mieux pour les enfants. De ne pas s'étendre sur les indélicatesses de votre mari.

J'étais d'accord. J'avais de plus en plus confiance en cet homme. Au fond de moi, je savais que j'avais fait le bon choix.

— Combien de temps durera le processus ?

— Plus ou moins un an. À moins que votre mari ne conteste, auquel cas cela prendra plus de temps. (Une pause.) Et vous coûtera beaucoup plus cher.

Mon cœur se serra et je gémis intérieurement. C'était long. Et Dieu savait combien d'argent il faudrait verser. Honnêtement, je préférais ne pas le savoir.

Au lieu de quoi, je demandai :

— Dois-je dire à Matt que je veux divorcer ? Et que je vous ai engagé ?

Son visage se plissa.

— Non, surtout pas. Nous devons d'abord obtenir des preuves concrètes de ses infidélités, ça nous aidera quand il s'agira de déterminer la pension alimentaire. Je vais mettre un de mes potes sur l'affaire, un détective privé, et faire suivre votre mari. Histoire d'obtenir quelques photos de lui le pantalon baissé.

Alors que je frémissais en me demandant si je supporterais de voir une photo de mon mari au lit avec une autre femme, surtout s'il s'agissait de l'une de mes amies, Jason termina son café.

— Au passage, ça vous coûtera deux cents dollars de plus de l'heure, mais ça ne devrait pas prendre longtemps. Il est vraiment doué.

J'avais l'impression de plus en plus prégnante que c'était moi que ce divorce allait plumer.

— Oh, d'ailleurs, préparez-vous à faire face à d'autres dépenses. Comme les évaluateurs pour la garde des enfants, les estimations des biens immobiliers et les analystes financiers.

Ma gorge se serra. Il fallait vraiment que je boive de l'eau.

— Combien cela va-t-il coûter encore ?

— Entre deux mille cinq cents et cinq mille. Pas plus.

Je maudis Matt en silence. Ce salaud ! J'allais avoir besoin de tout l'argent que je pouvais trouver. Tandis que je tripotais ma bague de fiançailles, une idée aussi brillante que le diamant parfait de cinq carats naquit dans ma tête. Je pouvais la mettre en gage ! Et me faire une petite fortune si les fonds venaient à manquer. Après tout, je n'en avais plus besoin. Ni envie de la porter.

Mon moral était remonté lorsque Jason me raccompagna à la porte.

— Une dernière chose, Natalie. Je veux que vous continuiez à partager le lit de votre mari, aussi difficile que ça puisse être, jusqu'à ce que nous lui signifiions officiellement la demande de divorce. Ça aidera à masquer vos intentions et à ne pas vous rendre suspecte à ses yeux ou pour n'importe quel membre de votre famille. Il n'y a rien de plus efficace que l'effet de surprise.

J'acquiesçai, un nœud douloureux au creux du ventre. J'allais devoir dormir avec l'ennemi.

Heureusement, j'étais douée pour faire semblant.

46

Natalie

Lorsque je rentrai à la maison, à 17 h 15, j'étais épuisée. Après ma rencontre avec Jason Nussbaum, il m'avait fallu toute la retenue dont j'étais capable pour ne pas m'offrir une virée shopping vengeresse au centre commercial haut de gamme de Century City.

Je me dirigeai immédiatement vers le réfrigérateur et me servis un verre de chardonnay bien frais. Je l'emportai, ainsi que la bouteille, dans le salon, où je m'enfonçai dans l'un de nos canapés moelleux. J'envoyai balader mes chaussures et j'étendis les jambes sur la table basse, chose que je ne faisais jamais dans cette pièce familiale. J'avais besoin de me détendre. De me calmer.

J'étais prête à me servir un deuxième verre lorsque Tanya fit irruption dans la pièce, au bord des larmes.

— Qu'est-ce qui ne va pas ? demandai-je en posant mon verre de vin sur la table.

— Natalie, ils vont me virer de Coldwater !

Je haussai les sourcils.

— Comment ça ?

— Mon père n'a pas payé les frais de scolarité. Et je ne peux pas le joindre.

— Pourquoi ?

— Je ne sais pas. J'ai essayé un million de fois de l'appeler, je lui ai laissé des tonnes de messages et d'e-mails. Il ne répond pas. Il voyage beaucoup dans les pays pauvres. Peut-être qu'il n'y a pas de wi-fi ou de réseau téléphonique, peut-être qu'il a un nouveau numéro de téléphone portable, ou peut-être qu'il lui est arrivé quelque chose. Et s'il était retenu en otage quelque part ? Ou qu'il avait été victime d'un attentat terroriste ? Ou qu'il avait contracté une maladie mortelle ?

Les grandes eaux s'enclenchèrent. La plaignant beaucoup, je tentai de la consoler.

— Je suis sûre qu'il va bien.

La culpabilité m'envahit. Je n'avais pas fait tout ce qui était en mon pouvoir pour le joindre, comme contacter l'ambassade britannique.

— J'espère, bredouilla-t-elle. En attendant, Natalie, j'ai une énorme faveur à vous demander.

Elle essuya ses larmes du revers de la main. J'attendis qu'elle continue.

— Pouvez-vous régler les frais de scolarité ? C'est à payer avant la fin du mois.

Je laissai mon cerveau enregistrer ses paroles. Les frais de scolarité annuels de Coldwater s'élevaient à près de cinquante mille dollars. Avec Jason Nussbaum et ce qu'il me coûtait, je n'aurais pas pu verser une telle somme, quel que soit mon désir de l'aider.

— Je suis désolée, chérie. Je ne peux pas en ce moment.

— Pourquoi ? renifla-t-elle. Papa vous remboursera.

— Je ne peux pas. Pourquoi ne demandes-tu pas à Matt ?

— Je l'ai fait ! Il a refusé. Il est furieux après moi, car il pense que j'ai volé les perles de sa mère.

Ce qui est faux... Je le jure sur ma vie. Il veut que je parte. Que je rentre chez moi.

Mon cœur se brisait pour elle, mais je devais affronter ma nouvelle et dure réalité.

— Je suis vraiment désolée, chérie. Mais, honnêtement, avec tout ce qui se passe, c'est probablement mieux ainsi.

— Comment ça ? Je pensais que vous m'aimiez comme votre fille.

— C'est vrai. (Et soudain, les mots sortirent tout seuls.) Mais Matt et moi allons divorcer.

Je les regrettai aussitôt. La mèche était vendue.

Tanya en était bouche bée. Sa voix monta en décibels.

— Comment pouvez-vous faire ça ?

À court de mots, je la regardai se saisir de la bouteille de vin à moitié pleine et la jeter contre un mur. *Bam !* Alors que la bouteille se brisait en mille morceaux, elle hurla :

— Je vous déteste, Natalie !

Et elle quitta la pièce en trombe, sans plus la moindre trace de son accent anglais.

Je tremblais comme une feuille. Elle jouait peut-être la comédie, mais la violence de sa réaction me laissait complètement pantoise. Surtout dans mon état de vulnérabilité. Cette journée, décidément, allait de mal en pis.

Et qui savait ce que le reste de l'année nous réservait...

L'horrible réalité de ce que j'étais en train de faire me renversa, aussi sûrement qu'un glissement de terrain. J'avais pourtant juré de ne jamais laisser ça se produire. Un mélange amer de culpabilité, de chagrin et de dégoût envers moi-même m'envahit.

J'étais en train de briser ma famille.

47

Natalie

La première lettre arriva exactement une semaine après ma rencontre avec Jason Nussbaum. Le premier lundi de décembre.

Je la trouvai dans notre boîte aux lettres. Elle portait simplement la mention « Merritt » sur l'enveloppe. Pensant qu'il s'agissait du message d'un voisin ayant perdu son chat ou d'un agent immobilier se proposant de vendre notre maison, je déchirai l'enveloppe blanche de format professionnel pour l'ouvrir. Dedans se trouvait une unique feuille de papier, que je dépliai.

Et je lus, écrit au marqueur rouge, en lettres majuscules :

JE SAIS CE QUE TU AS FAIT.

Aussitôt, une vrille me serra le ventre. De qui cela pouvait-il provenir ? Et à quoi faisait-on référence ? J'en avais tant fait, des choses. Des choses que j'avais essayé d'enterrer. Je relus les sept mots et une idée me vint à l'esprit. Ce message sibyllin était peut-être destiné à Matt. En plus de me tromper et d'avoir une enfant illégitime quelque part en Angleterre, avait-il commis quelque chose d'illégal comme un délit d'initié ? Il en serait bien capable, ce salaud cupide. Incertaine, je déchirai la feuille et jetai les morceaux à la poubelle.

J'oubliai ce message jusqu'à ce qu'un autre arrive le lundi suivant. Un seul mot écrit en lettres majuscules rouges :

SALOPE !

Cette fois, je savais qu'on s'adressait à moi. Un frisson me parcourut. Impulsivement, je composai le numéro direct de mon avocat hors de prix. Quand je lui eus parlé des messages, Jason me demanda de lui envoyer une photo du dernier.

— Votre mari sait-il que vous demandez le divorce ? me demanda-t-il en la recevant.

J'hésitai avant de répondre. Dans un moment de faiblesse, j'en avais parlé à Tanya. L'avait-elle répété à Matt ?

Je lui donnai une réponse vague, sans mentionner notre étudiante en échange.

— Je ne sais pas trop. En tout cas, il n'a rien dit, ni agi différemment.

— S'il sait, il essaie peut-être de jouer avec vos nerfs. Quoi que vous fassiez, ne montrez pas ce message ni d'éventuels suivants à qui que ce soit. Surtout pas à votre mari. Nous l'avons mis sous surveillance et ça se passe bien.

Mon cœur se mit à palpiter. Il avait donc des photos. De mon mari en plein rapport sexuel avec mes amies. Peut-être d'autres. Je raccrochai, pas rassurée le moins du monde. Au contraire, ce coûteux appel téléphonique de quinze minutes m'avait mise encore plus mal. Bien plus mal.

Émotionnellement à bout, je décidai de faire une sieste sur l'un des canapés du salon. Au diable le déjeuner de Noël annuel des Ladies of Hancock Park au Wiltern Theater, l'un des nombreux événements que j'avais programmés pendant cette semaine de vacances. De toute façon, la moitié des « dames » en question avaient probablement couché avec mon mari. Je ne pouvais pas leur faire face… les laisser voir la brûlure de la honte sur mes joues pendant qu'elles riaient dans mon dos.

Au moment où mes paupières s'alourdissaient, mon téléphone, que j'avais laissé sur la table basse, sonna. Groggy, je l'attrapai. *Numéro inconnu*. Contre toute logique, je me rassis et je répondis à la troisième sonnerie.

— Allô ?

Silence à l'autre bout du fil.

— Allô. Il y a quelqu'un ?

— Tu… vas… payer… pour… ce… que… tu… as… fait.

La voix, effrayante, semblait avoir été trafiquée électroniquement. Un chuchotement rauque. Je ne pouvais même pas dire si c'était un homme ou une femme.

Je retins mon souffle. Chaque nerf de mon corps était à vif.

— Qui est à l'appareil ?

Clic. Le téléphone s'éteignit. Il tremblait dans ma main. J'avais du mal à respirer. Malgré la mise en garde de Jason à propos de possibles tactiques d'intimidation de Matt, je pressentais quelque chose de pire. De bien pire.

À court d'air, j'ouvris la bouche et, alors que ma mâchoire demeurait béante, un liquide chaud et acide remonta et je vomis. Des larmes me brûlaient les yeux. J'étais en train de m'effondrer.

— Maman, ça va ?

Une voix inquiète retentit alors qu'un nouveau haut-le-cœur me secouait. Affaiblie, je levai tant bien que mal la tête. C'était Paige, qui accourait vers moi, l'air affolée.

— Maman, qu'est-ce que tu as ?

— Chérie, croassai-je, la gorge en feu, apporte-moi des serviettes en papier. Et une compresse froide et humide.

— Je reviens tout de suite.

Elle repartit en courant.

Puis une autre voix familière.

— Natalie, vous êtes malade ?

Tanya. À bonne distance.

Je croisai son regard.

— O... oui... je crois que j'ai dû attraper une sorte de virus.

Elle fit une grimace de dégoût.

— Beurk ! Je ferais mieux de ne pas m'approcher. Avec la fête de Noël des terminales dans deux jours et notre voyage à Hawaï qui approche, je ne voudrais pas l'attraper.

Sur ces mots, elle détala et je l'entendis grimper l'escalier en trombe. Peu importait qu'elle n'ait pas dit : « J'espère que vous allez vous sentir mieux. » Ces mots ne signifiaient rien pour moi.

Je me recroquevillai et j'enfouis mon visage dans mes mains.

Les choses n'allaient faire qu'empirer.

Et c'est ce qui se passa.

48
Natalie

Si ça se trouvait, j'avais contracté un vrai microbe, la dernière grippe en date, peut-être. Je passai le reste de la semaine au lit, ne me levant que pour aller aux toilettes ou pour descendre à la cuisine prendre quelque chose. En général, je me contentais de thé. Je ne mangeais presque rien et j'étais sûre d'avoir perdu plusieurs kilos. Peut-être jusqu'à perdre une taille. J'avais vraiment une tête de mort. Squelettique. Mes joues étaient creuses, mes côtes saillantes et mon teint blafard.

Je me retirai de tous les événements que j'avais programmés pour les vacances, des déjeuners festifs aux cocktails chics. Je renonçai également à mes nombreuses actions caritatives, comme distribuer à manger aux sans-abri ou des jouets aux enfants hospitalisés. Je pris du retard sur tout, y compris sur l'achat des cadeaux de Noël pour tous les membres de ma famille et tous nos employés. Au moins, je ne ressentais plus le besoin d'acheter des cadeaux à mes amies proches. Ce serait Matt, leur cadeau, si elles le voulaient. Quant à lui, il aurait de la chance si je lui offrais un sac de charbon.

Je n'avais aucune force. J'étais incapable de me concentrer. Le seul avantage de cette épreuve, c'était que je n'avais pas à partager mon lit avec Matt. Ce salaud dormait sur le canapé de son bureau, au prétexte – destiné aux enfants – qu'il ne voulait pas tomber malade avant notre départ pour Maui.

Voyage que je n'avais pas encore finalisé, d'ailleurs. J'avais réservé une suite au Four Seasons, mais j'avais du mal à trouver des vols. Sans compter que Tanya ne savait pas où était son passeport. Ce qui signifiait également que je ne pouvais pas lui acheter un billet de retour pour l'Angleterre – j'avais décidé qu'il était dans l'intérêt de tout le monde qu'elle rentre chez elle après les vacances. J'avais appelé le consulat britannique et expliqué la situation, mais malheureusement ils n'avaient pas de rendez-vous disponibles et seraient fermés pendant une semaine à partir de la veille de Noël. Paige avait eu raison : j'aurais dû lui demander son passeport et le garder avec les autres dans notre coffre-fort.

Le lundi suivant, je me sentais un peu plus gaillarde. Je sortis du lit et, pour la première fois depuis plus d'une semaine, je pris une douche bien chaude et je m'habillai. Avec mes cheveux lavés, séchés et une touche de maquillage, j'avais à nouveau l'air humaine. J'enfilai un jean moulant dans lequel je flottais désormais et un col roulé en cachemire, pris un petit déjeuner digne de ce nom et même une tasse de café. Si je n'étais pas encore en état de subir de gros événements sociaux, je pus rattraper un peu de mon retard.

Merci les achats en ligne. En une heure, je parvins à commander tous mes cadeaux de Noël de dernière minute. Pour les enfants, Tanya, la famille de Matt, Blanca et même un pour Bear. En utilisant les codes de l'une des cartes de crédit de Matt, je m'offris même un nouveau peignoir et un plaid en cachemire. Et pourquoi pas ? Je les méritais et j'allais avoir besoin de tout le confort et de toute la chaleur possibles au cours des mois tumultueux qui s'annonçaient.

Et Matt, me direz-vous ? Lui, il aurait son propre cadeau spécial.

Sans le consulter, ni en informer les enfants, j'annulai le voyage à Hawaï et faillis mettre mon veto à toute forme de vacances. Par chance, ma voix intérieure me cria d'offrir leurs dernières vacances en famille aux enfants avant notre séparation. De ne pas leur annoncer que nous divorcions avant les vacances. Oui, ce serait mémorable, mais pas dans le bon sens du terme. Et au moins, c'était Matt qui payait.

Après avoir étudié plusieurs options, je décidai que nous partirions au ski à Big Bear, à seulement quelques heures de route, chose que nous n'avions pas faite depuis plusieurs années, mais que nous aimions tous. Nous pourrions séjourner au Lake Arrowhead Resort and Spa, tout proche, qui acceptait les chiens. Nous nous ferions faire des soins du visage et des massages, et des séances dans le jacuzzi si nous n'avions pas envie de skier. Nous pourrions emmener Bear, qui adorait la neige.

Mieux encore, comme il n'était pas nécessaire de prendre l'avion, le problème de Tanya était résolu. Elle pouvait venir avec nous. Je l'avais à peine vue la semaine précédente et j'étais plus convaincue que jamais que la pauvre gamine avait des problèmes de santé mentale. Malgré tout, elle allait terriblement me manquer lorsqu'elle rentrerait en Angleterre. Je m'étais mise à l'aimer comme ma fille, pour le meilleur et pour le pire. Je croisais les doigts pour qu'elle soit acceptée à Stanford, où je pourrais lui rendre visite. Ou bien elle pourrait prendre l'avion et revenir passer quelques week-ends avec nous. Et je lui trouverais un professionnel pour l'aider.

Pile comme je finissais de réserver les chambres d'hôtel, on sonna à la porte. Je sautai de mon tabouret à l'îlot de cuisine et me précipitai vers l'entrée. Reprenant mon souffle, je jetai un coup d'œil par le judas. Personne. Hésitante, j'ouvris la porte et, sur le perron, découvris une grande enveloppe blanche. Devant la maison, un homme casqué démarra sur sa moto. Lorsqu'il fut hors de vue, je me baissai et récupérai l'enveloppe.

Elle était lourde, avec mon nom écrit au dos – Mme Natalie Merritt – en grosses lettres tracées au marqueur rouge, des capitales comme sur les messages anonymes et menaçants que j'avais reçus avant de tomber malade. Elle était scellée avec du scotch.

Je sentis mon pouls s'accélérer. S'agissait-il d'une nouvelle tentative d'intimidation et de déstabilisation ? Un frisson me parcourut l'échine. J'avais peur de l'ouvrir. Alors que je m'apprêtais à la jeter à la poubelle, mon téléphone sonna. Je le sortis de la poche de mon jean, jetai un coup d'œil et, voyant qui appelai, je poussai un soupir de soulagement. C'était mon avocat. Je décrochai. Sa voix éclipsa la mienne, qui s'apprêtait à le saluer.

— Natalie, je viens de vous faire livrer les photos incriminantes.

— Dans une enveloppe matelassée ?

— Oui. Vous les avez regardées ?

— P... pas encore.

— Eh bien, le dossier est bon. Disons même excellent. Vous êtes seule ?

— Ou... oui.

— Bien. Ouvrez l'enveloppe. Je pense que vous allez être contente.

Passant le téléphone dans mon autre main, je décollai le ruban adhésif et sortis le contenu.

Des dizaines de photographies en noir et blanc sur papier glacé. Les doigts tremblants, je les feuilletai.

Toutes de mon mari en pleins rapports sexuels avec des femmes que je connaissais. Mariel. Heather. Christina, et bien d'autres encore. Tout y passait : du baiser dans son bureau à l'acte sexuel sur sa table de travail, au lit dans une chambre d'hôtel dans une cavalcade débridée.

— Ohé, Natalie, vous êtes encore là ? me parvint la voix de Jason au bout du fil, mais les mots moururent sur mes lèvres avant que je puisse répondre.

Je croyais ma grippe guérie, mais elle revint avec une force vengeresse. Agrippant les photos et mon téléphone, je courus jusqu'à la salle de bains des invités et je vomis dans les toilettes.

Ma maladie avait un nom. Ce n'était pas le virus de la grippe porcine. Ni le SRAS. Ni le Covid.

C'était un mot de quatre lettres.

Matt.

Je me remis rapidement du choc. Ma force et ma résolution me surprirent. Au lieu de me déstabiliser, ces photos dégueulasses m'avaient stimulée. Ainsi, lorsque Matt entra en trombe dans le salon deux jours plus tard, alors que je mettais la dernière main à notre sapin, j'étais prête à l'accueillir.

— Qu'est-ce que c'est que ce bordel ! brailla-t-il.

Je m'apprêtais à accrocher un autre ornement à une branche. Le Magicien d'Oz en fer-blanc, qu'Anabel m'avait offert.

— Pardon ?

Je ne m'interrompis pas, ni ne me tournai vers lui.

Ses pas lourds et rapides claquèrent derrière moi et, avant que je puisse accrocher l'ornement, il me l'arracha des mains et m'obligea à lui faire face.

Je le dévisageai. Son visage était rouge comme une tomate. Tellement rouge qu'il avait l'air au bord de la crise cardiaque. *Si seulement*. Laissant tomber le bonhomme en fer-blanc par terre, il serra les poings le long de son corps. Si fort que ses phalanges blanchirent.

— Tout va bien, Matt ? demandai-je calmement.

Une veine pulsait dans son cou.

— Comment tu as pu me faire ça ?

Je clignai des paupières, simulant l'incompréhension.

— Te faire quoi ?

— Me faire apporter ta demande de divorce alors que j'étais au milieu d'une réunion importante.

— Ah… ça.

— Ah… ça, oui, m'imita-t-il méchamment. Natalie, pourquoi tu ne m'as pas dit que tu voulais divorcer ?

— Pourquoi tu ne m'as pas dit que tu baisais la moitié de mes amies ? Tu veux que je mette certaines photos encadrées dans un emballage cadeau sous le sapin ?

Et bim. Son visage se décomposa. Il se passa une main sur le front.

— Nat, retournons voir le conseiller conjugal. On peut arranger les choses.

— Non, Matt. Il n'y a pas de retour en arrière possible.

— S'il te plaît, Nat. Donnons-nous une autre chance.

Son expression désespérée était pathétique, mais elle ne faisait que redoubler ma férocité.

Ma détermination. J'étais aussi insensible que le bonhomme de fer-blanc.

— Non, Matt.

— Les vacances à Arrowhead nous feront du bien. Ça nous aidera à guérir.

— La seule raison pour laquelle je n'annule pas les vacances, c'est les enfants. Ce seront leurs dernières vacances où nous serons en famille.

— Ils sont au courant ?

Sa voix était toute petite. Vaincue.

— Non. Tanya est la seule à savoir. Je suis surprise qu'elle ne te l'ait pas dit.

— Elle ne l'a pas fait. (Il lâcha un long soupir résigné.) Quand est-ce qu'on va l'annoncer à Paige et à Will ?

— Je pense qu'il vaut mieux attendre la fin des vacances. Je ne veux pas leur gâcher Noël.

Matt était d'accord. J'enchaînai en lui expliquant qu'une fois la nouvelle annoncée je voulais qu'il quitte la maison. Il eut l'air abattu.

— Je vais boire un verre et j'appellerai ma sœur.

Sans un mot de plus, il se dirigea vers le bar d'un pas traînant. En le regardant se servir un bourbon, je me penchai pour ramasser le bonhomme en fer-blanc. Je l'accrochai au sapin, à côté du Casse-Noisette peint à la main. Et je souris.

Je venais de briser les noix de mon mari.

Un point pour moi.

49
Natalie

Noël se déroula sans encombre. L'ambiance fut même festive.

Pour le réveillon, j'avais préparé un carré d'agneau avec un plat végane spécial pour Paige, et nous allâmes tous à la messe de minuit à St Andrew. Le matin de Noël, tout le monde se réveilla tôt et se rassembla en pyjama autour du sapin pour ouvrir les cadeaux. D'habitude, Bear se joignait à nous, mais je le laissai dehors avec son nouveau jouet à mâcher à cause de Tanya. La bonne nouvelle étant que nous ne l'avions pas perdu, c'était peut-être même notre plus beau cadeau de Noël.

Pour éviter la frénésie des papiers cadeaux déchirés, nous ouvrîmes nos cadeaux l'un après l'autre, en commençant par Will. Puis ce fut le tour de Paige et ensuite de Tanya. Will et Paige étaient ravis de leurs cadeaux, mais Tanya semblait déçue.

— Natalie, un livre nul et une carte-cadeau de seulement deux cents dollars chez Urban ?

— Tu ferais mieux de l'utiliser rapidement, ricana Paige, qui savait que Tanya rentrerait chez elle après le premier de l'An.

Ces deux-là, elles ne se regretteraient pas. J'avais parlé à ma fille du problème des frais de scolarité, en omettant de mentionner la vraie raison qui expliquait que je n'avais pas les moyens de faire en sorte que notre invitée reste.

Tanya jeta un regard mauvais à Paige, puis elle reporta son attention sur la carte-cadeau, la mine renfrognée.

— Tu seras surprise de voir tout ce que tu peux acheter avec dès demain, car tout sera soldé, lui lançai-je joyeusement.

— Si vous le dites, lâcha-t-elle en commençant à feuilleter sans enthousiasme le livre sur la mode à Los Angeles que je lui avais acheté. (L'air blasée, elle releva les yeux vers moi.) Au fait, Natalie, je suis désolée de ne rien avoir acheté pour Matt ou vous. Je n'ai pas eu le temps, et en plus, Paige n'a pas voulu m'emmener faire du shopping.

Nouveau regard noir à Paige. Qui souriait de toutes ses dents. Leur animosité était plus prégnante que jamais. Je me hérissai. La dernière chose que je voulais, c'était une bagarre le jour de Noël.

— Pas de problème, mentis-je. Nous avons déjà plein de cadeaux.

En réalité, j'étais un peu piquée. Elle aurait pu faire un geste, ne serait-ce qu'une carte.

— Maman, Papa... à vous, dit Paige.

Matt et moi, qui faisions bonne figure devant les enfants, commençâmes à ouvrir nos paquets. Une paire de flûtes Lalique et un magnum de Veuve Clicquot de la part des parents de Matt, de magnifiques écharpes Burberry que Trevor avait achetées à Londres, et une carte-cadeau de vingt minables dollars pour moi de la part de sa sœur, que la délicatesse ne risquait pas d'étouffer. J'avais reçu son cadeau par la poste une semaine avant que Matt ne l'appelle ; elle ne m'aurait probablement rien envoyé si elle avait su que nous divorcions.

J'ouvris le cadeau de Will et Paige en dernier, le même que d'habitude : un magnifique album photos relié de cuir, où se glisseraient les souvenirs de nos vacances de Noël en famille. La tristesse me frappa comme une lame. Ce serait probablement le dernier album de ce type.

Quand tous les cadeaux furent ouverts, je jetai les papiers déchirés dans un sac-poubelle.

— Maman, Papa, vous vous êtes acheté quoi l'un pour l'autre ? demanda Paige alors que je ramassais le dernier bout de papier.

— Euh... euh, c'étaient des choses faites sur mesure, bredouillai-je d'une voix faiblarde. Ça n'est pas arrivé à temps.

Les sourcils haussés sur une expression surprise, Paige nous regardait tour à tour, Matt et moi.

— C'était quoi ?

Je remarquai soudain que mon mari avait beaucoup maigri. Son teint était terne et il avait des cernes sous les yeux. Le divorce lui flanquait un coup, ce qui me convenait parfaitement. Le regard de Paige s'arrêta sur lui lorsqu'il contracta sa mâchoire.

— Si on te le disait, ça gâcherait la surprise, éludai-je. Crois-moi, ça ne ressemble à rien de ce qu'on s'est offert avant.

C'était vrai. Il avait reçu les papiers du divorce. Et moi, j'avais eu... que dalle. Je m'étais résignée à l'idée que je ne recevrais plus jamais la moindre babiole étincelante de sa part. C'était un petit prix à payer pour être débarrassée de lui.

Ma fille, trop perspicace, posa sur moi un regard suspicieux, puis échangea un coup d'œil avec son frère. Elle se doutait bien qu'il se passait quelque chose.

— Matthew, les enfants, pourquoi n'iriez-vous pas tous au salon pendant que je finis de ranger et que je prépare le petit déjeuner ? Il y a de merveilleux films de vacances à la télévision.

— Maman, tu veux que je t'aide ? demanda Paige, qui s'était attardée alors que les autres quittaient la pièce

Aucun doute : ma fille voulait me cuisiner. Découvrir ce qui se passait entre son père et moi. À mon grand soulagement, Tanya ne lui avait manifestement rien dit.

— Non, chérie, tout va très bien et je préférerais que tu rejoignes les autres.

Elle s'exécuta à contrecœur. Un frisson me parcourut lorsqu'elle s'en alla. Je redoutais de leur annoncer, à Will et elle, que leur père et moi allions divorcer. Le salon familial serait bientôt le salon de la famille brisée.

Dans la cuisine, je préparai des œufs brouillés et des saucisses, ainsi qu'une brouillade de tofu et de champignons pour Paige. Depuis qu'elle était devenue végétalienne, j'avais appris des milliers de façons de cuisiner le tofu. Sauté, lasagnes et j'en passe, ces recettes étaient toutes incroyablement délicieuses.

Alors que je transférais les œufs sur un plateau, mon téléphone sonna. Je le sortis du nouveau peignoir en cachemire que je portais, mon cadeau à moi, et je regardai qui appelait. Numéro inconnu. Malgré la chaleur du tissu, je frissonnai. Les appels obscènes du Chuchoteur allaient-ils recommencer ? Je n'en avais pas reçu depuis plus de deux semaines. Peut-être étaient-ce mes beaux-parents qui appelaient d'Europe, où ils étaient en vacances, pour nous souhaiter un joyeux Noël. Hésitante, je touchai l'écran pour répondre et portai l'appareil à mon oreille.

Silence.

Puis…

— Ho. Ho. Ho. (Le Chuchoteur !) Ho !

— Qui que vous soyez... laissez-moi tranquille ! soufflai-je tout bas.

Clic.

Le téléphone sonna à nouveau. Devais-je répondre ? Je décrochai.

— Natalie... (Encore le Chuchoteur !) Le père Noël trouve que tu n'as pas été très sage cette année.

Cette fois, je défiai la voix rauque.

— Qu'est-ce que vous voulez ?

Tout le monde veut quelque chose.

— Je veux ta mort.

Clic.

Je frémis de la tête aux pieds. Avant que le téléphone ne sonne à nouveau, je composai le numéro préenregistré de la seule personne à qui je pouvais me confier. La seule personne qui pouvait me conseiller.

Jason Nussbaum.

Dieu merci, il décrocha dès la première sonnerie.

— Jason, c'est moi, Natalie. Désolée de vous déranger en ce jour de Noël.

Comme pour tout le monde, son bureau était fermé et il ne travaillait pas.

— *No problemo*, ma belle. Je suis juif. Noël, ce n'est pas mon truc. Et sachez que je travaille vingt-quatre heures sur vingt-quatre, sept jours sur sept. Y compris les jours fériés.

À sept cent cinquante dollars de l'heure, au moins j'en avais pour mon argent, même si cet appel allait me coûter un bras et une jambe. *Le cadeau de Hanoukka de Jason.*

— Alors, Matt a apprécié votre cadeau de Noël ? Sa sœur m'a déjà envoyé un e-mail cinglant. Mais ne vous inquiétez pas, c'est du pipi de chat en ce qui me concerne.

— Jason, ce n'est pas à propos de Matt. Le Chuchoteur a recommencé à m'appeler. Des obscénités et des menaces.

Je lui répétai le contenu des deux derniers appels téléphoniques.

— Pour votre info, j'ai parlé à Dino.

Dino était le détective privé qu'il avait engagé pour suivre Matt.

— Qu'est-ce qu'il a dit ? A-t-il pu localiser les appels ?

— Non. Ils viennent de téléphones prépayés.

— Des téléphones prépayés ?

— Oui, des téléphones jetables bon marché. L'utilisateur est inconnu. Intraçable.

— Qui pensez-vous que ce soit ?

— Je continue de pencher pour votre mari. Ou peut-être sa sœur ou l'un de ses trolls. J'ai l'impression qu'ils essaient de vous épuiser. Afin de prouver que vous êtes mentalement instable. S'ils prouvent l'incompétence mentale, il est possible que votre mari obtienne la garde complète de vos enfants.

Je frissonnai à cette idée. Je ne pouvais pas vivre sans Paige et Will. Perdre Anabel avait déjà été assez douloureux. Une autre idée effrayante me vint soudain à l'esprit.

— Vous pensez que ma vie est en danger ? Ou celle de mes enfants ?

Un temps de silence, puis :

— Non. Votre mari est peut-être un queutard, mais pas un meurtrier. J'ai demandé à Dino de vérifier ses antécédents. Il est irréprochable. M. Je-ne-sais-pas-garder-ma-quéquette-dans-mon-pantalon est par ailleurs un vrai modèle de vertu. Il n'a même pas de PV de stationnement à son nom.

— Que dois-je faire ? demandai-je, un peu soulagée.

— Vous devriez changer de numéro de téléphone.

— Si je fais ça, vous pensez que je devrais ne pas le donner à Matt ? Peut-être le bloquer ?

— En tant qu'avocat, je vous le déconseille. Il n'y a pas de preuve qu'il constitue une menace physique. De plus, vous avez des enfants ensemble. Il doit pouvoir vous contacter.

Malheureusement, il avait raison. Et si Matt allait skier avec les enfants sans moi et que quelque chose de terrible arrivait à l'un d'entre eux ? Je mourrais la première, de ne pas savoir.

Une autre voix au bout du fil me coupa dans mes pensées.

— *Zolotse*, je t'attends.

Lola. La pulpeuse secrétaire de Jason. J'avais raison. Il se la tapait.

— Bon, Nat, j'ai de la compagnie. Je dois filer. Joyeux Noël. Tenez bon et on se reparle bientôt.

Vivement Arrowhead. La première chose que j'allais faire serait d'aller au spa. Une trempette dans le jacuzzi, puis je m'offrirai un massage en profondeur. Histoire d'évacuer le stress de chaque cellule de mon corps.

Aux frais de mon mari. Qu'il paie pour ses erreurs.

50

Natalie

Matt et moi avions décidé de prendre deux voitures jusqu'à Lake Arrowhead, pour le cas où l'un de nous craquerait et voudrait rentrer à la maison de son côté.

Après l'énorme dispute que nous avions eue une fois tous les enfants montés se coucher, c'était assurément une possibilité. La dispute portait sur la question de savoir lequel de nous deux allait garder la maison, et évidemment il fallait que ce soit lui qui déménage. La bagarre, à coups de poing et de vaisselle cassée, s'était terminée par les mots : « Va crever, Natalie », et par la sortie en trombe de mon futur ex de la cuisine. Et je vous la fais courte.

Bref, nous prîmes donc la BMW de Matt et la Jeep à quatre roues motrices de Paige, qu'elle conduisait, avec Will, moi et Bear à l'intérieur. Tanya monta avec Matt.

— Maman, pourquoi tu n'es pas allée avec papa ? demanda Paige alors que nous suivions sa voiture. Et je ne comprends pas pourquoi on a besoin de deux voitures. S'il nous en avait fallu une supplémentaire pour une raison ou une autre, on pouvait la louer là-bas.

Je compris au ton de sa voix qu'elle devinait qu'il se passait quelque chose.

J'inventai une excuse.

— J'ai pensé que tu n'aurais pas très envie de rester assise dans une voiture pendant deux heures avec Tanya. En plus, on ne peut pas la laisser s'approcher de Bear.

C'était la vérité et Paige en resta là.

Comme il n'y avait pas beaucoup de circulation sur la 10, nous arrivâmes à la sortie Arrowhead/ Big Bear en un temps tout à fait correct, malgré un départ tardif dû à l'heure rageante que j'avais passé au téléphone avec un représentant de mon opérateur téléphonique pour changer mon numéro de téléphone portable. Lorsque Will m'avait demandé pourquoi j'en changeais, je lui avais répondu que j'avais récemment reçu des appels indésirables pénibles. Là encore, c'était la vérité. Je n'avais donné mon nouveau numéro qu'à lui, Paige, Tanya et, à contrecœur, à Matt. Et puis à mon avocat. Le reste du monde devrait attendre. Cela dit, Matt était tout à fait capable de le partager avec sa sœur et/ou la personne qu'il payait peut-être pour me harceler. Ce qui signifiait que je risquais fort de recevoir de nouveaux appels du Chuchoteur.

La route sinueuse bordée de pins qui gravissait la montagne ajouta trente minutes à notre voyage. Il y avait de la neige sur la chaussée et, avec une autre tempête prévue dans les prochaines vingt-quatre heures, Matt dut s'arrêter pour faire poser des chaînes à ses pneus par des gars du cru. Il aurait mérité qu'on les lui attache autour du cou. Ou, mieux encore, qu'on en entoure cette bête indomptée qu'il avait entre les jambes.

La neige devint de plus en plus dense à mesure de notre ascension, passant d'une fine poudreuse à une couche d'au moins dix centimètres. Quand nous arrivâmes au Lake Arrowhead Resort and

Spa en début d'après-midi, le paysage hivernal était féerique. L'hôtel récemment rénové ressemblait à un lodge alpin de luxe, dans un cadre pittoresque digne d'une carte postale, avec le soleil et des cyprès hauts comme le ciel recouverts de la poudreuse blanche tombée la nuit précédente.

Nous laissâmes les véhicules au voiturier et, dès que je pénétrai dans le hall d'entrée festif embaumant le sapin, avec l'énorme arbre magnifiquement décoré et le feu dans l'imposante cheminée, je sus que j'avais pris la bonne décision en réservant ici. La carte de crédit de Matt en main, je me dirigeai vers la réception pendant que les autres restaient en retrait en attendant qu'un porteur s'occupe de nos bagages et de notre équipement de ski.

N'ayant pu obtenir une suite, j'avais pris deux chambres pour les enfants. Et une pour Matt et moi. Paige et Will partageaient une chambre avec Bear, tandis que Tanya occuperait une chambre individuelle. J'aurais aimé avoir ma propre chambre – sans Matt – mais il n'y avait plus de disponibilités et notre séparation aurait éveillé trop de soupçons chez les enfants. Par chance, nous avions une chambre avec deux lits. Si Paige ou Will demandaient pourquoi nous n'avions pas de lit double, je leur dirais simplement que nous n'avions pas eu le choix. Et c'était la vérité, d'ailleurs. Le complexe était extrêmement populaire et affichait complet pour les vacances de Noël des mois à l'avance. J'avais eu énormément de chance de nous dénicher ces réservations en dernière minute. Bien qu'elles ne soient pas contiguës, les chambres se trouvaient toutes au même étage et offraient une vue magnifique sur le bleu scintillant du lac.

Une fois installés, Matt et les enfants sortirent s'amuser dans la neige, emmenant Bear. Il y avait une piste de luge à proximité. Je restai avec Tanya pour prendre le déjeuner.

— Tu aurais dû les accompagner, lui dis-je, alors que nous étions toutes les deux en train de nous délecter de salades César et d'une assiette de frites au restaurant gastronomique de l'hôtel. Tu te serais amusée.

Elle était assise en face de moi, vêtue d'une adorable tenue d'après-ski toute rose qui avait appartenu à Anabel. Une pointe de tristesse m'envahit : la dernière fois que nous étions venus ici, c'était avec ma fille chérie. Pendant un long week-end. Quatre mois plus tard, je la perdais, et bientôt je perdrais Tanya aussi. Pas de la même manière, évidemment. Malgré son comportement erratique, je pensais surtout à tous les bons moments que nous avions partagés. Elle allait beaucoup me manquer. Malheureusement, il était impossible qu'elle reste avec nous.

Notre étudiante repoussa son bonnet à pompon.

— Honnêtement, Natalie, ça ne m'intéressait pas. Je n'aime pas la neige. Je suis toujours très déçue qu'on ne soit pas allés à Maui.

— C'est ainsi, répondis-je, sans lui rappeler que la perte de son passeport avait rendu ce voyage impossible.

— Peu importe. (Elle but une gorgée de son vin blanc, cadeau de notre jeune serveur séduit qui ne l'avait pas fait payer.) Alors, Natalie… Vous avez réfléchi ?

Le petit doigt tendu, elle prit une frite dans le cornet en papier et la plongea dans le petit pot de mayonnaise.

Je haussai un sourcil.

— Réfléchi… à quoi ?

Elle fit tourner la frite maigrichonne entre ses doigts.

— Eh bien, vous savez, à me payer mes frais de scolarité pour me permettre de rester à L.A. avec vous.

Je pris une gorgée de mon cabernet, puis j'avalai.

— Je suis désolée. *Les jeux sont faits*[1].

Son visage se plissa.

— Qu'est-ce que ça veut dire ?

— Oh, je croyais que tu avais appris le français dans ton pensionnat britannique. (J'avais lu sur Internet que trois ans de français étaient exigés à l'inscription.) Quoi qu'il en soit, en gros, ça signifie que les dés sont jetés.

Je bus une autre longue gorgée de vin et la regardai droit dans les yeux. J'avais mal au cœur.

— Ma douce, tu connais ma situation. Tu dois rentrer chez toi. Je n'ai pas le choix.

Elle se leva de la table et me fusilla du regard, des flammes dans les yeux.

— Alors je n'ai pas le choix non plus.

Jetant la frite non consommée sur la table, elle sortit en trombe. Encore une de ses crises de colère. Ses sautes d'humeur, plutôt extrêmes, survenaient de plus en plus souvent. Je craignais qu'elle ne fasse carrément une crise de nerfs pendant nos vacances et qu'elle ne révèle à Paige et Will que Matt et moi étions en train de divorcer.

Alors qu'elle disparaissait du restaurant, mon téléphone sonna. Le Chuchoteur ? Mon estomac se noua d'effroi lorsque je le sortis de mon sac. Dieu merci, c'était Paige. Juste après, le soulagement se mua en inquiétude. Mon pouls s'accéléra et j'entendis mon cœur battre la chamade.

Leur était-il arrivé quelque chose, à elle ou à Will ?

---

1. En français dans le texte.

51

Paige

— Allô, Maman !

J'avais mon téléphone à l'oreille, parce que le niveau sonore était trop élevé pour mettre l'appel sur haut-parleur ou passer en FaceTime. Ma voix était en concurrence avec les conversations bruyantes des familles installées aux tables voisines. Sans compter les cris incessants des enfants qui descendaient la colline enneigée en luge.

— Paige, tout va bien ?

Ma mère avait l'air à cran.

— Oui, on s'éclate. Bear aussi. Il adore courir de haut en bas sur la piste. Il est même monté sur une luge et a fait une descente. C'était hilarant.

— C'est merveilleux.

Ah, elle semblait plus calme.

— On t'a envoyé des photos par texto. Tu as vu notre bonhomme de neige ?

— Honnêtement, je n'ai pas regardé mes messages. J'y jetterai un coup d'œil quand j'aurai fini de déjeuner. (Une pause.) Où est ton père ?

D'habitude, elle aurait dit : « Où est papa ? » Il y avait quelque chose de bizarre dans sa question. Son ton était glacial, sans mauvais jeu de mots.

— Il est au food-truck, il nous commande une autre tournée de hot dogs et de chocolats chauds. Et un hamburger végé pour moi.

Toute cette luge, surtout les remontées à pied de la piste bien raide plus d'une dizaine de fois, ça nous avait ouvert l'appétit.

— Parfait.

— Il revient, ajoutai-je en plissant les paupières pour voir mon père arriver. Tu veux que je te le passe ?

— Non, répliqua-t-elle aussitôt. On se voit à l'hôtel. Embrasse Will pour moi et amusez-vous bien.

Nous raccrochâmes.

Je regardai mon frère. Il était adorable, dans sa doudoune rouge et son bonnet. Malgré la crème solaire, ses taches de rousseur ressortaient encore plus sous l'effet du soleil.

— Willster…

— Oui, Pudge.

Il prit une grosse bouchée de son hot dog et l'avala goulûment.

— Tu ne trouves pas que maman et papa agissent bizarrement ?

— Qu'est-ce que tu veux dire ?

— Je ne sais pas… genre, ils sont distants l'un envers l'autre. C'est même bizarre qu'on ait pris deux voitures pour venir ici. Et puis, maman a toujours adoré faire de la luge avec nous.

Will donna le dernier morceau de son hot dog à Bear, couché à côté de lui sur le sol enneigé. Sitôt cette délicatesse engloutie, notre cher vorace leva les yeux vers lui pour en redemander.

— Alors ? insistai-je.

— Je pense que maman est juste stressée. Tu sais, avec Noël et tout le reste.

— Tu as remarqué comme elle a maigri ?

Au cours des deux dernières semaines, elle avait l'air d'avoir perdu cinq bons kilos. Elle flottait dans tous ses vêtements. J'étais inquiète. La dernière chose que je voulais, c'était qu'elle refasse une dépression comme après la mort d'Anabel.

Ça avait été terrible pour Will et moi de ne pas avoir maman à nos côtés pendant des mois. Un jour, je lui dirais à quel point j'avais eu peur pendant cette période. À quel point elle m'avait manqué.

Will prit une frite et la trempa dans son ketchup avant de la croquer.

— Oui, j'ai vu.

— Ça ne te tracasse pas ?

— Elle a eu la grippe.

— Oui, mais quand même.

— Eh, les enfants !

La voix de mon père. Il se dirigeait vers nous à grands pas, le crissement de ses bottes Sorel sur la neige s'amplifiait à chaque pas. Il posa la boîte en carton contenant notre nourriture sur la table d'extérieur.

— Will, il n'y avait plus de saucisses, alors je nous ai pris des burgers. Et un végétarien pour toi, Paige.

L'odeur grasse des galettes grillées m'assaillit les narines. Après avoir parlé avec ma mère, j'avais perdu l'appétit. Mon père s'assit sur la chaise en plastique à côté de Will, en face de moi.

— J'ai appelé Maman.

— C'est bien. (Sa voix était froide comme la glace, son visage, de marbre.) Servez-vous avant que tout ça ne refroidisse.

Nous prîmes chacun un hamburger emballé dans du papier et un chocolat chaud fumant. Je bus une gorgée de mon lait de soja pour lutter contre le froid qui s'insinuait sous ma veste. Et qui n'avait rien à voir avec la température ambiante.

Mon estomac était noué. Je le sentais dans mes tripes.

Il se passait quelque chose entre mes parents, c'était sûr.

52

Natalie

Ce massage en profondeur de quatre-vingt-dix minutes, c'était exactement ce dont j'avais besoin. Allongée à plat ventre sur la table de massage, les doigts puissants de ma masseuse pétrissant le haut de mon dos, je pouvais quasiment sentir et voir les petites étincelles de stress s'échapper de mes muscles crispés et noués. Je soupirai d'aise quand elle creusa plus encore avec la pulpe de ses pouces, tandis que de la musique apaisante et l'huile d'aromathérapie m'aidaient à me détendre. Je nageais en pleine zénitude et, à un moment donné, je dus même m'assoupir après m'être retournée sur le dos. Je sursautai en entendant sa voix.

— Voilà.

Je rouvris les yeux.

— C'est fini ?

La jeune femme musclée aux mains magiques acquiesça.

— J'espère que vous avez apprécié.

Assise, le drap moelleux serré contre ma poitrine, je lui assurai que c'était merveilleux et la remerciai abondamment pendant qu'elle m'offrait un gobelet d'eau rafraîchissante infusée au concombre. Je l'avalai avec avidité.

— Buvez beaucoup d'eau, m'encouragea-t-elle en m'aidant à me lever. Ça aidera à évacuer les toxines.

Je lui promis de suivre son conseil et elle m'aida à enfiler mon peignoir de bain tandis que je glissais les pieds dans mes mules en caoutchouc. D'une poche, je sortis deux billets de vingt, que je lui tendis. Vingt pour cent de pourboire. Je vis sur son visage qu'elle était ravie de ma générosité. *Merci, futur ex-mari, d'avoir rendu cette générosité possible.* Je le chassai rapidement de mon esprit. Pourquoi laisser sa pensée gâcher mon état d'euphorie ?

Je retrouvai Tanya dans les vestiaires. Après sa petite crise au restaurant de l'hôtel, elle était revenue s'excuser et je lui avais proposé de passer une journée au spa avec moi. Elle avait sauté sur l'occasion et, pendant que je me faisais masser, elle s'était offert un soin du visage. Vêtue comme moi d'un peignoir et de pantoufles, ses longs cheveux blond-blanc relevés en queue-de-cheval, elle était resplendissante. Sa peau impeccable irradiait, ses épais sourcils onyx, inclus dans le soin, étaient parfaitement dessinés.

— Comment c'était ? lui demandai-je comme si je ne le savais pas déjà.

— Teeeeellement divin ! (Elle m'entoura de ses bras affectueux.) Merci, Natalie.

— Je suis ravie pour toi. Pourquoi on n'irait pas faire trempette dans le jacuzzi, puis au hammam ? Et ensuite, après nous être douchées et habillées, boire du champagne au bar ?

Un sourire se dessina sur son visage resplendissant.

— Parfait.

Au temps pour ma décision de passer à l'eau.

Nous étions de retour au restaurant mais, cette fois, assises à une table pour deux dans la zone du bar. Un nouveau serveur – tout aussi épris de Tanya – nous apporta une bouteille de Veuve Clicquot bien fraîche et remplit nos flûtes à ras bord. À tel point que quelques bulles s'échappèrent.

Je portai un toast en faisant tinter ma flûte contre la sienne.

— À une heureuse nouvelle année.

L'année à venir serait heureuse, une fois que j'aurai divorcé de Matt. J'avais d'autant plus hâte que, selon Jason, j'allais toucher le pactole.

Tanya but une gorgée de champagne, sans me quitter des yeux. Puis elle se mordit la lèvre.

— Natalie, je m'inquiète pour vous.

Je penchai la tête d'un côté.

— Pourquoi ? Je vais très bien.

Elle fit tourner le pied de sa flûte entre ses doigts.

— C'est Matt. Je pense qu'il est dangereux.

Je fronçai les sourcils.

— Comment ça ?

— Vous savez, j'ai passé beaucoup de temps dans la voiture avec lui pendant le trajet jusqu'ici. Il a dit des choses vraiment effrayantes.

— Comme quoi ?

— D'abord, il a dit : « Si Natalie pense me mettre à genoux, elle va se retrouver bien surprise. » Et puis : « Je vais la tuer si elle tente quoi que ce soit de stupide. » Et aussi : « Elle ne saura pas ce qui lui arrive, quand j'en aurai fini avec elle. »

Je digérai ses paroles en buvant une longue gorgée de champagne, puis je reposai la flûte.

— Il dit ce genre de choses parce qu'il est très en colère contre moi. Il ne les pense pas vraiment.

— C'est aussi ce que je me suis dit au début. Puis, lorsqu'on a dû s'arrêter pour aller aux toilettes, j'ai ouvert le coffre de sa voiture pour prendre mon sac à dos et je l'ai vu…

— Vu quoi ?

Je ressentis un frémissement d'appréhension.

— Son pistolet !

Je clignai des yeux plusieurs fois.

— Tu es sûre ?

— Bien sûr que j'en suis sûre. Et ça m'a complètement fait flipper !

Je restai bouche bée. Matt n'avait jamais emporté son arme pendant nos vacances en famille. Tanya continua dans un murmure :

— Natalie, je pense qu'il va vous tuer !

En un seul souffle, tous les bienfaits de mon massage relaxant s'envolèrent. Une vague de nausée me secoua lorsque je repensai à la dispute que nous avions eue avant de venir ici. Matt avait jeté des objets partout dans la cuisine, et quand je lui avais annoncé que je voulais qu'il quitte la maison avant le 1er février, il avait pris un couteau et menacé : « Je te jure, je te tuerais ici et maintenant si j'étais sûr de m'en tirer », avant de planter la lame de trente centimètres dans le billot de boucherie. À l'exception de la dispute que j'avais causée, juste avant la chute tragique d'Anabel dans l'escalier, je ne l'avais jamais vu aussi violent. J'avais eu une peur bleue et maintenant, je me posais des questions : pensait-il vraiment ce qu'il avait dit ?

Tanya s'immisça dans mes pensées agitées. La terreur nageait dans les profondeurs de ses yeux.

— Et s'il était en train de planifier le meurtre parfait en ce moment même ? Il est complètement dérangé !

Mon cœur s'affola, mon esprit s'emballa. Et s'il avait bel et bien trouvé le moyen de s'en tirer à bon compte ? Peut-être avait-il l'intention de me tirer dessus ce soir, dans mon sommeil, et de m'enterrer six pieds sous la neige. Maigre comme j'étais devenue, il n'aurait aucun mal à se débarrasser de mon corps. Peut-être qu'il le jetterait dans le lac glacé. Pour faire croire à un suicide. J'avais des antécédents de dépression psychotique. Les possibilités étaient effrayantes et infinies.

Les lèvres frémissantes, Tanya me serra la main par-dessus la table.

— Oh, Natalie, je mourrais s'il vous faisait quelque chose d'horrible !

Je vidai mon verre d'un trait. Puis le reste de la bouteille. Un froid glacial me traversa.

— Il ne le fera pas, lâchai-je.

Sur ce, je réglai l'addition et me précipitai hors du restaurant.

Je devais trouver le pistolet de Matt.

53

Natalie

La tête palpitante et le cœur battant, je me mis frénétiquement en quête de l'arme. Je fouillai tous les tiroirs, le coffre-fort et même sous son matelas. Quand j'en eus fini, j'avais passé au peigne fin le moindre centimètre carré de notre chambre. J'avais même vérifié sur la terrasse enneigée, allant jusqu'à creuser dans la poudreuse glaciale jusqu'à ce que mes doigts soient engourdis.

Nada. Il était introuvable.

Il l'avait donc sur lui.

Merde.

Complètement paniquée, j'approchai du minibar en titubant et je sortis une mignonnette de Johnny Walker Black. Le scotch était la boisson préférée de Matt, pas la mienne, mais là, vu l'état de mes nerfs, c'était exactement ce dont j'avais besoin. Je dévissai le bouchon et je bus directement à la minuscule bouteille. Le liquide amer se fraya un chemin de ma gorge jusqu'à mes tripes, sans toutefois réussir à calmer mes nerfs.

Alors que je m'apprêtais à en prendre une autre, on glissa une grande enveloppe blanche sous la porte. J'allai la récupérer. Seul notre numéro de chambre y était inscrit au marqueur noir. Mon pouls déjà rapide s'emballa encore plus. L'enveloppe tremblant dans ma main, je me demandai si je devais l'ouvrir. Je le fis et le regrettai immédiatement.

Une simple feuille de papier, sur laquelle les mots suivants étaient imprimés en caractères gras :

POUR MOI TU ES MORTE.

Une fois de plus, ils étaient en majuscules et en rouge. Folle de rage, je déchirai la feuille, puis je courus à la salle de bains et je jetai les morceaux dans les toilettes. Ensuite, je composai le numéro préenregistré de Jason, que j'aurais dû appeler dès que j'avais appris pour le pistolet. Quelle idiote ! À mon grand désespoir, je tombai directement sur sa boîte vocale. Sans laisser de message, je lâchai le téléphone sur la table de nuit.

C'était forcément Matt. Mais pourquoi m'infligeait-il cette torture mentale ? Ça ne lui suffisait pas de me tuer ? Si ça se trouvait, le lendemain, je servirais de dîner à une meute de coyotes sauvages. Ou à une bande d'ours affamés.

J'essayai de joindre mon avocat encore une fois. Là encore, pas de réponse.

Je lâchai un juron à haute voix. Tous les jurons possibles et imaginables.

Que faire ? Je ne pouvais pas appeler la sécurité de l'hôtel ou le 911 pour leur dire que mon mari allait me tuer. Je n'avais aucune preuve. Je n'avais même pas l'arme. Ils me prendraient pour une folle. Délirante et paranoïaque.

En buvant un autre scotch, je me mis à arpenter la pièce comme la folle que j'étais, à la recherche de réponses. En vain. À moitié ivre, à moitié en crise de nerfs, je n'arrivais pas à réfléchir correctement.

La seule chose à laquelle je pouvais penser, c'était boire une autre gorgée. Ce fut donc ce que je fis.

Je me laissai tomber sur le lit.

Pris un Xanax.

Et bye-bye.

54

Natalie

— Natalie Merritt, veuillez vous lever.

Lentement, avec hésitation, je me levai. La tête basse, je regardais l'affreuse combinaison orange que je portais. Elle me démangeait et m'allait vraiment très mal, et je détestais sa couleur orange presque autant que le polyester. Je brûlais de l'arracher au même titre que les entraves à mes mains et mes pieds.

— Le jury est tombé d'accord sur un verdict.

Tremblante, je croisai le regard noir du juge. Il ressemblait à s'y méprendre à l'homme que je détestais. Et que je craignais autant que le verdict.

Ses yeux étaient deux couteaux, aiguisés et pointés sur moi.

— Ce que vous avez fait est un crime. Comment avez-vous pu commettre un acte pareil ? Le jury vous déclare à l'unanimité coupable de la mise en danger d'un enfant par imprudence. Deux chefs d'accusation qualifiés d'homicide involontaire. Et pour avoir tué votre mari, acte requalifié en meurtre avec préméditation.

— Non !

Je reconnus la voix qui venait de crier. Paige ! Will et elle étaient venus tous les jours à mon procès, assis dans la salle d'audience derrière moi.

— Laissez ma mère tranquille ! Ce n'est pas une mauvaise personne ! S'il vous plaît !

Je l'entendis éclater en sanglots déchirants. J'avais trop mal pour me retourner et la regarder.

— Le tribunal vous condamne à cent trente années de prison sans possibilité de libération anticipée, gronda le juge.

— Noooon !

Mon propre cri me réveilla en sursaut et je me redressai d'un bond, couverte de sueur froide. Ma respiration était saccadée, je tremblais de la tête aux pieds. J'inspirai et expirai par le nez, tâchant de me calmer.

Les battements de mon cœur ralentirent, ma respiration s'apaisa. Ce n'était qu'un cauchemar. Un horrible cauchemar. Pour m'en assurer, je me pinçai. *Aïe.* J'étais encore en vie ! Mon mari ne m'avait pas tiré dessus. Et il était vivant lui aussi. Endormi dans le lit voisin du mien. Je l'entendais ronfloter. Qu'attendait-il ? Avait-il l'intention de me tuer en plein jour ?

Je n'avais aucune idée de l'heure qu'il était. Les rideaux étant tirés, la pièce était plongée dans le noir complet. Je cherchai à tâtons mon téléphone sur la table de chevet où je l'avais laissé. Presque minuit. Ça faisait des heures que j'étais tombée, dans mes vêtements désormais humides de sueur.

Allumant la lampe de poche, je posai les pieds au sol et me dirigeai vers la commode pour enfiler un pyjama propre. N'ayant aucune idée du tiroir dans lequel j'avais rangé mes vêtements, j'en ouvris un au hasard et passai la main à l'intérieur.

Sous un pull plié, mes doigts frôlèrent une surface métallique, dure et froide. Je sortis l'objet d'une main tremblante. Mon cœur tambourinait.

Pas besoin de la torche de mon téléphone pour savoir ce que c'était.

Le Magnum de Matt, bien plus lourd que je ne l'imaginais. Tanya n'avait rien inventé. Il l'avait bel et bien apporté. Elle avait raison. Une réalité terrifiante me frappa à la vitesse d'une balle. Tous les doutes que j'avais pu avoir s'évaporèrent comme de l'eau. Avant que j'aie l'opportunité de lui faire payer ses infidélités, il allait me mettre hors d'état de nuire !

Me tirer une balle !

Accrochée à l'arme, le cœur battant, je sentis mon corps s'engourdir. Que faire ? Je pouvais jeter le pistolet par la fenêtre, mais ça réveillerait Matt. Et puis, je ne le lancerais pas bien loin. Il le trouverait le lendemain matin. Je pourrais le cacher quelque part, mais c'était trop risqué et potentiellement trop bruyant. L'idée d'appeler le 911 ou la sécurité de l'hôtel me traversa de nouveau l'esprit, mais que leur dirais-je ? *Mon mari a une arme et il va me tuer* ? C'était ridicule. Son arme était enregistrée, légale. De plus, les gens chassaient dans cette région. Et s'il n'était pas chargé (pas question que je vérifie), comment étayerais-je mes suppositions ?

Il n'y avait qu'une seule chose à faire pour l'instant. Me protéger de lui.

Garder l'arme en ma possession.

Renonçant à mon pyjama, je retournai dans mon lit et glissai le pistolet sous mon oreiller. Je le sentais sous moi tandis que je fixais le plafond. Comme si l'arme était chargée de Xanax et qu'elle tirait une série de pilules blanches ovales dans mes vaisseaux, mon état d'esprit passa de la panique à la tranquillité.

J'allais dormir dessus. Et réfléchir en dormant à la façon dont je m'occuperais de Matt le lendemain.

55

Matt

Nous avions beau être en vacances, mon corps était programmé pour un lever à 6 heures du matin. De plus, je voulais skier un peu avant qu'une autre tempête n'éclate cet après-midi. Quelques bonnes descentes provoqueraient peut-être une poussée d'endorphines. J'en avais bien besoin. Les vacances, c'était censé vous déstresser, sauf que je n'étais pas du tout détendu. Plutôt le genre bombe à retardement prête à exploser, si vous voyez ce que je veux dire.

Il n'y avait pas d'échappatoire à ce divorce. Alors autant en finir. Au moins, j'avais trouvé un moyen de gérer Natalie. Elle n'allait pas aimer ce que je lui réservais. Mais je n'avais pas le choix. Il était hors de question que je la laisse me plumer. Ou me priver de mes enfants.

Dix petites minutes plus tard, j'étais en bas, en tenue de ski, en train de prendre un petit déjeuner acheté au snack-bar de l'hôtel. Le restaurant n'ouvrait qu'à 7 heures, mais un café dans un gobelet en carton et un croissant aux amandes me convenaient parfaitement, ainsi que le fait de les avaler sur un canapé dans le hall calme et désert.

La première chose que je fis fut d'envoyer un SMS à Will, lui aussi un lève-tôt, pour l'informer que je me dirigeais vers le Sugarloaf et que je serais de retour en début d'après-midi. Il pouvait dire où je me trouvais à Paige et à leur mère. Natalie était la dernière personne à qui j'avais envie de parler. La veille au soir, à mon grand soulagement, je l'avais trouvée endormie en regagnant notre chambre et ce matin, elle dormait encore à poings fermés. Morte au monde.

Et bientôt, morte pour moi.

Je bus quelques gorgées de mon breuvage chaud par l'opercule du couvercle en plastique, puis je mordis dans le croissant poisseux. Presque vieux d'un jour, il était loin d'être aussi bon que ceux que Nat achetait dans sa pâtisserie française préférée. Ou ceux avec lesquels j'avais grandi.

J'étais né avec une cuillère en argent dans la bouche. J'avais obtenu tout ce que je voulais et atteint tout ce que je visais. Avec mon physique et mon compte en banque, j'étais l'homme que tous ses pairs enviaient. Que tous ses pairs voulaient être. Sauf que maintenant, ils s'en mordraient les doigts. Même moi, je ne voulais plus être moi. Mon monde échappait à son axe. Il partait en vrille.

J'avais encore merdé. Et pas qu'un peu. Même si j'étais discipliné jusqu'à la moelle, ma bite avait ses propres idées et elle était insatiable. Après l'incident avec Alexa, j'avais commencé à voir un psy, à la fois pour faire mon deuil – la perte d'Anabel – et pour gérer mon infidélité. Il avait diagnostiqué chez moi un trouble de la personnalité. Un CSC : comportement sexuel compulsif. Autrement dit, pour le quidam : j'étais accro au sexe. Probablement à cause d'une mère autoritaire et d'un père obsédé du contrôle. Ma façon de me rebeller contre eux.

Le psy avait raison. Les pulsions avaient commencé très tôt : je n'étais même pas encore adolescent lorsque j'avais commencé à jeter des coups d'œil furtifs aux magazines porno (chose que vous n'auriez jamais trouvée dans la maison des estimables Merritt) et à jouer sans cesse avec mon matos, en fantasmant sur mon enseignante sexy de CM2, Mlle Turner. Blonde avec des jambes jusqu'aux aisselles… elle n'avait pas tardé à devenir mon type. Au lycée et à l'université, je pus vivre mes fantasmes avec les plus belles filles du campus. Entre mes parties de jambes en l'air, les vidéos porno sur mon ordinateur et mes cours où j'excellais, j'avais réussi à obtenir une excellente éducation à Stanford. Après mon diplôme de commerce, j'avais déménagé à Los Angeles et créé ma propre entreprise. À Stanford, il était difficile de trouver des filles sexy – des blondes, longues jambes et intelligentes –, mais dans la Cité des Anges, il y en avait pléthore et, grâce à mon physique, mon charisme et mon succès, j'avais l'embarras du choix entre les mannequins, les starlettes et les assistantes.

J'étais l'un de ces types qui avaient un programme. Un plan de vie. À l'âge de trente ans, je voulais avoir gagné mon premier million. J'y parvins. À trente-cinq ans, je voulais avoir cinq millions à la banque, être marié et avoir fondé une famille. J'avais touché le jackpot en rencontrant Natalie Taylor. La société qu'elle m'offrit littéralement sur un plateau me rapporta vingt millions lorsque je la revendis et elle me donna trois enfants extraordinaires.

Pourtant, si fort que j'aime ma femme et mes enfants, je n'arrivais pas à garder ma queue dans mon pantalon. Et les amies toutes aussi séduisantes de ma femme (entre autres) n'avaient qu'une hâte : me déshabiller. Ma vie était parfaite jusqu'à ce qu'elle ne le soit plus, lorsque Natalie découvrit qu'il y avait eu quelque chose avec sa meilleure amie. Alexa Roth. Une femme avec laquelle j'avais déjà eu une aventure – je l'avais baisée comme une chienne – lors d'un voyage d'affaires à Londres, alors qu'elle étudiait là-bas dans le cadre d'un échange. Une Américaine chaude comme la braise de vingt ans. Même si cette partie-là de l'histoire, ma femme ne la connaissait pas.

Mes séances chez le psy durèrent quelques mois. Il me prescrivit des médicaments censés supprimer mon appétit sexuel, mais ils me rendaient apathique et m'empêchaient de me concentrer sur mon travail. L'autre solution était la thérapie de groupe, sauf qu'il était hors de question que je m'asseye avec une bande de sociopathes à qui je donnerais la main pour leur parler de mes fantasmes et de mes escapades sexuelles. Je larguai donc mon psy et je retombai dans mes vieux démons. Si vous voulez mon avis, c'était justifié. Avec Natalie dans un état quasi comateux à la suite du décès de notre fille aînée, je n'avais plus qu'à me la mettre sur l'oreille. Il y a une limite à ce que vos mains peuvent faire avant que vous ne soyez à fleur de peau. Et ses sympathiques amies me rendaient la tâche facile. Ça ne s'arrêtait pas aux déjeuners. Et ça ne s'était pas arrêté non plus quand elle se fut remise de sa dépression.

Avec le recul, je le regrettais.

Une voix familière, enrobée de sucre, interrompit mes vœux pieux.

— Oh, salut, Matt !

Avant que j'aie pu tourner la tête, Tanya s'était coulée sur un fauteuil rembourré à côté de moi.

Elle était vêtue d'un sweat à capuche rose et mâchait un chewing-gum.

— Qu'est-ce que tu fais debout si tôt ? lui demandai-je, pas ravi-ravi de la voir.

Depuis l'incident du collier de perles, notre relation était devenue tendue. Distante. Avec tout ce que j'avais sur les bras, je n'étais pas fâché qu'elle rentre bientôt au Royaume-Uni.

Elle haussa les épaules.

— Je ne sais pas. Je n'arrivais pas à dormir.

— Tu veux que j'aille te prendre quelque chose ?

Elle gardait son regard pénétrant sur moi.

— Non, ça va. (Une pause.) Vous avez merdé, Matt.

Il y avait une expression sauvage dans ses yeux, que je n'avais jamais vue auparavant. Et dans sa voix, un ton menaçant. Je pris une profonde inspiration.

— Tu veux dire parce que je n'ai pas pris ta défense quand ma mère t'a accusée d'avoir volé ses perles ?

Elle ricana.

— Ça aurait été sympa, en effet, mais ce n'est pas de ça que je parle.

— De quoi alors ?

Ses lèvres se retroussèrent en un sourire narquois.

— Je suis au courant, Matt. De ce que vous avez fait.

Je sentis ma peau se hérisser.

— Tu sais quoi ?

Un sourire diabolique se dessina sur ses lèvres.

— La fois où je suis allée à Century City pour acheter un nouvel ordinateur portable. Je vous ai surpris à votre bureau avec une amie de Natalie – je l'avais vue à son gala.

Fait chier.

— Vous étiez comme des lapins. Vous n'avez même pas remarqué que j'étais là. (Elle rit.) Pas étonnant que vous ayez été de si bonne humeur quand on s'est croisés ensuite à l'Apple Store.

Je sentis la chaleur remonter le long de mon cou et m'enflammer les joues. Un voile de sueur perlait à mon front, tandis que ma poitrine se contractait. Je craignais le pire.

— Tanya, gardons ça entre nous. S'il te plaît, ne le dis pas à Paige ou à Will.

Elle fit claquer son chewing-gum.

— Peut-être. Je peux vous poser une question ?

J'acceptai, hésitant.

— Vous avez remarqué tout ce qu'on a en commun, vous et moi ?

— Oui, répondis-je avec prudence. Il y a pas mal de choses que nous aimons tous les deux.

— Oui, ça aussi, mais vous avez remarqué à quel point on se ressemble ?

Il y avait une légère ressemblance, en effet. Nous avions tous les deux des yeux bruns, de longs cils, des sourcils bien marqués et une fossette au menton. Et ses mains aux longs doigts ressemblaient beaucoup aux miennes. Et à celles de Paige.

— Pas vraiment.

Elle pencha la tête.

— Est-ce que je vous ai déjà dit que j'avais été adoptée ?

C'était la première fois que j'entendais ça. Natalie ne me l'avait jamais dit. Peut-être qu'elle ne le savait pas.

— Non.

J'entendais la tension dans ma voix. La peau me picotait d'appréhension.

— Eh bien, oui, j'ai été adoptée. Après avoir été abandonnée par une Américaine…

Où veut-elle en venir ?

— Tout ce que je sais, c'est qu'elle était étudiante en échange, comme moi… et qu'elle passait une année universitaire à l'étranger, à Londres.

L'idée la plus folle me traversa l'esprit. J'avais forniqué avec beaucoup de femmes, mais une seule sortait du lot.

Alexa Roth.

Hier, j'étais tombé sur elle dans le hall de l'hôtel. Nous avions échangé un bonjour froid, puis chacun était reparti de son côté. Ce n'était pas possible. Elle me l'aurait dit. Non ? J'essayai d'imaginer Alexa et Tanya côte à côte. Toutes deux étaient blondes, avec des pommettes hautes, des yeux en amande et des jambes interminables.

Et de gros seins.

Oh, mon Dieu. C'était possible. Mais minute ! Si j'avais eu une enfant avec Alexa, elle aurait vingt et un ans. Or Tanya n'avait que dix-huit ans… du moins c'était ce qu'elle prétendait. Est-ce qu'elle mentait ? M'avait-elle pisté en utilisant l'un de ces sites en vogue qui retrouvaient vos antécédents grâce à l'ADN ?

— Vous pensez à quoi, Matt ? demanda-t-elle, faussement timide, tandis que je me mordillais la lèvre inférieure.

— À rien.

Je devais en finir avec ce sujet dérangeant et revenir à la question la plus urgente.

— Tanya, j'ai besoin de savoir…

— Quoi ?

Elle m'avait lancé le mot comme une grenade.

— J'ai ta parole que tu ne parleras pas de ce que tu sais à Paige ou à Will ?

Sans me quitter des yeux, elle croisa les mains sur ses genoux et se tourna les pouces.

— Combien ça vaut, pour vous, Matt ?

Doux Jésus. Cette fille me faisait chanter. J'aurais dû écouter ma mère et me débarrasser d'elle juste après Thanksgiving. La renvoyer à Londres.

— Alors ? l'entendis-je insister alors que j'appuyais les doigts sur mes tempes.

Je lançai un chiffre.

— Cent mille dollars pour que tu te taises.

Elle leva les yeux au ciel, mine exaspérée.

— Ce n'est pas ce que je cherche.

— D'accord. Deux cents.

Elle fit la grimace.

— Vous êtes à côté de la plaque.

La rage bouillonnait en moi. Je sentais ma tension sanguine monter en flèche.

— Bon sang ! Arrête de jouer et dis-moi ce que tu veux !

— Je veux que vous vous réconciliiez avec Natalie et que vous payiez mes frais de scolarité à Coldwater. Que vous me laissiez rester chez vous jusqu'à ce que je commence à Stanford.

— Je ne sais pas si c'est possible.

Elle me jeta un regard noir et grogna.

— Faites en sorte que ça le soit.

Sur ce, elle se leva. Son expression s'adoucit.

— Oh, Papa chéri… j'espère que notre séance au nouveau stand de tir tient toujours.

Là, je n'avais qu'une seule cible en tête. Une personne que je voulais abattre.

L'euphorie que je ressentais normalement en dévalant les pentes difficiles était étouffée par tout ce que j'avais à l'esprit. Surtout la possibilité que mes enfants découvrent que j'avais trompé leur mère. Qui savait jusqu'où irait Tanya, ma peut-être fille folle à lier ? Une chose était sûre, ni Will ni Paige ne voudraient vivre avec moi s'ils apprenaient ce que j'avais fait. Et encore moins me rendre visite. Ils me détesteraient à vie.

Pour ne rien arranger, il faisait un froid de canard. La température ne cessait de chuter. Malgré mes couches de vêtements, je sentais le vent glacial s'insinuer dans ma veste de ski. Pénétrer mes os. En plus, la neige qui avait commencé par de petits flocons à mon arrivée tombait maintenant à fond. Les pistes s'étaient vidées. Il ne restait plus que quelques skieurs en plus de moi. J'étais au départ d'une autre descente et je décidai que ce serait la dernière. C'était trop risqué, et j'avais hâte de rentrer à l'hôtel.

Dès mon retour, j'allais appeler ma sœur. Cecilia était intelligente. Perspicace. Elle saurait comment gérer Tanya. Elle trouverait peut-être un moyen d'amener Natalie à reconsidérer le divorce. Beaucoup de couples qui se méprisaient vivaient pourtant sous le même toit par commodité. Et parce que ça revenait moins cher. Ça résoudrait le problème Tanya. Et qui sait, ça nous permettrait peut-être de prendre un nouveau départ, Nat et moi. Surtout si je retournais en thérapie.

Tout le monde y gagnerait.

À mi-chemin de la pente raide, étroite et parsemée d'arbres, je dus arrêter de penser au bazar qu'était ma vie et concentrer sur ma descente tous les neurones de mon cerveau. La tempête de neige s'était transformée en véritable blizzard. Les rafales se mêlaient au souffle de mes skis sur la poudre blanche qui s'accumulait. L'adrénaline coulait à flots dans mes veines tandis que j'affrontais les périls du terrain. J'essayais littéralement de garder les pieds au sol, on était à un niveau où ma vie dépendait de ma concentration extrême.

Derrière mes lunettes, je voyais à peine à un mètre devant moi.

Un voile de blancheur sur un fond blanc.

Je jurai en silence.

Jusqu'à ce que je ne puisse plus jurer.

Tout devint noir.

56

Natalie

Le matin arriva. Aussitôt réveillée, je jetai un coup d'œil au lit à côté du mien. Matt n'était plus là. Peut-être était-il allé faire un jogging autour du lac – il le faisait toujours.

Ce qui n'avait pas disparu, c'était le pistolet. Il était toujours sous mon oreiller, là où je l'avais glissé. Je poussai un soupir de soulagement. Tant qu'il était en ma possession, j'étais à l'abri de mon mari.

Le serrant dans ma main comme si ma vie en dépendait, j'allai à la fenêtre et j'ouvris les rideaux. Contrairement à la journée ensoleillée de la veille, le ciel d'aujourd'hui était couvert. Le lac était gris. Je me rappelai qu'une tempête était attendue en début d'après-midi et qu'on prévoyait jusqu'à soixante centimètres de neige au cours des vingt-quatre prochaines heures. Je scrutai le lac. Pas de Matt en vue. Une idée mesquine me traversa l'esprit. Peut-être qu'en faisant son jogging il tomberait mort d'une crise cardiaque ; c'était une possibilité, vu que son père avait des problèmes de cœur. Je souris intérieurement. Sûr que ça mettrait fin à ma crainte que Matt me fasse du mal. De plus, ça m'épargnerait les tracas d'un divorce coûteux et épuisant. Et d'avoir affaire à cet avocat véreux. J'hériterais de tout. La maison. Nos biens. Plus les cinq millions de son assurance vie.

Et surtout, ça m'éviterait de recourir à un acte inconsidéré. J'étais peut-être née du mal, mais je n'étais pas Lady Macbeth. Je n'allais pas laisser mon mauvais rêve devenir une prémonition.

Le carillon de mon téléphone interrompit le désordre de mes pensées. Le pistolet tremblait dans ma main. Je n'avais jamais aimé cette arme – et en fait, j'en avais toujours eu peur. J'en avais encore peur. Mais tant que je l'avais en ma possession, rien ne pouvait m'arriver. L'empoignant, je me dirigeai vers la table de nuit et parvins à atteindre mon téléphone avant qu'il ne s'arrête de sonner. Je fus soulagée de voir que c'était Tanya. Je décrochai.

— Bonjour, ma chérie. Tout va bien ?

Grâce à l'arme que je tenais à la main, ma voix était assurée, joyeuse même.

Au bout du fil, Tanya laissa échapper un soupir.

— Oh, Natalie, Dieu merci, vous avez répondu. J'étais si inquiète.

— À propos de quoi ?

— Vous savez bien. À propos de Matt. À propos de vous.

J'enroulai mon doigt autour de la détente. *Involontairement*. Je ne pus m'en empêcher.

— Ma chérie, il n'y a absolument aucune raison de t'inquiéter. Je vais parfaitement bien et tout est sous contrôle.

— Ouf ! souffla-t-elle. Vous voulez me retrouver pour le petit déjeuner ?

— Bien sûr, avec grand plaisir ! (Et comme je n'avais pas dîné la veille, j'étais affamée.) Donne-moi juste quelques minutes pour me doucher et m'habiller. Je te rejoins en bas au restaurant. Prends une table si tu arrives avant moi.

En raccrochant, je remarquai que la batterie de mon téléphone n'était plus qu'à cinq pour cent. Je le reposai sur la table de nuit et le branchai. Autant le laisser ici à charger pendant que j'étais au brunch. Sans compter que ça m'éviterait de voir mon repas brutalement interrompu par le Chuchoteur.

Pas question, en revanche, de laisser l'arme dans la chambre. Peut-être que Matt n'avait pas vraiment l'intention de me tuer, mais je ne pouvais pas prendre le risque. Après tout, je ne savais que trop bien ce dont même les plus innocents étaient capables. Avec un frisson, je fourrai le pistolet en métal froid dans mon sac à main. Avec mon flacon en plastique de Xanax.

Quinze minutes plus tard, j'étais en bas. Douchée et habillée d'un legging ivoire à la mode, d'un pull irlandais de pêcheur et d'une paire de Ugg à la fourrure crème. Portant au bras mon grand sac Prada marron, particulièrement lourd à cause du pistolet, j'entrai dans la salle à manger d'un pas assuré et j'aperçus Tanya assise à une table. Elle me fit signe.

— Je suis affamée, annonçai-je en m'installant sur la chaise en face d'elle.

Elle avait l'air anxieuse.

— Natalie, j'espère que vous n'êtes pas fâchée contre moi.

— Pour quelle raison ?

— Pour vous avoir répété ce que Matt mijotait.

Je lui adressai un sourire rassurant.

— Bien sûr que non. Au contraire, je suis contente que tu l'aies fait.

— Vous n'êtes pas inquiète ?

Je masquai un sourire en coin.

— Pas le moins du monde. Crois-moi, Matt ne fera rien. Il n'en a pas les tripes. (*Ni les moyens*.)

Viens, allons nous servir au buffet avant qu'ils ne ramassent tout.

Alors que je m'apprêtais à me lever, deux mots m'emplirent les oreilles, prononcés sur un ton d'effusion que je ne connaissais que trop bien.

— Natalie, chériiie !

La voix, je la reconnus aussitôt, pourtant quand je levai les yeux, je cillai. C'était bien Alexa Roth, sauf que ses cheveux ondulés étaient maintenant blond platine et lissés. Elle avait aussi ajouté une frange. Je vous jure, avec tout le Botox qu'elle s'était fait injecter, elle aurait pu être la grande sœur de Tanya. La ressemblance entre elles était troublante.

Vêtue d'une combinaison de ski Chanel blanche, elle s'avança vers nous, sa fille Rachel à ses côtés. Rachel allait à Coldwater, en terminale comme Paige et Tanya. Je faillis ne pas la reconnaître. Elle avait coupé ses cheveux roux à la garçonne et les avait teints en noir de jais. Avec la carrure et la couleur de peau de son père, elle n'avait jamais beaucoup ressemblé à sa mère, mais aujourd'hui, elles auraient pu venir de deux planètes différentes.

À contrecœur, je laissai Alexa me serrer dans ses bras.

— Nat, je ne m'attendais pas à te voir ici.

— Une décision de dernière minute, répondis-je platement. Matt et les enfants sont là aussi.

— Oui, je l'ai aperçu dans le hall, hier.

Mince… J'avais espéré qu'à la mention de Matt elle trouverait une excuse pour détaler, au lieu de quoi non seulement elle s'attarda, mais elle tourna son attention sur mon invitée.

— Et tu dois être Tanya, l'étudiante anglaise de Natalie. Ma fille m'a beaucoup parlé de toi.

— Salut Rachel, marmonna Tanya.

Je percevais une forme d'animosité entre les deux filles. Rachel, comme Paige, ne semblait pas être son genre.

Visiblement mal à l'aise, la fille d'Alexa répondit au « salut », puis elle tira sa mère par la manche.

— Maman, on y va. Je ne veux pas être en retard pour ma leçon de snowboard.

— Rach, détends-toi, mon chou.

Sa fille grimaça. Le regard d'Alexa restait fixé sur moi.

— Ma chériiiie, pardonne-moi, s'il te plaît. Faut que je file. On pourrait peut-être se voir plus tard ? Aller au spa ou se retrouver sur les pistes ?

Avec le moins de mots possible, j'acceptai de programmer ça. Ravie, Alexa suivit sa fille.

— Mon Dieu, j'ai cru qu'elles ne partiraient jamais, grogna Tanya en repoussant sa chaise de la table.

— Ne m'en parle pas. Allez, au ravitaillement !

Cinq minutes plus tard, nous étions de retour à notre table, nos assiettes chargées d'œufs brouillés, de saumon fumé, de saucisses aux pommes et de fruits frais. Nous mangeâmes avec appétit, tout en buvant par intermittence des gorgées de notre *latte* mousseux.

— Natalie, dit Tanya en découpant une épaisse saucisse, j'ai un petit problème.

Je haussai un sourcil.

— Qu'est-ce qui ne va pas ?

— Pas grand-chose, mais je n'arrive pas à enfiler les bottes de neige que vous m'avez prêtées.

Celles d'Anabel, presque neuves. Ses Ugg Adirondack vieux rose.

— C'est un petit trente-sept et je fais du quarante et un.

— Oh, j'avais complètement oublié.

Anabel et moi avions toutes les deux des pieds étroits et menus, presque identiques. Paige chaussait du trente-huit. En large.

— Avec les grosses chutes de neige qui s'annoncent, j'aimerais bien avoir des bottes à ma pointure, poursuivit Tanya en avalant une bouchée de ses œufs. Après le brunch, vous pourriez m'emmener en acheter une nouvelle paire ?

Je bus une gorgée de mon *latte* en réfléchissant à sa question.

— Chérie, je ne peux pas. J'ai d'autres choses de prévu.

Comme déterminer ce que je vais faire du pistolet avant que Matt ne revienne et ne découvre qu'il n'est plus où il l'a mis.

— Mais je vais demander à Paige de t'emmener faire des courses. Il y a un merveilleux magasin de ski et de snowboard sur l'autoroute 18, qui devrait offrir un vaste choix de bottes de neige. C'est à environ vingt minutes d'ici.

Elle se fendit d'un sourire.

— Ce serait génial.

Parfait. Ça me laisserait du temps seule pour élaborer mon plan. Mais pour l'instant, quelque chose d'autre me pressait. Ma vessie.

— Tanya, ma chérie, je dois aller aux toilettes. (Je jetai un coup d'œil au sac à main monstrueux à mes pieds.) Tu veux bien être gentille et surveiller mes affaires ? Je reviens tout de suite.

Son sourire s'élargit.

— Bien sûr, je le garderai au péril de ma vie.

57

Natalie

Quand je retournai dans la chambre, à mon grand soulagement, Matt n'était toujours pas là. On approchait des 12 h 30. Mon téléphone chargé à cinquante pour cent, j'appelai Paige et lui demandai si elle pouvait emmener Tanya au magasin de ski pour acheter des chaussures.

— Je suis obligée, Maman ? Tu ne peux pas y aller, toi ?

— Non, j'ai quelque chose d'important à faire. (*Me débarrasser du pistolet de ton père une bonne fois pour toutes.*) Ça ne prendra qu'une heure et tu ferais bien d'y aller rapidement avant que le blizzard se lève.

Debout près de la fenêtre, je voyais que le ciel et le lac s'étaient assombris, et quelques flocons tombaient déjà.

— Très bien, lâcha Paige aussi sèchement qu'un coup de couteau.

— Utilise ta carte, je te rembourserai plus tard.

Avant de mettre fin à l'appel, je la questionnai sur Will.

— Est-il avec ton père ?

— Non, il n'est pas avec *notre* père. (Je détectai une dose d'insolence dans sa voix.) Papa est allé à

Big Bear, skier au Sugarloaf. Will est ici dans la chambre, il regarde un *Harry Potter*.

— Bien.

Ça signifiait que Matt ne serait pas de retour avant plusieurs heures. Je recommandai à Paige de conduire prudemment et j'appuyai sur le bouton rouge. Pile au moment où l'appel fut coupé, un coup sonore retentit à la porte. *Matt ?*

J'allai répondre, sans ouvrir toutefois. On n'était jamais trop prudente.

— Qui est là ? demandai-je.

— Thomas, de la réception. J'ai une enveloppe pour vous.

Prudemment, j'ouvris la porte sur un jeune groom en uniforme, qui ne devait pas avoir plus de vingt ans. Il me tendit une grande enveloppe blanche identique à celle que j'avais reçue la veille, avec notre numéro de chambre inscrit au marqueur noir.

— Merci, Thomas, dis-je en la lui prenant. Savez-vous par hasard qui a déposé cette enveloppe à la réception ?

— Désolé, m'dame, non. Je viens de commencer mon service.

Je le remerciai à nouveau et refermai la porte en prenant soin de la verrouiller. Sans perdre de temps, je décollai le rabat et retirai la feuille de papier qui se trouvait à l'intérieur. Les mots suivants y étaient écrits en majuscules rouges :

LA VENGEANCE EST UN PLAT
QUI SE MANGE FROID.

Une des répliques préférées de Matt. Tirée d'un classique français du XVIIIe siècle, *Les Liaisons dangereuses*, elle avait été rendue célèbre par Marlon Brando en don Vito Corleone dans le film

Le Parrain. Chaque fois que Matt la prononçait, il imitait l'accent râpeux de l'acteur en truand. Dans ma tête, je l'entendais. J'avais trouvé ça drôle, à une époque, mais plus aujourd'hui.

Je froissai la note, la jetai dans la corbeille à papier et retournai à la fenêtre. Les flocons dentelés étaient maintenant plus gros et tombaient plus dru. Le sol était déjà recouvert d'une couche de neige fraîche. D'ici une heure, la chute de neige bénigne se transformerait en blizzard avec rafales. Je m'inquiétais pour Paige et Tanya : pourvu qu'elles soient rentrées à l'hôtel avant que les routes ne deviennent dangereuses.

Malgré mon inquiétude, regarder tomber la neige était un spectacle envoûtant. Une danse exquise de la nature. D'ici demain, il y aurait plus de trente centimètres de poudre blanche sur le sol, avec des congères de deux mètres et plus. J'adorais sortir le matin après une grosse chute de neige. M'enfoncer dans le doux tapis blanc scintillant au soleil, qui donnait aux arbres givrés des airs de lustres Swarovski.

Cette vision d'hiver idyllique me vint à l'esprit et soudain, comme par magie, une scène commença à se dérouler dans mon imagination, très vivace.

Demain, je convaincrai Matt de retourner à Big Bear. D'aller faire des raquettes avec moi dans la forêt silencieuse et enneigée. Nous aimions pratiquer cette activité ensemble. Et discuter des « problèmes ».

Comme toujours, nous tracerions notre propre chemin, loin des autres promeneurs. Je le laisserais ouvrir la voie, je marcherais juste derrière lui. Pendant qu'il ne regarderait pas, je sortirais le pistolet et lui tirerais une balle dans la tête à bout portant. Il ne m'entendrait pas actionner la gâchette, le crissement de nos raquettes l'étoufferait. *Bang !*

Personne n'entendrait rien et, même dans le cas contraire, les gens penseraient probablement que c'était un tir de chasseur, la chasse étant autorisée dans la région. Puis, alors qu'il tituberait et s'effondrerait, sans savoir ce qui lui arrivait, je lui tirerais dessus à nouveau, histoire de faire bonne mesure. Avec mes moufles, j'entasserais une tonne de neige sur lui pour qu'il ne soit plus visible. Je le laisserais là. Puis j'attendrais que le soleil soit presque couché pour courir alerter les autorités : paniquée, je leur expliquerais que mon mari et moi avions été séparés dans la forêt enneigée à la tombée du jour, et que je m'inquiétais pour lui. Je leur dirais que j'avais cherché et cherché, crié son nom encore et encore. Peut-être qu'un ours l'avait attaqué ? suggérerais-je, les yeux pleins de larmes.

S'il y avait bien une chose dont j'étais sûre, c'était de mes talents d'actrice. J'avais joué la comédie toute ma vie d'adulte. Je faisais semblant d'être quelqu'un que je n'étais pas. Ce ne serait qu'un nouveau rôle pour moi : celui de la pauvre épouse inquiète, qui évoluerait bientôt en celui de la pauvre veuve éplorée. Le temps qu'on retrouve son corps, ce qui pourrait prendre quelques jours, d'autant plus qu'on annonçait encore de la neige, il serait un cadavre gelé. Et ressemblerait probablement à l'effrayant Jack Nicholson dans *Shining*.

La police découvrirait qu'on lui avait tiré dessus, mais nul ne pourrait jamais prouver que c'était moi. Sans empreintes de pas grâce à la couche de neige fraîche, sans empreintes digitales grâce à mes gants, sans cheveux égarés grâce à mon bonnet de ski, il n'y aurait pas de preuves. De plus, le pistolet de Matt aurait disparu depuis longtemps. Avant de rentrer à l'hôtel, j'avais prévu de le jeter dans le lac de Big Bear. Ils ne le trouveraient jamais.

Et puis, ce n'était pas un secret que des gens bizarres traînaient dans le coin. Des hommes et des femmes qui s'étaient retirés de la société pour une raison ou une autre et qui vivaient reclus dans des cabanes en rondins, un fusil à la main. Certains auraient été des meurtriers, se murmurait-il.

Encore mieux.

Oui, la vengeance était un plat qui se mangeait froid.

Le trille soudain de mon téléphone mit fin à mon scénario délicieusement cruel et me ramena brusquement à la réalité. Ce devait être Paige, qui me faisait savoir que Tanya et elle étaient de retour. Je me précipitai vers la table de nuit où l'appareil était encore en train de charger. Je jetai un coup d'œil à l'identité de l'appelant. C'était un numéro masqué, un correspondant inconnu. *Non, encore !*

Forcément le Chuchoteur, mais cette fois, j'en avais assez. Intrépide et furieuse, je décrochai.

— OK, Matt. Je sais que c'est toi ou ta pourriture de sœur ! Tu peux arrêter...

À ma grande surprise, une voix masculine me coupa la parole d'une voix sombre.

— Ici l'officier Axelrod, du service du shérif de Big Bear. Est-ce bien Natalie Merritt à l'appareil ?

— Oui, c'est moi.

Ma voix se brisa un peu.

— Je suis désolé de vous l'annoncer, mais il y a eu un accident.

Mon cœur battait si fort dans ma poitrine que je ne pouvais plus respirer. Ma plus grande peur : Paige avait eu un accident de voiture !

— M... ma fille ?

— Non, madame Merritt. Il s'agit de votre mari.

Je respirai. Les battements de mon cœur ralentirent, mais restèrent redoublés.

— Qu'est-ce qui s'est passé ?

— Il a eu un accident de ski. Il a percuté un arbre.

— Il va bien ?

Je n'en revenais pas d'entendre à quel point ma voix était tremblante.

— Il a été retrouvé par un autre skieur et transporté par avion à l'hôpital de Bear Valley.

— Dans quel état est-il ?

— Critique. D'après les ambulanciers, il souffre d'hypothermie et peut-être de lésions à la colonne vertébrale. Avant de perdre conscience, il vous a demandée.

Il m'a demandée ?

Face à cette nouvelle inattendue, je restai sans voix. Je ne savais pas quoi dire. Comment réagir alors qu'il s'agissait de l'homme que je haïssais de toutes mes forces ? De l'homme que je venais tout juste de tuer en pensée.

Une remise à zéro mentale. Ma poitrine était serrée, comme si elle était corsetée. Le remords m'envahit. Quelle folie m'avait possédée ? S'était emparée de mon imagination débordante ? Comment avais-je pu songer à tuer le père de mes enfants ? L'homme que j'avais aimé jadis et que j'aimais peut-être encore un tout petit peu. L'homme qui m'avait tout donné après tant d'années où je n'avais rien. Tant d'années de négligence. Les larmes gonflèrent dans mes yeux. La culpabilité et le chagrin emplirent chaque fibre de mon être.

D'accord, ça n'avait été qu'une sorte de fantasme, de rêve tordu, n'empêche que je me détestais de l'avoir nourri. Je n'étais plus cette personne. Comment avais-je pu ne serait-ce qu'envisager d'assassiner mon mari ?

Le policier fit irruption dans ma tristesse, mes regrets, mes pensées déchirantes.

— La voiture de votre mari est toujours garée ici à Big Bear. Nous allons essayer de la faire remorquer jusqu'à l'endroit où vous séjournez...

J'étais tellement désemparée que je ne réagis pas. Finalement, je compris.

— Le Lake Arrowhead Resort and Spa.

— Sachez simplement que nous ne pourrons peut-être pas le faire aujourd'hui en raison du mauvais temps.

— Demain, ça ira, balbutiai-je.

— Voici le numéro de l'hôpital si vous souhaitez appeler.

Trouvant à tâtons le stylo et le petit bloc-notes sur la table de chevet, je réussis à noter.

— Merci, monsieur l'agent.

— De rien, madame. Je vous conseille vivement de ne pas tenter de lui rendre visite avec ce blizzard. Les routes sont déjà glacées et glissantes, et avec la neige, la visibilité est nulle. Restez bien à l'abri et j'espère que votre mari s'en sortira.

Fin de l'appel. Je recouvrai mes esprits. Immédiatement, j'appelai l'hôpital. Matt s'était brisé la colonne vertébrale et il était en salle d'opération. L'infirmière à qui je parlai n'avait aucune idée de la durée de l'intervention. Elle me promit que quelqu'un m'avertirait quand il serait sorti. *S'il sortait*. Je lui donnai mon numéro au cas où elle ne l'aurait pas déjà.

Ensuite, j'appelai les parents de Matt. Ils étaient partis en Italie, mais il fallait les mettre au courant. Je composai le numéro préenregistré de Marjorie, en espérant qu'elle décroche malgré mon nouveau numéro de portable, qu'elle ne connaissait pas. J'avais oublié de le lui transmettre. Il y eut plusieurs sonneries, puis je tombai sur la messagerie vocale. Je laissai un message.

« Marjorie, c'est Natalie, j'appelle de mon nouveau numéro de portable. Rappelez-moi dès que vous avez ce message. Matt a eu un accident de ski, il est sur la table d'opération. »

Étant donné que Rome avait neuf heures d'avance sur nous et qu'il était donc près de minuit là-bas, ils étaient probablement endormis et ne verraient mon message qu'au matin.

Je me mis à faire les cent pas dans la pièce. Qui d'autre devais-je appeler ? Je me mordis la lèvre. Bien sûr… les enfants. Il fallait que je les avertisse. Les questions se bousculaient dans ma tête. Comment allais-je annoncer cette terrible nouvelle à Will et Paige ? Comment allaient-ils réagir ? Comment les réconforter, alors que je divorçais de leur père et que je n'arrivais pas à me réconforter moi-même ?

Mon Dieu, donnez-moi la force.

Je pris une inspiration et composai le numéro de Paige. Pas de réponse. L'appel tomba directement sur sa boîte vocale. Je ne laissai pas de message et passai rapidement à Will. Qui décrocha dès la première sonnerie.

— Coucou Maman.

— Will, Paige est avec toi ?

— Non, elle n'est pas rev…

— Tu as eu de ses nouvelles ?

— Non.

L'inquiétude me fit palpiter de nouveau le cœur. Elle aurait dû être de retour depuis une demi-heure. Peut-être était-elle coincée dans les embouteillages à cause des conditions météorologiques. La circulation pouvait être très ralentie par une tempête de neige.

— Ça va, Maman ?

— Will, je dois te laisser. Appelle-moi dès que ta sœur revient.

— Dacodac.

D'un coup sec sur l'écran, je mis fin à l'appel, m'étant soudain rappelée que je pouvais vérifier où se trouvait Paige grâce à Find Me, l'application de géolocalisation que j'avais installée sur son téléphone. Si ça se trouvait, elle était en train de traîner dans le hall de l'hôtel.

Mais avant que je puisse ouvrir l'appli, l'écran s'alluma sur un autre appel entrant.

La police de San Bernardino.

Pourquoi appelaient-ils ?

Il n'y avait qu'une seule réponse possible.

Agis normalement. Reste calme.

58

Paige

La neige tombait fort et dru. Plus vite que mes essuie-glaces ne pouvaient la dégager du pare-brise. Mes mains gantées cramponnées au volant, je gardais les yeux rivés sur la route et roulais lentement. Dieu merci, Tanya ne me déconcentrait pas : assise sur le siège passager, elle mâchait un chewing-gum et tripotait son téléphone. Elle envoyait probablement des SMS à Lance, lui-même en vacances à Cabo avec sa famille. Plus vite nous rentrerions à l'hôtel, mieux ce serait. Je croisai les doigts pour qu'elle ne traîne pas dans le magasin de ski à essayer un milliard de paires de chaussures.

— Voilà la boutique, annonçai-je en me garant devant. Vas-y, je t'attends ici. (Sans couper le moteur, je sortis ma carte de crédit de mon étui de téléphone.) Tiens. Fais vite, et tu n'as pas intérêt à l'utiliser pour autre chose.

Avec un ricanement, elle détacha sa ceinture de sécurité et sauta de la voiture. Pile au moment où elle disparaissait à l'intérieur du magasin, mon téléphone tinta : une alerte Google, un lien vers un article du *Desert Sun*. Je cliquai dessus en retenant mon souffle. L'article était court : le sujet ne faisait pas la une des journaux.

Il y a un mois, deux adolescents ont retrouvé un corps carbonisé à Tahquitz Canyon. La police de Palm Springs a conclu que le corps était probablement celui de Billie Rae Perkins, la jeune fille de 15 ans disparue après le sauvage assassinat de ses parents dans un lotissement de mobil-homes d'Indio, il y a vingt ans. Bien qu'il n'ait pas été possible de faire correspondre les dossiers dentaires, la matière osseuse décomposée coïncide avec l'époque de sa disparition. Aucune autre fille n'a été portée disparue dans la région à cette époque. La police cherche à savoir si elle a été victime d'un acte criminel et si sa mort est liée aux meurtres non élucidés. Aucun suspect n'a été appréhendé.

Je fermai l'alerte avec la sensation qu'une page se tournait, si désolante soit-elle. Pauvre Billie Rae. Un frisson me parcourut l'échine alors que j'essayais d'imaginer tout ce qu'elle avait pu subir. Si quelqu'un l'avait laissée mourir après lui avoir mis le feu, j'espérais que le coupable serait retrouvé et puni comme il le méritait. Qu'il aille brûler en enfer. J'étais sur le point d'appeler Will, puis Mary Burton, pour leur annoncer ce que j'avais appris quand je vis Tanya sortir du magasin.

Désormais chaussée d'une paire de bottes de neige beiges fourrées, elle remonta prestement dans ma Jeep et jeta le sac de courses avec ses Dr. Martens sur la banquette arrière. Son sac à dos calé entre ses pieds, elle regarda ses nouvelles bottes et soupira.

— Je voulais des roses, mais il va falloir que je me contente de celles-ci.

Je levai mentalement les yeux au ciel, puis démarrai. Vivement qu'on soit rentrées à l'hôtel. Je l'avais assez supportée pour aujourd'hui. Au feu suivant, je mis mon clignotant pour pouvoir faire demi-tour.

— Éteins ton clignotant, m'ordonna-t-elle. On ne rentre pas tout de suite à l'hôtel.

— Comment ça ? lâchai-je.

Je me tournai vers elle, et mon étonnement se mua en frayeur.

Elle pointait une arme sur moi.

— Bon Dieu, qu'est-ce que tu fabriques, Tanya ?

— À ton avis, espèce de monstre ?

Le faux accent britannique avait disparu, au profit d'un accent américain. Sa voix avait pris un ton amer et cassant.

— J'ai une arme braquée sur toi et si tu ne continues pas à rouler vers le nord, j'ai bien peur de devoir appuyer sur la détente.

Mon pouls tambourinait dans mes oreilles. La peur. Une peur comme je n'en avais jamais connu. Mais pas question de la lui montrer. Je coupai le clignotant et continuai à rouler vers le nord.

— Tu es tarée !

— C'est ce qu'on m'a dit.

Du coin de l'œil, je vis un sourire mauvais se dessiner sur ses lèvres.

— Où tu as trouvé ce pistolet ?

— C'est celui de ton père. Il l'a apporté. Il y a un nouveau stand de tir à Big Bear où il avait promis de m'emmener. Grâce à lui, je suis devenue une vraie tireuse d'élite. D'une précision terrible. Tu devrais me voir à l'entraînement.

En fait, j'avais vu sur Instagram une photo prise au L.A. Gun Club : on la voyait étreindre mon père et brandir son arme. Avec les hashtags : #championne, #reinedelagachette et #filleàsonpapa. À l'époque, ça m'avait plus dégoûtée qu'intimidée.

Elle laissa échapper un rire mauvais.

— Devine quoi ? Tu vas être ma prochaine cible. Et je n'ai pas l'intention de te rater.

Un violent frisson me parcourut à mesure que je prenais toute la mesure de ses mots. Elle allait me tirer dessus ?

Mâchant toujours son chewing-gum, elle poursuivit :

— Je cherchais un moyen de voler l'arme à ton père, mais ta mère m'a facilité la tâche.

— Qu'est-ce que tu veux dire ?

— Au brunch, ce matin, elle m'a demandé de surveiller son sac pendant qu'elle allait aux toilettes. Dès qu'elle est partie, j'ai fouillé dedans pour lui voler du cash, et bam, je suis tombée sur l'arme.

Nouveau choc. Que faisait ma mère avec le pistolet de mon père ? Elle détestait cette arme. Elle voulait qu'il s'en débarrasse.

Écartant ces pensées, je me concentrai sur la conduite. La neige tombait de plus en plus dru et j'avais de plus en plus de mal à voir devant moi.

— On va où ?

Tanya fit éclater une bulle de chewing-gum. Dégoûtant.

— Green Valley Lake. Ce n'est pas loin.

Je n'en avais jamais entendu parler.

— Comment tu connais ce lac ?

— J'ai grandi pas loin d'ici. Une des familles chez qui j'ai vécu m'a emmenée camper là-bas une fois. Crois-moi, je ne suis carrément pas du genre à aimer le camping. Sérieux, est-ce que j'ai l'air de quelqu'un qui aime la vie à la dure ?

Avec une mine exaspérée, elle leva sa main libre pour me montrer sa manucure parfaite.

— Ces minables ont payé pour m'avoir fait endurer ça, ajouta-t-elle avec un clin d'œil. Quel dommage que leur sale gosse de cinq ans ait eu un malheureux accident ! J'étais censée le surveiller…

je dis bien « censée ». J'ai vu ce petit morveux tomber dans le lac. Ce n'est pas vraiment comme si j'avais pu le sauver, vu que je ne savais pas nager non plus.

Si je n'avais pas dû conduire les deux mains crispées sur le volant à cause de l'état de la route et de la neige qui me brouillait la vue, je lui en aurais balancé une dans la figure. Je m'entendis hoqueter. Elle avait laissé un petit garçon se noyer. Elle était responsable de sa mort. Une nouvelle réalité effrayante s'imposait à moi.

J'étais coincée dans ma voiture avec une psychopathe. Une meurtrière ! Et j'allais être sa prochaine victime.

Je lui jetai un regard en coin. Un rictus retroussait ses lèvres et une lueur de folie brillait au fond de ses yeux. Et elle tenait toujours fermement l'arme sur ses genoux. Devais-je prendre le risque de la lui arracher ? Soudain, elle s'aperçut que je la regardais et la pointa sur ma tête.

— N'y pense même pas !

Le cœur battant comme un fou, je reportai mes yeux sur la route.

— On y est bientôt ?

— Encore dix minutes. Je te préviendrai quand il faudra bifurquer. Oh et au fait, la beauté de ce lac, c'est que le camping est fermé pendant l'hiver. Il n'y a personne là-bas... enfin, à part un ou deux tueurs en série.

Le chauffage était à fond dans la voiture, pourtant je grelottais. Les questions affluaient, aussi rapides et furieuses que les flocons de neige. Pourquoi cela se produisait-il ? Pourquoi moi ? Qu'est-ce que j'allais faire ? La tête me tournait.

Mon téléphone sonna. Je jetai un coup d'œil à l'écran. C'était ma mère ! Elle pourrait peut-être m'aider.

— Tanya, c'est ma mère. Je dois répondre.

— Oh non ! Tu peux t'en prendre à elle, d'ailleurs. Tout ça, c'est sa faute !

Qu'est-ce que ma mère avait à voir là-dedans ?

Avant que je puisse le lui demander, ma Jeep se mit à crachoter. À déraper sur la route verglacée.

— Qu'est-ce qui se passe ? demanda ma passagère dérangée.

Je resserrai ma prise sur le volant. Il fallait absolument que j'évite de quitter la route de montagne. Sur mon hoquet suivant, la voiture cala et s'arrêta complètement. Je jetai un coup d'œil au tableau de bord. La jauge de carburant indiquait que le réservoir était vide.

— On est en panne d'essence.

— Quoi !? Espèce d'imbécile !

Elle abattit le poing sur le tableau de bord. Plus fort qu'un coup de revolver. Ses yeux de dingue restaient rivés sur moi.

— Laisse ton téléphone ici et sors de cette foutue voiture ! Et n'essaie pas de tenter quoi que ce soit de stupide ou tu mourras tuée sur la route. Ou en appât pour coyote. Fais ton choix.

Hésitante, j'obéis et elle m'imita en sortant du côté passager, l'arme à la main. L'air glacial m'assaillit. Je songeai un instant à m'élancer dans une course folle, mais à quoi bon ? Avec la route gelée et la neige aveuglante, je risquais surtout de glisser et de tomber, et elle me tirerait dessus.

— Passe devant moi pour que je puisse te voir, cria-t-elle en contournant ma Jeep, assez fort pour être entendue malgré le vent qui hurlait. Et lève les mains en l'air.

Claquant des dents, je m'exécutai encore une fois, au lieu de serrer mes bras autour de moi pour me réchauffer. Avec le vent glacial en plus, la température ressentie était bien en dessous de zéro.

— Où on va ?

— Faire une petite promenade panoramique. Je vais te montrer le lac dans lequel est tombé le morveux. Tu vas peut-être t'y baigner toi aussi. Allez, en route ! Et rappelle-toi bien : pas de bêtises.

Frissonnant à la fois de peur et de froid, je me mis en marche. Je l'entendais juste derrière moi, ses nouvelles bottes crissant dans la poudreuse. Avec un peu de chance, elle glisserait et se briserait la nuque. Et je pourrais échapper à ce cauchemar.

Autant dire, un vœu pieux... Elle se mit à brailler :

— Ça craint d'être toi.

59

Natalie

D'abord l'appel pour l'accident de Matt. Et maintenant, ça. Le téléphone tremblait dans ma main. Ma voix tremblait dans ma gorge.

— A... allô ?

— C'est l'inspecteur Mendez des services de police de San Bernardino. Vous êtes bien Natalie Merritt ?

— O... oui.

Ma voix était si étranglée que j'avais du mal à sortir un mot. Chaque fibre de mon être vibrait. J'avais l'impression d'être un diapason.

Ma vie telle que je la connaissais était terminée.

— Connaissez-vous une certaine Tanya Blackstone ? enchaîna mon interlocuteur.

Alors là, si je m'attendais à ça...

— Oui. C'est une étudiante anglaise que nous recevons cette année. Elle vit chez nous depuis la fin du mois d'août.

— Est-elle avec vous maintenant ?

— Non, elle est sortie avec ma fille, Paige... Elles ont pris la voiture de Paige pour aller acheter des bottes. Je crois qu'elles sont sur le chemin du retour.

— Madame Merritt, nous avons la preuve que votre étudiante n'est pas celle qu'elle prétend être.

— Comment ça ?

— Au début du mois dernier, votre prétendue jeune Anglaise a eu un accident de voiture. C'est exact ?

— Oui, acquiesçai-je d'une voix hésitante.

Je m'assis sur le bord du lit pendant qu'il continuait.

— Selon la police de Los Angeles, elle n'avait pas de pièce d'identité officielle, comme un passeport ou un permis de conduire. Dans ce genre de cas, on prend systématiquement une photo de la personne et on effectue un prélèvement d'ADN...

— Et ?

— Notre système est saturé et son test ADN a mis du temps à être analysé, mais nous venons d'apprendre par la police de Los Angeles que sa photo et son ADN correspondent à ceux d'une jeune femme disparue figurant dans notre banque de données. Elle s'appelle Bree Walker.

— C'est absurde ! Je sais de source sûre qu'elle vient d'une très bonne famille qui réside à Londres. Elle parle avec un charmant accent britannique et a été une invitée délicieuse dans notre famille.

— Madame Merritt, avez-vous déjà eu des contacts avec son père ou sa mère ?

— Non. Sa mère est décédée et son père voyage beaucoup. Il est diplomate.

— Je vois. Peut-être quelqu'un d'autre ?

— Non. Elle est fille unique. Je ne sais pas si elle a d'autre famille. Elle n'a jamais mentionné qui que ce soit.

Je n'ai jamais demandé non plus, ajoutai-je pour moi-même.

— Avez-vous déjà vu son passeport ?

— Non. Et elle l'a perdu récemment.

— Madame Merritt, cette jeune femme qui habite chez vous n'a pas de passeport. Elle n'a jamais quitté le pays.

— Je ne vous crois pas. Je l'ai trouvée grâce à un programme d'échange d'étudiants tout à fait légal.

— Madame Merritt, je comprends que ce soit difficile pour vous, mais il est important que vous m'écoutiez. Je viens de vous envoyer une photo de Bree Walker. Je vous demande d'y jeter un coup d'œil et de me dire ensuite s'il s'agit de la jeune femme que vous recevez chez vous.

— Ne quittez pas.

Je consultai mes messages. Et mes yeux s'écarquillèrent lorsque je découvris la photo. Les cheveux de la fille étaient plus courts et plus foncés, son visage, plus rond, mais il s'agissait bien de Tanya, sans l'ombre d'un doute. Les mêmes traits exactement. Les mêmes yeux en amande, les mêmes pommettes hautes, les mêmes lèvres pleines et la même fossette au menton. Et ces sourcils onyx si particuliers.

D'une voix tremblante, je repris l'appel.

— Ce n'est pas possible, mais oui, c'est bien elle.

— Écoutez attentivement ce que je vais vous dire, madame Merritt.

Je pris une profonde inspiration. Mon silence lui donna le signal qu'il attendait pour continuer.

— Bree Walker est mentalement instable. Elle a été abandonnée quand elle était bébé dans une église près de Palm Springs.

Mon ventre se serra et ma poitrine se contracta tandis que la bile me montait à la gorge. Je plaquai ma main gauche sur ma bouche pour ne pas l'interrompre. Ou vomir.

— Elle a été trouvée sur le pas de la porte par une religieuse et a été prise en charge par l'Aide sociale à l'enfance. Elle est passée d'une famille d'accueil à l'autre. Dès son plus jeune âge, elle a manifesté un comportement extrêmement agressif, tant avec ses familles d'accueil qu'à l'école : c'est allé de l'attaque de ses parents et ses frères et sœurs d'accueil au couteau de cuisine à l'agression d'élèves et d'enseignants avec des ciseaux, crayons ou autres objets tranchants. Elle a même tenté d'empoisonner quelqu'un. Placée en garde à vue, elle a été évaluée par un pédopsychiatre qui a diagnostiqué une sociopathie avec des tendances schizophréniques. Et un grave trouble de la personnalité borderline.

La tête me tournait. Ma bouche était paralysée. Je n'aurais pas pu sortir un mot, même si j'avais essayé, alors je le laissai poursuivre.

— Considérée comme un danger pour la société, elle a été internée l'année dernière dans un hôpital psychiatrique de Redlands, mais à la fin du mois d'août, après avoir jeté du jus de pamplemousse sur un infirmier de garde et lui avoir crevé l'œil avec une fourchette en plastique, elle lui a volé sa blouse ainsi que plusieurs médicaments et elle s'est échappée. Depuis, elle est en fuite, elle squatte ici et là et sous divers pseudonymes. D'une manière ou d'une autre – nous ne savons pas encore exactement comment –, elle a trouvé le moyen de se rendre à Los Angeles et de s'introduire dans votre foyer. La raison pour laquelle elle a choisi votre famille n'est pas claire.

C'était clair comme de l'eau de roche, pour moi. Tellement limpide que mon cerveau tintait comme un verre étincelant dans une publicité pour détergent de lave-vaisselle.

La voix sombre de l'inspecteur me ramena à l'instant présent.

— Madame Merritt, nous pensons que votre famille et vous pourriez être en grand danger. Sans ses médicaments, son comportement peut s'avérer très erratique. Il est également possible qu'elle soit armée et dangereuse. La situation est critique. La police de L.A. est en route pour chez vous pour l'appréhender.

— Nous ne sommes pas à la maison, lâchai-je. Nous sommes en vacances. Au Lake Arrowhead Resort and Spa.

Un bref silence à l'autre bout du fil, puis…

— N'en bougez pas. En raison des conditions météorologiques dans votre région, nous ne pourrons peut-être pas vous y rejoindre avant demain. En attendant, ne lui parlez sous aucun prétexte de notre conversation. Gardez votre famille près de vous. Compris ?

— O… oui, inspecteur, merci. Je dois raccrocher.

Je mis brusquement fin à l'appel et je composai le numéro préenregistré de Paige.

Le téléphone sonna, sonna, sonna…

S'il te plaît, Paige, décroche ! DÉCROCHE ! criai-je silencieusement alors que l'appel tombait sur sa boîte vocale. Et puis, à ma grande horreur, j'entendis…

« La boîte vocale est pleine et ne peut accepter aucun message pour le moment. Au revoir. »

Je portai une main à mon cœur, l'autre sur ma bouche. La vie de ma fille était en danger ! Et tout était ma faute.

Mon cœur battait la chamade. Je devais la prévenir ! La trouver !

Affolée, j'appelai le magasin de ski. Dieu merci, quelqu'un décrocha. Je décrivis Paige et Tanya, mais la vendeuse me dit qu'elle n'avait vu que « la fille grossière en tenue de ski rose ». Je composai immédiatement le numéro de Tanya. Après plusieurs sonneries, je tombai sur la boîte vocale. Je savais qu'elle refusait délibérément de décrocher. Mais même si elle le faisait, que dirais-je ?

Je sais qui TU es...

Et puis, dans mon désarroi, je me souvins de l'application de localisation Find Me sur mon téléphone. Je l'ouvris d'un clic. En espérant, en priant que Paige soit de retour à l'hôtel ou à proximité. Mon cœur tomba en chute libre : au lieu de se diriger vers l'hôtel, le traceur GPS montrait qu'elle s'en éloignait. Mon seul réconfort, c'était que la voiture roulait. À moins qu'elles n'aient eu un accident et qu'elles soient en route vers l'hôpital où Matt avait été emmené... Je n'avais toujours pas de nouvelles de son état mais, pour le moment, c'était le cadet de mes soucis.

L'esprit en ébullition, je me levai d'un bond du lit et j'arpentai la pièce. La panique me poussait à des déambulations frénétiques. La vie de Paige était en danger ! Chaque minute, chaque seconde comptait. Je me noyais dans un océan d'impuissance et d'angoisse. De culpabilité et de désespoir.

Tu vas payer pour ce que tu as fait.

À deux doigts de l'hyperventilation, j'attrapai mon sac et je fouillai dedans à la recherche de mon Xanax. Et là, mon cœur s'arrêta presque de battre. Le flacon de Xanax était là. Mais le pistolet avait disparu !

Une seule personne avait pu le prendre.

Oh, mon Dieu ! Tanya ! Comme une idiote, je lui avais confié mon sac pendant le brunch.

Les mots de l'inspecteur Mendez tournoyaient dans ma tête. « Il est également possible qu'elle soit armée et dangereuse. »

« Possible » ? Un euphémisme.

L'effrayante vérité, c'était qu'elle l'était.

60

Natalie

Vêtue de la tête aux pieds de mes vêtements de ski, je me précipitai dans le couloir et frappai frénétiquement à la porte de la chambre que Will partageait avec Paige. Je n'avais personne d'autre vers qui me tourner que mon fils.

— Will, c'est maman ! Ouvre !

Quand je frappai à nouveau, j'entendis Bear aboyer. Mon fils vint rapidement ouvrir, le chien à ses côtés, et il vit tout de suite la panique sur mon visage.

— Maman, qu'est-ce qui ne va pas ?

— C'est Paige. Elle est en voiture avec Tanya. Sa vie est en danger !

En toute hâte, je lui racontai comment j'avais appris que notre invitée était une dangereuse sociopathe, en omettant de préciser ce que je savais d'autre sur elle.

Les yeux de mon fils s'emplirent d'angoisse.

— Maman, il faut qu'on parte à sa recherche ! Allons trouver papa. On ira avec lui dans sa voiture.

— Il n'est pas rentré du ski, éludai-je.

Le moment était mal choisi pour lui apprendre que son père était entre la vie et la mort.

— Et le loueur de voitures ?

— C'est fermé à cause du blizzard.

J'ajoutai qu'appeler un Uber ou un Lyft n'était pas non plus en option.

— Maman, j'ai une idée !

Le ventre noué, j'écoutai attentivement, puis je serrai mon petit génie de fils dans mes bras.

— Reste ici ! Je te tiendrai au courant !

— Non, je viens avec toi ! (Avant que je puisse protester, il avait enfilé ses vêtements pour le froid.) Et Bear vient aussi. Il a un compte à régler avec Tanya.

Sans perdre une seconde, il décrocha la longue laisse en cuir rouge de la poignée de la porte et l'attacha à son collier, puis il attrapa l'écharpe que sa sœur avait portée la veille.

— En plus, Bear pourra renifler l'odeur de Paige si elle a quitté sa voiture. Allez, mon grand. Allons-y ! ajouta-t-il en tapotant la tête du chien, désormais en laisse.

— Non ! le suppliai-je. C'est trop dangereux. Tanya a le pistolet de ton père !

— Ne t'inquiète pas. Bear doit un chien de sa chienne à Tanya. Pas vrai, mon grand ? fit-il à l'intéressé.

Pressé de sortir, Bear le regardait de ses grands yeux bruns et aboya son acquiescement. Avant que je puisse les arrêter, ils étaient dehors. Et dans un soupir saccadé, je les suivis.

Il faisait un froid glacial. Le vent mordant me piquait les joues tandis que des flocons de neige de la taille d'une pièce de vingt-cinq cents dansaient comme des fous autour de nous. Frissonnants, les bras croisés devant nous, le souffle formant des bouffées de vapeur, Will et moi nous tenions à l'entrée de l'hôtel avec Bear – notre chien était le seul qui ne semblait pas tourmenté le moins du monde par la violence de la météo.

En moins d'une minute glacée, Will repéra un candidat.

— Maman, fonce ! cria-t-il.

Bear et lui sur mes talons, je m'approchai d'une femme d'âge moyen qui venait de sortir d'un Highlander blanc. La portière du côté conducteur ouverte, elle attendait qu'un voiturier prenne en charge son SUV. J'avais d'autres projets.

— Madame, j'ai une urgence. J'ai besoin d'emprunter votre voiture.

Elle me jeta un regard perplexe.

— Pardon ?

Bear y alla de son jappement, qui ne l'intimida pas le moins du monde.

— Vous m'avez bien entendue, insistai-je.

— Ne vous avisez pas de toucher à ma voiture.

Le visage aussi enragé que celui de Bear, elle m'écarta sans ménagement de son véhicule en me tirant par le coude. Je me dégageai et la poussai de toutes mes forces. Avec quelque chose à mi-chemin entre le gémissement et le cri, elle atterrit sur ses grosses fesses sur le gravier glacé. Les joues empourprées par la rage, elle sortit son téléphone de son sac à main et me prit en photo.

— Je vais vous dénoncer à la direction ! Porter plainte pour agression ! Et aussi pour vol qualifié ! Mon mari est avocat. Vous ne vous en tirerez pas comme ça !

Sans perdre un instant, Will, Bear et moi grimpâmes dans le véhicule. Will sur le siège avant à côté de moi, Bear derrière. Après avoir bouclé ma ceinture de sécurité, j'enclenchai la marche avant et j'appuyai à fond sur l'accélérateur.

— Maman, c'était trop balèze ! s'exclama Will alors que je sortais de l'allée. On aurait dit Wonder Woman !

Je ne pus m'empêcher de sourire en le remerciant, mais je redevins aussitôt sérieuse. La Wonder Woman que j'étais avait une mission autrement plus importante à accomplir. Sauver la vie de sa sœur ! Je m'engageai sur la route 18 et lui lançai mon téléphone.

— Will, j'ai besoin que tu m'aides. Clique sur l'application Find Me et dis-moi où se trouve Paige.

Un souffle plus tard...

— On dirait qu'elle vient de quitter la 18 et qu'elle se dirige vers le lac de Green Valley.

Avec le recul, j'étais très heureuse que Will m'ait accompagnée : je n'aurais pas pu faire ça sans lui. Il était le yin de mon yang. Mon copilote de *Top Gun*. Pendant que je gardais les yeux fixés droit devant moi, il entra « Green Valley Lake » dans le GPS. Dans des conditions normales, c'était à une demi-heure de route, mais avec le blizzard, il nous faudrait sans doute bien plus d'une heure, vu que nous ne dépassions pas les vingt-cinq kilomètres à l'heure. Je vérifiai la jauge d'essence. Dieu merci, le réservoir était plein : je n'aurais pas voulu tomber en panne d'essence au milieu de nulle part, par un blizzard déchaîné. Je jetai ensuite un coup d'œil à mon fils, qui tenait toujours mon téléphone.

— Will, essaie de l'appeler.

— D'accord.

Là non plus, il n'y eut pas de réponse et sa boîte vocale était toujours saturée. Je ravalai mon désespoir et, le cœur battant comme une bombe à retardement, je roulai dans la tempête aussi vite que possible. J'étais la seule voiture sur la route dangereusement glissante et enneigée. Même avec les essuie-glaces qui battaient comme des métronomes hypersoniques, les phares et le dégivreur allumés, j'avais du mal à voir à plus d'un mètre devant moi. Nous étions au milieu d'un voile blanc. Un blizzard potentiellement mortel. Je me mis à prier que nous n'ayons pas d'accident. Que nous ne dérapions pas sur la route, que nous ne heurtions pas un arbre ou ne tombions pas d'une falaise.

Et je priai de trouver Paige à temps.

— Will, où est-elle maintenant ?

— Elle est toujours sur Green Valley Lake Road. Au même endroit. Pas loin du lac.

— Ça signifie qu'elle n'a pas bougé, c'est ça ?

— Oui, peut-être qu'elle s'est échappée et qu'elle a laissé son téléphone dans la voiture.

Une lueur d'espoir. Rapidement balayée par un raz-de-marée de peur. Paige pouvait être dans la voiture ou dehors. Dans les deux cas, blessée. Ou pire, morte ! Mon Dieu, Tanya lui avait-elle tiré dessus ? Était-il trop tard ? J'avais perdu une enfant, je ne supporterais pas d'en perdre une autre.

Et si quelque chose d'horrible lui arrivait, ce serait ma faute, car j'avais fait entrer Tanya dans notre vie. Comment pourrais-je vivre avec ça ? Je me détestais plus que jamais.

Un horrible sentiment de malaise s'installa au creux de mon ventre. Les larmes me piquaient les yeux. Ne voulant pas effrayer Will, je gardai pour moi mes peurs les plus profondes et les plus sombres et je me remis à prier. *Je vous en supplie, mon Dieu. Faites qu'elle aille bien !*

Le cœur battant, je quittai la 18 pour prendre la route de Green Valley Lake et, cinq minutes plus tard, nous tombâmes sur un véhicule abandonné, recouvert de neige. Une Jeep Cherokee. Will la vit en même temps que moi.

— Regarde, Maman ! La voiture de Paige !

Je m'arrêtai. D'où je me tenais, l'habitacle de la Jeep paraissait désert. Mais je n'en étais pas sûre, car il était difficile de voir à travers les vitres sombres, teintées de surcroît, et la couche de neige.

— Will, qu'est-ce qu'on fait ?

— Il faut qu'on sorte vérifier.

Je frémis. Et si le corps de Paige était affalé sur le volant ? Ou caché dans le coffre ?

— Chéri, reste dans la voiture avec Bear pendant que je vais regarder à l'intérieur.

— Pas question. On vient avec toi.

À ce stade, je savais qu'il n'y avait pas moyen de retenir Will. D'un même mouvement, nous sautâmes donc du SUV, Will tenant Bear en laisse d'une main, l'écharpe de Paige dans l'autre.

Ayant gratté la neige, nous regardâmes par les carreaux à l'intérieur de la Jeep. À mon grand soulagement, il n'y avait personne. *Merci, mon Dieu ! Il y a encore de l'espoir*. Je poussai un soupir. Will tira sur la poignée de la portière passager avant.

— Maman, la voiture n'est pas fermée à clé. (Il avait ouvert avant que je puisse dire un mot.) Tiens-moi Bear.

Trop rapide pour que je puisse protester, il me tendit la laisse et se glissa à l'intérieur du véhicule.

— Le sac à dos de Paige est là. Son téléphone aussi.

— Will, tu vois l'arme quelque part ?

Le cœur serré, je le regardai fouiller la voiture.

— Je ne la trouve pas.

Mes dents claquaient. Ça signifiait que Tanya l'avait toujours en sa possession.

— Ouvre le coffre. Tu sais quel bouton c'est ?

— Tu es sérieuse, Maman ? s'offusqua-t-il, non sans me jeter un regard de reproche.

Bien sûr, qu'il savait.

Le coffre s'ouvrit. Retenant mon souffle, je soulevai le hayon… et relâchai l'air coincé dans mes poumons. Paige n'était pas là. Et le pistolet non plus. Je retournai auprès de Will, désormais accroupi, qui examinait la neige.

— Regarde ! Des empreintes de pas fraîches.

Il me les montrait du doigt. Avec la neige qui tombait encore, il était difficile de les distinguer, mais il avait raison. Il y en avait deux séries. Celles de devant étaient un peu plus larges. À tous les coups, elles appartenaient à Paige et Tanya (je n'arrivais pas à l'appeler Bree). Tanya filait le train de ma fille, mais au moins je savais qu'elle était en vie. Ou plutôt, je le supposais.

Tu vas payer pour ce que tu as fait.

Les mots tourbillonnaient dans ma tête comme la neige tournoyait autour de nous. Mais minute ! Peut-être que Tanya voulait de l'argent ! Je pouvais lui offrir tout ce qu'elle voulait – même un million de dollars – si elle laissait Paige partir indemne. Ça valait la peine d'essayer.

En frissonnant, j'ôtai un gant, sortis mon téléphone de ma veste de ski et commençai à taper son numéro. Sauf que je n'avais pas de réseau, à cause du mauvais temps, de l'isolement ou des deux. Autrement dit, Will n'en avait pas non plus. Nous étions coincés dans une zone blanche ! Une nouvelle vague de peur me frappa comme une avalanche. Sans réseau dans ce trou perdu, nous risquions de geler sur place et de mourir !

Mon fils coupa court à mes pensées tumultueuses.

— C'est sûr qu'elles se dirigent vers le lac. Les traces de pas continuent pendant un moment. Et Bear est comme fou, il a reniflé l'odeur de Paige.

— Willikins, qu'est-ce qu'on fait ?

Je ne l'avais pas appelé par son nom de bébé depuis des lustres, mais là, en cet instant, il était réconfortant sur ma langue.

En quelques mots, il expliqua ce qu'il envisageait.

Avec des sentiments douloureusement mêlés d'amour et de haine, de culpabilité et de chagrin, d'espoir et d'effroi, je remontai dans le Highlander avec Will et notre chien. Je redémarrai pour avancer au pas. Sur le pare-brise chaud, les flocons de neige fondaient comme des larmes.

Faute d'avoir toute ma tête, je devais faire confiance au plan de mon petit génie de fils.

Tout se résumait à une question de vie ou de mort.

61

Paige

Le lac de Green Valley n'avait rien à voir avec celui de Big Bear ou d'Arrowhead. Il était nettement plus petit, sans le moindre signe de civilisation. Son terrain de camping désert était entouré d'immenses pins désormais vêtus de robes blanches qui les faisaient ressembler à des fantômes. Il n'y avait là que quelques barques remplies de neige amarrées à la rive.

La neige nous bombardait, le vent soufflait en bourrasques, et nous nous tenions face à face sur le bord d'un long quai enneigé surplombant l'étendue d'eau profonde et partiellement gelée. À moins d'un mètre, tournant le dos au lac, Tanya tenait l'arme braquée sur moi. Avec le ciel qui s'assombrissait, elle n'était plus qu'un flou rose dans une mer de blanc. J'étais transie de froid, presque engourdie et, à cause de l'altitude de plus de deux mille mètres, j'avais la tête qui tournait. *Concentre-toi, Paige, concentre-toi !* Je devais la retarder. Déjouer son plan. Ma vie en dépendait. À si courte distance, elle ne manquerait pas son coup si elle tirait. Je deviendrais le X de ces photos que j'avais trouvées. Mais de façon permanente.

— Pourquoi tu me fais ça, Tanya ?

Je frissonnai, essayant d'ignorer la douleur dans mes doigts et mes orteils gelés.

— Tu devrais demander à ta mère, répliqua-t-elle sans détourner l'arme. Malheureusement, tu n'en auras pas l'occasion.

Mes respirations s'élevaient en bouffées de vapeur. Des larmes chaudes, en partie dues au froid, en partie dues à la peur, s'échappaient de mes yeux et arrivaient gelées sur mes joues. J'étais sur le point de servir de dîner à une meute de loups affamés. Ils se battraient pour me dévorer ce soir...

Soudain, une voix retentit.

— Tanya ! Pose cette arme ! On va discuter.

Ma mère !

Je pivotai vers elle et, au même moment, Tanya m'attrapa par-derrière, passant un bras autour de mon cou. Si serré qu'il m'étranglait. Son autre main appuyait le pistolet glacé contre ma tête.

J'étais morte.

62

Natalie

Paige était en vie !

J'avais envie de tomber à genoux et de remercier Dieu, mais je devais rester concentrée. Sur l'instant présent. Garder une longueur d'avance sur Tanya. J'avais affaire à une sociopathe. Elle retenait ma fille prisonnière, l'arme de mon mari plaquée sur sa tempe. À un doigt de l'abattre.

— Tanya ! criai-je, à une vingtaine de pas d'elle. Laisse partir Paige.

— Non ! Seulement si tu lui dis la vérité.

L'horrible vérité. Les mensonges au milieu desquels je vivais. Les mensonges que j'avais cachés. Un frisson glacial me parcourut violemment tandis qu'elle continuait, de sa voix pleine de venin dont tout accent britannique avait disparu.

— Dis-lui qui tu es vraiment, Natalie ! Et ce que tu as fait, sinon je lui fais sauter la cervelle !

Je ne voulais plus jamais être *elle*. Jamais ! Mais la vie de Paige était en jeu, je n'avais pas le choix.

— Paige…

Tanya me coupa la parole.

— Rapproche-toi, qu'on t'entende mieux. Je ne veux pas que ta précieuse petite Paige en rate un seul mot.

Hésitante, j'avançai de dix petits pas. Mes bottes s'enfonçaient dans l'épaisse couche de neige. À un moment, je dérapai mais parvins à me rattraper avant de tomber.

— Plus près !

Je fis encore quelques pas prudents. Maintenant sur le ponton, je me tenais pile devant elles, si près que je pouvais voir la peur dans les yeux de Paige, la folie dans ceux de Tanya, malgré la neige aveuglante.

— Raconte ! aboya Tanya.

Je regardai ma fille droit dans les yeux.

— Paige… Mon vrai nom est Billie Rae Perkins…

Paige cilla, confuse.

— Ce n'est pas possible… Billie Rae est morte !

Tanya ricana.

— On voudrait bien, hein ? Confirme-le-lui, Natalie !

— C'est vrai. S'il te plaît, tu dois me croire.

Paige était bouche bée et Tanya semblait aux anges.

— Maintenant, dis-lui qui je suis vraiment.

Je tremblais tellement que j'arrivais à peine à sortir des mots.

— P… Paige, Tanya est ma fille… mon autre fille… ma première enfant.

J'avais lâché la bombe. Révélé l'horrible secret que j'avais gardé toute ma vie d'adulte.

Un parmi tant d'autres.

Les yeux de Paige étaient ronds comme des soucoupes.

— Quoi ? Tu le savais et tu ne nous l'as jamais dit ?

— Non. Je viens de le découvrir.

— Vas-y ! rugit Tanya, peu intéressée par la façon dont j'avais compris la vérité. Raconte-lui tout.

Malgré le froid terrible, je sentis mon visage s'enflammer de honte sous le regard de Paige. La bouche sèche, je trouvai ma voix.

— Je l'ai abandonnée peu après sa naissance. Sur les marches d'une église.

Tanya me cracha son chewing-gum à la figure.

— Billie, ça a été la plus grosse erreur de ta vie. Tu as gâché ma vie ! Tu sais ce que c'est que de grandir dans le système de l'Aide sociale à l'enfance ? D'être placée en famille d'accueil ? Ou plutôt, de passer d'une famille de merde à une autre ? Et ensuite d'être envoyée chez les zinzins alors que toi, tu es juste en colère ? Énervée par les gens qui te maltraitent ? Qui te négligent ? Qui se fichent pas mal de toi ?

La vérité, c'était que oui, je le savais. Toute mon enfance, j'avais été maltraitée, physiquement et mentalement. Les souvenirs de mon enfance se bousculaient douloureusement dans ma tête comme un film en accéléré. Je n'étais pas sûre, cependant, de ce que Tanya savait de mon passé, à part le peu que je lui avais révélé, le jour où elle m'avait aidée à organiser le gala de la FAFAK.

— Je... je suis désolée. Tu as raison. J'ai commis une erreur. J'étais adolescente... même pas seize ans... mère célibataire avec pas un sou en poche. J'étais en pleine dépression post-partum. Je n'avais pas toute ma tête.

Je me tus un instant et repensai à ce jour qui avait changé ma vie. Dès sa naissance, elle n'avait pas cessé de pleurer. Dans mon esprit, je revoyais clairement son visage cramoisi et crispé, ses petits poings serrés, ses cheveux noirs tout collés. La noirceur qui l'enveloppait. Elle avait hérité des gènes de l'ogre qui m'avait violée.

Non, je n'avais pas commis d'erreur.

Ou peut-être que si.

Je pris une inspiration saccadée et revins à l'instant présent.

— Tanya...

Elle me coupa à nouveau la parole.

— Je m'appelle Bree. B-R-E-E. Ça signifie « force » ou « exaltée ». Il faut t'y habituer.

Bree, me répétai-je.

— Bree, comment as-tu découvert que j'étais ta mère ?

— J'ai vécu chez différentes familles d'accueil dans le désert et ses environs. Régulièrement, des inconnus venaient me dire que je ressemblais beaucoup à cette fille qui avait disparu. Enlevée par un dingo. Un de mes crétins de profs aussi me l'a dit. La fille s'appelait Billie Rae Perkins. J'ai effectué des recherches et fait le rapprochement : j'ai découvert que Billie Rae m'avait abandonnée devant une église quand j'étais bébé.

Il restait une question majeure sans réponse.

— Comment as-tu découvert que Billie Rae et moi étions une seule et même personne ?

— Coup de chance. Tu as organisé une soirée de bienfaisance pour l'Organisation pour la santé mentale. Il y avait des photos de toi – dans ta robe Dior bleu sarcelle – partout dans les journaux et sur les murs de l'asile de tarés où j'étais enfermée. J'ai lu que tu étais originaire de la région. J'avais des photos de Billie Rae. La pauvre fille émaciée me ressemblait un peu, avec son visage triste et décharné et ses cheveux brun terne, mais je n'en étais pas sûre jusqu'à ce que je voie cette photo de toi, souriante et devenue blonde, avec cet espace entre tes dents de devant... exactement comme moi. Les pièces du puzzle se sont emboîtées.

Les dents du bonheur héritées de ma mère avant qu'elle ne perde une dent, à cause d'un coup. La petite béance que Matt adorait, et que, par conséquent, je n'avais jamais fait arranger.

— J'étais persuadée que tu étais ma mère. On a même une forme d'orteils identique, mais tu étais trop occupée par ton téléphone pour t'en apercevoir quand on se faisait des manucures-pédicures. Pour en être sûre à cent pour cent, j'ai fait un test ADN. J'ai trouvé ta brosse à cheveux et j'ai envoyé des échantillons de cheveux de toi et de moi à une société qui s'appelle Genex Diagnostics. Les résultats sont revenus positifs. Quatre-vingt-dix-neuf pour cent de chances que tu sois ma mère. Oh, et au fait, j'ai payé avec ta carte de crédit.

Le prélèvement de Genex Diagnostics me revint à l'esprit. À l'époque, j'avais cru que c'était le laboratoire qui avait effectué les analyses de sang après l'examen médical du Dr Lefferman.

— Natalie, tu as merdé. Tout ce que j'ai toujours voulu, moi, c'est avoir une vraie famille. Une mère et un père qui prennent soin de moi. Et qui m'aiment.

Je partageais son angoisse. Je comprenais ce qu'elle avait vécu, mais je devais la calmer, l'empêcher de faire du mal à Paige.

— Tanya... Pardon, Bree. Je veux me rattraper. Je t'aime comme ma fille. Je te promets de t'offrir une vie parfaite. Tout ce que tu veux. Ta propre décapotable. Un voyage à Hawaï. Tout ce que tu veux ! Tu pourras même vivre avec nous.

Elle caqueta.

— Sérieusement, Natalie, tu crois que ton argent peut t'aider à te sortir de tout ? Espèce de salope tordue de riche. C'est trop tard. Tu ne pourras jamais me donner la vie parfaite. La famille parfaite. Parce qu'il a fallu que tu gâches tout avec Matt. Tu crois vraiment que j'ai envie de vivre sous ton toit alors que vous êtes en plein divorce et que vous allez vous détester à jamais ?

Le regard médusé de Paige rencontra le mien. Mon cœur se brisa. Je détestais qu'elle l'apprenne de cette façon.

— Au fait, je connais le sale petit secret de Matt. Je l'ai surpris en train de te tromper une fois dans son bureau, mais je n'ai rien dit. Un père infidèle, c'était encore mille fois mieux que n'importe lequel de ces pères adoptifs, qui aimaient me toucher à des endroits bizarres. Au moins, Matt a eu la décence de ne pas le faire, même si je parie, vu la façon dont il m'a toujours regardée, qu'il a été tenté.

Je fus profondément peinée d'apprendre qu'elle avait été victime d'abus sexuels. Mais en même temps, j'étais soulagée que Matt ne l'ait jamais agressée. Pendant une fraction de seconde, je songeai à lui, allongé sur une table d'opération, entre la vie et la mort. J'espérais qu'il s'en sortirait. Mais cette pensée s'effaça bien vite. Car là, tout de suite, il n'y avait qu'une seule personne au monde dont la vie comptait. Qui était tout pour moi.

Paige.

— Bree, pose ton arme. Si tu tires sur Paige, tu seras jugée pour meurtre de sang-froid. Tu passeras le reste de ta vie en prison. Tu seras peut-être condamnée à la peine de mort. Je peux te faire aider.

— Oh, allez, Maman chérie ! Tes promesses ne valent rien ! ricana-t-elle. De toute façon, tu ne seras pas là pour faire quoi que ce soit.

Je compris en une seconde ce qu'elle sous-entendait. Elle allait me tirer dessus !

Paige le comprit aussi. Pourtant, au lieu de manifester de la terreur, elle affichait une détermination farouche.

— Tu ne t'en sortiras jamais après ça, Tanya !

— Oh, ça vaaaa ! Je me tire de tout à bon compte. Je t'ai volé ta lettre de motivation pour Stanford. Je t'ai volé ton petit ami. Je t'ai volé le cœur de ta mère. Et maintenant, je vais te voler la vie...

— Tu oublies les clés de ma voiture, que tu m'as volées aussi. Ça ne s'est pas très bien fini, ça, il me semble... Joe la balafre !

— Tais-toi ! cria-t-elle, les yeux toujours rivés sur moi et le pistolet toujours pressé sur la tempe de ma fille. Natalie, dis au revoir à ton ignoble fi...

Une autre voix lui coupa la parole.

— Bear, attaque !

Will ! Qu'est-ce qu'il faisait là ? Je lui avais dit de rester dans la voiture. Et il avait accepté.

La tête me tournait. Je distinguais à peine mon cher fils à travers le blizzard aveuglant. Il se tenait à quelques mètres derrière un Bear sans laisse, qui bondissait vers Tanya. Il volait presque, les babines retroussées.

Les yeux de Tanya s'écarquillèrent de peur lorsque notre chien s'approcha.

Elle hurla.

— Arrêtez-le ! Éloignez-le de moi !

La terreur avait pris son esprit d'assaut, elle lâcha ma fille.

— Paige, cours ! m'écriai-je.

Je la regardai s'élancer sur le ponton, aussi vite qu'elle pouvait dans la neige qui lui montait jusqu'aux mollets.

En hurlant, Tanya commença à reculer, de plus en plus proche du bord du quai. Les yeux rivés sur elle, je ne vis pas Will courir vers Bear.

— Petit morveux ! brailla Tanya. Tu mérites de mourir aussi.

Avec une détermination farouche, elle le visa et je crus que j'allais avoir une crise cardiaque lorsqu'elle appuya sur la détente. Je me précipitai au-devant de mon fils, prête à prendre la balle à sa place. *Clic*. À mon immense surprise, le coup ne partit pas. Frénétiquement, Tanya appuya à nouveau sur la détente. *Clic*. Même chose. L'arme n'était pas chargée ?

Totalement déstabilisée, elle appuya encore.

Toujours *nada*.

— C'est quoi ce bordel ? grogna-t-elle.

Elle n'entendait plus les jappements mauvais de notre chien.

— Bear, attaque ! hurla Will.

Tout arriva très vite. Comme un éclair, Bear sauta sur Tanya, tous crocs dehors sur l'une de ses bottes toutes neuves. Il enfonça les dents dans le daim, mâchant et tirant comme s'il s'agissait d'un nouveau jouet ou d'un morceau de cuir brut. Tout en grondant et en aboyant. De plus en plus acharné et féroce.

Je voyais la terreur sur le visage de Tanya, qui tentait désespérément de se débarrasser de lui en secouant la jambe.

— Éloignez-le de moi ! criait-elle.

Ce qui ne faisait que redoubler la détermination de Bear, son agressivité, tandis que Tanya devenait de plus en plus hystérique et impuissante dans leur lutte où chacun tirait dans le sens opposé. Le vent violent lui arracha son bonnet rose et l'emporta jusqu'à ce qu'il disparaisse dans la nuit. Ses longs cheveux blonds lui fouettaient le visage tandis que notre chien, qui adorait la neige, restait concentré sur le jeu. Tanya était sa récompense et il allait gagner. Avec un cri suraigu, elle perdit soudain l'équilibre et tomba à la renverse. Figée comme un cadavre, je hoquetai, mélange de choc et d'horreur, lorsqu'elle tomba dans le lac gonflé et à moitié gelé.

— À l'aide ! Aidez-moi ! pleurait-elle. S'il vous plaît ! Je ne sais pas nager ! S'il vous plaîîîît !

Le dernier mot s'étira, interminable. Une plainte pénétrante et lugubre.

Paige, Will et moi étions rassemblés, incapables de réagir, à la regarder s'agiter. Ses bras battre l'air. Sa tête entrer et sortir de l'eau profonde et glacée. Le pistolet toujours dans une main. Le vent sifflait, la neige volait avec le vent, j'enlaçai mes enfants et les attirai tout contre moi. Bear aboyait comme un fou sur sa proie, babines retroussées comme sur les dents d'une tronçonneuse. Ses jappements assourdissants couvraient les cris désespérés de Tanya.

Puis, comme s'il en avait soudain assez, il s'arrêta. Relevant son museau couvert de neige, il poussa un fier hurlement dans la nature froide et sobre. *L'Appel de la nature*. J'avais lu un jour qu'un chien qui hurle est un présage de mort. Tanya était proche de la sienne. Il avait eu sa revanche.

Paige disait toujours : « Quand on a Will, y a pas de tuile. » Elle avait raison. Le pistolet coula. Et Tanya aussi.

Nous n'avions rien pu faire. Il était certain que nous serions tous morts de froid dans l'eau glaciale si nous avions essayé de la ramener sur le ponton. J'avais perdu trop d'enfants, je ne pouvais pas risquer d'en perdre d'autres.

La vengeance n'était pas un plat qui se mangeait froid.

Mais glacé.

Et elle avait un goût amer.

Soudain, une tristesse inattendue m'envahit. Si malade mentalement qu'elle ait été, Tanya était ma fille, et bien plus encore. Je l'avais aimée et je l'avais perdue. Elle ne saurait jamais qui était son père. Ce secret-là resterait mien jusqu'à ma mort.

Je serrai Paige et Will plus fort contre moi. Après la mort d'Anabel, je les avais perdus, eux aussi, d'une certaine manière. Là, ils me rendaient mon étreinte. Mes enfants bien-aimés.

J'étais loin d'être la mère parfaite, pourtant, en cet instant, je me sentais la mère la plus chanceuse du monde.

63

Paige

Dix mois plus tard : octobre

Très chère Grand-mère,
J'adore la RISD ! Ça fait un mois que j'y suis et c'est encore mieux que ce à quoi je m'attendais. Les étudiants sont aussi extraordinaires que les professeurs. Pour la première fois, j'ai l'impression d'être à ma place, d'avoir trouvé ma tribu. Et Providence est vraiment cool aussi, avec ses friperies, ses galeries d'art et ses salons de thé, son mélange si éclectique d'architecture coloniale et avant-gardiste. Merci, Grand-mère, c'est le MEILLEUR cadeau de ma vie !
J'ai une charge de travail importante, car je me suis inscrite à une combinaison de cours d'histoire de l'art et d'arts plastiques. J'ai un conseiller, qui me trouve très douée en sculpture et m'a déjà inscrite à un cours de sculpture avancée. Je travaille le marbre ! À la fin de la première année, une de mes créations sera exposée au musée de la RISD. J'espère que tu viendras la voir.
Et devine quoi ? J'ai un nouveau petit ami. Il s'appelle Aiden et il vient de New York. Il a grandi dans le West Village (ses parents sont tous les deux artistes) et il est vraiment cool.

En plus, il est végane. Il veut devenir photographe de mode et, sur ses photos, il réussit le prodige de me faire ressembler à un top-modèle. Lance (tu te rappelles ?) m'a envoyé plein de SMS en me suppliant de le contacter, mais je n'ai pas répondu. C'est de l'histoire ancienne maintenant. Il n'a pas été admis à Brown ni à aucun de ses premiers choix. Il a atterri à UC Davis et, dans l'un de ses textos, il me dit qu'il déteste cette université. C'est le karma. Tu as ce que tu mérites, comme le dit toujours ma meilleure amie, Jordan.

Will me manque terriblement et on s'appelle en FaceTime tous les jours. Il se débrouille très bien, malgré la séparation des parents, il jongle entre les semaines avec maman et les week-ends avec papa. Juste après le déménagement de papa, maman a offert à Will un autre chien, un labrador noir super mignon, que Will a appelé Pixel ; c'est une femelle et elle adore Bear. Will dit qu'elle lui fait penser à moi, parce qu'elle peut sauter à plus d'un mètre en l'air pour attraper une balle.

Oh, j'oubliais presque... Je monte une équipe de basket-ball féminine !

Autre super nouvelle : l'équipe de Will a remporté la médaille d'or au concours national de robotique des lycées. Oh, et encore une chose... Will a une petite amie... une Asiatique qui fait partie de son équipe et qui s'appelle Lisa. Je suis ravie que mon frère s'intéresse à des filles intelligentes et originales.

Voilà, c'est tout pour l'instant. J'ai hâte de voir tout le monde et que vous me racontiez votre voyage pendant les vacances de Thanksgiving.

Je t'aime fort, fort, fort !

Bisous, Paige

Un sourire s'épanouit sur mon visage lorsque je plie la lettre et cachette une enveloppe timbrée. Grand-mère méprise les e-mails et les textos, elle sera ravie de recevoir ma missive manuscrite, une forme d'art perdue, comme elle dit, lorsque avec Grand-père elle reviendra la semaine prochaine de leur croisière de trois mois autour du monde. Je vide mon *latte*, ramasse mon sac à dos et sors du café du campus, avant de déposer la lettre dans une boîte sur le chemin de mon cours préféré.

Il a lieu dans un immense atelier situé dans un bâtiment connu sous le nom de Memorial Hall. On n'est que dix élèves dans la classe et chacun a son propre espace de travail. Aujourd'hui, le Pr Fratianne, lui-même sculpteur de renom, nous passe de la musique classique – *Les Quatre Saisons* de Vivaldi, un morceau que ma mère avait diffusé lors de son gala… Ça me semble remonter à une éternité.

Il s'est passé tellement de choses depuis. Assise à ma table de travail, où je cisèle la plaque de marbre qui se trouve devant moi, je pense aux chemins qu'a pris la vie de mes parents. Paralysé de la taille jusqu'en bas à la suite de son accident de ski, mon père vit maintenant dans un appartement de plain-pied et se déplace dans son fauteuil électrique dernier cri. Will et moi sommes heureux qu'il s'en soit sorti, même si ma mère semble éprouver des sentiments ambivalents. Elle dit que les choses n'arrivent pas sans raison. Elle habite toujours la maison, mais probablement plus pour longtemps, une fois que leur divorce sera prononcé (pour « différends irréconciliables », ne me demandez pas ce que ça signifie), mais sérieusement, qui voudrait vivre dans cette maison avec tous ces mauvais souvenirs ? Will pense que papa a une petite amie, son infirmière blonde présente avec lui jour et nuit. Ça ne me surprendrait pas.

Je dois dire que ma mère m'a surprise, en revanche. Compte tenu de tout ce qui s'est passé, elle s'en est bien sortie. Je pense qu'elle prend encore du Xanax et boit quelques verres de vin tous les soirs – peut-être même une bouteille entière –, mais si c'est ce qu'il lui faut pour supporter chaque journée, je n'y vois pas d'inconvénient. Sa rupture avec mon père a été un véritable choc pour ses snobinardes de copines. La ville ne parlait que de ça, du coup elle a cessé de faire du bénévolat avec toutes ces connes et trouvé un vrai travail rémunéré, en tant que directrice du développement chez Girls Like Us, une organisation à but non lucratif qui aide les filles maltraitées à trouver des familles aimantes et des emplois intéressants. Au lieu d'organiser des galas, elle passe désormais son temps à créer du matériel marketing et à éplucher des dossiers de subventions. Je suis très fière d'elle.

Nous nous sommes abstenus de parler de ce qui s'est passé à Big Bear. La police a conclu à une noyade accidentelle et s'est réjouie qu'aucun d'entre nous n'ait été blessé. C'est quelque chose que nous voulons tous laisser derrière nous. Un jour, cependant, j'ai demandé à ma mère qui était le père de Bree. Elle m'a répondu que ça n'avait pas d'importance, qu'il était mort. Elle s'est également refermée lorsque je lui ai posé des questions sur son enfance et sur la nuit où ses parents ont été assassinés. Sans aucune émotion apparente, elle m'a dit qu'elle avait eu une enfance sans histoire et qu'elle ne se souvenait de rien à propos de cette nuit-là. « SSPT. Syndrome de stress post-traumatique », a-t-elle déclaré. Ça a dû être terrible pour elle de voir ses parents se faire poignarder à mort, puis d'être enlevée par le fou qui avait fait ça. Je n'ose même pas l'imaginer.

Mon frère ne connaît pas tous les détails sordides. Que Tanya est – ou devrais-je dire était – notre demi-sœur. Il était trop loin pour entendre la surprenante révélation de maman, entre le vent qui soufflait fort et les aboiements de Bear. Ma mère veut que ça reste ainsi, « notre petit secret », au moins jusqu'à ce qu'il soit plus âgé. Comme elle, je sais très bien garder les secrets, pourtant souvent j'aurais envie de me confier à lui. Et de demander à Sherlock s'il pense que le meurtrier de ses parents l'a séquestrée et violée. Et a engendré un enfant. Je me demande souvent comment elle et le bébé ont réussi à lui échapper. Je ne peux pas m'empêcher de penser… *Est-ce qu'elle l'a tué ?*

Grand-mère dit qu'il vaut mieux laisser certaines questions sans réponse. Je suppose que je ne le saurai jamais. Pour ma mère, Billie Rae Perkins n'existe plus. Dans son esprit, elle est morte. Malgré ce que Tanya-Bree était et ce qu'elle a fait, je crois que ma mère l'aimait vraiment.

Parfois, je me demande quelle femme Tanya serait devenue si elle n'avait pas été abandonnée et qu'elle avait grandi avec nous dans notre maison. Peut-être sportive, impertinente et attentionnée. La grande sœur que j'ai toujours souhaitée mais que je n'ai jamais eue.

Bien que son corps n'ait jamais été retrouvé, ma mère lui a offert une cérémonie commémorative à laquelle seules elle et moi avons assisté. Elle lui a érigé un lieu de repos, juste à côté de sa demi-sœur, ma sœur Anabel. Les deux pierres tombales portent l'inscription suivante :

UNE FILLE, UNE SŒUR
ET UNE AMIE EXTRAORDINAIRES.
LAISSONS ENTRER LE SOLEIL.

Pendant que ma mère recouvrait les deux tombes voisines de gerbes de myosotis bleu indigo et sanglotait, je lui ai tenu la main. Je ne m'étais jamais sentie aussi proche d'elle.

La sculpture en marbre sur laquelle je travaille – celle que j'ai l'intention d'exposer – s'appelle *Sœurs*. C'est une abstraction, sombre, toute en contorsions et complexe.

Après l'exposition, je compte l'offrir à ma mère.

64

Natalie

Le mois suivant : novembre.

Le vent du désert me caresse le visage alors que je roule sur la 10 dans ma Mercedes, capote baissée. Il fait anormalement chaud pour un mois de novembre, dans les trente-cinq degrés, et bien que la climatisation fonctionne à plein régime, elle n'est pas d'une grande utilité contre la chaleur, avec le soleil brûlant qui me tape dessus. Pourtant, à l'intérieur, mon corps est froid.

Je ne suis pas revenue ici depuis plus de vingt ans. Ça n'a pas beaucoup changé. Le désert est le même, avec son sable blanc étincelant, ses armoises et ses cactus. Autour de moi, les montagnes de San Bernardino s'élèvent dans le ciel turquoise pour lécher les nuages en forme de boules de coton. Des caravanes bordent la route. Où se cachent meurtriers et tueurs en série. Des hommes mauvais. Des femmes mauvaises. Et peut-être quelques enfants mauvais.

Après l'année qui vient de s'écouler, je me demande plus que jamais si tous les enfants naissent bons, avant d'être façonnés par les événements de leur vie et leur environnement socio-économique, ou si certains sont génétiquement prédisposés au mal. Notre ADN peut-il nous porter à un comportement psychopathique et à des actes de violence, comme une maladie héréditaire ? Même lorsque je pense à moi, aux choix que j'ai faits, je ne peux m'empêcher de me poser des questions. Inné ou acquis ?

J'allume la radio pour me distraire de ces pensées profondément troublantes et tombe par hasard sur une chaîne de musique country. Ironiquement, c'est la chanson *Take Me Home, Country Roads* de John Denver qui est diffusée. Je ne dois pas être loin de l'endroit où j'ai grandi. Encore un frisson. Je pense à faire demi-tour, mais je me résous à continuer. À passer devant les racines de mon mal.

Cinq minutes plus tard, j'arrive sur les lieux et j'ai un sursaut. Le lotissement de mobil-homes a disparu. À la place, sur l'aride terrain ocre où il se trouvait, un Walmart géant avec un parking rempli de voitures, de SUV et de minivans de toutes les couleurs. Ils brillent comme des joyaux sous le soleil brûlant du désert.

Le soulagement m'envahit. Pourtant, l'effacement, aussi complet soit-il, ça n'est pas la même chose que l'oubli. Un Walmart, aussi vaste soit-il, ne peut pas effacer mon passé. Je ne peux pas effacer mon passé. Ce n'est pas possible. Il m'appartient, à moi et pour toujours. La vérité, c'est que je ne me suis jamais totalement débarrassée de cette peau. Au fil du temps, on empile les unes sur les autres les couches épaisses de son passé. Au fond de moi, j'ai toujours été cette fille-là, celle que ses péchés lient à ses origines.

Quelques kilomètres plus loin, je quitte la route, direction Indio. En suivant mon GPS, j'arrive à une petite église de style Nouvelle-Angleterre. St Ignatius. Je m'arrête sur le parking en gravier et gare ma voiture sur l'une des nombreuses places libres, car nous sommes mercredi et non dimanche. J'appuie sur un bouton et le toit de ma décapotable se rabat tandis que je détache ma ceinture de sécurité. Sur une profonde inspiration, je sors de la voiture. Dans la chaleur oppressante. Alourdie par le poids oppressant de mon cœur.

Bien que l'architecture de l'église n'ait pas beaucoup changé en vingt ans, je lui trouve un aspect différent. Les planches grises qui s'écaillaient autrefois ont été réparées et repeintes d'une couche de blanc immaculé. Il y a plus de plantes grasses autour de l'édifice et les arbustes à fleurs ont poussé. Les marches en briques fissurées menant à l'entrée ont été réparées elles aussi et de nouvelles rampes, installées. Mon regard monte jusqu'à la croix qui trône toujours au sommet du toit à pignon, puis redescend sur la porte d'entrée vitrée. D'un rouge désormais éclatant, elle semble, elle aussi, fraîchement repeinte.

Lentement, prudemment, je monte les trois marches qui mènent à l'entrée. Je me souviens de les avoir gravies, épuisée par mon accouchement, cette épreuve à la vie à la mort, mes entrailles déchirées tellement douloureuses, et craignant que les briques pourries ne cèdent sous mes pas. Redoutant de tomber, avec mon panier doublé de peau de mouton, cadeau des charmantes femmes Morongo qui m'avaient recueillie, et la minuscule forme de vie qu'il contenait sous une couverture tissée colorée. Mon bébé de deux jours, sans nom. Je ne pouvais pas supporter de la regarder, tant elle me faisait penser à lui. Le monstre. Sinistre et poilu, avec sa fossette au menton. Gardant le regard droit devant moi, je m'étais accroupie et j'avais déposé le panier devant la porte de l'église. Elle s'était mise à hurler. Des gémissements forts, aigus, affreux. Des cris qui semblaient hurler : « S'il te plaît, ne m'abandonne pas. » Je voulais me boucher les oreilles avec mes mains. Ou l'étouffer. Je n'avais fait ni l'un ni l'autre.

Au lieu de ça, j'avais déposé le plus doux des baisers sur son front rouge et ridé, mêlant mes larmes aux siennes. Elle avait cessé de pleurer et tendu sa menotte, comme pour s'emparer de mon cœur, et enroulé ses petits doigts autour de l'un des miens. Je me souviens de la force de sa prise, comme si elle ne voulait pas me lâcher.

— Tu es forte, ma petite fille. Poursuis tes rêves. Fais mieux que moi, avais-je chuchoté.

Avant de me laisser le temps de changer d'avis, je m'étais relevée et je l'avais abandonnée là... ainsi que la fille que j'étais, telle que je la connaissais.

Sans me retourner, j'avais dévalé les marches. Les larmes pleuvaient sur mon visage tandis que je courais jusqu'à la gare routière, au bout de la rue. Avec l'argent que j'avais trouvé sous le matelas de ma mère, j'avais acheté un aller simple pour Los Angeles. La ville des anges. La ville des rêves. Assise seule sur la banquette arrière, alors que le bus remontait la 10, je n'arrêtais pas de penser à mon bébé. À la chose horrible que je venais de faire. Malgré l'identité de son père, elle était quand même née de ma chair et de mon sang. En pleurant, j'avais prié pour qu'elle atterrisse dans le foyer aimant d'un couple sans enfant. Qu'elle ne soit jamais affamée ni mal aimée. Et qu'elle ne lui ressemble pas.

Je sais maintenant que mes prières n'ont pas été exaucées. Et je crois que Dieu m'a punie en me retirant mon Anabel. Son jeu cruel, œil pour œil.

Le karma.

Le tintement des cloches de l'église me fait sursauter et me ramène à l'instant présent. J'enroule mes doigts autour de la poignée en laiton poli et tire la porte de l'église. Elle est plus lourde que je ne le pensais. Je la laisse se refermer derrière moi avec un bruit sourd et je pénètre dans la chapelle. L'air frais est bienvenu en comparaison de la chaleur étouffante.

Je ne suis jamais entrée dans cette église. Même si ma mère était une femme qui craignait Dieu et me disait qu'il me punirait si je ne me comportais pas bien et n'accomplissais pas toutes ses corvées de merde, nous n'allions jamais à l'église ensemble, le dimanche. Elle avait trop la gueule de bois, la plupart du temps. Et je n'avais pas de moyen de transport pour m'y rendre. Je connaissais l'église, parce que nous passions devant dans sa Pinto sale et déglinguée chaque fois qu'elle venait se ravitailler en cigarettes ou en alcool.

Figée, je découvre le sanctuaire. Il est très différent de St Andrew, l'église majestueuse de ma paroisse à Los Angeles. Pourtant, sa simplicité a quelque chose de beau. Je promène le regard du plafond voûté aux bancs de bois qui peuvent accueillir tout au plus deux cents paroissiens, en passant par les vitraux qui laissent entrer le soleil. L'exaltent. À droite, je repère deux religieuses qui allument des cierges : elles ont l'air aussi vieilles que l'église et je me demande si c'est l'une d'entre elles qui a trouvé mon bébé abandonné. Je ne vais pas poser la question. Aucune ne me remarque. Après leur départ, j'allume deux bougies, l'une après l'autre, et je fais une prière. *Pour elles*.

Peu après, je trouve le confessionnal. Je prends une inspiration, mon courage à deux mains et je m'en approche. Une petite croix dorée trône au sommet de la cabine en bois et une chaise, en bois elle aussi, est placée devant la fenêtre du confessionnal.

Rassemblant mon courage, je m'assieds sur la chaise basse. Elle est dure et inconfortable. Je me tapote le front, la poitrine et les épaules, et je murmure : « Au nom du Père, du Fils et du Saint-Esprit… Amen. » Puis je croise les mains en prière sur mes genoux. À travers le tissu rouge transparent qui voile la fenêtre, j'aperçois l'ombre du prêtre. Son profil. Il a l'air étonnamment jeune. Peut-être même beau.

Je me racle la gorge et, sur une respiration tremblante, je me lance.

— Bénissez-moi, mon Père, parce que j'ai péché.

— Mon enfant, quand t'es-tu confessée pour la dernière fois ?

Sa voix apaisante est profonde et mélodieuse. Un baume.

— Mon Père, pardonnez-moi car je ne me suis jamais confessée.

Il acquiesce.

— Il n'y a rien à pardonner. Il faut une première fois pour tout le monde.

Soulagée qu'il n'ait pas l'air en colère et qu'il ne porte pas de jugement, je continue. Ma voix se fait plus forte.

— Mon Père, voici mes péchés :

« J'ai tué mon père. *En état de légitime défense.*

« J'ai tué ma mère. *Pour l'avoir laissé me violer.*

« J'ai abandonné mon enfant. *Qui me faisait penser à lui.*

« Puis j'ai regardé cette enfant se noyer. *Je l'ai laissée pour morte.*

« J'ai poussé une autre enfant dans l'escalier. Elle a fait une chute mortelle. C'était un accident. *Ou peut-être pas.*

« J'ai envisagé de tuer mon mari. *Je n'en ai finalement pas eu l'occasion.*

Je marque une pause et reprends mon souffle.

— Mon Père, j'ai une autre confession à faire… Après avoir poignardé mes parents, j'ai été prise en stop par une fille qui venait de la banlieue résidentielle de la ville, une aspirante actrice, qui avait quelques années de plus que moi. Elle se rendait à Los Angeles mais voulait s'arrêter pour faire une randonnée dans le canyon de Tahquitz afin de voir la chute d'eau au sommet. À mi-chemin, un feu de broussailles s'est déclaré. Alors que nous courions sur le sentier pour y échapper, elle a trébuché sur un rocher et s'est cogné la tête.

Je ravale le souvenir, je passe outre la boule dans ma gorge.

— Dans la panique, le brasier avançant vers nous, je l'ai abandonnée et j'ai volé son identité.

Les larmes me brûlent les joues. Je ne peux pas les arrêter.

Elle s'appelait Natalie Taylor.

— Mon Père, pour ces péchés, je me repens sincèrement.

Je me mets à genoux et j'implore le pardon.

Épilogue

Tiffany

Trois mois plus tôt : août.

— Je suis tellement contente d'être là, madame Richmond ! Je ne suis jamais allée à Miami.

L'Audi décapotable roule sur la très fréquentée I-19.

— Appelle-moi Catherine, répond-elle. Notre famille est très heureuse de t'accueillir.

Une douce brise tropicale fait claquer ma queue-de-cheval contre mes joues et je dois m'accrocher à la casquette des Miami Dolphins que j'ai volée à l'aéroport. Je ne lui dis pas que je ne suis jamais montée dans une décapotable, parce que ce n'est pas vrai. Comme pour les familles, j'ai appris qu'il fallait choisir judicieusement ses mensonges.

Tonique et bronzée, ma nouvelle hôtesse coince une mèche de sa tignasse blonde parfaitement colorée derrière ses oreilles.

— Tu vas adorer cet endroit ! Il y a des tas de choses à faire. Attends qu'on aille à South Beach. C'est merveilleux ! Et le shopping est à tomber.

Urban, me voilà avec mon corps plus chaud que jamais. Je mâche mon chewing-gum Trident et fais éclater une bulle.

— J'ai hâte ! Quelle chance que papa m'ait permis d'aller à l'université en Amérique. L'université de Miami a l'air de déchirer.

Catherine s'esclaffe.

— Curieusement, ma fille Quinn la déteste : c'est une cérébrale, elle rêve d'aller étudier à Oxford l'année prochaine.

Ah ah ! Elle aura de la chance si elle survit à cette année.

Elle n'a pas de petit frère meurtrier, c'est déjà ça. En revanche, elle a un frère aîné très sexy, Zach, qui fréquente la faculté de droit de Miami. Un homme à marier. *Tiffany Richmond*. Dans ma tête, le nom chante sur ma langue. Je suis peut-être folle, mais j'ai de la ressource, au cas où vous ne l'auriez pas remarqué.

Cathy la bavarde s'immisce dans ma fantaisie romantique.

— Nous avons une adorable petite chienne. Une Maltipoo. Elle s'appelle Pouf. P-O-U-F, épelle-t-elle avec un coup d'œil dans le rétroviseur. Par contre, il faut que je t'avertisse : elle est assez hargneuse et a tendance à mordre les chevilles.

— Pas de souci.

Au moins, elle est petite. Avec un peu de chance, Pouf ne tardera pas à disparaître comme par magie. *Pouf !*

Ma mère d'accueil-future belle-mère met son clignotant.

— C'est notre sortie. Nous serons arrivées en un rien de temps. Attends de voir la maison. Comme une villa méditerranéenne du sud de la France, avec une piscine et des cabines. J'espère que tu aimes nager.

Je sens mon cœur manquer un battement. Ma chute dans ce lac glacial, le morceau de bois flotté qui a été ma planche de salut et le miracle de ma survie... Le souvenir me fait frissonner. J'ai failli me noyer.

Puis la pensée la plus déchirante, la plus écœurante se faufile dans mon esprit. Ma mère, ma propre mère, m'a laissée mourir là. Je ne m'en remettrai jamais et peut-être, oui peut-être, qu'elle en paiera le prix et...

Je chasse cette pensée et change de sujet.

— Dites, on peut mettre de la musique ?

— Bien sûr, ma chérie. Qu'est-ce que tu aimes ?

— J'aime bien les vieux tubes.

— Moi aussi !

Elle allume la radio. Monte le son à fond.

— Je t'aime déjà comme ma fille !

Britney Spears rugit. Comment ne pas aimer cette fille, après tout ce qu'elle a vécu ?

Je chante avec elle.

« Oups... I Did It Again. »

La lettre de Nelle

Chère lectrice, cher lecteur,

Merci du fond du cœur d'avoir choisi de lire *Une invitée particulière*.

J'espère que vous avez aimé ce livre et je vous serai très reconnaissante si vous en postez une critique. J'ai hâte de savoir ce que vous en avez pensé et, quelle que soit leur longueur, sachez que les critiques aident les lecteurs à découvrir un livre.

Je sais que beaucoup d'entre vous appartiennent à des groupes de lecteurs de thrillers et de suspense sur Facebook. Je vous serai éternellement reconnaissante si vous mentionnez *Une invitée particulière* dans un ou plusieurs de ces groupes. Je découvre moi-même des tas de nouveaux livres merveilleux dans ces groupes. Honnêtement, rien ne vaut le bouche-à-oreille ! Faites donc passer le mot à vos amis Goodreads, aux membres de votre famille, dans vos clubs de lecture et sur vos autres réseaux sociaux. Et rejoignez mon groupe de lecteurs sur Facebook, *Nelle's Belles*, pour partager votre amour de mes livres et en savoir plus sur eux.

Sous le nom de plume Nelle L'Amour, j'écris des romances. Si vous aimez le suspense à rebondissements avec une dose de chaleur, vous apprécierez peut-être mes romans suivants : *Jane Deyre*,

Butterfly, *Remember Me* et *The Bell Ringer*. Vous trouverez des liens vers ces livres et mes autres ouvrages sur mon site web www.nellelamour.com.

Merci encore d'avoir lu *Une invitée particulière*. Je suis très honorée et j'ai hâte de vous offrir d'autres thrillers psychologiques captivants dans un avenir proche.

Nelle

Remerciements

Tout d'abord, je tiens à remercier toute l'équipe de Bookouture de m'avoir accueillie au sein de sa formidable « famille » et d'avoir donné à *Une invitée particulière* un merveilleux foyer. Un grand coup de chapeau à ma brillante éditrice, Jess Whitlum-Cooper, qui a défendu avec passion *Une invitée particulière* dès le début et qui a travaillé si dur pour faire que ce livre soit le mieux possible. C'était la première fois que je travaillais avec une éditrice d'une grande maison d'édition, et j'admets que j'avais peur. Mes craintes se sont toutefois révélées infondées, car Jess a fait de cette expérience une collaboration amusante et mutuellement enrichissante. Merci pour les longs appels téléphoniques, pour ton sens de l'humour et pour avoir toujours été là, à mes côtés. J'ai beaucoup aimé relever les défis que tu m'as lancés pour rendre le livre plus resserré et plus « punchy ». J'adore ce mot, Jess, et je n'aurais pas pu trouver de meilleure éditrice !

Un merci collectif à Donna Hillyer et Becca Allen, mes éditrices et correctrices à l'œil de lynx, à mon incroyable concepteur de couverture, à mes formidables narrateurs de livres audio ainsi qu'à tous les autres membres des équipes de rédaction, marketing et publicité, qui ont travaillé d'arrache-pied pour que ce livre voie le jour. Je tiens également à remercier Richard King, responsable des droits étrangers chez Bookouture, et Sara Barszczowska, de Harper Collins Allemagne, pour avoir cru en mon livre.

J'ai eu énormément de plaisir à travailler avec vous tous et j'espère pouvoir recommencer bientôt.

Je suis également très reconnaissante à mes bêta-lecteurs, qui ont lu une première version du livre. Je remercie tout particulièrement mes amies et collègues autrices de Bookouture, Freida « McFab » McFadden et Arianne Richmonde, dont l'honnêteté et les encouragements m'ont permis de repenser l'un des principaux rebondissements de l'intrigue et ont finalement contribué à la publication du livre. Je tiens également à remercier les auteurs Lorraine Evanoff et Auden Dar pour leurs suggestions perspicaces, leur amour et leur soutien, ainsi que Marti Jentis, Lisa Saunders, Stephanie Burdette et Judy Zweifel, qui ont relu le projet que j'ai envoyé à Bookouture.

Comme toujours, je suis reconnaissante à ma famille pour son soutien, ainsi qu'à mes adorables bébés à fourrure, Pepper et Poppy, qui m'ont supportée pendant que j'écrivais et éditais ce livre. Un baiser à mon mari, qui m'a aidée pour certaines scènes difficiles. Je vous dois beaucoup, à vous tous ! Plus qu'un dîner !

Dans ce monde de réseaux sociaux, je dois également remercier les blogueurs, Bookstagrammers et BookTokkers qui ont lu et commenté *Une invitée particulière*. Vous êtes tous géniaux ! Merci beaucoup !

Un câlin et un livre de poche dédicacé pour ma belle et brillante amie Angela Weltman, qui, il y a de nombreuses années, m'a raconté l'histoire d'une étudiante étrangère diabolique venue vivre dans sa famille. Elle n'était pas aussi maléfique que Tanya, mais elle m'a inspirée. Qui aurait pu imaginer à l'époque que ses machinations aboutiraient à ce livre !

Enfin, mais non des moindres, un grand merci à tous mes lecteurs et auditeurs. C'est grâce à vous et pour vous que j'écris.

14337

Composition
FACOMPO

Achevé d'imprimer à Barcelone
par CPI Black Print
le 30 mai 2025.

Dépôt légal : mars 2025
EAN 9782290401378
L21EPNN000606-672324-5

ÉDITIONS J'AI LU
82, rue Saint-Lazare, 75009 Paris

Diffusion France et étranger : Flammarion